파묻힌 거인

THE BURIED GIANT
by Kazuo Ishiguro

파묻힌 거인

THE BURIED GIANT

가즈오 이시구로 장편소설

홍한결 옮김

민음사

데버러 로저스에게

(1938~2014)

차례

1부

1

당신이 그곳에 갔더라면 한참을 두리번거렸을지 모른다. 구불구불한 시골길도, 그림 같은 초원도, 후세 사람들이 예찬하는 영국 풍광이라곤 좀처럼 찾기 어려웠을 것이다. 눈앞에 펼쳐진 것은 삭막한 황야뿐이요, 바위산과 황무지 위에는 울퉁불퉁한 길만 드문드문 패어 있을 뿐이었다. 로마인들이 버리고 간 도로는 이즈음 대부분 망가지거나 잡풀이 무성한 채 허허벌판으로 아득히 뻗어 갔을 것이다. 강과 습지에 싸늘하게 깔린 안개는 이 땅에 아직 서식하던 오거*들이 활개 치기에 안성맞춤이었다. 부근에 살던 주민들은 ― 무슨 피치 못할 사정이 있기에 이 음산한 자리에 터

---

* 유럽의 전설과 민담에 등장하는 식인귀. 주로 어린아이를 잡아먹는다고 알려졌다.

를 잡고 사는지 몰라도 ─ 오거를 두려워했을 것이다. 괴물은 안개 속에서 흉측한 모습을 드러내기 한참 전부터 헐떡이는 숨소리로 출현을 예고하곤 했다. 하지만 오거가 나타났다고 해서 놀라 펄쩍 뛸 일까지는 아니었다. 그 시절 오거란 일상적인 위험 요소쯤으로 여겨졌을 것이다. 괴물 말고도 걱정할 일은 태산이었다. 단단하게 굳은 땅에서 먹을 것 구할 일도 걱정이요, 땔나무 동나지 않게 할 일도 걱정이요, 하루에 돼지 십수 마리가 죽어 나가고 아이들 뺨에 시퍼렇게 발진이 돋는 역병을 막을 일도 걱정이었다.

어쨌거나 오거는 성질만 안 건드리면 그리 큰 골칫거리는 아니었다. 다만 가끔은 저희끼리 무슨 분란이라도 났는지 한 마리가 광분하여 쿵쾅거리며 마을로 들이닥치곤 했다. 그럴 때는 고함을 지르고 무기를 휘둘러 본들 날뛰는 녀석을 미처 피하지 못한 마을 사람들이 다쳐 나가는 것을 막을 수 없었다. 또 오거는 가끔씩 아이를 낚아채 안개 속으로 사라지기도 했다. 그런 만행을 당시 사람들은 묵묵히 감내할 수밖에 없었다.

그곳의 어느 광활한 습지 언저리, 삐죽삐죽한 산 밑에 사는 노부부가 있었다. 남편 이름은 액슬, 아내 이름은 비어트리스였다. 실제 이름은 좀 다르거나 더 길었을 수도 있지만, 우리는 편의상 그렇게 부르기로 하자. 내가 보기에 이 부부는 고립된 생활을 한다고 해야겠지만, 그 시절에 우리가 아는 의미의 '고립' 생활을 하는 사람은 매우 드물었다. 마을 사람들은 추위와 위험을 피해 산비탈에 굴을 깊게 파서 굴 집을 짓고 그 안에 살았다. 그리고 굴집과 굴집은 땅속 통로 와 지붕 덮인 바깥 통로로 이어졌다. 우리의 노부부도 그런 곳에서 — '건축물'이라고 하기는 좀 소박한, 토끼굴처럼 얽 히고설킨 주거 공간에서 — 60명쯤 되는 마을 사람들과 함 께 살았다. 토끼굴에서 나와 언덕 둘레로 이십 분쯤 걸으면 그다음 촌락이 나왔는데, 당신 눈엔 아까 본 것과 똑같아 보였을지 모른다. 하지만 주민들 눈에는 저마다 자랑스럽거 나 부끄러워할 만한 고유의 특징이 수두룩했다.

내가 그 시절 브리턴 땅의 문명이 그게 전부였다거나, 세 계 곳곳에 화려한 문명이 꽃피던 시절에 우리는 철기 시대 수준을 못 벗어났다는 얘기를 하려는 것은 아니다. 당신이 만약 그 시절 방방곡곡 마음대로 돌아다닐 수 있었다면, 이 따금 성도 보고 성안에서 음악과 좋은 음식에 출중한 무술 까지 구경했을지 모른다. 아니면 학식 깊은 수도자들이 사 는 수도원이 눈에 띄었을지도 모른다. 하지만 인정할 건 인 정해야겠다. 설령 청명한 날에 힘센 말을 타고 달린다 해도, 며칠을 가도록 푸른 숲을 배경으로 위용을 드러내는 성이나 수도원은 코빼기도 안 보일 것이다. 대개는 앞서 말한 것 같 은 촌락들만 눈에 띌 테고, 음식이나 옷 선물이라도 들고 가 거나 흉포하게 무장하지 않는 한 환대받으리라는 보장도 없다. 그 시절 우리 나라를 이런 모습으로 그려서 유감이지만, 사실이 그랬으니 어쩌랴.

그럼 액슬과 비어트리스 이야기로 돌아가자. 앞서 말했듯이 노부부는 토끼굴의 바깥쪽 언저리에 살았다. 그래서 부부가 사는 굴집은 비바람에 취약했고, 마을 사람들이 밤마다 모이는 큰방에서 피우는 불의 온기 덕을 보기도 어려웠다. 어쩌면 예전 한때, 부부는 불에서 더 가까운 곳에 살았는지도 모른다. 어쩌면 자녀들과 함께 살았는지도 모른다. 아니나 다를까, 액슬도 그 같은 의문에 잠기곤 했다. 동이 트려면 한두 시간이 남은 적막한 새벽, 곤히 잠든 아내 옆에 누워 그런 생각을 떠올리곤 했다. 그러다 보면 왠지 모를 상실감이 마음을 괴롭혀 잠이 다시 오지 않았다.

그날 새벽도 그래서였을까, 액슬은 잠을 아예 포기하고 조용히 밖으로 빠져나와, 토끼굴 입구 옆의 낡고 뒤틀린 긴 의자에 앉아 동이 트기를 기다렸다. 비어트리스의 망토를 두르고 나왔지만, 봄의 추위가 살갗을 파고들었다. 그러나 생각에 워낙 골똘히 잠겨 있었기에, 문득 추위를 실감했을 때는 이미 별들이 다 사라지고 지평선에 서광이 비치면서 첫 새소리가 희미한 어둠 속에서 들려오고 있었다.

액슬은 바깥에 너무 오래 나와 있던 것을 후회하며 몸을 천천히 일으켰다. 건강은 좋았지만, 얼마 전에 열이 한참 떨어지지 않아 고생했는데 또 그러고 싶진 않았다. 다리가 조금 축축하게 느껴졌지만, 안으로 발길을 돌리는 마음은 흡족했다. 한동안 떠오르지 않았던 기억 몇 가지가 마침내 떠오른 터였다. 그뿐이 아니었다. 뭔가 중대한 — 그리고 너무나 오랫동안 미뤄 두었던 — 결정을 곧 내리게 되리라는 예감이 들었다. 이 들뜬 기분을 어서 아내와 나누고 싶었다.

토끼굴 안에 들어서니 통로는 아직 깜깜했다. 액슬은 부부가 사는 굴방의 문까지 멀지 않은 거리를 더듬거리며 나아갔다. 토끼굴 안의 '문'이라고 하는 것은 대개 방의 경계를 표시하는 아치형 입구에 지나지 않았다. 하지만 마을 사람들은 그렇게 훤히 뚫린 구조 때문에 사생활이 침해된다는 생각은 하지 않았을 것이다. 오히려 그 덕분에 중앙의 큰 불이나 그 밖의 곳에 허락된 작은 불의 온기가 통로를 따라 각 방까지 전해졌다. 그러나 액슬과 비어트리스의 방은 워낙 외진 곳에 있어 어차피 아무 불기운도 닿지 않았기에 비교적 버젓한 문이 달려 있었다. 큰 나무틀에 잔가지와 덩굴, 엉겅퀴를 얽어 놓은 문으로, 드나들 때마다 한쪽으로 젖혀야 했지만 외풍을 막아 주는 구실을 했다. 액슬은 굳이 문을 둘 필요를 느끼지 못했지만, 아내는 그 문을 언젠가부터 상당한 자랑거리로 여겼다. 액슬이 집에 돌아오면 아내가 문에서 시든 가지를 뽑아내고 낮에 구해온 새 가지를 꽂아 넣는 모습이 종종 보였다.

그날 아침, 액슬은 되도록 소리가 나지 않게 몸만 겨우 들어갈 만큼 문을 살짝 젖히고 들어갔다. 외벽의 갈라진 작은 틈새로 새벽 햇살이 새어 들어왔다. 그의 눈앞에는 자기 손이 희미하게 보였고, 풀 침대 위에서 두꺼운 담요를 덮고 곤히 자는 아내의 형체가 어렴풋이 보였다.

아내를 깨우고 싶은 마음이 들었다. 왠지 지금 아내를 깨워 이야기를 나누면 결정을 가로막는 마지막 장벽이 마침내 허물어질 것 같았다. 하지만 마을이 잠에서 깨어나고 하루가 시작되려면 좀 더 있어야 했으므로, 그는 아내의 망토를 몸에 꽁꽁 두른 채 방구석의 낮은 의자에 앉아 기다렸다.

오늘 아침은 안개가 얼마나 자욱할지, 어둠이 걷히면 벽 틈새로 안개가 새어 들어와 있을지, 그런 생각을 하다가 문득 아까부터 하던 생각이 다시 떠올랐다. 우리 부부는 계속 이렇게 단둘이서 촌락 변두리에 살았던가? 아니면 한때는 전혀 다른 삶을 살았던가? 밖에서 되살려 냈던 기억의 단편이 다시 떠올랐다. 토끼굴의 긴 중앙 통로를 걷던 기억이었다. 팔은 아이의 어깨를 감싸고 있었다. 몸은 조금 구부정한 자세였는데, 지금처럼 나이가 들어서가 아니라, 침침한 어둠 속에서 들보에 머리를 부딪치지 않으려고 그런 것이었다. 아이가 뭐라고 재미있는 이야기를 했는지 두 사람은 소리 내어 웃기도 했다. 하지만 바깥에서도 그랬듯이 지금도 또렷이 기억나는 건 없었다. 기억은 집중하여 들여다보면 들여다볼수록 희미해지는 듯했다. 어쩌면 다 그저 어리석은 노인의 상상인지도 모르는 일이었다. 부부에게는 하느님이 아이를 주신 적이 없는지도.

당신은 액슬이 왜 마을 사람들에게 도움을 청하여 과거 기억을 되살려 보려고 하지 않는지 궁금할지도 모르겠다. 하지만 그건 생각만큼 쉬운 일이 아니었다. 이곳 사람들은 과거 이야기를 거의 하지 않았다. 과거 이야기가 금기였다는 뜻이 아니다. 과거가 어째서인지 흔적도 없이 안개 속으로 사라져 버렸다는 뜻이다. 망각의 안개는 주변 습지에 드리운 안개처럼 자욱했다. 마을 사람들은 과거를 떠올리려는 생각 자체를 하지 않았다. 그리 오래되지 않은 과거라 해도 다를 게 없었다.

예를 하나 들어 보자. 액슬이 한동안 의아해하던 일이 있었다. 액슬의 기억에는 얼마 전까지만 해도 마을에 긴 빨간 머리 여자가 분명히 있었다. 여자는 마을에서 무척 중요한 사람이었다. 아픈 곳을 낫게 하는 솜씨가 워낙 뛰어났기에, 마을에서 다치거나 병에 걸린 사람이 있으면 항상 지체 없이 그 여자를 불렀다. 그러던 여자가 지금은 온데간데없이 사라졌는데, 아무도 어떻게 된 일인지 궁금해하지 않는 데다가 여자가 사라진 것을 아쉬워하지도 않는 것 같았다. 어느 날 아침 액슬은 서리 내린 밭을 갈다가 같이 일하던 이웃 세 사람에게 그 이야기를 했다. 이웃들은 무슨 소리인지 정말로 전혀 모르는 눈치였다. 한 사람은 하던 일까지 멈추고 기억을 더듬었지만 결국 고개를 저으며 이렇게 말했다.
"아주 옛날 일인가 본데요."

"나도 그런 여자는 기억에 없어요." 어느 날 밤 그 이야기를 꺼내자 비어트리스도 그렇게 말했다. "당신 혼자 말도 안 되는 여자를 만들어 낸 것 아니에요? 당신보다 허리 꼿꼿한 아내가 이렇게 떡하니 있는데 말이에요."

그때가 작년 가을쯤이었다. 두 사람은 깜깜한 어둠 속에서 침대에 나란히 누워, 바깥 벽을 때리는 빗소리를 듣고 있었다.

"당신이 세월이 흘러도 나이 든 티가 거의 안 나는 건 맞아요, 공주." 액슬이 말했다. "하지만 몽상이 아니에요. 조금만 생각해 보면 당신도 기억날 거예요. 한 달쯤 전에도 우리 문 앞에 찾아왔어요. 뭐 가져다줄 것 없냐고 친절하게 물었잖아요. 당신도 기억할 텐데."

"그런데 왜 우리한테 뭘 갖다주겠다고 한 거예요? 우리 친척이었어요?"

"그런 건 아니에요, 공주. 그냥 호의였어요. 기억 못 할 리가 없는데. 종종 우리 문 앞에 와서 우리한테 춥지 않냐, 배고프지 않냐 물어봤잖아요."

"여보, 그러니까 내 말은, 그 여자가 무슨 이유로 하고많은 사람 중에서 우리한테 호의를 보였느냐고요."

"나도 그게 궁금했어요, 공주. 아픈 사람 보살피는 사람이 왜 누구 못지않게 건강한 우리를 찾아왔을까 싶었어요. 역병이 닥친다는 소문이라도 돌아서 살펴보러 왔나 했는데, 알고 보니 역병 같은 건 없었고 그냥 호의에서 그런 거였어요. 말하다 보니 생각이 또 나는데, 우리보고 동네 아이들이 우리 험담하는 것 신경 쓰지 말라고 했어요. 그게 다였어요. 그 뒤로는 못 봤고요."

"그 빨강 머리 여자인지 누군지, 당신 머릿속 몽상이에요. 게다가 애들 몇몇이 장난치는 걸 가지고 걱정했다니 실없는 여자네요."

"나도 딱 그리 생각했어요, 공주. 아이들이 우리한테 무슨 나쁜 짓을 하겠나 하고. 바깥 날씨가 워낙 음울하니 그렇게 노는 것뿐인데. 우리는 전혀 개의치 않는다고 했지만, 어쨌거나 호의에서 하는 말이었어요. 그리고 이런 말도 했어요. 우리가 밤에 촛불 없이 살아서 안타깝다고."

"촛불 없는 걸 안타까워했다니, 그 여자가 옳은 소리 하나는 했네요. 이런 깜깜한 밤에 촛불 하나 못 밝히게 하다니 이건 모욕이에요. 우리가 손을 덜덜 떠는 것도 아니고. 밤마다 고주망태가 되는 집, 아이들이 마구 날뛰는 집도 다 초가 있는데 왜 우리 초를 빼앗아 갔는지, 지금 바로 옆에 있는 당신 모습도 안 보여요."

"우리한테 모욕 주려고 하는 사람은 없어요, 공주. 늘 하던 식으로 하는 것뿐이지."

"어쨌거나 당신 꿈속 여자만 우리가 초를 뺏긴 걸 의아해하는 게 아니에요. 어제, 아니 그제던가, 강가에서 아낙네들을 지나쳐 갔는데 거리가 좀 멀어지니 내가 못 들을 것으로 알았는지 이러는 거예요. 우리처럼 올곧은 부부가 밤마다 깜깜한 어둠 속에 앉아 있어야 하다니 그런 부당한 일이 다 있느냐고요. 그러니 당신 꿈속 여자만 그리 생각하는 게 아니에요."

"계속 말하지만 꿈속 여자가 아니에요, 공주. 한 달 전까지만 해도 마을 사람이 다 알고 좋게 이야기하는 사람이었어요. 어째서 당신도 그렇고 아무도 기억을 못 하지?"

액슬은 그날의 대화를 이 봄날 아침에 다시 떠올리면서, 빨강 머리 여자 이야기는 어쩌면 자기 착각이었을 수도 있겠다 생각했다. 이 나이에 무언가 헷갈리는 건 새삼스러운 일도 아니었다. 그렇다 쳐도, 빨강 머리 여자 건은 그저 한 예일 뿐이었다. 그 밖에도 의아한 일은 그치지 않고 일어났다. 액슬은 예를 더 생각해 보았으나 당장은 답답하게도 몇 건밖에 떠오르지 않았다. 어쨌든 그런 일이 허다한 것만은 확실했다. 가령 마타 사건도 그런 예였다.

마타는 아홉 살이나 열 살쯤 된 여자아이였는데 겁 없기로 소문난 아이였다. 아이가 돌아다니다가 봉변당한다는 온갖 무서운 이야기에도 마타의 왕성한 모험심은 사그라지지 않는 듯했다. 그러다가 해넘이까지 한 시간도 남지 않은 어느 날 저녁, 안개가 깔려 들고 야산 중턱에서 늑대 울음소리가 들려올 때, 마타가 없어졌다는 말이 돌자 마을 사람들은 놀라서 하던 일을 멈췄다. 그 후 한동안 토끼굴은 온통 마타의 이름을 부르는 목소리와 통로를 황급히 오가는 발걸음 소리로 요란했다. 마을 사람들은 침실과 저장실, 서까래 위 빈 공간 등 아이가 재미로 숨을 만한 곳은 샅샅이 다 뒤졌다.

북새통 속에서 양치기 두 사람이 일을 교대하고 야산에서 내려와 큰방에 들어와 불 곁에서 몸을 녹였다. 그러면서 한 사람이 그 전날 목격담을 풀어놓는데, 굴뚝독수리가 상공을 한 바퀴, 두 바퀴, 세 바퀴 돌았다고 했다. 틀림없이 굴뚝독수리였고 두 눈으로 똑똑히 봤다는 것이었다. 소식은 삽시간에 토끼굴 안에 퍼졌고, 양치기의 이야기를 들으러 사람들이 불 주위로 우르르 몰려들었다. 액슬도 큰방에 모인 무리에 서둘러 합류했다. 이 나라에서 굴뚝독수리의 출현은 큰 소식이었다. 굴뚝독수리는 여러 가지 영험한 힘이 있으며 특히 늑대를 겁주어 쫓아낸다고 했다. 어느 지역은 굴뚝독수리 덕분에 늑대가 깡그리 사라졌다는 소문도 있었다.

처음에 두 양치기는 사람들의 열렬한 물음에 같은 이야기를 되풀이하고 또 되풀이했다. 그러던 중에 어떤 회의적인 분위기가 좌중 사이에 번지기 시작했다. 전에도 비슷한 목격담은 많았지만 다 사실무근으로 밝혀지지 않았느냐고 누군가가 지적했다. 또 누군가는 이 두 사람이 작년 봄에도 똑같은 이야기를 했지만 그 뒤로 굴뚝독수리를 봤다는 사람이 없다고 주장했다. 두 양치기는 이전에 그런 목격담을 듣고 온 적이 없다고 성을 내며 항변했고, 이윽고 사람들은 양치기들을 두둔하는 편과 작년 일이 기억난다는 편으로 갈려 싸우기 시작했다.

분위기가 격앙되자, 액슬은 낯설지 않은 불편감에 사로잡혔다. 무언가가 이상했다. 고함치고 밀쳐 대는 사람들로부터 빠져나온 액슬은 밖으로 나와 어두워져 가는 하늘과 밀려드는 안개를 우두커니 바라보았다. 한참 있으니 기억의 단편이 조금씩 서로 맞춰졌다. 마타가 사라졌고, 위험한 상황이고, 방금 전까지 온 마을이 아이를 찾고 있었다. 하지만 기껏 생각해 낸 사실들도 ── 잠에서 깨면 꿈이 금방 잊히듯 ── 이미 흐릿해지고 있었다. 굴뚝독수리를 놓고 벌이는 싸움 소리가 등 뒤에서 계속 들려오는 가운데, 액슬은 마타 생각을 놓치지 않으려고 기를 쓰고 집중했다. 그러고 있는데, 어디서 여자아이 노랫소리가 들려오더니 안개 속에서 마타가 나타났다.

"너 참 별난 아이구나." 깡충거리며 뛰어오는 아이에게 액슬이 말했다. "깜깜한 어둠이 무섭지 않니? 늑대와 오거도?"

"당연히 무섭죠." 아이가 빙긋 웃으며 말했다. "하지만 나타나면 몸을 숨기는 요령이 있어요. 엄마 아빠가 절 찾아다니지 않았겠죠? 지난주에는 매를 엄청 맞았거든요."

"찾아다니지 않았느냐고? 당연히 찾아다녔지. 온 마을이 널 찾고 있지 않니? 저 안에서 야단하는 소리 좀 들어 보렴. 다 널 찾는 소리란다."

마타가 깔깔 웃었다. "어유, 놀리지 마세요! 절 그렇게 찾았을 리 없어요. 그리고 들어 보면 알죠. 저 때문에 고함치는 소리가 아닌데요."

아이 말을 듣고 보니 정말 그랬다. 안에서 싸우는 목소리들은 마타가 아니라 뭔가 전혀 다른 주제를 논하고 있었다. 문간 쪽으로 몸을 기울여 잘 들어 보니, 오가는 고성 속에서 가끔 묘한 구절이 들리면서 비로소 기억이 되살아났다. 양치기와 굴뚝독수리 이야기였다. 마타에게 뭔가 설명이라도 해 주어야 하지 않나 생각하는 찰나, 마타가 깡충거리면서 액슬을 획 지나쳐 안으로 들어갔다.

액슬도 아이의 뒤를 따라 들어가며, 아이를 보고 안도하며 기뻐할 사람들의 반응을 상상했다. 그리고 솔직히 말하면 아이와 함께 들어가면 아이가 무사히 돌아온 데 대한 공을 조금 인정받을 수 있을 것 같았다. 하지만 두 사람이 큰 방에 들어가니 마을 사람들은 여전히 말싸움에 열중하느라 몇 사람 말고는 고개를 돌리지도 않았다. 마타의 엄마가 사람들 무리에서 떨어져 나와 아이를 보았다. "아이고 여기 있었네! 그쪽으로 돌아다니면 안 된다고 그랬지! 내가 몇 번을 얘기했니?" 그러더니 불 주위에서 벌어지는 공방에 도로 정신을 파는 것이었다. 마타는 액슬을 바라보며 '제 말 맞죠?' 하듯 방긋 웃더니 친구들을 찾아 어둠 속으로 휙 사라졌다.

이제 방 안은 조금 전보다 많이 밝아져 있었다. 부부의 굴방은 바깥 언저리에 있었으므로 작은 창이 밖으로 나 있었는데, 다만 좀 높이 나 있어서 내다보려면 등받이 없는 의자를 딛고 서야 했다. 창은 천으로 가려 놓았지만, 한 귀퉁이로 이른 햇살이 새어 들어와 비어트리스가 누운 자리에 한 줄기 빛을 비추고 있었다. 빛줄기 속에서 무언가 벌레 같은 게 아내의 머리 위에 떠 있었다. 유심히 보니 거미였다. 보이지 않는 실에 매달린 거미는 액슬이 보는 앞에서 유유히 하강을 시작했다. 액슬은 조용히 일어나 좁은 방을 가로질러서, 잠자는 아내 위 허공을 손으로 쓸어 거미를 움켜잡았다. 그리고 잠시 선 채로 아내의 얼굴을 내려다보았다. 아내의 얼굴에는 요즘 평소에 보기 어려운 평안함이 깃들어 있었다. 그 모습에 액슬은 불현듯 자기도 모르게 행복감이 밀려오는 걸 느꼈다. 그 순간 이제 결심이 섰다는 확신이 들었다. 아내를 깨우고 싶은 마음이 또 들었다. 어서 이 소식을 알리고 싶었다. 하지만 그건 자기 좋자고 하는 행동일 터였다. 게다가 아내가 무슨 반응을 보일지 어떻게 알겠는가? 결국 그는 조용히 의자로 어서 돌아가 다시 앉았다. 그리고 거미가 생각나 손을 살며시 펴 보았다.

조금 전 바깥에 앉아 동이 트기를 기다리면서 액슬은 부부가 어떻게 처음 여행 이야기를 하게 되었는지 생각해 내려고 애썼다. 그때는 이 방에서 어느 날 밤 나눴던 대화가 첫 시작이었다고 생각했다. 하지만 지금 거미가 손을 타고 도망가 흙바닥 위로 떨어지는 모습을 보고 있자니, 불현듯 기억이 또렷해졌다. 부부가 처음 그 이야기를 꺼낸 것은 바로 칙칙한 누더기를 두른 외지인이 마을을 다녀간 그날이었다.

날이 우중충한 아침나절이었다. 작년 11월쯤이었을까? 액슬은 버드나무가 드리워진 강변의 오솔길을 성큼성큼 걷고 있었다. 들판에 나갔다가 토끼굴로 급히 돌아오는 길이었다. 아마 연장을 챙기거나 반장에게 다음 작업 지시를 들으러 가는 중이었을 것이다. 그런데 갑자기 오른편 수풀 너머에서 사람들의 고성이 들려와 발걸음을 멈췄다. 오거일지 모른다는 생각이 일단 스쳤다. 재빨리 돌이나 작대기를 찾아 주변을 훑었다. 그런데 들려오는 소리가 다 여자들 목소리인데 격앙되었으나 겁에 질리진 않은 것이, 오거의 습격 같지는 않았다. 어쨌든 지체 없이 향나무 덤불을 헤치고 나아갔더니 너른 터가 불쑥 나왔다. 그곳엔 한창 젊진 않아도 아이를 낳을 만한 나이의 아낙 다섯이 서로 바짝 모여 서 있었다. 아낙들은 액슬에게 등을 보인 채 저 멀리 무언가를 향해 계속 소리치고 있었다. 그가 어느 정도 다가가자 한 여자가 그를 발견하고 흠칫 놀랐는데, 나머지 여자들은 돌아보더니 그에게 거의 무례하다시피 한 반응을 보였다.

"아이고 이게 누구신가. 우연인지 필연인지, 마침 남편이 오셨으니 이제 정신 좀 차리려나." 한 아낙의 말이었다.

액슬을 처음 발견한 아낙이 말했다. "우리가 아내분에게 가지 말라고 말렸는데 말을 들어야지 말이죠. 저 외지 여자한테 음식을 꼭 갖다줘야겠다네요. 아무래도 악령이거나 무슨 요정이 사람의 탈을 쓴 것 같은데 말이에요."

"아내에게 무슨 일이 있습니까? 부인들, 무슨 말인지 설명해 주세요."

"이상한 여자 하나가 아침나절 내내 우리 근처를 얼쩡거리는 거예요." 또 다른 아낙이 말했다. "머리는 허리까지 치렁치렁하고 시커먼 누더기 망토 차림이었어요. 자기 말로는 색슨족이라는데 그런 옷차림을 한 색슨족은 본 적이 없어요. 강둑에서 우리가 빨래를 하고 있는데 뒤에서 몰래 다가오더라고요. 대번에 알아채고 쫓아 버렸죠. 그런데 자꾸 오는 거예요, 무언가에 상심한 것처럼 굴면서요. 먹을 것을 달라고도 하고요. 그러는 내내 비어트리스를 겨냥해 마법을 걸었나 봐요. 그래서 악령에게 꼭 가야겠다는 걸 아침나절에만 두 번이나 우리가 양팔을 붙들고 말렸다니까요. 결국 방금 우리를 뿌리치고, 늙은 가시나무 앞에 자리 잡고 기다리는 악령을 만나러 갔어요. 우리가 기를 쓰고 붙잡았는데 벌써 온몸에 악령의 힘이 흐르는 게 분명했어요. 아니 그렇게 가냘프고 나이 든 여자가, 아주 힘이 예사가 아니더라니까요."

"가시나무라……."

"조금 전에 떠나긴 했는데, 악령이 틀림없으니 뒤쫓아 가시려거든 독 품은 엉겅퀴에 걸려 넘어지거나 베이지 마세요. 잘못하면 상처가 영영 안 나으니까."

액슬은 불편한 심기를 최대한 숨기고 정중하게 말했다. "부인들, 고맙습니다. 아내가 무얼 하고 있는지 제가 가서 보지요. 이만 실례합니다."

마을 사람들이 간단히 '가시나무'라고 부르는 곳은, 토끼굴에서 조금 걸으면 나오는 전망 좋은 장소로, 곳의 언저리에 산사나무 고목 한 그루가 마치 바위에서 자라난 것처럼 덩그러니 서 있었다. 날이 화창하고 바람만 세지 않으면 한가로이 노닐기 좋은 곳이었다. 밑으로 물가까지 이어진 땅이 한눈에 내려다보이고, 굽이도는 강 너머로 멀리 습지까지 내다보였다. 일요일이면 아이들이 울퉁불퉁한 고목 뿌리 주변에서 뛰놀다가 곳에서 과감히 뛰어내리기도 했다. 그러면 워낙 완만한 낭떠러지라 다칠 염려 없이, 풀 덮인 비탈을 나무통처럼 데굴데굴 굴러 내려갔다. 하지만 이날 오전처럼 어른 아이 모두 제 일에 바쁜 시간에는 인적이 없는 곳이었기에, 안개를 뚫고 비탈을 오르는 액슬의 눈에 하얀 하늘을 배경으로 두 여인의 모습만 실루엣처럼 보이는 것도 이상할 게 없었다. 외지 여인은 바위에 등을 기대고 앉았는데, 과연 기이한 차림새였다. 망토는 멀리서 보기에 여러 천 조각을 기워서 만든 것 같았고, 바람에 펄럭거리는 모습이 마치 큰 새가 날아오르려고 날갯짓하는 것처럼 보였다. 외지 여인의 옆에는 비어트리스가 서서 상대방 쪽으로 고개를 숙이고 있었는데, 가냘프고 연약해 보였다. 두 사람은 대화에 열중하다가 밑에서 올라오는 액슬을 발견하고는 말을 멈춘 채 내려다보았다. 이윽고 비어트리스가 곶 끝으로 나오더니 아래를 향해 외쳤다.

"여보, 거기 서요, 더 오지 말아요! 내가 갈게요. 여기 올라오면 이 불쌍한 여자분이 편하게 쉬는 데 방해돼요. 이제 겨우 두 다리 쉴 곳을 찾아 어제 남은 빵으로 요기하려는 참이란 말이에요."

액슬이 그 말대로 서서 기다리니, 곧 아내가 긴 들길을 따라 내려오는 모습이 보였다. 아내는 곧장 그에게 다가와서는 바람이 말소리를 위로 실어 갈까 염려되는지 나지막하게 말했다.

"그 어리석은 아낙들이 나한테 가 보라던가요? 내가 그이들 나이였을 때는 노인들이야말로 돌멩이마다 저주가 걸렸다는 둥 길고양이는 다 악령에 씌었다는 둥 겁도 많고 미신이나 믿는다고 생각했어요. 그런데 이제 내가 노인이 되어서 보니, 젊은 사람들이야말로 하느님이 늘 우리 곁에서 걷겠다고 하신 약속도 모르는지 온갖 삿된 믿음을 품고 살지 뭐예요. 저 불쌍한 외지 사람 좀 봐요. 녹초인 데다 홀몸이라고요. 이 마을 저 마을 전전해도 쉴 곳을 내주는 데가 없어서 나흘 동안 숲이며 들판을 헤매고 다녔대요. 아니, 예수님을 믿는 나라에서 나그네를 악령이나 나병 환자쯤으로 취급하다뇨, 피부에 그런 흔적도 없는데 말이에요. 여보, 내가 이 불쌍한 이를 위로해 주고 변변찮은 음식이라도 나눠 주려는데 설마 그걸 말리려고 온 건 아니겠죠."

"그럴 생각은 없어요, 공주. 지금 내 눈으로 봐도 당신 말이 옳아요. 여기 오면서도 참 부끄러운 일이라고 생각했어요. 우리가 언제부터 외지 사람을 친절하게 맞아 주지 못하게 된 건지."

"그럼 가서 하던 일 봐요, 여보. 사람들이 당신 일 느리게 한다고 또 뭐라고 하겠어요. 까딱하면 또 아이들에게 우리 험담을 하게 할지도 모르고요."

"나더러 일 느리게 한다는 사람은 지금껏 없었어요, 공주. 그런 말을 어디서 들었어요? 그런 말은 들어 본 적이 없어요. 내가 스무 살 젊은 사람 몫만큼 일은 하는데."

"여보, 그냥 놀려 본 거예요. 맞아요, 당신 일하는 것 보고 뭐라고 하는 사람 없어요."

"아이들이 우리 험담을 한다면 그건 내 일 속도가 빠르거나 느려서가 아니라, 어리석거나 술에 전 부모들이 아이들에게 예의범절을 못 가르쳐서 그런 거예요."

"진정해요, 여보. 그냥 놀린 거라고 했잖아요. 다시는 그런 말 안 할게요. 저 외지 사람이 나한테 아주 흥미로운 이야기를 해 주고 있었어요. 당신도 언젠가 관심이 동할지 몰라요. 하지만 일단 하던 이야기를 마쳐야 하니 내 말대로 해 줘요. 어서 가서 하던 일 해요, 난 저이가 하는 이야기를 듣고 위로 좀 해 주고 있을 테니."

"미안해요, 공주. 내가 방금 말을 모질게 했죠."

하지만 비어트리스는 이미 뒤돌아 올라가고 있었다. 가시나무와 망토를 펄럭이는 여인이 있는 곳으로.

얼마 후 용무를 마치고 들판으로 돌아가는 길에, 액슬은 동료들이 기다리는 줄 알면서도 늙은 가시나무 쪽을 다시 지나서 가려고 옆길로 빠졌다. 아낙들의 의심이 터무니없다는 데는 아내와 생각이 같았지만, 그래도 그 외지 여인이 어딘가 위험스러운 존재라는 생각을 솔직히 떨칠 수 없었다. 그래서 아내와 둘만 남겨 놓고 온 후로 계속 불안하던 터라 곳 바위 앞에 혼자 서서 하늘을 바라보고 있는 아내의 모습이 보이자 안도감이 들었다. 아내는 생각에 잠긴 듯 부르는 소리를 듣고야 비로소 남편이 온 것을 알아차렸다. 아까보다 천천히 길을 내려오는 아내의 모습을 보며 액슬은 아내의 걸음걸이가 요즘 어딘지 다르다는 생각을 했다. 처음 드는 생각이 아니었다. 다리를 저는 것은 아닌데 마치 어딘가에 통증을 숨기고 있는 것 같았다. 다가오는 아내에게 그 기

이한 말동무는 어디 갔느냐고 물으니, 간단한 답이 돌아왔
다. "가던 길을 갔어요."

"친절히 대해 줘서 그 사람이 고마워했겠어요, 공주. 이야
기를 오래 했어요?"

"네. 많은 이야기를 들었어요."

"뭔가 심란한 이야기를 들었나 봐요, 공주. 아낙들 말대로
그 사람 피하는 게 나을 뻔했는지도 모르겠어요."

"속상한 이야기를 들은 건 아니에요. 그냥 생각이 많아지
네요."

"지금 당신 기분이 좀 이상한 것 같아요. 그 여자가 당신
한테 무슨 마법이라도 걸고 허공으로 사라진 것 아니에요?"

"가시나무 있는 데 올라가 봐요, 여보. 그이가 길을 가는
모습이 보일 거예요, 떠난 지 얼마 안 됐으니까. 언덕을 돌아
가면 그곳에선 조금 더 환대받을 수 있으려나 하면서 갔어
요."

"그래요, 그럼 난 가 볼게요, 공주. 당신이 무사하니 됐어
요. 당신이 언제나처럼 친절을 베풀었으니 하느님이 기뻐하
실 거예요."

그런데 이번에는 아내가 남편을 놓아주고 싶어 하지 않는
것 같았다. 잠깐 몸을 가누려는 듯 남편의 팔을 잡더니 그
의 가슴에 머리를 기댔다. 그와 동시에 액슬의 손이 본능적
으로 올라가 바람에 헝클어진 아내의 머릿결을 어루만졌다.

아내의 얼굴을 문득 내려다보니 뜻밖에도 아내는 아직 눈을 크게 뜨고 있었다.

"당신 지금 확실히 기분이 이상해 보여요. 그 사람이 무슨 말을 하던가요?"

비어트리스는 남편 가슴에 머리를 기댄 채 좀 더 있더니, 몸을 펴고 남편을 놓아주었다. "지금 생각해 보니, 여보, 당신이 늘 하는 말에 일리가 있는 것 같아요. 바로 어제 일도, 그제 일도 세상에서 까맣게 잊히는 게 정말 이상해요. 세상 사람 모두 무슨 병이라도 걸린 것 같아요."

"내 말이 그 말이에요, 공주. 그 빨강 머리 여자만 해도……."

"여보, 빨강 머리 여자가 문제가 아니에요. 그것 말고도 우리가 기억 못 하는 게 있어요." 아내가 저 멀리 안개 속을 응시하며 그렇게 말하더니 이내 남편을 똑바로 바라보았다. 그 눈에는 슬픔과 갈망이 어려 있었다. 바로 그때 — 분명히 그때였다. — 아내가 이렇게 말했다. "당신이 오랫동안 반대한 것 알아요. 하지만 이제 다시 생각해 볼 때예요. 우리는 여행을 떠나야 해요. 더 미룰 수 없어요."

"여행? 무슨 여행을 어디로요?"

"우리 아들이 사는 마을로요. 여기서 멀지 않아요, 알잖아요. 느린 우리 걸음으로도 며칠이면 가요. 대평원을 건너서 동쪽으로 조금 더 가면 돼요. 이제 곧 봄도 올 거고요."

"그래요, 그런 여행을 갈 수도 있죠, 공주. 그 외지 사람에게서 무슨 말이라도 들었기에 그런 생각을 하는 거예요?"

"오래전부터 머릿속에 있던 생각이에요, 액슬. 그런데 그 여자 말을 듣고 나니 더 미루지 말아야겠다는 생각이 들었어요. 우리 아들이 자기 마을에서 우릴 기다려요, 여보. 우리 아들을 얼마나 더 기다리게 해야 돼요?"

"공주, 봄이 오면 그 여행 꼭 한번 생각해 봅시다. 그런데 왜 내가 그 여행을 늘 반대했다고 하는 거요?"

"그 문제를 놓고 우리 사이에 오갔던 말은 나도 지금 기억이 안 나요, 액슬. 나는 간절히 바랐는데 당신이 늘 한사코 반대했던 것만 기억나요."

"그래요, 공주. 앞으로 우리가 일거리가 떨어지고 느리다는 소리를 듣게 되면, 그때 더 이야기해 봅시다. 나 이제 일하러 가요. 조만간 의논해 봅시다."

하지만 그날 이후, 부부는 그 여행을 에둘러 언급은 할지언정 제대로 의논하는 일은 없었다. 그 주제만 꺼내면 이상하게도 서로 불편해졌다. 그러다 보니 ─ 오래된 부부 사이에서 흔히 있는 일이지만 ─ 어떤 암묵적인 합의가 차츰 자리 잡았다. 그 주제는 가급적 피하는 것이 불문율이 됐다. '가급적'이라고 한 것은, 가끔 둘 중 하나가 충동이나 욕구를 못 이기고 말을 꺼낼 때도 있었기 때문이다. 하지만 그럴 때마다 한쪽이 얼버무리거나 발끈하면서 논의는 금방 끝나곤 했다. 한번은 액슬이 단도직입적으로 그날 외지 여인이 가시나무 밑에서 무슨 말을 했느냐고 물었더니 비어트리스는 얼굴이 어두워지면서 금방이라도 눈물이 터질 것 같은 표정이 되었다. 그 일이 있은 후 액슬은 외지 여인 이야기는 일절 꺼내지 않으려고 조심했다.

그렇게 시간이 어느 정도 흐르자 액슬은 여행 이야기가 처음에 어떻게 나왔는지도, 여행이 부부에게 어떤 의미였는지도 기억이 희미해졌다. 그런데 이날 새벽 싸늘한 추위 속에 앉아 생각하다가 일부 기억이 또렷해지면서 이런저런 일들이 떠오른 것이다. 빨강 머리 여자, 마타의 일, 시커먼 누더기를 입은 외지인뿐 아니라 그 밖에도 여러 일들이 생각났지만 여기서 우리가 일일이 논할 필요까지는 없겠다. 또 하나 생생하게 기억난 것은 바로 몇 주 전 일요일, 비어트리스가 초를 빼앗긴 일이었다.

일요일에는 마을 사람들이 일을 쉬었다. 아니 적어도 밭일은 하지 않았다. 그래도 가축은 돌봐야 했고 그 밖에도 할 일이 워낙 허다했으므로, 일로 간주될 여지가 있는 행동을 모두 금하는 것은 현실적이지 않음을 목사도 인정할 수밖에 없었다. 그래서 그날 오전 액슬이 장화를 수선하고 나서 봄날 햇살 속으로 나오자, 토끼굴 앞에는 이웃 사람들이 곳곳에 자리 잡고 뭔가를 하고 있었다. 듬성듬성 난 풀위에 앉거나 작은 의자나 통나무에 앉아 저마다 웃고 떠들면서 일하고 있었다. 아이들이 사방에서 놀고 있었는데, 그 중 한 무리의 아이들은 풀밭에서 수레바퀴를 만드는 두 남자 주위에 모여 있었다. 그해 들어 그렇게 밖에서 활동할 만큼 날씨가 좋은 일요일은 처음이었기에 거의 축제라도 열린 듯 흥겨운 분위기였다. 그러나 토끼굴 입구에 서서 마을 사람들 너머를 바라보는 액슬의 눈에는 비탈 밑으로 펼쳐진 습지에서 안개가 다시 피어오르는 게 보였다. 오후쯤이면 뿌연 이슬비로 사방이 다시 자욱해질 듯했다.

그렇게 한참 서 있다가 문득 소란스러운 소리가 들려서 보니, 저 아래 목초지 울타리 부근에서 무슨 소동이 벌어지고 있었다. 처음에는 별 관심이 없던 액슬이었지만, 바람결에 들려오는 어떤 소리가 귀에 꽂히며 정신이 번쩍 들었다. 나이가 들면서 눈은 야속하리만큼 침침해졌어도 귀는 전혀 어둡지 않은 그였기에, 울타리 주변에 모인 사람들의 웅성거림 속에서 고통스럽게 외치는 비어트리스의 목소리가 분명히 들렸다.

다른 사람들도 하던 일을 멈추고 무슨 일인가 하고 바라보는 순간, 액슬은 이미 사람들을 헤치며 황급히 나아가고 있었다. 얼쩡거리는 아이들과 풀 위에 놓인 물건들을 가까스로 피하면서 소동 현장에 가까이 다가서니, 엉켜 붙어 있던 사람 몇몇이 갑자기 떨어져 나가면서 비어트리스가 모습을 드러냈다. 비어트리스는 무언가를 양손으로 가슴에 꼭 붙들고 있었다. 주위에 선 사람들은 대부분 흥미롭다는 듯한 표정이었는데, 그때 화가 난 듯 오만상을 찌푸린 여자가 비어트리스 어깨에 덥석 달라붙었다. 작년에 대장장이 남편을 열병으로 잃고 과부가 된 여자였다. 비어트리스는 괴롭히는 상대를 뿌리치면서도 시종일관 단호하고 무표정에 가까운 얼굴이었지만, 다가오는 남편을 보고는 참았던 감정을 일시에 터뜨렸다.

액슬은 지금 그 일을 회상하면서, 그때 아내의 표정에 담긴 감정은 다른 무엇보다도 엄청난 안도감이었다고 생각했다. 남편이 오면 만사가 해결되리라 믿지는 않았다 해도, 남편이 그 자리에 있는 것과 없는 것은 천지차이였다. 비어트리스는 안도감 이외에도 어떤 애원 같은 것이 섞인 표정으로 남편을 바라보면서, 꽁꽁 지키고 있던 물건을 내밀었다.

"이거 우리 거예요, 여보! 계속 어둠 속에서 살 순 없어요. 어서 받아요, 여보, 우리 거예요!"

비어트리스가 내민 것은 납작하고 못생긴 초였다. 대장간 집 과부가 초를 뺏으려고 다시 달려들었지만 비어트리스는 과부의 손을 쳐 냈다.

"받아요, 여보! 저기 저 아이, 노라가 직접 만들어서 오늘 아침에 나한테 갖다준 거예요. 밤마다 어둠 속에서 지내는데 진저리가 났을 것 같다면서."

비어트리스의 그 말에 고함 소리가 또 한바탕 터져 나왔고, 웃음소리도 들려왔다. 하지만 비어트리스는 신뢰와 애원이 가득한 표정으로 액슬을 계속 바라보았다. 액슬이 그날 새벽 토끼굴 밖에 앉아 동트기를 기다리면서 처음 떠올렸던 기억이 바로 그때 아내의 표정이었다. 길어야 삼 주 전 일일 듯한데 어떻게 벌써 잊고 있었을까? 어떻게 오늘에야 다시 떠올리게 되었을까?

액슬이 팔을 뻗었지만, 사람들에게 가로막혀 초는 잡힐 듯 잡히지 않았다. 그가 확신을 담아 큰 목소리로 말했다. "걱정 말아요, 공주. 걱정할 것 없어요." 하지만 직접 말하면서도 공허한 말이라고 생각했기에, 그 순간 사람들이 조용해지자 액슬은 놀랐다. 대장간집 과부마저 한 걸음 뒤로 물러났다. 그제야 액슬은 사람들이 자기 말에 반응한 것이 아니라 등 뒤에서 다가온 목사에게 반응한 것임을 깨달았다.

"주일에 이 무슨 소란이오?" 목사는 성큼성큼 액슬을 지나쳐 가더니 조용해진 사람들을 쏘아보았다. "응?"

"비어트리스 부인 때문이에요." 대장간집 과부가 말했다. "글쎄 초를 챙겼지 뭐예요."

비어트리스는 다시 표정이 굳었지만, 자기에게 머문 목사의 시선을 피하지 않았다.

"내 눈으로 봐도 그렇구려, 비어트리스 부인." 목사가 말했다. "협의회의 명령을 잊은 건 아니길 바라오. 부인과 바깥양반은 방에 초를 반입할 수 없게 되어 있잖소."

"목사님, 우리는 평생 초를 넘어뜨린 적이 없어요. 밤마다 깜깜한 어둠 속에서 지낼 수는 없어요."

"이미 내려진 결정이니 협의회가 결정을 바꿀 때까지는 따라야 하오."

액슬은 아내의 눈에 이글거리는 분노를 보았다. "이렇게 매정한 처사가 있나요. 이럴 수는 없어요." 아내의 목소리는 들릴락 말락 했지만, 눈은 목사를 똑바로 쳐다보고 있었다.

"부인에게서 초를 뺏으시오." 목사가 말했다. "어서. 뺏으시오."

몇 사람이 비어트리스를 향해 손을 뻗었지만, 액슬이 보기에 비어트리스는 목사의 말을 알아듣지 못한 듯했다. 덤벼드는 사람들 사이에 얼떨떨한 표정으로 서서, 거의 본능적으로 초를 움켜잡고 있을 뿐이었다. 그러더니 비로소 겁이 덜컥 난 듯 다시 액슬에게 초를 내밀었다. 동시에 사람들에게 떠밀려 휘청했다가, 달라붙은 사람들 덕에 가까스로 중심을 잡은 후, 남편에게 또다시 초를 내밀었다. 액슬이 초를 잡으려 했지만 누군가가 낚아채 갔다. 그러자 목사의 호통이 떨어졌다.

"됐소! 비어트리스 부인을 보내 드리고 누구도 부인을 험담하지 마시오. 연로한 여인이니 행동에 자각이 없을 수도 있는 것이오. 됐다고 하지 않았소! 주일에 이런 소란은 온당치 않소."

마침내 아내에게 온 액슬이 아내를 두 팔로 안았고, 사람들은 썰물처럼 길을 비켜 주었다. 액슬이 지금 그때를 회상해 보니, 두 사람은 그렇게 마주 선 자세로 한참을 서 있었던 것 같았다. 아내는 외지 여인이 다녀갔던 그날처럼 머리를 남편의 가슴에 기대고 있었다. 그저 지쳐서 숨을 고르려고 하는 듯한 모습이었다. 목사가 사람들에게 해산하라고 외치는 동안 액슬은 계속 아내를 안고 서 있었다. 두 사람이 마침내 떨어져 둘러봤을 땐 주위에 아무도 없이 목초지의 빗장 걸린 나무 문 앞에 두 사람만 서 있었다.

"아무럼 어때요, 공주. 초가 있으면 뭘 하겠어요? 우린 초 없이도 방 안에서 돌아다니는 데 익숙하잖아요. 그리고 같이 이야기만 나눠도 적적할 일은 없잖아요? 초가 있든 없든."

액슬은 그렇게 말하고 아내의 얼굴을 유심히 살폈다. 아내는 속상하다기보다 꿈꾸는 듯한 표정이었다.

"미안해요, 여보." 아내가 입을 열었다. "초를 뺏겼어요. 우리만 알고 남들에게 말하지 말았어야 했는데. 그 아이가 우리 주려고 직접 만들어서 초를 갖다주니 너무 기뻤어요. 이제 없어졌네요. 별일 아니에요."

"아무 일 아니에요, 공주."

"다들 우리를 어리석은 부부라고 생각하겠죠."

비어트리스가 한 걸음 다가와 남편의 가슴에 다시 얼굴을 묻었고, 바로 그때 이런 이야기를 했다. 얼굴을 묻고 있어 목소리가 잘 안 들렸기에 처음에 액슬은 잘못 들은 줄 알았다.

"우리 아들요, 아들 기억나요, 여보? 방금 사람들에게 떠밀리면서 아들 생각이 났어요. 늠름하고 강직한 우리 아들요. 우리 왜 여기에 살아야 해요? 우리 아들 마을로 가요. 아들이 우리를 지켜 줄 거예요. 우리를 모질게 대하는 사람도 없게 막아 줄 거예요. 여보, 그래도 당신 마음이 바뀌지 않으려나요? 이렇게 세월이 지났는데 아직도 우리 못 가나요?"

나지막하게 가슴에 대고 말하는 아내의 소리를 듣자 수많은 기억의 조각들이 망각 속에서 고개를 들었다. 밀려오는 기억에 현기증이 날 지경이었다. 자기가 휘청해 아내까지 중심을 잃게 만들까 봐 액슬은 아내를 잡은 손을 놓고 한 걸음 물러섰다.

"무슨 말이에요, 공주? 내가 우리 아들 마을에 찾아가는 걸 막은 적이 있어요?"

"그랬죠. 확실히 그랬어요."

"내가 언제 그런 여행을 반대했다는 거예요, 공주?"

"난 항상 그렇게 알고 있었는 걸요. 하지만 그렇게 물어보니 또 기억이 가물가물하네요. 그런데 우리 왜 여기 서 있는 거예요? 날이 좋긴 한데."

비어트리스는 다시 혼란스러운 표정이었다. 남편의 얼굴

을 빤히 바라보더니 주변을 빙 돌아보았다. 화창한 햇살 속에서 이웃들은 다시 제 할 일을 하고 있었다.

"우리 방에 들어가서 좀 앉아요." 이윽고 비어트리스가 말했다. "조용히 좀 쉬고 싶어요. 날이 좋긴 한데 너무 피곤하네요. 우리 들어가요."

"그래요, 공주. 해 없는 곳에서 좀 앉아 쉬어요. 그럼 금방 괜찮아질 거예요."

이제 토끼굴 안의 이웃들도 깨어 움직이는 기척이 들렸다. 액슬은 조금 전까지 워낙 생각에 골몰해 있느라 아무 소리도 듣지 못했지만, 양치기들도 이미 일하러 나갔을 시간이었다. 방 저편에서 비어트리스가 노래라도 시작할 듯 웅얼거리더니 담요를 덮은 채 몸을 뒤척였다. 익숙한 신호를 감지한 액슬은 조용히 건너가 침대 모서리에 앉아 기다렸다.

비어트리스가 몸을 돌려 바로 눕더니 게슴츠레 눈을 뜨고 액슬을 바라보았다.

"잘 잤어요, 여보?" 비어트리스가 마침내 입을 열었다. "간밤에 정령들이 당신을 데려가지 않아서 다행이에요."

"공주, 할 이야기가 있어요."

비어트리스는 여전히 반쯤 뜬 눈으로 남편을 잠시 쳐다보더니 몸을 일으켜 앉았다. 아까 전에 거미를 비췄던 빛줄기가 비어트리스의 얼굴에 떨어졌다. 헝클어진 반백의 긴 머리를 어깨 너머로 뻣뻣하게 늘어뜨리고 있었지만, 아침 햇살 속 아내의 모습에 여전히 액슬은 가슴속에 행복감을 느꼈다.

"할 말이 뭐예요, 여보? 나 눈곱도 떼기 전에?"

"전에 여행 떠나는 것에 대해 이야기했잖아요, 공주. 이제 봄이 왔으니 떠날 때가 된 듯해요."

"떠난다고요? 언제요?"

"준비되는 대로 바로요. 며칠만 갔다 오면 돼요. 마을은 우리 없이도 알아서 돌아갈 거예요. 목사님에게 말해 봅시다."

"우리 아들 보러 가는 거예요, 여보?"

"그래요, 우리 아들을 보러 가요."

이제 밖에는 새소리가 한창이었다. 비어트리스의 시선은 햇살이 천 너머로 새어 들어오는 창문으로 향했다.

"어떤 날은 아들 기억이 또렷이 나는데, 그러다가도 하루 지나면 다시 깜깜해져요. 하지만 우리 아들은 늠름하고 듬직한 남자죠. 그것만은 확실해요."

"우리 아들이 왜 우리와 같이 살지 않는 거예요, 공주?"

"나도 몰라요, 여보. 어쩌면 마을 원로들과 다투고 떠났는지도 모르겠어요. 마을 사람들에게 다 물어봤는데 우리 아들을 기억하는 사람이 아무도 없어요. 하지만 우리 아들이 절대 부끄러운 일을 했을 리는 없어요. 그건 내가 확실하게 알아요. 여보, 당신은 아무 기억 안 나요?"

"내가 좀 아까 밖에서 조용할 때 최대한 기억을 더듬어 보면서 여러 일을 생각해 냈어요. 그런데 우리 아들은 기억이 안 나요. 얼굴도 목소리도 모르겠어요. 어릴 적 모습은 가끔 어른거려서, 아이와 손을 잡고 강둑을 따라 걷던 일이라든지 엉엉 울어서 달래 주던 일은 떠올라요. 하지만 지금은 얼굴이 어떻게 생겼는지, 어디 사는지, 자기도 아들이 있는지, 그런 건 전혀 모르겠어요. 당신은 더 기억을 하려나 했지요."

"우리 아들이니 기억은 또렷하지 않아도 그 아이의 이런 저런 것이 느껴져요. 아들은 우리가 여기를 떠나서 자기와 함께 살기를 간절히 바라고 있어요. 틀림없어요."

"우리 피붙이인데 우리와 사는 걸 마다할 리 있겠어요?"

"그렇긴 해도 난 이곳이 그리울 것 같아요. 우리 이 작은 방도, 우리 마을도요. 평생 살던 곳을 떠난다는 게 쉬운 일은 아니네요."

"아무도 강요하지 않으니 우리가 천천히 생각해 보고 결정하면 돼요, 공주. 방금 동트기를 기다리면서 생각해 봤는데, 우리 아들 마을에 찾아가서 일단 그 애와 이야기해 봅시다. 우리가 아무리 부모래도, 어느 날 갑자기 나타나서 그 마을에 살겠다고 할 수는 없는 노릇이니까."

"당신 말이 맞아요."

"또 걱정되는 게 하나 있어요, 공주. 당신 말대로 그 마을에 며칠이면 간다고 해도 어디에 있는 마을인지 어떻게 알지요?"

비어트리스는 말없이 허공을 응시했다. 숨쉴 때마다 어깨만 조용히 들썩였다. 그러다가 마침내 입을 열었다. "찾아가는 데 큰 어려움은 없을 거예요. 정확히 어느 마을인지는 아직 몰라도, 내가 종종 다른 아낙들과 같이 꿀과 주석을 팔러 갔던 마을들 근처일 거예요. 대평원 건너 우리가 종종 쉬어 갔던 색슨족 마을이 있어요. 거기까지는 눈 감고도 찾아갈 수 있어요. 우리 아들이 사는 마을은 거기서 멀지 않을 테니 어렵지 않게 찾을 수 있을 거예요. 여보, 우리 정말 곧 떠나는 거예요?"

"그래요, 공주. 오늘 당장 채비에 나섭시다."

2

그러나 길을 떠나려면 그 전에 처리해 두어야 할 일이 많았다. 그런 마을은 여행에 필요한 담요니 물통이니 불쏘시개 같은 물품들이 대개 공동 소유였다. 그래서 가져가 쓰려면 이웃들과 협상깨나 해야 했다. 더구나 액슬과 비어트리스는 고령자이면서도 매일같이 해야 할 일을 맡고 있었기에 마을 공동체의 동의 없이 홀쩍 떠날 수가 없었다. 게다가 마침내 떠날 준비를 마치자 이번에는 날씨가 변덕을 부려 출발을 또 미뤄야 했다. 조금만 기다리면 해가 날 텐데 굳이 안개와 비와 추위를 무릅쓰고 떠날 이유는 없었다.

그리하여 하늘에 새털구름이 떠 있고 봄바람이 세게 불던 어느 화창한 날 아침, 부부는 마침내 짐 꾸러미를 등에 지고 지팡이를 손에 들고 길을 떠났다. 액슬은 날이 분명히 맑으리라 보고 동이 트자마자 떠나고 싶어 했지만, 비어트리스가 기다렸다가 해가 더 뜬 다음에 가자고 고집했다. 첫날 밤을 묵을 색슨족 마을은 해 떨어지기 전에 너끈히 닿을 거리이고, 무엇보다 대평원 모퉁이는 그곳에 도사리는 어두운 기운이 잦아들 정오 무렵에 꼭 통과해야 한다는 이유에서였다.

액슬은 부부가 먼 길을 가는 것이 오랜만이라 아내의 체력이 걱정이었지만, 한 시간쯤 걷고 보니 마음이 놓였다. 아내는 걸음은 느렸지만 꾸준히 잘 갔다. 무슨 통증이라도 달래려는 듯 어딘지 기우뚱한 걸음새가 다시금 액슬의 눈에 띄었지만, 아내는 휑한 벌판에 부는 바람을 꿋꿋이 맞으며 무성한 엉겅퀴 덤불도 마다하지 않고 나아갔다. 오르막 비탈길에서나 발을 떼기 힘들 만큼 질퍽이는 땅에서는 여지없이 속도가 느려졌지만 그래도 쉬지 않고 정진했다.

떠나기 며칠 전부터 비어트리스는 길 찾는 일에 자신감을 보였다. 오래전부터 다른 아낙들과 종종 찾아갔던 색슨족 마을까지는 일단 훤하다고 했다. 하지만 마을을 품은 바위산이 시야에서 사라지고 습지 건너 골짜기를 지나면서부터는 자신이 좀 없어 보였다. 갈림길이나 바람이 휘몰아치는 벌판에 이르면, 비어트리스는 걸음을 멈추고 한참을 서서 덜컥 겁이 나는 눈빛으로 주변 지형을 살폈다.

그럴 때마다 액슬은 이렇게 말하곤 했다. "걱정 말아요,

공주. 시간 많으니까 마음 놓고 천천히 봐요."

그러면 비어트리스는 돌아보며 이렇게 말했다. "여보, 우리 시간 없어요. 대평원을 안전하게 통과하려면 정오에 지나가야 해요."

"시간 넉넉히 도달할 거예요, 공주. 편하게 천천히 봐요."

여기서 한 가지 짚고 넘어가자면, 그 시절에는 탁 트인 땅에서 길 찾기가 오늘날보다 훨씬 어려웠다. 버젓한 나침반과 지도가 없어서만은 아니었다. 지금이야 시골에 생울타리가 곳곳에 쳐져 있어 밭과 길과 목초지가 단정하게 구분되어 있지만, 그때는 그런 것이 없었다. 그 시절에 길을 찾다 보면, 사방이 온통 휑해서 어느 쪽을 바라보나 경관이 똑같아 보이기 일쑤였다. 방향을 잡을 실마리라고는 오로지 지평선 저 멀리 서 있는 선돌들, 개울이 굽이도는 곳, 골짜기의 굴곡진 모양 같은 것이 전부였다. 더군다나 한번 길을 잘못 들면 목숨이 위험해지는 일도 많았다. 궂은 날씨에 횡사할 위험이 다가 아니었다. 길을 까딱 벗어났다가는, 조용히 숨어 이탈자를 기다리는 무언가에게 — 사람이건 동물이건 초자연적 존재이건 — 습격받을 위험에 고스란히 노출되기 마련이었다.

평소 도란도란 대화할 거리가 많은 이 부부가 도통 말없이 걷는 모습에 당신은 의아해할지도 모르겠다. 하지만 발목이 부러지거나 찰과상을 입어 감염이라도 되면 생명마저 위험할 수 있는 상황에서는, 한 걸음 한 걸음에 집중하는 것이 현명했다. 또 이 부부가 가는 모습을 가만히 보면, 길이 좁아져 나란히 걷기 어려울 때는 액슬이 아니라 비어트리스가 항상 앞장섰다. 위험이 따르는 곳은 남자가 앞장서는 것이 자연스러운 일이니 이것도 의외라고 생각될지 모르겠다. 아니나 다를까, 숲길을 갈 때나 늑대나 곰이 나올 만한 곳을 걸을 때면 두 사람은 말없이 자리를 바꿨다. 하지만 보통 액슬은 아내가 앞서게 했는데 이유는 간단했다. 여행길에 마주칠 법한 악귀나 악령은 거의가 일행의 꽁무니를 노리는 것으로 알려져 있기 때문이었다. 사자가 무리에서 뒤처진 영양을 노리는 것과 비슷하다고 해야 할까. 여행자가 뒤따라 오는 동료를 문득 돌아보니 종적도 없이 사라졌더라는 이야기는 허다하게 전해졌다. 그런 일이 일어날까 봐 마음이 놓이지 않는 비어트리스는 간간이 이렇게 묻곤 했다. "아직 거기 있어요, 여보?" 그러면 액슬은 정해진 답가처럼 이렇게 화답했다. "여기 있어요, 공주."

부부는 오전 늦게 대평원 언저리에 이르렀다. 액슬은 계속 걸어서 위험 구역을 일단 빠져나가자고 했지만, 비어트리스는 정오까지 기다려야 한다고 단호하게 주장했다. 두 사람은 평원을 내려다보는 산비탈의 바위에 앉아, 땅에 지팡이를 똑바로 꽂고 그림자가 짧아지는 것을 지켜보았다.

"하늘이 맑긴 하네요." 비어트리스가 말했다. "그리고 대평원의 이 모퉁이를 지나는 사람에게 사악한 기운이 닥쳤다는 이야기는 아직 못 들어 봤어요. 그래도 정오까지 기다리는 게 좋겠어요. 그러면 악령이 우리 지나가는 걸 구경할 생각도 안 할 테니."

"당신 말대로 좀 기다립시다, 공주. 그 말이 맞아요. 아무리 탈 없는 모퉁이라 해도 그래도 대평원이니."

두 사람은 그렇게 눈앞의 땅을 내려다보며 잠시 말없이 앉아 있었다. 그러다가 비어트리스가 말했다.

"여보, 우리가 가면 아들이 틀림없이 자기 마을에서 같이 살자고 할 거예요. 가끔 노인이라고 우리를 놀리긴 해도, 이렇게 오랜 세월 함께 지낸 우리 이웃들을 떠나면 기분이 이상하지 않으려나요?"

"아직 결정된 건 없어요, 공주. 아들을 만나면 다 논의해 봅시다." 액슬은 대평원을 다시 가만히 응시하다가 고개를 저으며 나지막하게 말했다. "이상하네. 지금은 아들 기억이 전혀 나지 않아요."

"난 어젯밤에 아들 꿈을 꾼 것 같아요." 비어트리스가 말했다. "우물가에 서서 한쪽으로 고개를 살짝만 돌린 채, 누군가를 큰 소리로 부르고 있었어요. 그 전후의 일은 생각이 안 나고요."

"당신은 그래도 꿈속에서라도 보긴 했구려. 어떻게 생겼던가요?"

"강인하고 잘생긴 얼굴이었던 건 기억나요. 하지만 눈 색깔이나 뺨의 굴곡 같은 건 기억이 안 나요."

"난 지금 아들 얼굴이 전혀 생각 안 나요. 다 이 안개 때문일 거예요. 안개 속에 사라져도 좋을 기억이 많은데도 그렇게 소중한 기억을 잃는다니 참 가혹하구려."

비어트리스가 바짝 다가와 고개를 남편 어깨에 기댔다. 어느덧 세차게 몰아치는 바람에 비어트리스의 망토 한쪽이 휘날렸다. 액슬은 아내 어깨에 팔을 둘러 망토를 붙잡고 단단히 여며 주었다.

"감히 말하건대, 당신이든 나든 머지않아 기억을 되살릴 거예요." 액슬이 말했다.

"여보, 우리 그렇게 해 봐요. 둘이 같이요. 귀한 보석을 어디 두고 잃어버린 것 같은 기분이지만, 우리가 같이 열심히 찾아보면 꼭 찾을 거예요."

"꼭 찾을 거예요, 공주. 자, 그림자가 거의 없어졌구려. 이제 내려가야지요."

비어트리스가 몸을 펴더니 꾸러미를 뒤적거렸다. "여기요, 이걸 지니고 가요."

그러면서 매끈한 조약돌 두 개를 남편에게 건넸다. 그런데 자세히 보니 평범한 조약돌이 아니라 복잡한 문양이 각기 한쪽 면에 새겨져 있었다.

"허리띠에 넣어 둬요. 새겨진 면이 꼭 바깥으로 향해야 해요. 갖고 있으면 주님이 우리를 안전하게 지켜 주실 거예요. 다른 것들은 내가 지니고 갈게요."

"난 하나면 충분해요, 공주."

"아니에요, 여보, 우리 둘이 똑같이 나눠 가져요. 그리고 내 기억에는 저 밑에 가면 길이 죽 나 있어요. 비에 쓸려 없어지지만 않았으면 이제부터는 걷기가 좀 수월할 거예요. 그런데 조심해야 할 곳이 한 군데 있어요. 여보, 내 말 듣고 있어요? 가다 보면 거인이 묻힌 곳 위로 길이 지나가요. 모르는 사람이 보기엔 그냥 평범한 언덕인데, 거기에 이르면 내가 신호를 할게요. 그러면 길을 벗어나서 언덕 둘레를 빙 돌아가는 거예요. 그렇게 가다가 내려가는 길을 만나면 거기서 다시 길에 접어들면 돼요. 아무리 정오라도 그런 무덤을 밟고 지나가서 좋을 게 없어요. 내 말 무슨 말인지 알겠어요, 여보?"

"걱정 말아요, 공주. 무슨 말인지 잘 알겠어요."

"그리고 내가 말 안 해도 알죠? 길에서 낯선 사람을 만나거나 근처에서 부르는 소리가 들려도, 가여운 동물이 덫에 걸려 있거나 다쳐서 도랑에 빠져 있어도, 그 밖에 무엇이 시선을 끌어도 한 마디도 해선 안 되고 발걸음을 늦춰서도 안 돼요."

"알다마다요, 공주."

"그래요, 그럼 이제 우리 가요."

비어트리스가 장담한 대로 대평원을 지나가는 구간은 길지 않았다. 길은 가끔 질퍽거렸지만 시종일관 뚜렷하게 나 있었고, 해가 안 드는 곳도 없었다. 처음에 잠깐 내리막길을 갔다가 오르막길을 꾸준히 오른 끝에, 어느덧 두 사람은 산등성이를 타고 있었다. 양편으로는 황야가 펼쳐졌다. 바람이 매섭게 불었지만 그래도 그 덕에 정오의 태양을 견디기가 한결 나았다. 사방을 뒤덮은 연보라색 헤더꽃과 노란색 가시금작화는 기껏해야 높이가 무릎에 찼고, 나무라고는 하염없는 강풍에 구부정하게 등이 휜 고목이 드문드문 덩그러니 서 있는 게 다였다. 이윽고 오른편에 골짜기가 나타나 대평원의 웅장한 신비를 드러내며, 두 사람이 지금 침범한 곳은 광활한 대지의 한 귀퉁이에 지나지 않음을 새삼 일깨워주었다.

액슬은 아내 뒤를 바짝 붙어서 따라갔다. 그럼에도 대평원을 건너는 동안 내내 비어트리스는 대여섯 걸음마다 마치 사제가 기도를 선창하듯 "아직 거기 있어요, 여보?"라고 물었고, 액슬은 "여기 있어요, 공주."라고 대답하곤 했다. 두 사람은 이렇게 의례처럼 주고받는 문답 외에는 아무 말도 하지 않았다. 둘은 심지어 거인이 묻힌 무덤에 이르러 비어트리스의 다급한 손짓과 함께 길을 벗어나 헤더꽃 덤불이 있는 곳으로 들어선 후에도, 평탄한 어조로 문답을 계속 주고받았다. 마치 듣고 있는 악령들에게 자신들의 목적을 속이

기라도 하려는 것 같았다. 액슬은 줄곧 안개가 빠르게 퍼지거나 하늘이 갑자기 어두워지는 기색이 없는지 살폈지만 아무 조짐도 없었고, 얼마 후 두 사람은 대평원을 벗어났다. 새소리가 울려 퍼지는 수풀을 헤치며 언덕을 오르는 동안 비어트리스는 아무 말도 하지 않았지만 긴장이 확연히 풀린 모습이었고, 반복되던 문답도 그쳤다.

두 사람은 시냇가에 앉아 쉬며 발을 씻고, 빵을 먹고 물통을 채웠다. 여기서부터는 로마 시대에 낸 움푹한 도로가 길게 이어졌다. 길은 참나무와 느릅나무가 양옆에 늘어서 있고 걷기에 훨씬 편했지만, 오가는 여행자들과 마주칠 수밖에 없었으므로 경계하며 걸어야 했다. 아니나 다를까, 한 시간도 걷지 않아 두 아이를 데리고 가는 여자, 당나귀 몇 마리를 몰고 가는 소년, 극단에 서둘러 합류하려는 유랑 배우 두 명과 마주쳤다. 그때마다 부부는 걸음을 멈추고 사람들과 가벼운 인사를 나눴다. 하지만 한번은 바퀴와 말발굽이 덜그럭거리는 소리를 듣고 도랑에 몸을 숨겼는데, 역시 평범한 행인이었다. 말이 끄는 달구지에 장작을 잔뜩 싣고 지나가는 색슨족 농부였다.

오후 중반이 되어 가자 폭풍이라도 불어닥칠 듯 구름이 하늘을 뒤덮기 시작했다. 두 사람은 큰 참나무 밑에서 길쪽을 등지고, 지나가는 행인에게 보이지 않는 곳에 앉아 쉬고 있었다. 두 사람 앞으로 평야가 펼쳐져 있었으므로 날씨

변화가 바로 눈에 띄었다.

"걱정 말아요, 공주. 해가 다시 날 때까지 이 나무 밑에서 비를 피하면 돼요." 액슬이 말했다.

하지만 비어트리스는 일어서더니 이마에 손을 대고 먼 곳을 내다보았다. "저기 길이 굽어지는 곳이 보여요. 거기서 고택까지는 멀지 않아요. 전에 아낙들과 왔을 때 거기서 한번 비를 피했어요. 폐가이긴 한데 지붕은 그때까지 온전했어요."

"폭풍이 불어닥치기 전에 갈 수 있는 거리예요, 공주?"

"지금 가면 충분할 거예요."

"그럼 어서 갑시다. 홀딱 젖어 감기에 걸리면 좋을 일 없어요. 그리고 이 나무는 지금 보니 비가 줄줄 새겠구려. 머리 위의 하늘이 거의 다 보여요."

◆

폐가는 비어트리스의 기억보다 길에서 멀리 떨어져 있었다. 빗방울이 떨어지기 시작하고 하늘이 어둑어둑해지는 가운데, 두 사람은 허리까지 오는 쐐기풀을 지팡이로 헤치면서 좁고 긴 길을 힘겹게 나아갔다. 도로에서는 훤히 보이는 저택이었지만 그곳에 도착하기까지 내내 수풀에 가려 보이

지 않았기에, 갑자기 눈앞에 건물이 나타나자 두 사람은 움
찔하면서 동시에 안도했다.

로마 시절에는 꽤 화려했을 법한 저택인데, 이제 서 있는
구획이 얼마 없었다. 한때 근사했을 바닥은 비바람에 노출
되어 곳곳에 웅덩이가 흉하게 파여 있고, 빛바랜 타일 틈으
로 잡초가 자라고 있었다. 벽들은 거의 흔적만 남아서 높이
가 발목에 안 차는 곳도 있었지만 옛 방들의 배치 구조를
고스란히 보여 주었다. 고택의 보존된 구획 앞에는 석조 아
치문이 서 있었다. 액슬과 비어트리스는 조심스럽게 문간에
다가가 귀를 기울였다. 이윽고 액슬이 외쳤다. "누구 안에 계
시오?" 아무 대답이 없자 또 이렇게 외쳤다. "연로한 브리턴
사람 둘이 폭풍을 피하고자 하오. 평화로운 방문이오."

여전히 기척이 없자 두 사람은 아치문 안으로 들어섰다.
예전에 회랑이었을 그늘진 공간을 지나자 침침한 빛이 드는
널찍한 방이 나왔다. 하지만 여기도 벽 하나가 완전히 허물
어지고 없었다. 인접한 방은 통째로 사라졌고 그 자리엔 무
성한 상록수들이 방 경계까지 뻗쳐 있었다. 그러나 벽 세 개
는 남아 있고 천장도 멀쩡했으므로 비를 피할 공간 구실을
하기엔 충분했다. 한때 하얗게 회칠했지만 지금은 때가 꼬질
꼬질한 벽 앞에 거무스름한 형체가 둘 있었다. 한 사람은 서
있고 한 사람은 앉아 있는데, 서로 거리를 두고 있었다.

굴러다니는 벽돌 하나를 놓고 앉은 사람은 체구가 왜소한

노파였다. 액슬과 비어트리스보다 나이가 많았는데, 어두운 색 망토를 두르고 모자를 살짝 뒤로 젖혀 쪼글쪼글한 얼굴이 드러나 있었다. 눈은 움푹 들어가 거의 보이지 않을 정도였다. 굽은 등은 뒤의 벽에 기대지 않고 좀 떨어져 있었다. 무릎 위에서 뭔가가 꿈틀거리고 있었는데, 액슬이 유심히 보니 토끼였다. 노파는 뼈만 앙상한 두 손으로 토끼를 꽉 붙들고 있었다.

다른 한 사람은 같은 벽 끄트머리에 서 있었다. 비를 피할 수 있는 한 노파와 최대한 멀리 떨어진 자리에 선 듯했다. 마르고 키가 대단히 큰 사내였다. 양치기가 추운 밤에 근무 설 때 입을 법한 두꺼운 긴 외투를 입었는데, 외투 밑으로 드러난 아랫다리는 맨살이었다. 발에 신은 신발은 액슬이 보기에 어부들이 신는 종류였다. 나이는 아직 젊은 듯했는데도 윗머리가 매끈한 대머리였고, 귀 주위에는 검은 털이 수북이 나 있었다. 사내는 벽을 마주 보고 굳은 자세로 서 있었다. 한 손을 벽에 짚은 모습이 마치 벽 뒤편에서 나는 소리를 골똘히 듣고 있기라도 한 듯했다. 방에 들어오는 액슬과 비어트리스를 어깨 너머로 흘끔 보았지만 말은 없었다. 노파도 들어온 두 사람을 말없이 빤히 쳐다보았고, 액슬이 "안녕하십니까."라고 인사하자 두 사람은 비로소 경직된 자세를 조금 풀었다. 키 큰 사내가 말했다. "안으로 더 들어오세요, 두 분. 거기 있다가 몸이 젖으시겠어요."

아닌 게 아니라 이제 하늘에 구멍이 난 듯 폭우가 퍼붓고 있었고, 망가진 지붕 어딘가를 타고 빗물이 흘러내려 부부가 서 있는 곳 옆으로 후두둑 쏟아지고 있었다. 액슬은 사내에게 고맙다고 말하며 아내와 함께 벽 쪽으로 옮겨 가, 먼저 와 있는 두 사람 중간쯤에 자리를 잡았다. 그리고 아내가 짐 내려놓는 것을 도와주고 자기 짐도 내려놓았다.

네 사람은 그렇게 가만히 있었고, 폭풍은 점점 더 거세졌다. 번개가 방 안을 번쩍 비추었다. 기묘하리만치 움직임이 없는 사내와 노파의 모습에 액슬과 비어트리스는 마법이라도 걸린 듯 똑같이 부동자세로 침묵했다. 마치 그림 하나를 발견하고 그 속으로 걸어 들어가서는 자기들도 꼼짝없이 그림 속 인물들이 되어 버린 듯했다.

폭우가 잦아들어 주룩주룩 내리는 비가 되자, 왜소한 노파가 마침내 정적을 깼다. 한 손에 꼭 쥔 토끼를 다른 손으로 쓰다듬으면서 이렇게 말했다.

"안녕하시오, 형제들. 인사가 늦은 걸 용서해 주시구려. 이런 데 사람이 찾아온 게 의외여서 그랬다오. 물론 잘 오셨소. 여행하기 좋은 날씨였는데 폭풍이 들이닥쳤구려. 그래도 금방 왔다 금방 갈 폭풍이라오. 여행이 오래 지체되진 않을 테니 이참에 좀 쉬시구려. 그런데 어딜 찾아가시오, 형제들?"

"아들 사는 마을에 가는 길입니다." 액슬이 말했다. "아들이 우리를 몹시 기다리고 있어요. 하지만 오늘은 해 떨어지기 전에 색슨족 마을까지 가서 거기에서 묵을 생각입니다."

"색슨족은 거칠긴 하지만, 우리네 사람들보다는 나그네를 더 환대해 줄 거요. 앉으시오, 형제들. 그 뒤에 있는 통나무가 말라 있소. 나도 곧잘 앉는 자리요."

액슬과 비어트리스는 노파의 권유를 따랐다. 빗줄기는 계속 쏟아지고 방 안에는 다시 정적이 흘렀다. 그러던 중 노파의 움직임에 액슬은 힐끗 눈이 갔다. 노파는 토끼의 두 귀를 뒤로 잡아당기면서, 빠져나가려고 버둥거리는 토끼를 갈고리 같은 손으로 단단히 움켜쥐었다. 그러더니 액슬이 보는 앞에서 다른 손으로 큼직한 녹슨 칼을 꺼내 들더니 토끼 목에 갖다 댔다. 곁에 있는 비어트리스가 흠칫 놀랐고, 액슬은 부부의 발밑은 물론 온 방의 바닥 곳곳에 묻어 있는 거무튀튀한 얼룩의 정체가 핏자국임을 깨달았다. 담쟁이덩굴과 눅눅한 돌의 쾨쾨한 냄새 속에 희미하게 서려 있는 것은 분명 살육의 냄새였다.

칼을 토끼 목에 갖다 댄 노파는 동작을 멈추고 미동도 하지 않았다. 액슬은 노파의 움푹한 눈이 벽 끄트머리에 선 사내를 뚫어지게 보고 있음을 깨달았다. 마치 사내의 신호를 기다리고 있는 듯했다. 하지만 사내는 여전히 이마가 벽에 거의 닿을 듯한 자세로 뻣뻣하게 서 있을 뿐이었다. 노파의 행동을 보지 못했거나 무시하기로 작심했거나, 둘 중 하나였다.

"부인, 토끼를 꼭 잡으시려거든 목을 깨끗이 부러뜨리세요. 아니면 돌로 세게 치시든가요." 액슬이 말했다.

"내가 힘이 있으면 그리하겠지만 그럴 기운이 없소. 가진 건 잘 드는 칼뿐이야."

"그럼 제가 도와드리지요. 칼은 쓸 필요가 없습니다." 액슬이 일어나서 손을 내밀었지만, 노파는 토끼를 내줄 기색이 전혀 없었다. 칼을 토끼 목에 갖다 댄 그 자세 그대로 사내를 계속 뚫어지게 바라볼 뿐이었다.

마침내 키 큰 사내가 돌아서서 부부를 향했다. "두 분." 그가 말했다. "조금 전에 들어오실 때는 놀랐는데 이제는 반갑습니다. 선량한 분들이로군요. 그래서 부탁 하나 드리겠습니다. 폭풍이 지나가는 동안 제 곤란한 사정 좀 들어 주십시오. 저는 거센 물결을 넘어 나그네들을 실어 나르는 보잘것없는 뱃사공입니다. 일에는 불만이 없지만, 장시간 일해야 하고 물을 건너려는 손님이 많을 때는 잠도 잘 못 잘뿐더러 노를 저을 때마다 팔다리가 아픕니다. 비가 오나 바람이 부나 해가 이글거리나 묵묵히 일하면서, 쉬는 날만 바라보며 기운을 냅니다. 같이 일하는 뱃사공이 몇 명 있어서 몇 주씩 고되게 일하고 나면 그래도 일을 교대하고 쉴 수 있지요. 저희 뱃사공들은 쉬는 날에 저마다 가는 특별한 곳이 있는데, 제가 가는 곳은 바로 이곳입니다. 이 집은 제가 근심 걱정 없는 유년기를 보낸 곳입니다. 이제 옛 모습은 사라졌지만 제게는 소중한 추억이 어린 곳이라, 여기 올 때 바라는 것이라곤 이곳을 조용히 즐기는 것밖에 없습니다. 그런데 제 말 좀 들어 보세요. 제가 여기 오기만 하면 한 시간도 안 되어 이 노파가 저 아치문으로 들어옵니다. 그리고 앉아서 저를 밤낮으로 몇 시간이고 조롱합니다. 모질고 부당한 비난을 던지지요. 어둠 속에 숨어 더없이 끔찍한 욕을 제게 퍼붓는다고요. 도무지 숨 돌릴 틈도 주지 않습니다. 가끔은 지금처럼 토끼나 그 비슷한 작은 짐승을 들고 와서 잡아 죽이고 이 소중한 곳을 피로 더럽힙니다. 제발 가 달라고 모든 방법을 동원해 설득해 보았지만, 자기도 하느님이 영혼에 심어 주신 동정심이라는 게 있을 텐데 짐짓 모른 체합니다. 도무지 떠나갈 생각도, 조롱을 그칠 생각도 하지 않습니다. 지금 핍박을 멈춘 것도 오로지 두 분의 예기치 않은 방문 때문입니다. 그리고 저는 곧 돌아가는 길에 올라 이제 물 위에서 또 몇 주를 고되게 보내야 합니다. 두 분께 간청드리는데, 어떻게든 노파가 좀 떠나게 해 주십시오. 지금 하는 행동이 불경스럽다고 설득 좀 해 주십시오. 외지에서 오신 분들의 말이라면 들을지도 모릅니다."

뱃사공이 말을 마치자 정적이 흘렀다. 액슬이 나중에 그 순간을 회상해 보니, 그때 한편으로는 뭐라고 대답을 해 줘야 한다는 생각이 막연하게 들면서도, 다른 한편으로는 꿈속에서 들은 말이라 꼭 대답해 줄 의무가 없다는 느낌이 들었다. 비어트리스도 꼭 대답할 생각이 없는 듯, 노파만을 계속 바라보았다. 노파는 이제 토끼의 목에서 칼을 떼고, 칼날로 거의 다정하다 할 정도로 토끼털을 쓰다듬고 있었다. 마침내 비어트리스가 입을 열었다.

"부인, 부탁드려요. 토끼 처리는 제 남편에게 맡기세요. 굳이 이런 곳에서 피를 쏟을 이유가 없고, 피를 받을 대야도 없잖아요. 그러시다가 이 착실한 뱃사공은 물론이고 부인에게도, 비바람을 피해 찾아드는 나그네들에게도 액운이 들겠어요. 칼을 넣어 두시고 토끼는 다른 곳에서 살살 잡으세요. 그리고 이 성실한 뱃사공을 그렇게 조롱하셔서 무슨 득이 될까요?"

"이 부인에게 성급히 모진 말을 하지는 맙시다, 공주." 액슬이 부드러운 목소리로 말했다. "두 사람 사이에 무슨 사연이 있는지는 우리가 모르잖아요. 이 뱃사공은 정직해 보이지만, 이 부인도 여기 와서 저런 행동을 하는 데는 이유가 있는지도 몰라요."

"말씀 잘하셨소." 노파가 말했다. "얼마 남지 않은 날을 나라고 이렇게 보내고 싶겠소? 내가 있고 싶은 곳은 멀리 떨어져 있는 남편 곁이야. 남편과 헤어진 것이 바로 이 뱃사공 때문이야. 내 남편은 현명하고 신중한 사람이었다오. 우리는 오래전부터 여행을 계획했고, 여러 해 동안 여행 이야기를 하고 여행 꿈을 꿨어. 마침내 준비가 끝나고 필요한 채비를 모두 마치게 되어 길을 떠났고, 며칠을 걸은 끝에 섬 건너편 작은 만에 이르렀다오. 뱃사공을 기다리자니 곧 배 한 척이 다가왔소. 그런데 공교롭게도 나타난 사람이 바로 이 사내였어. 키가 얼마나 큰지 보시오. 긴 노를 들고 하늘을 배경으로 배 위에 서 있는데, 어찌나 장신에 마른 몸인지 마치 죽마를 타고 뒤뚱뒤뚱 재주를 부리는 사람 같았다니까. 이자가 바위에 서 있던 남편과 내 쪽으로 오더니 배를 묶더이다. 그러고는, 어떻게 했는지는 지금도 모르겠지만, 뭔가 방법을 써서 우리를 속였소. 우리는 너무 사람을 잘 믿었지. 섬을 그리 가까이 두고, 이 뱃사공은 나를 물가에 남겨 둔 채 남편을 데리고 떠났소. 사십 년 넘게 남편과 아내로 살면서 하루도 떨어진 적이 없는 우리 부부인데 말이야. 무슨 방법을 쓴 것인지 알 수가 없소. 아마 목소리로 우리를 꿈에 빠지게 한 게 틀림없어. 정신을 차리자 이미 남편을 태운 채 노를 저어 가고 있었고 나는 여전히 뭍에 있었으니 말이오. 그때도 나는 의심하지 않았소. 설마 뱃사공이 그런 가혹한 짓을 할 줄을 누가 알았겠소? 그래서 기다렸지. 배가 한 번에 손님 한 명만 태울 수 있는 것이리라 마음속으로 생각했소. 그날 물결이 높았고 하늘도 거의 지금만큼이나 깜깜했으니 말이야. 바위에 선 채, 배가 점점 작아져 점이 되는 것을 지켜보았어. 그리고 또 기다리니, 이윽고 점이 점점 커지면서 돌아오는 뱃사공의 모습이 보이는 거요. 곧 조약돌처럼 매끈한 대머리가 보이고, 배가 손님 없이 빈 것도 보였소. 이제 내 차례이고, 사랑하는 남편과 곧 만나게 되리라 생각했지. 그런데 뱃사공은 내가 기다리는 곳으로 와서 밧줄을 말뚝에 묶더니, 고개를 저으며 나를 건네줄 수 없다고 하지 뭐요. 울고 따지고 호소했지만, 들어주지를 않더이다. 대신에 내게 내미는 것이 — 참으로 잔인하게도 — 섬 기슭에 놓은 덫으로 잡았다는 토끼 한 마리였다오. 홀로 된 나의 첫 저녁 식사로 제격일 것이라 생각하여 가져왔다는 거요. 그러고는 기다리는 손님이 더 없는 것을 보고 노를 저어 떠나갔고, 나는 그자가 쥐여 준 망할 토끼만 들고 물가에서 혼자 흐느꼈소. 토끼는 헤더꽃 수풀로 도망가게 금방 놔주었지. 정말이지 그날 저녁은 입맛이 전혀 없었고 그 후로도 여러 날 동안 그랬다오. 그래서 내가 여기 올 때마다 작은 선물을 들고 오는 거요. 그날의 호의에 보답하기 위해, 스튜 끓여 먹으라고 토끼를 가져오는 거라오."

"토끼는 그날 제 저녁거리였어요." 방 저쪽에서 뱃사공이 끼어들었다. "불쌍한 마음에 노파에게 준 거였습니다. 그저 호의였을 뿐이에요."

"자세한 사정은 저희가 모르지만요." 비어트리스가 말했다. "이 부인을 그렇게 물가에 혼자 두고 간 행동은 분명 잔인하게 속인 것 같네요. 어째서 그러셨어요?"

"부인, 이 노파가 말하는 섬은 여느 평범한 섬이 아닙니다. 저희 뱃사공들이 그간 수많은 손님을 그 섬에 실어 날랐고, 지금쯤 수백 명이 그곳의 들과 숲에 기거하고 있을 겁니다. 하지만 그 섬은 기이한 속성이 있는 곳이라, 그곳에 온 사람은 다른 사람이라곤 아무도 보지 못한 채 나무와 수풀 속을 홀로 거닐게 됩니다. 어쩌다가 달 밝은 밤이나 폭풍이 불어닥치기 직전이면 다른 주민들의 존재가 느껴질 때도 있습니다. 하지만 대부분의 나날은 각자가 섬의 유일한 주민인 것처럼 삽니다. 저는 이 노파도 기꺼이 건네드릴 생각이었는데, 남편과 함께 있을 수 없다는 걸 알고는 그런 고독은 원치 않는다며 자기가 가지 않겠다고 했어요. 그래서 제 소임대로 그 결정을 존중해 본인의 갈 길을 가게 해 준 겁니다. 토끼는 제가 말했듯이 그저 호의에서 준 거였고요. 그런데 그 호의를 저렇게 갚고 있는 겁니다."

"이 뱃사공은 교활한 자요." 노파가 말했다. "외지에서 온 두 분에게도 서슴없이 거짓말을 하는 것 보시오. 그 섬에서는 누구나 고독 속에 배회하는 것처럼 말하지만, 그건 사실이 아니오. 남편과 내가 설마 그런 곳에 가는 걸 오랜 세월 꿈꿨겠소? 사실은 이렇소. 결혼한 부부 중에는 물을 건너가 그 섬에서 함께 살 수 있도록 허락받는 이들이 많이 있소. 많은 부부가 그 섬의 숲과 조용한 물가를 팔짱 끼고 거닐고 있소. 남편과 나도 알고 있었지. 어릴 때부터 알고 있던 사실

이야. 두 분도 기억을 잘 돌이켜 보면 내가 하는 말이 사실이라는 게 생각날 거요. 만에서 기다릴 때만 해도 우리 부부는 그렇게 잔인한 뱃사공이 물을 건너올 줄은 생각도 못 했소."

"그 말은 반만 맞고 반은 틀립니다." 뱃사공이 말했다. "어쩌다가 두 사람이 섬으로 함께 건너가도록 허락받을 때도 있는데, 그건 드문 경우예요. 두 사람을 잇는 사랑의 끈이 이례적으로 튼튼해야만 가능합니다. 때로 그런 경우가 있다는 걸 부인하진 않겠습니다. 그래서 저희 뱃사공들은 부부나 결혼하지 않은 연인이 배를 기다리고 있으면 꼼꼼히 질문해 볼 의무가 있습니다. 두 사람을 잇는 끈이 물을 함께 건널 만큼 튼튼한지 알아볼 책임이 저희에게 있으니까요. 이 부인은 인정하지 않으려 하지만 남편과의 끈이 너무 약했습니다. 한번 가슴에 손을 대고 말해 보라고 하세요, 그날 제 판정이 틀렸는지."

"부인, 어떻게 생각하세요?" 비어트리스가 말했다.

노파는 아무 말도 하지 않았다. 시선을 내리깔고 꽁한 모습으로 토끼털만 칼날로 계속 쓰다듬었다.

"부인." 액슬이 말했다. "이 비만 그치면 저희는 다시 떠나려고 합니다. 저희와 같이 자리를 뜨시면 어떨까요. 가시는 길은 어느 정도 동행해 드리겠습니다. 즐거운 이야기나 한가로이 나누며 가시지요. 이 뱃사공은 허물어져 가는 집이나

마 편안하게 즐기라고 놓아두시고요. 여기 이렇게 앉아 있는다고 얻을 게 무엇 있습니까? 그리고 말씀만 하시면 토끼는 제가 깨끗이 잡아서 드리겠습니다. 그렇게 하시면 어떨까요?"

노파는 대답이 없었고, 액슬의 말을 들은 기색도 보이지 않았다. 그러더니 잠시 후 자리에서 천천히 일어났다. 토끼는 가슴에 꼭 안은 채였다. 선 키도 쪼그마한 노파는 망토를 바닥에 끌면서 방의 뚫린 면 쪽으로 걸어갔다. 천장 어딘가에서 빗물이 후두둑 떨어졌지만 개의치 않는 듯했다. 방의 바닥이 끝나는 가장자리에 이르자, 내리는 비와 무성한 수풀을 바라보았다. 그러고는 몸을 천천히 굽혀 토끼를 발치에 내려놓았다. 토끼는 겁에 질려 몸이 굳었는지 처음엔 움직이지 않다가 곧 풀숲으로 사라졌다.

노파는 조심스럽게 몸을 펴더니 돌아섰다. 기묘하리만치 움푹 들어간 눈이라 확실히 보이지 않았지만, 잠시 뱃사공을 쳐다본 후 노파가 말했다. "이 외지 분들 때문에 내가 입맛을 잃었소만, 조만간 틀림없이 되찾을 거요."

노파는 그 말과 함께 망토 밑단을 들어 올리더니 마치 물속에 몸을 담그듯 서서히 풀숲에 발을 내디뎠다. 비를 주룩주룩 맞으며, 노파는 망토에 달린 모자를 푹 뒤집어쓰고는 키 큰 쐐기풀 사이로 걸어 들어갔다.

"잠깐만 기다리셨다가 같이 가시지요." 액슬이 노파의 뒤에 대고 외쳤다. 그러나 비어트리스가 팔을 붙잡고 속삭였다. "끼어들지 않는 게 낫겠어요, 여보. 그냥 가게 둬요."

액슬은 노파가 발을 내디뎠던 자리로 가 보았다. 무성한 수풀에 막혀 못 가고 있으리라 생각했는데, 노파는 이미 종적도 보이지 않았다.

"고맙습니다, 두 분." 액슬의 등 뒤에서 뱃사공이 말했다. "오늘 하루라도 평온하게 어린 시절을 추억할 수 있게 됐습니다."

"저희도 곧 자리를 비켜 드리겠습니다." 액슬이 말했다. "이 비만 그치면 가려고 합니다."

"서두르실 것 없습니다. 분별 있는 말씀을 해 주셔서 고맙습니다."

액슬은 내리는 비를 계속 바라보았다. 등 뒤에서 아내의 목소리가 들렸다. "옛날에는 으리으리한 집이었겠네요."

"아, 그랬지요, 부인. 어릴 때는 여기밖에 몰랐으니 얼마나 으리으리한 집인지도 몰랐어요. 좋은 그림이며 귀중한 물건들이 즐비했고, 친절하고 현명한 하인들이 있었지요. 저기 저 공간이 바로 연회실이었습니다."

"지금은 이렇게 돼서 슬프겠어요."

"이렇게나마 아직 남아 있어 다행이지요. 이 집처럼 예전에 전란을 겪은 집들은 대개 전소되어 잡초와 헤더꽃에 뒤덮인 둔덕 한두 개만 남은 곳도 많답니다."

그때 액슬의 귀에 비어트리스가 다가오는 발소리가 들렸다. 어깨 위에 아내가 손을 올리더니 나지막한 소리로 물었다. "왜 그래요, 여보? 걱정이 있는 것 같아요. 척 보면 알아요."

"아무것도 아니에요, 공주. 그저 이 폐가를 보고 있으니, 이곳에서 일어난 일이 기억나는 것 같은 착각이 잠깐 들었어요."

"어떤 일이요?"

"모르겠어요, 공주. 저 뱃사공이 전쟁이며 집이 불탄 이야기를 하니 무언가 기억이 되살아나는 기분이에요. 아마 당신을 알기 전 옛날 일일 거예요."

"우리가 서로 모르던 때도 있었어요, 여보? 가끔은 우리가 아기 때부터 같이 지낸 것 같은 느낌이에요."

"나도 그런 것 같아요, 공주. 이렇게 기이한 장소에 있다 보니 내가 좀 어떻게 된 것 같구려."

비어트리스는 남편을 유심히 바라보다가 그의 손을 꼭 잡고 조용히 말했다. "여긴 정말 이상한 곳이에요. 여기 있다가는 비 맞는 것보다 큰 화를 입을지 몰라요. 여길 빨리 떠나고 싶어요, 여보. 그 부인이 돌아오거나 더 나쁜 일이 생기기 전에요."

액슬은 고개를 끄덕였다. 그리고 돌아서서 방 저편을 향해 외쳤다. "자, 뱃사공 양반, 이제 하늘이 개일 듯하니 우린

다시 길을 가야겠습니다. 비 피하느라 신세 많이 졌습니다."

뱃사공은 아무 대답도 하지 않았지만, 짐을 메는 두 사람을 거들러 와서 지팡이를 하나씩 건네주었다. "조심해서 가십시오. 아드님도 건강히 잘 있길 바랍니다."

두 사람은 다시 고맙다는 인사를 하고 아치문으로 걸어 나가는데, 문득 비어트리스가 걸음을 멈추고 돌아보더니 뱃사공에게 물었다.

"이제 가면 다시 뵐 일이 없을지도 모르니 궁금한 것 하나 물어도 될까요?"

뱃사공은 벽 앞의 자기 자리에 선 채 비어트리스를 유심히 바라보았다.

"아까 이런 말을 하시지 않았나요." 비어트리스가 말을 이어갔다. "물을 건너려고 기다리는 부부에게 질문을 하게 되어 있다고요. 두 사람이 섬에서 같이 사는 게 허락될 만큼 서로를 잇는 사랑의 끈이 튼튼한지 알아봐야 한다고 하셨잖아요. 그래서 궁금해요. 그걸 알아보려면 어떤 질문을 하세요?"

뱃사공은 잠시 확신이 없는 듯한 모습이었다. 이윽고 그가 말했다. "부인, 솔직히 말씀 드리면 그런 것은 제가 할 이야기가 아닙니다. 사실 원칙적으로는 저희가 오늘 이렇게 만나서는 안 되는 거였어요. 하지만 무언가 기이한 우연으로 한자리에서 만나게 되었고, 거기에 유감은 없습니다. 두 분이 호의를 베푸시고 제 편을 들어 주셨으니 감사할 따름이지요. 그러니 제가 드릴 수 있는 최선의 답변을 드리겠습니다. 말씀하셨듯이, 저는 그 섬으로 건너가고자 하는 손님 모두에게 질문을 하게 되어 있습니다. 만약 지금 말씀하신 것처럼 서로를 잇는 끈이 무척 튼튼하다고 주장하는 부부나 연인이라면, 저는 두 사람에게 가장 소중하게 간직한 추억이 무엇이냐고 묻게 되어 있습니다. 한 사람씩 따로 묻고, 각자 따로 대답해야 합니다. 그렇게 하면 두 사람을 잇는 끈의 실체를 금방 알 수 있지요."

"하지만 사람의 진정한 속마음을 알아보기는 어렵지 않나요?" 비어트리스가 물었다. "겉모습에 현혹되기가 쉬우니까요."

"옳은 말씀이지만, 저희 뱃사공들은 오랜 세월 워낙 많은 사람을 봐서 속임수라면 금방 꿰뚫어 볼 수 있습니다. 게다가 가장 소중히 간직한 추억을 이야기하게 하면 진실을 숨기는 게 불가능합니다. 사랑의 끈으로 이어져 있다고 주장하는 두 사람이라 해도 저희 뱃사공들 눈에는 원망과 분노, 심지어 증오가 보이곤 하지요. 아니면 서로에 대한 감정이 아주 메말라 버렸기도 하고요. 외로움에 대한 두려움이 전부인 경우도 있지요. 세월이 흘러도 변치 않는 사랑이란 좀처럼 보기 어렵습니다. 혹여 그런 경우를 만나면 저희는 기쁘게 두 사람을 함께 건네줄 따름이죠. 부인, 제가 하지 말아야 할 말까지 이미 너무 많이 한 것 같네요."

"말해 줘서 고마워요, 뱃사공 선생. 그저 늙은이가 호기심이 동해서 물어봤어요. 이제 편안히 쉬도록 자리를 비켜 줄게요."

"조심해서 가십시오."

◆

두 사람은 앞서 뚫고 왔던 고사리와 쐐기풀 숲을 헤치며 되짚어 돌아갔다. 폭우로 인해 풀 밑의 땅이 안정적이지 않았으므로, 마음은 고택에서 어서 벗어나고 싶었지만 조심스럽게 한 걸음 한 걸음 내디뎌야 했다. 마침내 움푹한 도로에 이르렀지만 비가 아직 그치지 않았기에 두 사람은 눈에 띄는 큰 나무 밑으로 일단 몸을 피했다.

"흠뻑 젖었어요, 공주?"

"걱정 말아요, 여보. 외투만 좀 젖었어요. 당신은 어때요?"

"해가 나면 금방 마를 정도예요."

두 사람은 짐을 내려놓고, 나무에 등을 기대고 선 채 숨을 돌렸다. 얼마 후 비어트리스가 조용히 말했다.

"여보, 난 겁이 나요."

"왜요, 무엇 때문에, 공주? 이제는 위험할 게 하나도 없어요."

"그날 가시나무 옆에서 나랑 이야기를 나눈, 우중충한 누 더기 걸친 외지 여자 기억나요? 겉으로는 실성한 떠돌이처 럼 보였지만 그이가 한 이야기가 조금 전 노파가 한 이야기 와 아주 비슷했어요. 그이도 남편을 뱃사공이 데려가 버리 고 물가에 혼자 남았대요. 그 만을 떠나 쓸쓸히 울면서 돌 아오는 길에 어느 산골짜기를 건너가는데, 앞쪽으로 한참 멀리, 뒤쪽으로도 한참 멀리까지 길이 훤히 보이는데 그 길 에 자기처럼 우는 사람들이 죽 늘어서 있더라는 거예요. 그 이야기를 막 들었을 때는 우리와 관계 없는 일이지 싶어서 크게 겁나지 않았어요. 그런데 그이가 또 이러는 거예요, 이 땅에 망각의 안개라는 저주가 내렸다고. 우리도 많이 했던 이야기잖아요. 그러고는 나한테 묻는 거예요. '부인과 남편 분은 함께했던 과거를 기억하지 못하면 어떻게 서로의 사랑 을 증명하시겠어요?' 그 후로 계속 그 생각을 했어요. 때로 는 생각해 보면 너무 두려워요."

"두려울 게 뭐가 있어요, 공주? 우리는 그런 섬에 갈 계획 도 없고, 갈 생각도 없잖아요."

"그래도요, 여보. 우리가 그런 곳에 갈 일을 생각해 보기 도 전에 사랑이 시들면 어떻게 해요?"

"무슨 말이에요, 공주? 우리 사랑이 어떻게 시들겠어요? 어리석은 풋내기 연인 시절보다 우리 사랑은 더 튼튼해지지 않았어요?"

"하지만 여보, 그 시절은 기억조차 나지 않잖아요. 그 뒤의 일들도 그렇고요. 격하게 다툰 일도, 즐겁고 소중했던 작은 순간들도 기억이 안 나요. 아들에 대해서도, 아들이 왜 우리 곁에 없는지도요."

"우린 그 기억들을 다 되찾을 수 있어요, 공주. 그리고, 당신에 대한 내 마음은 내가 무엇을 기억하든 잊든 그대로예요. 당신도 그렇지 않아요, 공주?"

"나도 그래요, 여보. 그렇지만 의문이 들어요. 오늘 우리가 느끼는 마음은 어쩌면, 비는 한참 전에 그쳤지만 지금 저 위의 젖은 잎에서 여전히 떨어지는 빗방울 같은 게 아닐까요. 기억이 없다면 우리 사랑은 점점 희미하게 사라질 수밖에 없지 않을까요."

"하느님이 그런 일을 허락하실 리 없어요, 공주." 액슬은 이 말을 조용히, 거의 들릴락 말락 하게 했다. 자신도 마음속에 까닭 모를 두려움이 밀려들어서였다.

"그날 가시나무 옆에서 이야기할 때요." 비어트리스가 말을 이었다. "그 여자가 나더러 시간을 더 허비하지 말라고 하더라고요. 어떻게든 우리가 함께했던 기억을 되찾아야 한다고 했어요, 좋은 일이건 나쁜 일이건요. 그런데 방금 그 집을 나오면서 뱃사공에게서 들은 대답이 바로 내가 짐작했던, 그리고 두려워했던 대답이었어요. 여보, 우리는 지금 상태에서라면 가능성이 얼마나 있을까요? 만약 그런 사람이 우리에게 가장 소중한 추억이 무엇이냐고 물으면요? 여보, 난 너무 겁나요."

"공주, 겁낼 것 하나도 없어요. 우리는 기억을 영영 잃은 게 아니라, 이 망할 안개 때문에 어딘가에 두고 못 찾는 것뿐이에요. 다시 찾게 될 거예요. 하나하나 찾으면 돼요. 그래서 우리가 이 여행을 하는 것 아니에요? 우리 아들이 눈앞에 나타나면 틀림없이 많은 기억이 하나씩 되살아날 거요."

"그랬으면 좋겠어요. 그 뱃사공 말을 듣고 나니 겁만 더 나요."

"그 사람 말은 잊어요, 공주. 우리가 그 사람 배를 탈 일이 있겠어요? 그 섬에 갈 일이 있겠어요? 그리고 당신 말이 맞아요, 비가 완전히 그쳤구려. 이 나무 밑에 있으면 오히려 더 젖겠어요. 그럼 또 길을 갑시다, 그런 걱정은 다 잊고요."

3

색슨족 마을은 조금 거리를 두고 높은 곳에서 내려다봤
다면 액슬과 비어트리스가 살던 토끼굴에 비해 좀 더 '마
을' 비슷한 모습으로 보였을 것이다. 우선 산허리에 굴을 파
고 들어가지 않았다. 아마 폐쇄된 공간을 두려워하는 색슨
족의 습성 때문이었을 것이다. 당신이 그날 액슬과 비어트
리스처럼 가파른 산비탈을 타고 내려왔다면, 골짜기 바닥에
두 겹으로 둥그스름하게 배치된 40여 호 정도의 집이 눈에
들어왔을 것이다. 집마다 크기와 호화로운 정도가 서로 다
른 것까지는 멀어서 보이지 않았더라도 초가지붕은 알아보
았을 것이다. 또 대부분의 집이 여러분 중 일부나 여러분의
부모 세대가 살았던 집과 크게 다르지 않은 '원형 가옥'이라
는 사실도 알 수 있었을 것이다. 색슨족 마을은 열린 공간

을 누리는 대가로 안전을 조금 희생했지만, 그만큼 경계를 철저히 해 놓아, 키 큰 말뚝을 거대한 연필처럼 뾰족하게 깎아 밧줄로 엮은 담장이 마을 주위에 빙 둘러쳐져 있었다. 담장은 낮은 곳도 높이가 어른 키의 두 배는 되었는데, 그래도 혹여 침입자가 기어오를 생각을 못 하도록 바깥쪽으로 해자를 빙 둘러 깊게 파 놓았다.

내리막 비탈 위에 멈춰 서서 숨을 고를 때, 액슬과 비어트리스의 눈에 들어온 마을의 모습은 아마 그러했을 것이다. 골짜기 너머로 해가 넘어가고 있었다. 눈이 더 좋은 비어트리스가 남편보다 한두 걸음 앞에서 이번에도 몸을 앞으로 수그리고 내려다보았다. 주변에는 풀과 민들레가 허리께까지 무성했다.

"출입문을 네 명, 아니 다섯 명이 지키고 있어요." 비어트리스가 말했다. "창을 든 것 같고요. 지난번에 아낙들과 같이 왔을 때는 문지기 한 명에 개 두어 마리밖에 없었는데."

"우리를 정말 환대해 줄까요, 공주?"

"걱정 말아요, 여보, 사람들이 나를 잘 알아요. 그리고 마을 원로 중 한 사람이 브리턴인이에요. 혈통이 다른데도 여기서 현명한 어른으로 존경받고 있어요. 그분이 오늘 밤 무사히 묵고 가게 해 주실 거예요. 그럴 텐데도 무슨 일이 있는 것 같아서 불안하네요. 지금 창 든 사람이 한 명 더 나타났어요, 사나운 개들을 한 무리 데리고요."

"색슨족 마을에 무슨 일이 있는지 어떻게 알겠어요." 액슬이 말했다. "오늘 밤은 다른 곳을 알아봐야 할 것 같구려."

"여보, 날이 금방 어두워질 거예요. 그리고 우리 때문에 창을 든 건 아니잖아요. 또 내가 이 마을에서 만나 보려고 하는 여자가 있어요. 약을 아주 잘 아는 사람이에요. 우리 마을 사람 중에도 그렇게 잘 아는 사람은 없어요."

액슬은 아내의 다음 말을 기다리다가, 아내가 다시 먼 곳을 응시하자 물었다. "그런데 약은 왜요, 공주?"

"가끔 몸이 좀 불편한 데가 있는데, 좋은 약을 혹시 좀 알려나 해서요."

"어떻게 불편한데요? 어디가요?"

"아무것도 아니에요. 이왕 여기 묵는 김에 겸사겸사 물어볼까 하는 거예요."

"그런데 어떻게 아픈 거예요, 공주? 어디가 아픈 거예요?"

"아……." 아내는 남편을 보지 않고, 갈비뼈 바로 아래 옆구리를 손으로 누르면서 웃었다. "대단한 건 아니에요. 오늘 종일 걷는데도 걸음이 느려지지 않은 거 봤잖아요."

"조금도 느려지지 않았지요, 공주. 항상 내가 먼저 쉬었다 가자고 사정했었으니."

"내 말이 그 말이에요, 여보. 그러니 걱정할 것 없어요."

"전혀 느려지지 않았어요. 사실 당신은 몇 십 년 젊은 여자 못지않게 튼튼한 것 같아요. 그래도 아픈 데를 봐줄 사람이 있다니 찾아가서 손해 볼 건 없겠죠."

"내 말이 바로 그거예요, 여보. 약과 교환하려고 주석도 좀 가져왔어요."

"아픈 거 좋아하는 사람 없죠. 통증 없는 사람 어디 있고 나을 수 있는데 낫고 싶지 않은 사람 어디 있겠어요? 그 여자가 여기 산다면 어떻게든 꼭 찾아가 봅시다, 보초들이 통과만 시켜 주면."

두 사람이 해자에 걸쳐진 다리를 건널 즈음에는 날이 이미 거의 저물어 출입문 양쪽에는 횃불이 밝혀져 있었다. 보초들은 몸집이 우람했지만 다가오는 두 사람을 보고 겁을 먹은 듯했다.

"잠깐만 기다려요, 여보." 비어트리스가 조용히 말했다. "나 혼자 가서 얘기해 볼게요."

"창 가까이는 가지 말아요, 공주. 개들은 얌전해 보이지만 저 색슨인들은 겁에 질려 얼이 빠진 것 같아요."

"당신 같은 노인을 보고 겁먹었다면 크게 착각한 거라고 금방 알릴게요."

비어트리스가 대담하게 앞으로 걸어갔다. 보초들이 비어트리스 주변에 모여들었고, 비어트리스가 뭐라고 말을 하는 동안 액슬에게 의심스러운 시선을 던졌다. 그러더니 한 명이 액슬에게 색슨 말로 횃불 가까이 오라고 외쳤다. 혹시 젊은 사내가 변장한 게 아닌지 확인하려는 듯했다. 그러고 나자 보초들은 비어트리스와 몇 마디를 더 나누더니 두 사람을 통과시켜 주었다.

마을에 들어서서 좁다란 길을 걸으며 액슬은 어리둥절했다. 멀리서 봤을 때는 그저 두 개의 원을 그리며 집들이 가지런히 정렬된 마을 같았는데, 와서 보니 혼잡한 미로가 따로 없었다. 날이 어둑해지기도 했지만, 비어트리스의 뒤를 따라 걷는 액슬의 눈에 이곳은 당최 무슨 규칙도 원칙도 없어 보였다. 걷다 보면 갑자기 집이 길을 떡 막아 희한한 옆길로 빠져야 했다. 게다가 마을 밖의 길을 갈 때보다도 더 조심하면서 걸어야 했다. 아까 닥친 폭풍으로 땅이 파이고 곳곳에 웅덩이가 파인 데다, 색슨인들은 아무 물건이나, 심지어 부서진 잔해 같은 것도 길 한가운데에 덩그러니 놓아두고 신경 쓰지 않는 듯했다. 하지만 액슬을 가장 힘들게 하는 것은 악취였다. 걷다 보면 심해지기도 하고 덜해지기도 했지만 사라지진 않았다. 그 시절엔 누구나 그렇듯 액슬도 사람이나 동물의 분변 냄새는 잘 참았지만, 이것은 비할 수 없이 불쾌한 냄새였다. 곧 액슬은 냄새의 원인을 알아챘다. 온 마을 사람들이 집 앞에 걸어 놓거나 길가에 쌓아 놓은, 각종 신에게 제물로 바치는 고기 더미가 썩어 가고 있었다. 한번은 유달리 고약한 냄새가 코를 찔러 돌아보니, 한 오두막 처마에 시꺼먼 물체가 매달려 있는데 그 위를 뒤덮은 파리 떼가 흩어지면서 액슬의 눈앞에서 형체를 탈바꿈하는 것이었다. 또 조금 더 가니 아이들이 돼지 한 마리의 두 귀를 잡아 끌고 가고 있었다. 아이들은 어른의 감독 없이 개, 소, 당나귀도 저희끼리 끌고 다녔다. 마주친 몇몇 주민은 말없이 두 사람을 빤히 쳐다보거나, 문이나 덧창문을 닫고 쓱 사라졌다.

"오늘 밤 여기 분위기가 좀 이상한데요." 비어트리스가 속삭였다. "여느 때 같으면 사람들이 집 앞에 앉아 있거나 둥글게 모여서 웃고 떠들 텐데. 아이들은 우리 뒤를 졸졸 따라다니면서 온갖 질문을 하고 우리를 놀리거나 친구가 되고 싶어 할 테고요. 그런데 으스스할 정도로 고요해서 불안하네요."

"우리가 길을 잃은 건가요, 공주? 아니면 우리가 묵을 곳으로 가고 있는 건가요?"

"우선 그 의술사 여인부터 찾아볼까 싶었는데 지금 분위기를 보니 그냥 낡은 긴집으로 바로 가는 게 낫겠어요. 뭔가 나쁜 일에 말려들 수도 있을 것 같아요."

"그 여인 집이 여기서 멀어요?"

"내 기억에는 이 근방이에요."

"그럼 한번 찾아가 봅시다. 아무리 사소한 통증이라도 나을 수 있으면 계속 달고 다닐 이유가 없지요."

"내일 아침에 가 봐도 돼요, 여보. 통증이 있다는 것도 이야기하기 전까지는 아예 잊고 있었어요."

"그래도 온 김에 가서 보는 게 좋지 않겠어요?"

"당신이 그렇게 원하면 그럴게요. 내일 아침에 가도 되고, 아니면 다음에 다시 이 마을을 지나갈 일 있을 때 가 봐도 되지만."

두 사람이 이야기하면서 모퉁이를 돌자, 마을 광장 같은 곳이 나왔다. 한가운데에 모닥불이 활활 타고 있었고 주위에는 사람들이 얼굴에 불빛을 받으며 구름처럼 모여 있었다. 색슨인 남녀노소가 다 나와 있었는데, 부모 품에 안긴 어린 아이들도 있었다. 처음에 액슬은 토속 종교 의식이라고 생각했다. 하지만 가만히 살펴보니, 군중의 시선이 한군데에 쏠려 있지 않았다. 액슬이 보기에 사람들의 얼굴은 엄숙하면서도 무언가 두려움이 서려 있는 듯했다. 사람들은 낮은 목소리로 걱정스러운 듯 웅성거리고 있었다. 개 한 마리가 액슬과 비어트리스에게 짖어 대다가 어슴푸레한 형체의 사람들에게 금방 쫓겨 도망갔다. 군중 가운데 몇 사람이 두 외지인을 발견하고 멀뚱멀뚱 쳐다보더니 이내 관심을 돌렸다.

"무슨 일인지 우리가 어떻게 알겠어요." 비어트리스가 말했다. "자리를 뜨는 게 좋을 것 같지만 의술사 집이 바로 이 근처 어디였으니 일단 찾아볼게요."

두 사람이 오른편에 나란히 늘어선 오두막들을 향해 다가가니 그제야 그늘 속에도 많은 사람들이 서 있는 것이 보였다. 사람들은 모닥불 주위에 둘러선 군중을 조용히 지켜보고 있었다. 비어트리스가 걸음을 멈추고 자기 집 문 앞에서 있는 여자에게 말을 걸었다. 잠시 후 액슬은 그 여자가 바로 의술사인 것을 알아차렸다. 어스름 속이라 잘 보이진 않았지만 허리가 꼿꼿하고 키가 큰, 중년으로 보이는 여인이 어깨와 팔에 두른 숄을 손으로 쥐고 있었다. 여인과 비어트리스는 나직한 소리로 두런두런 이야기하며, 가끔 군중이나 액슬 쪽을 흘끗 보기도 했다. 한참 후 여인이 두 사람에게 자기 오두막에 들어오라는 손짓을 했는데, 비어트리스가 액슬에게 다가오더니 소곤거렸다.

"나 혼자 이야기하고 올게요, 여보. 이 짐 벗는 것 좀 도와주고 여기서 기다리고 있어요."

"같이 가면 안 돼요, 공주? 내가 색슨 말은 거의 못 알아듣지만."

"여보, 이건 여자들 일이에요. 나 혼자 갔다 올게요. 내 늙은 몸을 찬찬히 살펴봐 주겠대요."

"미안해요, 공주. 내가 생각이 짧았구려. 어서 짐 벗어요. 기다리고 있을 테니 천천히 갔다 와요."

두 여자가 안으로 들어가자 액슬에게 갑자기 피로가 몰려왔다. 어깨와 다리가 천근만근이었다. 그는 자기 짐도 내려놓고, 풀로 덮인 벽에 등을 기대고 서서 군중을 우두커니 바라보았다. 분위기가 점점 술렁거렸다. 주위의 어둠 속에서 성큼성큼 걸어 나와 인파에 합류하는 사람들도 있고, 불 주변을 급히 떠났다가 금방 돌아오는 사람들도 있었다. 불빛에 훤한 얼굴이건 그늘 안의 어두운 얼굴이건, 다들 무언가가, 누군가가 모닥불 왼쪽의 큰 목조 건물에서 나오길 불안한 마음으로 기다리는 게 분명하다고 액슬은 생각했다. 마을 사람들의 회의 장소로 보이는 그 건물은 안에도 불을 피운 듯 창문들이 깜깜하다가도 밝게 깜빡거렸다.

등 뒤 어딘가 벽 너머에서 웅웅거리는 소리로 들리는 비어트리스와 의술사의 목소리를 들으며, 액슬은 벽에 등을 기댄 채 꾸벅꾸벅 졸기 직전이었다. 그때 군중이 나지막한 함성을 지르며 갑자기 동요하기 시작했다. 사내 몇 명이 회관 건물에서 나와 모닥불 쪽으로 걸어오고 있었다. 사람들은 양옆으로 길을 비켜 주면서, 마치 곧 있을 중대 발표를 예감하듯 잠잠해졌다. 하지만 아무런 발표가 없자, 곧 새로 온 사람들 주위로 몰려들면서 다시 목소리를 높이기 시작했다. 액슬이 가만히 보니 사람들의 관심은 거의 한 사람에게, 회관에서 제일 마지막으로 나온 사내에게 쏠려 있었다. 나이는 서른을 넘지 않은 듯했으나 위엄이 몸에 배어 있었다. 옷은 평범한 농부처럼 단출하게 입었지만, 여느 마을 사람과는 풍채가 전혀 달랐다. 망토를 한쪽 어깨로 넘겨 허리띠와 검 자루를 드러낸 모습 때문만은 아니었다. 머리를 여느 마을 사람보다 훨씬 길게 길러서만도 아니었다. 그는 거의 어깨까지 늘어뜨린 머리를 가죽끈으로 일부 묶어 눈앞을 가리지 않게 해 놓았다. 사실 액슬의 머리에 스친 생각으로는, 사내가 머리를 묶은 이유는 전투 중에 머리칼이 시야를 가리는 일이 없도록 하기 위해서였다. 자신도 모르게 그런 생각이 들었는데, 왠지 낯설지 않은 그 느낌에 액슬은 깜짝 놀랐다. 게다가 사내가 군중 속으로 성큼성큼 다가오면서 손을 슥 늘어뜨려 검 자루에 올려놓자, 그 동작에서 액슬은 편안함, 흥분, 두려움이 기이하게 뒤섞인 감정이 손에 잡힐 듯이 뚜렷하게 느껴졌다. 이 묘한 느낌은 나중에 다시 짚어 보리라 속으로 되뇌면서 액슬은 생각을 떨치고 눈앞에 펼쳐 지는 광경에 집중했다.

사내가 마을 사람들과 확연히 달라 보인 이유는 그의 몸가짐 때문이었다. 그만큼 사내의 움직임과 자세는 예사롭지 않았다. 액슬은 속으로 생각했다. '아무리 평범한 색슨인처럼 행세하려 해도 이자는 전사다. 그리고 뜻만 품으면 막대한 피해를 입힐 능력을 갖춘 자일 것이다.'

회관에서 함께 나온 다른 두 사내는 전사의 뒤를 불안하게 따라다녔는데, 전사가 인파 속으로 한 걸음 들어갈 때마다, 마치 부모 곁에 꼭 붙어 있으려는 아이들처럼 곁에서 떨어지지 않으려고 안간힘을 썼다. 두 사내는 젊었고 역시 검을 차고 있었다. 거기에 창까지 하나씩 쥐고 있었지만 별로 만져 본 적이 없는 게 분명했다. 더구나 공포로 몸이 뻣뻣이 굳어 있어 마을 사람들이 던지는 격려와 응원에 대꾸할 정신도 없는 듯했다. 사람들이 등을 두드리고 어깨를 주무르는데도 겁에 질린 눈빛은 마구 흔들릴 뿐이었다.

"머리 긴 남자는 우리보다 겨우 한두 시간 전에 온 외지인이에요." 비어트리스의 목소리가 액슬의 귓가에서 들렸다. "색슨인인데, 먼 나라에서 왔대요. 동쪽의 늪지방이라는 데서 해적과 싸우다가 왔대요."

액슬은 조금 전부터 두 여자의 목소리가 또렷해진 것을 알아차리고 있었다. 돌아보니 비어트리스와 의술사가 자신의 바로 뒤, 집 문 앞에 나와 서 있었다. 의술사가 나지막하게 색슨 말로 뭐라고 이야기했고, 말이 끝나자 비어트리스가 액슬의 귀에 대고 전해 주었다.

"그러니까 오늘 낮에 마을 남자 한 사람이 어깨를 다쳐서 숨을 헐떡거리며 돌아왔나 봐요. 겨우 진정시켜서 이야기를 들어 보니, 자기 형하고 열두 살 남자 조카애하고 늘 가던 강가 자리에서 낚시를 하는데 오거 두 마리가 습격해 왔대요. 그런데 보통 오거가 아니었다는 거예요. 몸집이 거대한 데다 그렇게 움직임이 빠르고 약은 오거는 난생처음 봤대요. 이 사람들은 악귀라고 하는데, 여튼 그 악귀들이 형을 바로 죽이고, 발버둥 치는 아이를 산 채로 잡아갔대요. 그 다친 남자도 강가를 따라 한참을 쫓기다가 겨우 목숨을 건졌다나 봐요. 역겨운 숨소리가 꽁무니까지 바짝 쫓아오는데 간신히 따돌렸대요. 바로 저기 저 사람, 팔에 부목을 대고 외지인과 이야기하는 사람이에요. 다친 몸으로 조카를 구하려고, 마을에서 가장 힘센 장정들을 모아 이끌고 그 자리로 다시 찾아갔대요. 그런데 강둑 근처에서 모닥불 연기가 피어나더래요. 무기를 꺼내 들고 슬금슬금 접근하는데 덤불숲에서 그 악귀 두 마리가 튀어나왔대요. 함정에 걸려든 거죠. 순식간에 세 명이 죽고 나머지 사람들은 줄행랑을 쳤대요. 살아 돌아온 사람들은 다친 데는 없지만 지금은 몸져누워 오들오들 떨면서 헛소리를 중얼거리고 있대요. 극심한 충격 때문에 이 자리에 나와 저 사람들을 격려해 주지도 못한다네요. 저 용감한 사람들은 어둠이 내리고 안개가 깔려 드는 지금 백주 대낮에 장정 열두 명도 못 한 일을 하러 가는 거고요."

"아이의 생사는 안대요?"

"전혀 알 수 없지만 그래도 강가로 찾아갈 거래요. 첫 토벌대가 공포에 질려 돌아온 후 원로들이 독촉을 했지만, 재차 토벌에 나서겠다는 용자가 한 명도 없더래요. 그러고 있는데 참으로 우연찮게도 이 외지인이 마을에 찾아온 거예요, 말이 발을 다쳐 하룻밤 묵으려고요. 그리고 그 아이나 가족들하고 전혀 모르는 사이지만 마을을 위해 나서겠다고 한 거예요. 같이 가는 저 두 사람은 아이의 다른 삼촌들이래요. 그런데 내가 보기엔 전사에게 도움은커녕 방해만 될 것 같네요. 무서워서 하얗게 질린 모습 좀 봐요."

"내가 봐도 그래요, 공주. 어쨌든 저토록 무서워하면서 간다는 것만으로도 용감한 사람들이에요. 우리가 마을 사람들에게 신세 지기 좋지 않은 날을 골랐구려. 지금도 어디선가 우는 소리가 들리는데, 이 밤이 가기 전에 울음소리가 더 커질지도 모르겠어요."

의술사 여인은 액슬의 말을 어느 정도 알아들었는지 색슨 말로 뭐라고 말했고, 비어트리스가 다시 전해 주었다. "우리더러 지금 곧장 저 낡은 긴집으로 가서 아침까지 나오지 말고 있으라네요. 이런 날 밤에 나와서 돌아다니다가는 무슨 불미스러운 일을 당할지 모른다고요."

"내 생각도 그래요, 공주. 그럼 이 부인 충고대로 합시다. 여기서 가는 길을 알겠어요?"

바로 그때 사람들 소리에 갑자기 소란스러워졌다. 소음은 응원의 함성으로 바뀌었고, 군중은 마치 대형을 바꾸듯 느릿느릿 움직였다. 그러더니 전사와 두 동료를 둘러싼 채 이동을 시작했다. 사람들은 구호 같은 것을 외치기 시작했고, 곧 그늘에 서 있던 구경꾼들도 ─ 의술사 여인까지 포함하여 ─ 대열에 합류했다. 행렬은 두 사람이 있는 쪽으로 다가왔고, 이제 모닥불을 등졌지만 여기저기서 횃불을 들고 있었기에 액슬의 눈에도 불빛에 비친 사람들의 얼굴이 언뜻언뜻 보였다. 겁먹은 얼굴과 흥분된 얼굴이 섞여 있었다. 횃불에 가끔 비치는 전사의 얼굴은 시종일관 차분했고, 말없이 좌우로 시선을 보내며 격려의 성원에 답하고 있었다. 한 손은 다시 검 자루 위에 있었다. 행렬은 액슬과 비어트리스를 지나 오두막들 사이로 빠져나가면서 시야에서 사라졌지만, 웅성거리는 연호 소리는 한동안 계속 들렸다.

액슬과 비어트리스는 분위기에 압도된 듯 잠시 우두커니 서 있었다. 그러다가 비어트리스가 의술사에게 긴집으로 가는 길을 자세히 물었는데, 조금 있으니 액슬이 보기에 두 여자는 전혀 다른 목적지로 가는 길을 이야기하는 것 같았다. 저 멀리 야산 쪽을 가리키고 손짓하며 대화를 했던 것이다.

마침내 마을이 고요해진 후에야 부부는 묵을 곳을 향해 떠났다. 깜깜한 어둠 속에서 길을 찾기는 아까보다 더 힘들었다. 모퉁이에 드문드문 걸린 햇불은 그림자를 늘어뜨려 혼란만 더할 뿐이었다. 두 사람이 가는 방향은 행렬이 간 방향과 반대쪽이었다. 길가의 집들은 컴컴했고 사람의 기척도 전혀 없었다.

"천천히 가요, 공주." 액슬이 부드럽게 말했다. "당신이나 나나 여기서 넘어져 다치더라도 아무도 도와주러 오지 않을지 몰라요."

"여보, 우리 또 길을 잃은 것 같아요. 방금 전 모퉁이로 되돌아가면 이번엔 제대로 찾을 수 있을 거예요."

좀 더 가자 곧은 길이 나왔고, 두 사람은 야산에서 내려다봤던 외곽 담장을 따라 걷고 있었다. 뾰족한 기둥이 밤하늘보다 한층 더 컴컴한 빛을 띠고 두 사람의 머리 위로 솟아 있었다. 계속 걸어가는데 위쪽에서 중얼거리는 목소리가 액슬의 귀에 들려왔다. 알고 보니 이곳에는 두 사람만 있는 것이 아니었다. 높은 담장 위에 일정 간격으로 어스름한 형체들이 서 있었는데, 자세히 보니 담장 너머 어두운 황야를 망보고 있는 사람들이었다. 비어트리스에게 그 이야기를 하자마자 등 뒤에서 사람들의 발소리가 다가왔다. 두 사람은 걸음을 서둘렀지만, 이제 횃불 하나가 근처에서 움직였고 그림자들이 눈앞에서 휙휙 왔다 갔다 했다. 처음에 액슬은 반대 방향에서 오는 마을 사람들과 마주친 줄 알았지만, 알고보니 두 사람은 완전히 포위된 상태였다. 나이와 체격이 다양한 색슨 남자들이 두 사람 주위로 몰려들었는데, 창을 든사람도 있고 괭이와 낫 따위 연장을 든 사람도 있었다. 몇명이 동시에 뭐라고 말했고, 사람들이 속속 더 모여들었다. 액슬은 따가운 횃불의 열기를 얼굴에 느끼면서 비어트리스를 바짝 끌어안았고, 무리의 우두머리를 눈으로 열심히 찾았다. 하지만 우두머리로 보이는 사람은 없었다. 게다가 다들 잔뜩 겁에 질린 표정이었다. 섣부른 움직임은 큰 화를 부를 수 있음을 액슬은 직감했다. 유달리 광포한 표정의 청년이 칼을 치켜든 손을 부르르 떨고 있었다. 액슬은 비어트리스를 청년과 멀어지게 끌어당기고 아는 색슨 말을 다급하게 떠올렸지만 아무 말도 생각나지 않았다. 날뛰는 말에게 하듯이 달래는 소리라도 내 보았다.

"하지 말아요, 여보. 지금 저들에게 자장가를 불러 준다고 좋아할 것 같지 않아요." 비어트리스가 숨죽여 말했다. 그러고는 그중 한 명에게 색슨 말로 뭐라고 하고 또 한 명에게 뭐라고 했지만, 분위기는 나아지지 않았다. 고함이 여기저기서 터져 나왔고, 개 한 마리가 목줄을 팽팽하게 당기며 앞으로 튀어나와 두 사람에게 으르렁거렸다.

다음 순간, 사람들의 기세가 갑자기 한꺼번에 누그러지는 듯했다. 목소리들이 잦아들더니 좀 떨어진 곳에서 누군가가 성난 소리로 외치는 소리만 들렸다. 목소리의 주인공이 다가오자 사람들은 양옆으로 물러서서 길을 비켜 주었다. 땅딸막하고 비틀린 외모의 남자가 굵은 지팡이를 짚고, 발을 질질 끌며 불빛이 환한 자리로 들어섰다.

남자는 나이가 꽤 지긋했고, 허리는 비교적 꼿꼿했지만 목과 머리가 양어깨에서 괴이한 각도로 튀어나와 있었다. 그럼에도 그 자리의 모든 이들은 그의 권위에 복종하는 듯했다. 짖던 개조차 얌전해져서 그늘 속으로 꽁무니를 뺐다. 액슬의 짧은 색슨어 실력으로 듣기에도, 남자가 분개한 이유는 마을 사람들이 외지인을 대하는 태도 때문만은 아닌 게 분명했다. 남자는 이들이 보초 근무 위치를 이탈한 것을 꾸짖고 있었다. 횃불에 비친 얼굴들은 당황스러우면서도 풀이 죽은 기색이었다. 다음 순간 남자가 한층 더 성난 목소리로 호령하자, 사람들은 잊어버린 뭔가가 서서히 기억난 듯 하나

둘씩 슬그머니 어둠 속으로 사라졌다. 마지막 한 사람까지 모두 사라지고 사다리를 오르는 발소리가 들릴 때까지도, 기형 남자는 사람들의 등 뒤에 대고 욕설을 계속 퍼부었다.

마침내 남자가 액슬과 비어트리스를 바라보며 완벽하게 유창한 브리턴 말로 말했다. "아니 어떻게 이런 것까지 잊을 수 있지요, 방금 전사가 자기들 형제 둘을 데리고 떠난 것을 보고도? 자기들은 무서워서 엄두도 못 내는 일을 하려고 갔는데 말입니다. 저리도 기억력이 떨어지는 건 부끄러움 때문일까요, 아니면 두려움 때문일까요?"

"두려운 거겠지요, 아이버." 비어트리스가 말했다. "지금 저들은 거미 한 마리만 옆에 떨어져도 서로 멱살을 잡고 싸울지 몰라요. 저런 무리를 환영단으로 저희에게 보내시다니요."

"미안하게 됐소, 비어트리스 부인. 그리고 부군께도 사과드리오. 우리가 여느 때는 이렇게 손님을 맞지 않습니다만. 보시다시피 오늘 밤은 사람들이 워낙 공포에 질려 있군요."

"저희가 낡은 긴집으로 가다가 길을 잃었어요, 아이버." 비어트리스가 말했다. "가는 길을 일러 주시면 정말 감사하겠어요. 더구나 방금 같은 환영을 받고 나니 남편과 저는 어서 들어가 쉬고 싶네요."

"마음 같아선 긴집에서 따뜻하게 대접받도록 해 드리고 싶지만, 오늘 밤은 사람들이 무슨 마음을 먹을지 알 수가 없으니. 부인과 부군께서 내 집에서 묵어 주시면 내 마음이 편하겠구려, 그곳은 방해하는 사람이 절대 없을 테니까."

"배려해 주셔서 정말 고맙습니다." 액슬이 끼어들었다. "아내와 저는 쉴 곳이 간절합니다."

"그럼 나를 따라오시오, 두 분. 뒤에 바짝 붙어 오시고 도착할 때까지는 목소리를 낮춰 주시오."

두 사람은 아이버를 따라 어둠 속을 걸어 마침내 한 집에 도착했다. 집은 다른 집들과 구조는 대동소이했지만, 좀 더 크고 외따로 떨어져 있었다. 낮은 아치문 안으로 들어가니 나무를 땐 연기가 자욱했는데, 액슬은 가슴이 턱 막히긴 해도 따뜻하고 아늑한 느낌을 받았다. 방 가운데에는 장작불이 연기를 피우며 타고 있었고, 그 주위에는 융단과 짐승 가죽이 깔려 있고, 참나무와 물푸레나무로 만든 가구들이 놓여 있었다. 액슬이 짐 꾸러미에서 담요를 빼내는 동안, 비어트리스는 흔들의자에 흐뭇하게 털썩 주저앉았다. 하지만 아이버는 문간에 선 채 무슨 생각에 잠긴 표정이었다.

"두 분이 방금 받으신 대접은 생각만 해도 부끄러워 몸 둘 바를 모르겠소."

"그 일은 더 생각하지 않도록 하지요." 액슬이 말했다. "이렇게 친절하게 대해 주셔서 감사할 따름입니다. 그리고 저희도 마침 저녁 때 도착해서 용사들이 위험천만한 임무에 나서는 광경을 봤습니다. 그래서 지금 주위에 감도는 공포감을 잘 이해하고도 남습니다. 이럴 때는 어리석게 구는 사람이 있는 것도 당연하지요."

"외지 분들도 우리가 처한 곤란을 잘 아는데, 어찌 그 바보들은 벌써 잊었는지 모르겠구려. 내가 애들도 알아들을 수 있는 쉬운 말로, 무슨 일이 있어도 담장 위에서 각자 위치를 지켜라, 거기에 온 마을의 안전이 달려 있다, 또 혹시라도 우리 영웅들이 괴물에게 쫓겨 성문에 나타나면 마땅히 도와주어야 한다고 다 말해 놓았소. 그런데 어찌 되었소? 외지인 두 사람이 지나가니 명령도 잊고 임무도 잊은 채 미친 늑대 떼처럼 덤벼들지 않던가요. 이곳에 평소 그런 기이한 건망증이 만연하지만 않았더라면, 내가 내 눈으로 보고도 믿지 못할 광경이었소."

"우리 나라도 마찬가지입니다." 액슬이 말했다. "아내와 제가 숱하게 보았는데, 우리 주민들에게도 그런 건망증이 만연해 있습니다."

"그것 참 흥미롭구려. 나는 이 나라에만 퍼진 일종의 역병이 아닐까 걱정했어요. 내가 늙어서인지 아니면 색슨인들 사이에서 나만 브리턴인이어서인지 몰라도, 다들 까맣게 잊은 일을 나 혼자 기억할 때가 많아요."

"우리도 똑같은 일을 겪습니다. 아내와 저도, 우리가 하는 말로 안개에 적잖이 시달리지만, 젊은 사람들보다는 덜한 것 같습니다. 여기에 관해 뭔가 아는 이야기라도 있으신지요?"

"이런저런 이야기는 많이 들었는데 주로 색슨족 미신이었소. 그러다가 지난겨울에 한 외지인이 왔다 갔는데 그 문제에 관해 말을 하더구려. 그런데 그 말을 생각해 보면 볼수록 그럴듯하더란 말이지요. 가만, 이게 무슨 소리지?" 지팡이를 들고 여전히 문간에 서 있던 아이버가 골격이 뒤틀린 노인치고 무척 민첩하게 몸을 돌렸다. "두 분, 이만 실례해야겠소. 우리 용사들이 벌써 돌아온 것 같소. 두 분은 당분간이 안에 계시면서 밖에 나오지 않는 것이 좋겠소."

아이버가 떠나자 액슬과 비어트리스는 각자 의자에 앉은 채로 말없이 눈을 감고 잠시 푸근한 휴식을 즐겼다. 잠시 후비어트리스가 조용히 말했다.

"여보, 조금 전에 아이버가 하려던 얘기가 뭘까요?"

"무슨 얘기 말이에요, 공주?"

"안개가 낀 이유를 이야기하고 있었잖아요."

"그분이 들은 풍문일 뿐이지요. 다음에 꼭 자세히 여쭤봅시다. 대단한 분이에요. 처음부터 색슨인들과 사셨을까요?"

"오래전 색슨 여자와 결혼하고는 죽 사셨다고 들었어요. 부인은 어찌 됐는지 들은 게 없고요. 여보, 안개의 원인을 알면 참 좋지 않을까요?"

"정말 좋겠지요. 하지만 안다고 무슨 득이 있을지 모르겠구려."

"어떻게 그렇게 말할 수 있어요, 여보? 어떻게 그런 매정한 말을 해요?"

"왜 그래요, 공주? 무슨 일이에요?" 액슬이 앉은 채 몸을 바로 하고 아내를 보았다. "원인을 알아낸다고 안개가 사라지진 않을 거란 말이었어요, 여기든 우리 나라든."

"어떻게든 안개의 원인을 알 수만 있다면 우리한테는 정말 큰 의미가 있을 수도 있다고요. 어떻게 그렇게 대수롭지 않게 말할 수 있어요, 여보?"

"미안해요, 공주, 그런 뜻은 아니었어요. 내가 다른 생각을 하다 보니 그만."

"어떻게 다른 생각을 할 수 있어요, 그 뱃사공 말을 들은 게 다른 날도 아니고 오늘인데?"

"이를테면 용사들이 돌아왔을지, 아이는 무사할지 궁금하잖아요. 또, 한 방 먹은 악귀들이 혹시 복수에 나서서, 겁먹은 보초들이 허술한 출입문을 지키는 이 마을에 오늘 밤 들이닥치지나 않을지 걱정되고요. 생각해 볼 일이야 수두룩하지요. 안개라든지 이상한 뱃사공이 어쨌다는 괴담이 아니라도 말이에요."

"그렇게 매정하게 말할 것까진 없잖아요, 여보. 싸우자고 한 얘기는 아니에요."

"용서해요, 공주. 여기 분위기 때문에 내가 좀 어떻게 된 것 같구려."

하지만 비어트리스는 눈물을 글썽이고 있었다. "그렇게 차갑게 말할 건 없잖아요." 거의 혼잣말하듯 중얼거렸다.

액슬은 일어나서 흔들의자에 앉은 아내에게 다가가서는, 몸을 살짝 수그리고 아내를 가슴에 꼭 안았다. "미안해요, 공주. 이곳을 떠나기 전에 아이버에게 안개 이야기를 꼭 듣고 갑시다." 두 사람은 잠시 그렇게 서로 안고 있었다. 그러다가 액슬이 말했다. "공주, 솔직히 말하면 방금 나는 다른 생각을 하고 있었어요."

"무슨 생각이요?"

"의술사 여인이 당신 아픈 데를 보고 뭐라고 했는지 궁금했어요."

"나이 들면 다 그렇다고, 별것 아니라고 했어요."

"내가 한 말 그대로네요, 공주. 그러게 내가 걱정할 필요 없다고 하지 않았어요?"

"걱정은 내가 한 게 아니잖아요, 여보. 당신이 오늘 꼭 의술사를 보러 가자고 해서 간 거잖아요."

"가길 잘했구려. 이제 당신 통증은 걱정하지 않아도 되겠어요, 걱정할 일도 아니었지만."

비어트리스는 남편 품에서 살며시 벗어나 흔들의자를 다시 흔들거렸다. "여보." 비어트리스가 말했다. "의술사가 그러는데 자기보다 훨씬 더 현명한 노수도승이 있대요. 조너스라는 수도승인데 이 마을에서도 여러 명이 도움을 받았대요.

수도원은 동쪽 산길에 있고, 여기서 하루 거리래요."

"동쪽 산길이라." 액슬은 아이버가 조금 열어 놓은 문 쪽으로 천천히 걸어가 어둠 속을 응시했다. "내 생각엔 내일 낮엔 숲속 길 대신 높은 길로 가도 될 것 같아요."

"그 길은 힘들어요, 여보. 산을 많이 올라야 해요. 그리 가면 일정이 하루는 더 늦어질 거예요. 우리 아들이 우리를 애타게 기다리잖아요."

"그렇긴 하지요. 하지만 여기까지 와서 그 현명한 수도승을 안 만나 보고 가면 아쉽지 않겠어요."

"의술사는 우리가 그쪽 길로 가는 줄 알고 한 말이었어요. 내가 우리 아들 마을은 낮은 길로 가는 게 더 가깝다고 했더니, 그럼 굳이 찾아갈 필요까진 없겠다고 했어요. 내가 아프다는 게 나이 들면 자연히 겪게 되는 통증이니까요."

액슬은 열린 문 틈을 통해 어둠 속을 계속 응시했다. "공주, 그래도 한번 생각해 봅시다. 그런데 아이버가 돌아오네요. 표정이 안 좋아 보여요."

아이버가 숨을 식식거리며 성큼성큼 들어와 짐승 가죽이 몇 겹 쌓여 있는 넓은 의자에 앉더니, 지팡이를 발치에 덜커덩 떨어뜨렸다. "글쎄 얼빠진 젊은 녀석이 악귀가 나타났다면서, 한 마리가 담장을 타고 올라와 그 위에서 내려다보고 있다는 거요. 당연히 대소동이 일어났죠. 내가 무리를 모아 그 자리에 가 보았소. 녀석이 가리키는 자리엔 밤하늘밖에 보이지 않는데, 악귀가 그 자리에서 지금 우리를 내려다보고 있다는 거요. 그리고 나머지 사람들은 괭이와 창을 들고 내 뒤에서 애들처럼 잔뜩 움츠리고 서 있더구려. 그러다가 그 얼빠진 녀석이 털어놓길, 경계 중 잠이 들어서 꿈속에서 본 악귀라는 거요. 그 말을 듣고도 사람들이 자기 근무 위치로 재깍 돌아간 줄 아시오? 완전히 공포에 질려 있어서, 그러고만 있으면 곤죽이 되도록 패 주겠다고 을러야 했소."

아이버는 여전히 숨을 식식거리며 주위를 돌아보았다. "두 분, 난 실례하겠소. 잘 수 있을지 모르겠지만 난 저 안쪽 방에서 잘 테니, 두 분은 대접할 것은 없소만 여기서 편히 쉬시길 바라오."

"전혀 아닙니다." 액슬이 말했다. "황송할 만큼 편안하게 묵을 곳을 마련해 주셔서 고맙습니다. 갔다 오신 일에서 좋은 소식을 얻지 못해 유감이군요."

"우리는 밤을 지새고 아마 아침까지 기다려야 할 것 같소. 두 분은 가시는 목적지가 어디시오?"

"아들이 사는 마을을 찾아 내일 동쪽으로 떠나려고 합니다. 아들이 우리를 애타게 기다리고 있어요. 그런데 조언을 좀 주시면 좋겠습니다. 어느 길로 가야 할지를 놓고 방금 저희가 옥신각신하고 있었거든요. 저 위 산길의 수도원에 조너스라는 현명한 수도승이 있다는 이야기를 듣고, 작은 일을 하나 상의하러 가 볼까 하고 있습니다."

"조너스라면 분명 추앙받는 현자요. 나는 직접 만나 본 적은 없소만 꼭 찾아가 보시오. 그런데 수도원까지 가는 길은 쉽지 않으니 조심하시오. 거의 온종일 가파른 길을 올라야 하오. 그리고 마침내 길이 평탄해지면 길을 잃지 않도록 조심해야 하오, 그곳은 퀘리그가 출몰하는 지역이니까."

"퀘리그라, 암컷 용 퀘리그 말씀인가요? 참 오랜만에 들어 보는 이름이군요. 이 나라에선 아직 퀘리그가 두려운 존재인가요?"

"요즘은 산에서 거의 내려오지 않는다오." 아이버가 말했다. "가끔 기분 내키면 지나가는 나그네를 공격하는지도 모르지만, 들짐승이나 도적의 소행인데 사람들이 퀘리그의 탓으로 여기는 일도 많을 것이오. 내가 보기엔 퀘리그가 가하는 위협은 그것이 무슨 짓을 하기 때문이라기보다는 계속 존재한다는 사실 그 자체 때문이오. 그 암용이 자유로이 활보하는 한 온갖 악이 역병처럼 우리 땅 곳곳에서 번성할 수밖에 없소. 오늘 밤 우리를 괴롭히는 이 악귀들을 보시오. 그 악귀들이 어디서 왔겠소? 그것들은 여느 오거가 아니오. 그런 오거는 아무도 평생 본 적이 없소. 놈들이 왜 여기까지 와서, 우리 강둑에 진을 쳤겠소? 퀘리그가 좀처럼 모습을 비치지 않는다 해도 온갖 악독한 힘이 그 용에게서 비롯되니, 지금까지도 놈을 죽이지 못하고 살려 두었다는 것은 수치스러운 일이오."

"아이버, 하지만 그런 괴물을 누가 잡으려고 나서겠어요?" 비어트리스가 말했다. "퀘리그는 참으로 무시무시한 용이고 지세가 험한 곳에 숨어 있다고 누구나 입을 모아 말하잖아요."

"옳은 말씀이오, 비어트리스 부인. 만만치 않은 일이에요. 사실 옛날 아서왕 시절부터 활동해 온 노기사가 한 명 있는데, 그 기사가 바로 퀘리그를 죽이라는 아서왕의 명을 오래전에 받은 사람이오. 산길을 가다 보면 그 기사를 만날지도 모르오. 한번 보면 못 알아볼 수가 없소. 녹슨 사슬 갑옷을 입고 쓰러져 가는 말을 타고, 자기의 성스러운 임무를 늘 만방에 알리고 다니는 사람이오. 내가 보기에 암용은 그 얼치기 노인을 신경도 쓰지 않는 것 같지만. 기사가 임무를 완수하기 전에 아마 우리가 다 늙어 죽을 거요. 두 분, 수도원에 꼭 찾아가 보시되, 조심해서 가시고 해 지기 전에는 꼭 안전한 거처를 찾으시오."

아이버가 안쪽 방으로 막 가려고 하는데 비어트리스가 얼른 똑바로 앉더니 말했다.

"아이버, 아까 안개 이야기를 하셨잖아요. 안개의 원인을 누가 뭐라고 말했다고요. 거기까지 말씀하시다가 밖에 일이 생겨서 나가셨어요. 그 이야기를 어서 좀 듣고 싶은데요."

"아, 안개라. 그거 좋은 이름이구려. 우리 귀에 들리는 모든 이야기에 진실이 얼마나 담겨 있는지 누가 알겠소, 비어트리스 부인? 아까 내가 아마 작년에 말 타고 우리 나라를 지나가면서 이곳에 묵었던 외지인 이야기를 했던 것 같소. 오늘 찾아온 용감한 손님처럼 늪 지방에서 온 사람이었는데 알아듣기 좀 어려운 방언을 하더구려. 나는 지금 두 분에게 하듯 그를 이 변변찮은 집에서 묵게 하고 그날 저녁 내내 여러 이야기를 나누었소. 두 분이 이름을 잘 붙인, 그 안개라는 것에 관해서도 이야기했지요. 우리의 이 기이한 고충에 그 사람은 무척 흥미를 보이면서 몇 번이나 내게 자세히 물어보았소. 그러고는 의견을 내놓았는데, 그때는 내가 일축해 버렸지만 그 후로 많이 생각을 하게 되더구려. 그 외지인은 하느님께서 우리 과거를 거의 잊으신 것일 수도 있다고 했소. 오래전 일이든 오늘 일이든 말이오. 그리고 하느님이 기억하지 못하신다면, 한낱 인간이 어찌 기억할 수 있겠소?"

비어트리스는 아이버를 빤히 쳐다보았다. "그것이 있을 법한 일일까요, 아이버? 우리는 한 사람 한 사람 모두 하느님의 소중한 자녀예요. 하느님이 과연 우리가 한 일과 우리가 겪은 일을 잊으실까요?"

"나도 바로 그게 의문이오, 비어트리스 부인. 그리고 그 외지인도 답을 내놓지 못하더구려. 하지만 그날 이후로 그 사람 말을 점점 더 생각해 보게 되었소. 혹시 알겠소, 두 분이 말하는 안개를 그렇게 설명할 수 있을지. 자, 그럼 난 실례하겠소. 쉴 수 있을 때 좀 쉬어 두어야 하니."

◆

　액슬이 정신을 차려 보니 아내가 그의 어깨를 흔들고 있었다. 얼마나 잤는지 알 수 없었다. 아직 어두웠지만 바깥이 소란스러웠고, 머리 위에서 아이버의 목소리가 들렸다. "파국의 비보가 아니라 희소식이길 빕시다." 그러나 액슬이 몸을 일으켜 앉자 아이버는 이미 보이지 않았고, 아내가 옆에서 재촉했다. "어서요, 여보, 어떻게 됐는지 가서 보자고요."

　액슬은 게슴츠레한 눈으로 아내와 팔짱을 끼고 깜깜한 어둠 속으로 비틀비틀 발을 내디뎠다. 이제 횃불이 담장 등 곳곳에 걸려 있어 길을 찾기가 훨씬 나았다. 사방에서 사람들이 돌아다니고 있었고, 개 짖는 소리와 아이 우는 소리가 났다. 문득 질서가 저절로 잡히는 듯하더니, 어느샌가 액슬과 비어트리스는 어딘가로 황급히 이동하는 행렬 속에 끼어 있었다. 행렬이 갑자기 멈춰 섰는데, 그곳은 놀랍게도 벌써 중앙 광장이었다. 아이버의 집에서 광장까지는 어젯밤에 걸어왔던 길과는 다른, 곧장 통하는 지름길이 있는 모양이었다. 모닥불이 어느 때보다 맹렬히 타오르고 있었다. 불길이 어찌나 거센지 액슬은 그 열기 때문에 사람들이 급히 멈췄나 싶을 정도였다. 하지만 줄줄이 서 있는 사람들 머리 너머로 내다보이는 것은 돌아온 전사의 모습이었다. 전사는 무척 차분하게 불 왼쪽에 서 있었다. 몸 한쪽은 불빛에 환했고 다른 쪽은 어두웠다. 환한 쪽 얼굴은 액슬이 보기에 분무처럼 흩뿌려진 피에 뒤덮여 있었다. 마치 피 안개 속을 걸어 다니다 온 것 같았다. 긴 머리는 여전히 묶여 있었지만 흐트러져 있고 젖은 듯했다. 옷은 진흙과 피 비슷한 것으로 뒤덮였고, 떠나기 전 무심하게 한쪽 어깨로 넘겨져 있던 망토는 몇 군데가 찢겨 있었다. 하지만 몸은 다친 데가 없는 듯했다. 전사는 마을 원로 세 명과 조용히 이야기를 나누고 있었는데, 아이버도 그중 한 명이었다. 전사가 팔에 무슨 물건을 끼고 있는 것도 액슬의 눈에 띄었다.

그러는 동안 연호 소리가 서서히 커지면서 점점 요란해지더니, 마침내 전사가 돌아보자 잦아들었다. 그의 태도에는 천박한 거드름이 전혀 없었다. 그가 군중을 향해 연설을 시작하는데, 목소리가 모든 사람에게 들릴 만큼 크면서도 어쩐지 나직하고 은밀한 느낌이라 엄숙한 주제에 걸맞은 듯했다.

군중은 숨죽여 한마디 한마디에 집중하더니, 이내 경탄과 공포의 탄성을 번갈아 질렀다. 그러는 중 전사가 자기 뒤쪽을 가리키며 손짓했는데, 그제야 액슬은 불빛이 겨우 비치는 자리에 전사와 함께 출정했던 두 사내가 앉아 있는 것을 발견했다. 둘은 마치 어디 높은 곳에서 내동댕이쳐진 것처럼 얼이 나간 채 주저앉아 있었다. 군중이 두 사람을 연호하기 시작했지만, 둘은 의식하지 못하는 듯 우두커니 허공만 응시할 뿐이었다.

그때 전사가 다시 군중을 향해 뭐라고 말하자 연호 소리가 잦아들었다. 전사는 모닥불 쪽으로 조금 더 가까이 가더니, 팔에 끼고 있던 물건을 한 손으로 잡아 쥐고는 공중에 높이 쳐들었다.

굵은 목이 댕강 잘린 괴물의 머리가 액슬의 눈에 들어왔다. 정수리의 짙은 색 곱슬머리가 늘어뜨려져 있었고, 그 사이로 기이하리만치 밋밋한 얼굴이 보였다. 눈, 코, 입이 있어야 할 자리에는 닭살처럼 오톨도톨한 살갗만 있고, 뺨에는 솜털 같은 털이 군데군데 박혀 있었다. 군중들이 낮은 외마디 소리를 뱉으면서 흠칫 물러섰다. 그제야 액슬은 군중의 시선이 쏠린 그 물체가 머리가 아님을 알아차렸다. 그것은 인간과 닮았으되 무지막지하게 큰 생물체의 어깨와 팔 윗부분이었다. 그러니까, 전사는 자신의 전리품을 이두박근 부근의 절단면을 잡고 어깨 부분을 위로 하여 들고 있는 것이었다. 그 순간 액슬은 머리털인 줄 알았던 것이 몸통에서 떼어낸 절단면에서 삐져나온 힘줄들이라는 것을 깨달았다.

잠시 후 전사는 전리품을 바로 내리고는 ── 마치 괴물의 사체를 더 이상 경멸하기도 힘들다는 듯 ── 발치에 떨어뜨렸다. 다시 한번 군중은 움찔하며 뒷걸음질했다가 도로 살살 앞으로 나아가더니 또다시 연호를 시작했다. 하지만 이번엔 전사가 다시 말을 시작했기에 연호 소리는 금방 잦아들 있다. 액슬은 전사가 하는 말을 전혀 알아듣지 못했지만, 주위 사람들의 초조한 흥분감을 생생하게 느낄 수 있었다. 비어트리스가 그의 귀에 대고 말했다.

"우리 영웅이 괴물 두 마리를 다 처치했대요. 한 마리는 치명상을 입고 숲속으로 도망가서 오늘 밤을 넘기지 못할 거래요. 다른 한 마리는 저항하며 싸웠는데, 녀석이 저지른 죄의 대가로 저기 땅바닥에 놓인 저것을 전사가 가져왔대요. 팔을 잃은 녀석은 고통을 달래려고 호수로 기어가서 검은 물속으로 가라앉았대요. 그리고 그 아이, 여보, 저기 아이 보여요?"

모닥불 빛이 겨우 미치는 곳에 아낙 몇 명이 모여 있었고, 깡마른 몸에 짙은 색 머리카락을 한 소년이 그들에게 둘러싸인 채 돌 위에 앉아 있었다. 키는 이미 거의 어른만 했지만, 담요에 둘둘 싸인 몸피는 아직 소년답게 멀쑥한 듯했다. 한 아낙이 물통을 가져와 얼굴과 목에 묻은 검댕을 씻겼지만 소년은 전혀 의식하지 못하는 표정이었다. 소년의 시선은 바로 앞에 있는 전사의 등에 꽂혀 있었고, 이따금 전사의 발 앞에 놓인 물체를 보려는 듯 고개를 옆으로 기울일 뿐이었다.

멀쩡하게 살아 큰 부상 없이 돌아온 아이였건만, 그 모습에서 액슬은 이상하게도 안도감이나 반가움보다는 어렴풋한 불안감을 느꼈다. 처음에는 소년의 묘한 태도 때문일까 싶었는데, 곧 진짜 문제는 따로 있다는 생각이 들었다. 바로 조금 전까지 마을 전체가 그토록 안위를 걱정했던 소년인데, 지금 받고 있는 대접은 아무래도 뭔가가 이상했다. 거리감, 어쩌면 냉담함까지 감도는 분위기는 액슬의 마을에서 있었던 마타 사건을 생각나게 했다. 액슬은 이 소년도 그 소녀처럼 잊히고 있는 게 아닐까 생각했다. 그런데 또 그런 것 같지는 않았다. 사람들은 이제 소년에게 손가락질을 하고 있었고, 소년의 곁에 선 아낙들은 방어하는 듯한 표정으로 사람들을 쏘아보고 있었다.

"사람들이 무슨 말을 하는지 잘 못 알아듣겠어요, 여보." 비어트리스가 액슬의 귀에 대고 말했다. "아이를 놓고 말다툼을 하는 것 같아요. 무사히 돌아왔으니 참으로 다행이고 아이가 그런 일을 겪었는데도 놀랄 만큼 차분한데 말이에요."

전사는 아직 군중을 향해 연설하고 있었는데, 목소리가 이제 간청하는 듯한 어조였다. 어쩌면 무언가를 비판하는 것 같기도 했다. 액슬은 군중의 분위기가 바뀌는 것을 느꼈다. 경외심과 고마움이 어떤 다른 감정으로 변하고 있었다. 웅성이는 소리가 점점 고조되는 가운데 사람들에게서는 혼란스러움, 더 나아가 공포까지 느껴졌다. 전사가 다시 엄중한 목소리로 말하면서 뒤에 앉은 소년을 손짓으로 가리켰다. 그때 아이버가 모닥불 앞으로 나와 전사 옆에 서면서 뭐라고 말하니, 군중 사이에서는 이제 항의의 목소리가 거리낌 없이 터져 나왔다. 액슬의 뒤에서 누가 뭐라고 외쳤고, 곧 사방에서 따지는 소리가 터져 나왔다. 아이버가 목소리를 높이자 일순간 조용해지는 듯하다가 곧바로 고함 소리가 이어졌고, 그늘 속에서 몸싸움이 벌어지기 시작했다.

"여보, 우리 여기서 나가요, 어서요!" 비어트리스가 액슬의 귀에 대고 외쳤다. "우리가 있을 곳이 아니에요."

액슬은 아내의 어깨를 감싸안고 사람들 사이를 헤쳐 나가다가, 무언가에 이끌려 한 번 더 힐끗 돌아보았다. 소년은 그 자세 그대로 아직도 전사의 등을 바라보고 있었다. 눈앞에서 벌어지는 소동은 전혀 모르는 듯했다. 하지만 소년을 돌봐 주던 아낙은 이제 조금 떨어져 서서 혼란스러운 표정으로 소년과 군중을 번갈아 보고 있었다. 비어트리스가 액슬의 팔을 잡아끌었다. "여보, 제발 어서 빠져나가요. 여기 있다가 다치겠어요."

두 사람은 돌아가는 길에 아무도 마주치지 않았다. 온 마을 사람들이 광장에 나와 있는 모양이었다. 아이버의 집이 시야에 들어오자 비로소 액슬은 아내에게 물었다. "사람들이 뭐라고 한 거예요, 공주?"

"나도 잘 모르겠어요, 여보. 한꺼번에 너무 많은 말이 들려서 내 부족한 색슨어 실력으로는 알아듣기가 어려웠어요. 그 아이를 놓고 뭔가 격앙된 말다툼이 벌어지고 있었어요.

빠져나와서 다행이에요. 무슨 일인지는 우리도 곧 알게 되겠죠."

◆

이튿날 액슬이 눈을 뜨자 방 안에는 아침 햇살이 비쳐 들고 있었다. 누운 곳은 바닥이었지만 부드러운 깔개 위에서 따뜻한 담요를 덮고 잤으니 평소보다 호사스러운 잠자리였고, 팔다리가 푹 쉰 것처럼 거뜬했다. 게다가 유쾌한 기억이 떠오른 상태에서 깨어나 기분도 좋았다.

비어트리스가 옆에서 몸을 뒤척였지만, 눈은 뜨지 않았고 숨소리도 평온했다. 액슬은 평소처럼 아내를 바라보며 훈훈한 행복감이 가슴에 차오르길 기다렸다. 기대한 대로 곧 그 느낌이 차올랐지만, 오늘은 거기에 약간의 슬픔이 섞여 있었다. 그는 의외의 감정에 놀라, 마치 어두운 생각을 쫓아 버리려는 듯 아내의 한쪽 어깨를 부드럽게 어루만졌다.

바깥에서 소음이 들려왔지만, 어젯밤 부부를 깨웠던 소음과 달리 사람들이 여느 아침처럼 일과를 수행하는 소리였다. 액슬은 부부가 너무 늦잠을 잤다고 생각하면서도 아내를 깨우지 않고 계속 바라만 보았다. 그러다가 결국 조심스럽게 일어나서 나무 문 쪽으로 걸어가 문을 조금 열었다. 나무 경첩이 달린 '버젓한' 문이라 삐걱거리는 소리가 나고 문틈으로 눈부신 햇빛이 새어 들어왔지만, 비어트리스는 깨지 않았다. 이제 조금 걱정이 된 액슬은 아내가 누운 자리로 돌아와, 뻣뻣한 무릎을 굽히며 아내 옆에 쪼그리고 앉았다. 마침내 아내가 눈을 뜨고 남편을 보았다.

"이제 일어날 시간이에요, 공주." 액슬이 안도감을 숨기며 말했다. "마을이 복작복작하고 집주인도 나간 지 한참 됐어요."

"그럼 더 일찍 깨우지 그랬어요, 여보."

"당신 자는 모습이 참 평화로웠어요. 그리고 긴 하루를 보냈으니 푹 자게 두는 게 좋겠더라고요. 그런데 젊은 아가씨처럼 청초해 보이는 당신을 보니 그러길 잘했네요."

"아침부터 실없는 소리 할 거예요? 우린 어젯밤에 무슨 일이 있었는지도 모르잖아요. 밖에서 나는 소리를 들으니 서로 피 터지게 두들겨 패지는 않았나 보네요. 아이들 소리도 나고, 개들이 짖는 소리도 배부르고 행복하게 들리니 말이에요. 여보, 여기 씻을 물이 있나요?"

잠시 후 부부는 할 수 있는 한 번듯하게 매무새를 다듬고, 아이버가 아직 돌아오지 않았으므로 먹을 것을 구하러 밝고 상쾌한 공기 속으로 나가 보았다. 액슬의 눈에 마을은 이제 훨씬 더 정감 있는 곳처럼 보였다. 어둠 속에서 아무렇게나 놓여 있는 것처럼 보였던 둥근 오두막들이 이제는 나란히 줄을 맞춰 서서, 마을을 관통하는 큰길에 가지런한 그림자를 드리우고 있었다. 남자와 여자들이 연장이나 물통을 들고 분주히 오갔고, 아이들이 그 뒤를 따라다녔다. 개들은 여전히 수가 많았지만 유순해 보였다. 오직 우물가 양지에서 편안히 볼일을 보고 있는 당나귀 한 마리만이 어젯밤에 처음 마주쳤던 난잡한 공간을 상기시켰다. 지나가는 마을 사람들은 심지어 두 사람에게 고갯짓을 하며 나직한 인사말까지 건넸다. 다만 말을 걸지는 않았다.

그리 멀리 가지 않아서, 길 위에 서 있는 아이버와 전사의 대조적인 모습이 눈에 띄었다. 두 사람은 머리를 맞대고 무언가 논의 중이었다. 액슬과 비어트리스가 다가가자 아이버는 한 걸음 물러서더니 겸연쩍은 듯 빙긋 웃었다.

"두 분 푹 주무시라고 일부러 깨우지 않았소." 아이버가 말했다. "그런데 접대가 소홀했네요. 무척 시장하시겠구려. 같이 낡은 긴집으로 가시지요, 양껏 드시게 해 드릴 테니. 하지만 우선 어젯밤의 영웅과 인사부터 나누시지요. 위스턴 선생은 우리 말을 아주 잘합니다."

액슬이 전사를 향해 고개를 숙였다. "그토록 용기와 도량과 기량이 뛰어난 분을 만나 뵙게 되어 저와 아내의 영광입니다. 어젯밤엔 정말 큰일을 하셨더군요."

"대단치 않은 일이었습니다. 제 기량도 보잘것없고요." 전사는 어제처럼 온화한 목소리였고, 눈가에 미소를 띠고 있었다. "어젯밤은 운이 좋았고, 용감한 동지들의 도움도 톡톡히 받았습니다."

"그 동지라는 자들은 오줌만 지리느라 전투에는 끼지도 못했다오." 아이버가 말했다. "악귀들은 이분 혼자서 무찔렀소."

"제발, 됐습니다. 그 이야기는 그만하시지요." 전사는 아이버에게 그렇게 말하면서 눈은 액슬을 뚫어지게 바라보았다. 마치 액슬의 얼굴에 뭐라도 묻었는데 그게 대단히 흥미롭다는 듯한 표정이었다.

"우리 말을 잘하시는군요." 액슬이 상대의 눈길에 당황하며 말했다.

전사는 액슬의 얼굴을 계속 유심히 바라보다가 시선을 거두고는 웃었다. "용서하십시오. 제가 잠깐 무슨 생각이 나서……. 어쨌든 용서하십시오. 제 혈통은 뼛속까지 색슨인입니다만, 여기서 멀지 않은 나라에서 자랐고 브리턴인들과 함께 지낼 일이 많았습니다. 그래서 브리턴어도 배우게 되었지요. 지금은 멀리 늪 지방에 살아 예전만큼 능숙하지 못합니다. 그곳에서는 온갖 이상한 언어들이 들리지만 브리턴어는 들을 일이 없습니다. 그러니 말이 좀 서툴러도 양해해 주십시오."

"전혀 그렇지 않은데요." 액슬이 말했다. "브리턴어가 모국어라고 하셔도 믿겠습니다. 사실은 어젯밤에 검을 차신 모습도 눈에 띄었습니다. 보통 색슨 사람이 차는 것보다 허리에 바짝 높이 차셨더군요. 걸을 때 손이 자루에 자연스럽게 놓이는 위치에 말이지요. 브리턴 사람 검 차는 법과 흡사해 보인다고 해도 불쾌해하지 않으셨으면 합니다."

위스턴이 다시 웃었다. "제 색슨 동지들은 제가 검 차는 법뿐 아니라 검 휘두르는 법을 두고도 쉴 새 없이 놀린답니다. 하지만 저는 검술을 브리턴인들에게서 배웠고, 더 바랄 게 없이 잘 배웠다고 생각합니다. 많은 위험을 그 덕분에 무사히 넘겼고, 어젯밤에도 마찬가지였습니다. 외람된 말씀이지만 선생님께서도 이 지역 분이 아니신 것 같습니다. 혹시 조국이 서쪽 어디 아니신지요?"

"저희는 바로 옆 나라 사람입니다. 걸어서 하루면 가는 곳입니다."

"그래도 예전에 혹시 더 서쪽에 사시지 않았는지요?"

"말씀 드렸다시피 전 옆 나라 사람입니다."

"제 무례를 용서하십시오. 제가 이렇게 멀리 서쪽까지 오니 어릴 적 살았던 나라의 추억에 새삼 젖게 되는군요. 여기서 조금 더 가야 하긴 합니다만. 사방에서 흐릿한 기억 속 얼굴들의 잔상이 보입니다. 선생님과 부인께서는 사시는 곳으로 오늘 돌아가십니까?"

"아닙니다. 저희는 동쪽에 있는 아들 마을로 갑니다. 이틀 안에 닿길 바라고 있습니다."

"아. 그러면 숲길로 가시겠군요."

"사실은 높은 산길로 가려고 합니다. 그곳 수도원의 현자한 분을 뵐 수 있을까 해서 찾아가려고 합니다."

"그런가요?" 위스턴이 생각에 잠긴 얼굴로 고개를 끄덕이더니 액슬을 다시 유심히 바라보았다. "오르는 길이 가파르다고 들었습니다."

"내 손님들은 아직 아침 식사 전이오." 아이버가 끼어들었다. "위스턴 선생, 두 분을 긴집에 모셔다 드리고 올 테니 잠깐 실례하겠소. 그 후에 방금 하던 논의를 이어서 하면 좋겠구려." 그러더니 색슨 말로 뭐라고 작게 말했고, 위스턴은 고개를 끄덕였다. 잠시 후 아이버가 액슬과 비어트리스 쪽으로 돌아서더니 고개를 저으며 심각하게 말했다. "어젯밤 이분이 그 엄청난 수고를 하셨는데도 문제는 아직 전혀 마무리가 안 됐소. 어쨌든 따라오시오, 두 분. 많이 시장하시겠소."

아이버는 지팡이로 땅을 찔러 가며 휘청거리는 걸음걸이로 씩씩하게 나아갔다. 그는 정신이 딴 데 팔려 있어 복잡한 골목길에서 두 사람이 뒤처지는 것을 알아차리지 못한 듯했다. 아이버와 사이가 좀 벌어졌을 때 액슬이 아내에게 말했다. "그 전사 양반 참 대단하지 않아요, 공주?"

"그러게요." 비어트리스가 조용히 대답했다. "그런데 당신을 묘한 눈으로 바라보던데요."

그때 아이버가 두 사람을 잃어버릴까 봐 모퉁이에서 멈춰

서는 바람에 대화는 더 이어지지 않았다.

얼마 안 가니 해가 환하게 드는 안뜰이 나왔다. 거위들이 돌아다녔고, 인공 개울이 가운데를 가로지르고 있었다. 개울은 얕은 물길을 땅에 파 놓은 것으로, 물이 졸졸 흐르고 있었다. 개울의 폭이 가장 넓은 곳에는 납작한 돌 두 개가 놓여 징검다리 구실을 했다. 조금 큰 아이가 그중 하나에 쪼그리고 앉아 옷을 빨고 있었다. 꽤 목가적인 풍경에 액슬은 멈춰 서서 잠시 감상하고 싶은 마음도 들었지만, 아이버는 멈추지 않고 성큼성큼 걸어갔다. 아이버가 향한 곳은 안뜰의 한쪽 변을 다 차지한, 두꺼운 초가지붕을 올린 낮고 긴 건물이었다.

일단 안에 들어가 보면 이 긴집의 모습은 여러분이 이런저런 시설에서 이용해 본 소박한 구내식당과 별로 다르지 않을 것이다. 긴 식탁과 긴 의자가 줄줄이 놓여 있었고, 한쪽 끝에는 주방과 배식대가 있었다. 현대적 시설과 크게 다른 점이라면 아마 곳곳에 널린 건초였을 것이다. 머리 위도 발밑도 온통 건초였고, 의도된 건 아니었지만 식탁 위도 툭하면 부는 돌풍에 날아온 건초 천지였다. 이날 아침 같은 날이면, 벽에 줄줄이 난 창으로 들어오는 햇살에 공기 중에도 건초 부스러기가 둥둥 떠다니는 모습이 식탁에 앉은 두 사람의 눈에 보였을 것이다.

두 사람이 도착했을 때 낡은 긴집 안에는 아무도 없었지만, 아이버가 주방으로 들어가더니, 잠시 후 두 노파가 빵, 꿀, 과자 그리고 우유병과 물병을 들고 나타났다. 조금 있으니 아이버가 거위 고기를 쟁반에 담아 들고 돌아왔고, 액슬과 비어트리스는 고마워하며 음식들을 허겁지겁 먹어 치웠다.

두 사람은 시장기가 몰려와 처음엔 아무 말 없이 먹기만 했다. 식탁 맞은편에 앉은 아이버는 먼 곳을 응시하며 골똘히 생각에 잠겨 있었다. 얼마 후 비어트리스가 말했다.

"이 색슨 사람들 때문에 무거운 짐을 지셨어요, 아이버. 다시 우리 동족과 함께 살고 싶다는 생각은 안 드세요? 아이도 무사히 돌아왔고 오거도 처치했으니."

"놈들은 오거가 아니었소, 부인. 이 일대에서 한 번도 본 적이 없는 놈들이었어요. 그놈들이 마을 바깥에 출몰하지 않게 되었으니 큰 시름은 놓았지요. 하지만 아이 문제는 또 다른 문제요. 돌아온 건 맞는데, 무사하진 못하다오." 주위에 아무도 보이지 않았지만, 아이버는 몸을 앞으로 내밀고 목소리를 낮추며 말했다. "맞아요, 비어트리스 부인. 나도 왜 이런 야만인들과 함께 사는지 모르겠어요. 차라리 쥐 소굴에 사는 게 낫지. 그 용감한 외지인이 우리를 어떻게 생각하겠어요? 그것도 어젯밤에 그런 큰일을 하고 나서."

"왜 그러십니까, 무슨 일인가요?" 액슬이 물었다. "우리도 어젯밤에 광장에 가긴 했는데, 격한 다툼이 일어날 조짐을 느끼고 빠져나와서 무슨 일이 있었는지 전혀 모릅니다."

"몸을 피하길 잘하셨소, 두 분. 그 이교도들은 어젯밤에 서로 눈알이라도 뽑을 만큼 흥분해 있었소. 브리턴인 두 사람이 있는 걸 보았으면 어떻게 대했을지 생각만 해도 끔찍하오. 그 에드윈이라는 아이는 무사히 돌아왔지만, 마을 사람들이 반기려고 하는 찰나 아낙들이 아이 몸에서 작은 상처를 발견했소. 나도 원로들과 함께 살펴보았소. 가슴 바로 밑에 무슨 자국이 있는데, 기껏해야 애들이 넘어져서 생기는 정도의 상처였소. 그런데 아이와 같은 일족이라는 아낙들이 그걸 물린 자국이라고 단정했고, 마을 사람들도 지금 그렇게 철석같이 믿고 있소. 아이가 해코지를 당할까 봐 내가 어쩔 수 없이 아이를 헛간에 가둬 놓았는데도 아이의 친구들, 가족들이 헛간 문에 돌을 던지면서 아이를 데리고 나와 죽이라고 외치고 있다오."

"아니 어떻게 그럴 수가 있어요, 아이버?" 비어트리스가 물었다. "또 안개가 조화를 부려서, 아이가 어떤 끔찍한 일을 겪고 왔는지 다들 까맣게 잊은 건가요?"

"그랬으면 차라리 다행이겠소, 부인. 이번엔 다들 기억이 좋기만 한 것 같소. 이 이교도들은 자기들 미신에 갇혀 헤어나지를 못한다오. 아이가 악귀에 물렸으니 이제 곧 악귀로 변해 마을을 공포에 몰아넣을 거라고 철석같이 믿고 있소. 사람들이 아이를 두려워하니, 아이는 여기 계속 있다간 어제 위스턴 선생 덕에 모면한 참변 못지않게 흉악한 꼴을 당할 것이오."

"아니, 생각이 더 현명한 사람들도 분명히 있을 텐데요." 액슬이 말했다.

"있다 해도 수에서 밀려요. 하루 이틀은 자제를 명할 수 있어도 오래지 않아 무지한 자들이 제 뜻대로 하고 말 것이오."

"그러면 어떻게 해야 합니까?"

"전사도 두 분만큼이나 경악해서 우리 둘이 아침 내내 논의를 했다오. 내가 폐가 되는 부탁인 건 알지만 이곳을 떠날 때 소년을 데리고 가서 새 삶을 살 수 있게 어디 먼 마을에 떨구어 주면 어떠냐고 제안을 했소. 직전에 목숨을 걸고 우리를 지켜 준 사람에게 곧바로 그런 일을 부탁하다니 부끄러움에 고개를 못 들 지경이었지만, 달리 방도가 떠오르지 않았소. 위스턴이 그래서 지금 내 제안을 숙고해 보고 있소. 왕명을 받고 임무 수행에 나섰는데 이미 말의 부상과 어젯밤의 소요 때문에 지체된 터라 고민이 될 거요. 이럴 게 아니라, 아이가 아직 무사한지 가서 확인해 봐야겠소. 전사가 결심을 했는지도 알아보고." 아이버가 일어서서 지팡이를 들었다. "떠나기 전에 와서 작별을 고해 주시오, 두 분. 물론 이런 이야기를 들으셨으니 뒤도 안 돌아보고 바로 떠나고 싶으시다 해도 충분히 이해하겠지만요."

◆

액슬은 햇볕이 환한 안뜰을 가로질러 성큼성큼 걸어가는 아이버의 뒷모습을 문간을 통해 지켜보았다. "우울한 소식이네요, 공주." 그가 말했다.

"맞아요, 여보. 하지만 우리와는 상관없는 일이에요. 여기서 더 미적거리지 말아요. 오늘은 가파른 길을 가야 해요."

음식과 우유는 매우 신선했다. 두 사람은 말없이 식사를 잠시 더 했다. 그러다가 비어트리스가 말했다.

"그 말에 일리가 있을까요, 여보? 어젯밤에 아이버가 안개에 관해서 한 말이요. 하느님이 우리 기억을 없애시고 있다고 했잖아요."

"난 어떻게 생각해야 할지 모르겠어요, 공주."

"여보, 오늘 아침에 내가 그와 관련해 뭔가 생각이 떠올랐어요, 막 잠에서 깰 때요."

"무슨 생각이었어요, 공주?"

"그냥 든 생각인데, 어쩌면 하느님이 우리가 저지른 어떤 일에 화가 나신 게 아닐까, 아니면 화난 건 아니어도 부끄러우신 게 아닐까 하는 생각이요."

"별난 생각이구려, 공주. 그렇다면 왜 벌을 내리시지 않고요? 어째서 한 시간 전 일조차 바보처럼 잊게 만드시는 걸까요?"

"어쩌면 하느님이 우리가 저지른 어떤 일이 너무나 부끄러워서 당신도 잊고 싶으신 건지 몰라요. 그리고 아이버가 외지인에게 들었다는 말처럼, 하느님이 기억하시지 않으면 우리가 기억 못 하는 것도 이상할 게 없지요."

"우리가 대체 무슨 일을 했기에 하느님이 그토록 부끄러워하신다는 거예요?"

"나도 몰라요, 여보. 하지만 당신이나 내가 한 일 때문이 아닌 건 분명해요. 하느님은 늘 우리를 많이 사랑하셨으니까요. 우리 하느님께 기도 드릴 때, 적어도 우리에게 가장 소중한 추억 몇 가지는 꼭 기억하게 해 달라고 간청해 봐요. 혹시 알아요, 우리 소원을 들어주실지."

밖에서 와자지껄한 웃음소리가 들려왔다. 액슬이 고개를 조금 빼고 뜰을 내다보니, 아이들 몇 명이 개울에 놓인 납작한 돌 위에서 중심을 잡으며 놀고 있었다. 아이 하나가 꺄악 소리를 내며 물에 빠졌다.

"누가 알겠어요, 공주." 액슬이 말했다. "어쩌면 그 현명한 수도승이 설명해 줄지도. 그런데 오늘 아침에 했던 생각 이야기를 하니 나도 떠오른 생각이 있었어요. 아마 당신이 그 생각을 떠올릴 때쯤이었을 거예요. 간단한 기억인데, 떠올리면서 아주 흐뭇했어요."

"그래요? 무슨 기억이었어요?"

"우리가 시장 아니면 무슨 축제가 열리는 곳을 걷고 있었어요. 어떤 마을인데 우리 마을은 아니었고, 당신은 모자 달린 그 밝은 녹색 망토를 입고 있었어요."

"꿈이거나 아주 옛날 일인가 보네요. 난 녹색 망토가 없어요."

"아주 옛날 일 맞아요, 공주. 날은 여름이었지만 그곳은 바람이 쌀쌀했고, 당신은 녹색 망토를 두르고 모자는 벗고 있었어요. 시장 아니면 무슨 축제 장소였던 것 같아요. 비탈 위의 마을이었고, 마을 어귀에 염소 우리가 있었어요."

"우리가 거기서 뭘 하고 있었는데요?"

"그냥 팔짱을 끼고 걷고 있었어요. 그런데 어떤 낯선 사람이, 그 마을 사람이었는데, 갑자기 길에 나타났어요. 그 사람이 당신을 흘끗 보더니, 무슨 여신이라도 본 듯 뚫어지게 쳐다보는 거예요. 생각나요, 공주? 젊은 사람이었어요, 우리도 그때는 젊었던 것 같지만. 그리고 그 사람이 당신처럼 아름다운 여자는 평생 처음 봤다고 감탄하는 거예요. 그러고는 손을 뻗어 당신 팔을 만졌어요. 그 일 기억나요, 공주?"

"뭔가 기억이 나긴 하는데 또렷하진 않아요. 그 사람 아마 취한 사람이었던 것 같은데."

"글쎄 조금 취했던가, 잘 모르겠네요. 무슨 축제 같은 분위기였으니까. 어쨌든 당신을 보고는 깜짝 놀라더라니까요. 평생 당신 같은 미인은 본 적이 없댔어요."

"그럼 정말 옛날 이야기겠네요! 그때가 당신이 시샘해서 남자와 말다툼했던 그날 아니에요? 우리 하마터면 마을에서 쫓겨날 뻔했잖아요?"

"그런 건 기억 안 나요, 공주. 지금 내가 생각하는 그날은 당신이 녹색 망토를 입고 있었고, 무슨 축제 날이었어요. 그리고 그 낯선 사람이, 내가 당신 보호자인 것을 알고 나한테 이랬어요. 이렇게 사랑스러운 여인은 내가 평생 본 적이 없소, 그러니 꼭 이 여인에게 각별히 잘해 주시오, 친구. 그랬어요."

"기억이 어렴풋한데, 그때 당신이 시샘해서 그 사람과 말다툼했던 건 확실해요."

"내가 지금도 그 사람 말을 생각하면 뿌듯한 마음이 솟아나는데 왜 그랬겠어요? 평생 처음 보는 미인이라고 했는데. 그리고 나더러 당신을 아주 각별히 잘 대해 주라고 했다니까요."

"뿌듯했으면 시샘도 났겠지요. 술 취한 사람인데도 당신이 대들고 나섰잖아요?"

"그런 기억은 없어요, 공주. 농담 삼아 샘나는 시늉을 했는지는 모르지요. 하지만 그 친구가 악의로 그런 게 아니라는 건 알았겠지요. 오늘 아침에 깼을 때 그런 기억이 떠올랐어요, 아주 옛날 일이지만."

"당신 기억이 그러면 그렇다고 쳐요. 이렇게 자욱한 안개 속에서는 무슨 기억이든 소중하니 꼭 붙들고 놓지 말자고요."

"그 망토는 어떻게 됐는지 모르겠구려. 당신이 늘 아끼던 옷이었는데."

"그래 봐야 망토잖아요, 여보. 세월이 흐르면서 점점 닳아 못 쓰게 됐겠지요."

"우리 그것 어디서 잃어버리지 않았어요? 화창한 날 바위 같은 데 놓고 오지 않았던가요?"

"맞아요, 이제 생각나네요. 그리고 내가 당신한테 엄청 뭐라고 했어요."

"그랬던 것 같아요, 공주. 그랬던 이유가 뭐였는지는 생각이 안 나지만."

"여보, 우리에게 아직 기억나는 게 몇 가지라도 있어서 다행이에요, 안개가 있건 없건요. 어쩌면 하느님이 벌써 우리 말을 들으시고 우리 기억을 서둘러 되살려 주고 계신지도 몰라요."

"그리고 마음만 먹으면 우리는 앞으로 훨씬 더 많은 걸 기억해 낼 거예요, 공주. 그러면 어떤 교활한 뱃사공도 우리를 속이지 못할 거예요, 그 얼빠진 헛소리에 우리가 신경 쓸 날이 온다고 해도요. 하지만 일단 식사부터 말끔히 해치웁시다. 해가 중천에 떴으니 그 가파른 길을 가려면 어서 나서야겠어요."

◆

두 사람이 아이버의 집으로 돌아가는 길에 지난밤 주민들에게 폭행당할 뻔했던 자리를 막 지나가는데, 위쪽에서 부르는 소리가 들렸다. 두리번거리며 소리가 나는 쪽을 보니 담장 위 조망대에 위스턴이 서 있었다.

"두 분, 아직 안 떠나셨다니 반갑습니다." 전사가 아래를 보며 외쳤다.

"네, 아직 안 떠났습니다." 액슬이 담장 쪽으로 몇 걸음 다가가며 대답했다. "이제 가 보려고 서두르고 있습니다. 전사께서는요? 오늘은 여기서 쉬십니까?"

"저도 곧 떠납니다. 하지만 혹시 폐가 안 된다면 잠깐 말씀 좀 나누실 수 있을지요? 그래 주시면 감사하겠습니다. 오래 지체하시게 하지는 않겠습니다."

액슬과 비어트리스는 서로 마주 보았고, 비어트리스가 조용히 말했다. "얘기하고 싶으면 해요, 여보. 난 가서 여행 식량을 챙기고 있을게요."

액슬은 고개를 끄덕이고는 위스턴에게 외쳤다. "좋습니다. 제가 올라갈까요?"

"편하신 대로 하시지요. 제가 내려가도 좋지만, 상쾌한 아침이고 여기 경관이 쾌적합니다. 사다리 오르는 게 불편하지 않으시면 같이 구경하시면 좋겠습니다."

"올라가 봐요, 여보." 비어트리스가 조용히 말했다. "그런데 조심해요. 꼭 사다리만 얘기하는 게 아니에요."

액슬은 가로대를 하나하나 조심스럽게 디디며 올라갔다. 전사가 손을 내밀어 잡아 주었다. 액슬이 좁은 조망대 위에 중심을 잡고 서서 내려다보니, 비어트리스가 밑에서 쳐다보고 있었다. 남편이 쾌활하게 손을 흔드는 것을 보고야 아내는 마지못한 듯 발걸음을 뗐다. 그러고는 조망대에서 훤히 내려다보이는 아이버의 집을 향해 걸어갔다. 액슬은 아내가 가는 모습을 조금 더 지켜보다가 몸을 돌려 담장 밖 풍경을 바라보았다.

"어떻습니까, 제 말이 거짓말이 아니지요?" 위스턴이 액슬과 나란히 서서 얼굴에 바람을 맞으면서 말했다. "절경이 한눈에 들어옵니다."

그날 아침 두 사람 앞에 펼쳐진 풍경은 오늘날 영국 시골 저택의 높은 층에서 내다보는 풍경과 그리 다르지 않았을 것이다. 오른쪽으로는 산비탈이 반반하게 푸른 능선을 그리며 내려오고, 왼쪽 저편으로는 소나무가 울창한 맞은편 비탈이 뿌옇게 멀어지며 지평선의 먼 산들에 어슴푸레 이어졌을 것이다. 두 사람 앞으로는 골짜기 바닥이 펼쳐져 전망이 탁 트여 있었다. 구불구불 흐르는 강줄기가 아득히 멀어져가고, 광활한 습지대에는 저 멀리 못과 호수가 군데군데 자리 잡고 있었다. 물가에 서 있는 느릅나무와 버드나무 그리고 그 부근의 울창한 숲은, 그 시절에는 어딘지 으스스하게 느껴졌을 것이다. 강 왼쪽 기슭의 그늘진 땅에는 오래전에 버려진 마을의 흔적도 보였다.

"어제 저 산비탈을 타고 내려왔습니다." 위스턴이 말했다. "재촉도 하지 않았는데 말이 신난 것처럼 질주하더군요. 말을 타고 호수와 강을 지나며 들판을 내달리는데, 하늘을 나는 기분이었습니다. 마치 어느 옛 시절의 장면으로 돌아간 듯 느낌이 묘했습니다. 제가 알기론 이 나라에 온 적이 없는데도요. 혹시 아무것도 모르던 어린 나이에 이리로 지나간 적이 있어서 이 풍경이 기억에 남은 걸까요? 이곳의 나무들과 황야는, 심지어 하늘조차 어떤 잃어버린 기억을 환기하는 것 같습니다."

"어쩌면 태어나신 서쪽 나라의 풍광이 이 나라와 비슷한지도 모르지요." 액슬이 말했다.

"아마 그런 것 같습니다. 제가 사는 늪 지방에는 언덕이랄 것도 없고, 나무와 풀도 이렇게 푸르지 않으니까요. 어쨌든 그렇게 흥에 겨워 질주하다가 말의 편자 하나가 깨져서, 오늘 아침 마을 분들이 고맙게도 새 편자를 주셨습니다만, 발굽이 상했으니 당분간 살살 타야 할 것 같습니다. 제가 사실은 경치를 보여 드리려고 이 위로 모신 것만은 아니고, 사람들 귀를 피하려고 그랬습니다. 에드윈이라는 아이에게 일어난 일에 관해서 들으셨는지요?"

"아이버 선생님에게서 들었습니다. 전사님이 그렇게 용감히 나서 주셨는데 안타까운 소식이더군요."

"원로분들이 아이가 여기서는 희망이 없다고 보고 제게 오늘 데려가 달라고 청한 것도 아시겠군요. 어디 먼 마을에 데려다 놓고, 길 잃고 굶주린 아이를 길에서 발견한 것으로 이야기해 달라고 합니다. 그건 전혀 어렵지 않지만, 그렇게 해서 아이를 살릴 수 있을까 우려스럽습니다. 소문은 쉽게 퍼질 테니 한 달이든 한 해든 지나면 아이는 지금 처한 곤경에 똑같이 처하게 될지도 모릅니다. 마을에 온 지 얼마 안 된 이방인이니 상황은 오히려 더 나쁠 겁니다. 그렇지 않겠습니까?"

"충분히 우려할 만한 일입니다, 위스턴 선생."

전사는 경치를 바라보며 말하다가, 바람에 헝클어져 얼굴을 가린 머리카락을 뒤로 넘겼다. 그 순간 그는 액슬의 얼굴에서 문득 무언가를 발견했는지, 하던 말을 잠깐 잊은 모습이었다. 고개를 돌려 액슬을 빤히 바라보다가, 가볍게 웃으며 말했다.

"용서하십시오, 방금 무슨 생각이 나서요. 어쨌든 하던 말씀을 계속 드리겠습니다. 이 아이는 저와 아무 인연이 없었지만, 눈앞에 무슨 끔찍한 일이 닥쳐도 태도가 침착한 것을 눈여겨보고 있었습니다. 어젯밤에 함께 갔던 동지들은 처음 나설 때는 용감했지만, 악귀들이 진을 친 곳에 가까워지자 공포에 맥을 추지 못했습니다. 그런데 아이는 여러 시간을 악귀의 손아귀에 잡혀 있었는데도 어찌나 차분한지 놀라울 따름이었습니다. 그 아이에게 그런 모진 운명이 기다린다면 몹시 안타까운 일입니다. 그래서 제가 해결할 방법을 생각해 보았는데, 선생님과 부인께서 거들어 주신다면 다 잘될 수도 있을 것 같습니다."

"저희가 도울 수 있으면 기꺼이 돕겠습니다. 어떤 방법인지 말씀해 주시죠."

"원로분들이 아이를 데려다달라고 하신 먼 마을은 물론 색슨족 마을을 말씀하신 겁니다. 하지만 색슨족 마을이야말로 안전을 장담할 수 없는 곳입니다. 물린 상처에 관한 믿음은 색슨족 미신이기 때문이죠. 그렇지만 브리턴족은 그런 터무니없는 소리를 믿지 않으니 소문이 따라 붙더라도 아이를 맡겨도 위험할 일이 없습니다. 아이는 비록 말수가 적지만 심지가 강하고, 말씀 드린 것처럼 용기가 범상치 않습니다. 어느 마을에든 데려다 놓기만 하면 제 몫을 할 아이입니다. 선생님께서는 동쪽의 아드님 마을로 간다고 하셨지요. 바로 우리가 찾는 그런 기독교 마을일 것 같습니다. 선생님 내외분께서 아이에 대해 잘 말씀해 주시고 또 아드님께서도 힘써 주신다면, 틀림없이 좋은 결과가 있을 것 같습니다. 물론 제가 데려가도 선량한 주민들이 아이를 받아 줄 수는 있겠지만, 저는 이방인이니 아무래도 경계하고 의심할 겁니다.

게다가 저는 이 나라에서 수행해야 할 임무가 있기 때문에 동쪽으로 그렇게 멀리까지 가기는 어렵습니다."

"그럼 저희 부부에게 아이를 데려가 달라고 제안하시는 거군요." 액슬이 말했다.

"맞습니다. 그렇지만 제 임무상, 가시는 길을 일부는 동행해 드릴 수 있습니다. 산길로 가신다고 하셨지요. 최소한 산 너머까지는 기꺼이 함께 가 드리겠습니다. 제가 붙어 다니면 지루하고 불편하시겠지만, 산속에서는 위험한 일도 간혹 있다고 들었으니, 제 검이 도움을 드릴 수 있을지도 모릅니다. 그리고 가지신 짐도 말에 실어다 드릴 수 있습니다. 말이 발은 좀 다쳤지만 그 정도 짐은 불평하지 않을 겁니다. 어떠실까요?"

"훌륭한 방법인 것 같습니다. 저희도 아이의 처지를 듣고 심란했는데, 저희가 사태 해결을 도울 수 있다면 기꺼이 돕겠습니다. 그리고 하신 말씀이 맞습니다. 지금 아이에게 가장 안전한 곳은 브리턴족 마을이지요. 저희 아들 마을에 가면 따뜻하게 맞아 주리라 확신합니다. 저희 아들이 그곳에서 존경받는 인물이라서 나이는 젊지만 거의 원로나 다름없으니까요. 틀림없이 아들이 잘 이야기해서 아이가 환대받을 수 있게 해 줄 겁니다."

"그렇게 말씀해 주시니 마음이 많이 놓입니다. 그럼 아이버 선생님에게 그 계획을 말씀 드리고 아이를 헛간에서 몰래 빼낼 방법을 찾아보겠습니다. 내외분께서는 곧 떠나실 수 있겠습니까?"

"아내가 지금 여행 식량을 챙기고 있습니다."

"그럼 남문에서 기다려 주십시오. 제 말과 그 에드윈이라는 아이를 데리고 곧 가겠습니다. 수고를 함께해 주셔서 감사합니다. 그리고 선생님과 하루 이틀 여행길을 함께하게 되어 기쁩니다."

4

평생 처음 높고 멀찍한 곳에서 내려다본 마을의 모습은 놀라웠다. 마치 꼭 손에 잡힐 것 같아서, 한낮의 옅은 안개에 덮인 마을 풍경 위로 손을 오므리며 잡는 시늉도 해 보았다. 나무를 오르는 소년의 모습을 불안하게 지켜보던 늙은 여자가 아직도 나무 밑에 서서 더 높이 올라가지 말라고 외치고 있었다. 하지만 에드윈은 무시했다. 자기만큼 나무를 잘 아는 사람은 없으니까. 전사가 망을 보라고 지시하자 소년이 신중히 고른 느릅나무였다. 겉으로는 병약해 보이지만 나름대로 탄탄한, 소년을 반겨 줄 나무였다. 게다가 다리가 아주 잘 보이는 위치에 있어 그곳에 이르는 산길도 잘 보였고, 다리 위에서 병사 세 명이 말 탄 사람과 이야기하는 모습도 똑똑히 보였다. 말 탄 사람은 이제 말에서 내려, 좀처럼 가만있지 못하는 말의 고삐를 붙들고 서서 병사들과 격하게 말다툼을 하고 있었다.

소년은 나무라면 빠삭했다. 이 느릅나무는 꼭 스테파 같은 나무였다. "숲속에서 썩게 내다 버리자." 큰 아이들이 늘 스테파를 두고 하는 말이었다. "일 못 하는 늙은 불구자는 그래야 하는 거 아냐?" 하지만 에드윈은 스테파가 어떤 사람인지 꿰뚫어 보고 있었다. 스테파는 옛 전사였다. 지금도 강인한 모습을 감추고 있고, 심지어 원로들보다 어떤 면에서는 더 지혜로웠다. 스테파는 마을 사람 중 유일하게 전장을 겪은 사람이었다. 두 다리를 잃은 것도 전쟁터에서였다. 스테파가 에드윈이 어떤 아이인지 꿰뚫어본 것도 그 덕분이었다. 에드윈보다 힘센 아이들은 있었다. 아이들은 에드윈을 바닥에 꼼짝 못 하게 누르고 때리면서 놀기도 했다. 하지만 전사의 혼을 품은 사람은 그런 아이들이 아니라 에드윈이었다.

"내가 널 지켜봤다." 스테파가 한번은 소년에게 말했다. "퍼붓는 주먹세례에서도 눈을 침착하게 뜨고, 주먹질 하나하나를 기억하려는 듯한 모습을 말이다. 치열한 전장을 냉철한 움직임으로 누비는 최고의 전사들에게서만 보았던 눈빛이었다. 머지않아 언젠가 너도 무시무시한 전사가 될 거다."

이제 그 시작이었다. 스테파의 예언이 실현되고 있었다.

강한 산들바람이 나무를 흔들자, 에드윈은 잡은 손을 옮겨 다른 가지를 붙잡고는 그날 아침 있었던 일들을 다시 떠올려 보았다. 숙모가 얼굴을 있는 대로 찌푸리고 소년에게 고래고래 욕을 퍼붓고 있었는데, 아이버 장로가 두 사람 사이에 끼어들더니 숙모를 헛간 문간에서 밀어냈다. 숙모는 늘 소년에게 잘해 주었지만, 이제 욕을 한다고 해도 소년은 상관없었다. 얼마 전 숙모는 소년에게 자기를 '엄마'라고 부르라고 했지만, 소년은 한 번도 숙모를 그렇게 부르지 않았다. 소년의 친엄마는 유랑 중이었으니까. 친엄마는 소년에게 그렇게 소리 지를 리도 없고, 아이버 장로에게 잡혀서 끌려갈 일도 없을 터였다. 그리고 오늘 아침 헛간 안에서 소년은 친엄마의 목소리를 들었다.

아이버 장로가 소년을 깜깜한 어둠 속으로 밀어 넣고 문을 닫아 숙모의 일그러진 얼굴도, 다른 모든 사람의 얼굴도 사라졌다. 처음에 수레는 헛간 한가운데에 어렴풋이 보이는 검은 형체에 지나지 않았다. 조금 있으니 점점 그 윤곽이 눈에 들어왔다. 다가가서 만져 보니 축축하고 썩은 나무 촉감이었다. 밖에서 다시 사람들의 고함 소리가 들리다가 크게 딱 하는 소리가 들렸다. 딱 소리는 처음엔 이따금 산발적으로 났지만 이내 한꺼번에 빗발치더니, 이제 우지끈 쩍 갈라지는 소리까지 났다. 그러자 헛간 안이 살짝 더 밝아지는 듯했다.

낡은 헛간 벽에 돌 던지는 소리가 분명했지만, 소년은 무시하고 눈앞의 수레에 관심을 집중했다. 이 수레는 언제 마지막으로 썼을까? 왜 이렇게 비딱하게 서 있을까? 못 쓰는 수레라면, 왜 이렇게 헛간에 보관해 놨을까?

엄마 목소리가 들린 건 바로 그때였다. 처음에는 바깥의 사람 소리와 돌 던지는 소리 때문에 분간하기 어려웠지만, 조금씩 뚜렷해졌다. "에드윈, 아무것도 아니다." 목소리는 이렇게 말했다. "아무것도 아니야. 쉽게 이겨 낼 수 있어."

"하지만 원로님들이 사람들을 계속 막진 못할 거예요." 소년은 수레의 가장자리를 쓰다듬으면서 어둠 속을 향해 작은 목소리로 말했다.

"아무것도 아니란다, 에드윈. 아무것도 아니야."

"얄팍한 헛간 벽이 돌에 부서질지도 모르는데요."

"걱정할 것 없어, 에드윈. 몰랐니? 저 돌들은 네가 마음먹은 대로 할 수 있어. 자, 네 눈앞에 뭐가 있니?"

"망가진 낡은 수레요."

"그렇지. 그 수레 주위를 계속 돌렴, 에드윈. 수레 주위를 돌고 또 도는 거야. 너는 큰 바퀴에 매인 노새니까. 돌고 또 돌렴. 큰 바퀴는 네가 돌려야만 돌아가고, 네가 돌려야만 돌이 계속 날아온단다. 수레 주위를 돌고 또 돌렴, 에드윈. 돌고 돌고 또 도는 거야."

"바퀴를 왜 돌려야 해요, 엄마?" 그렇게 말하면서도 소년의 발은 이미 수레 주위를 돌기 시작했다.

"너는 노새니까. 계속 돌렴. 딱딱거리는 저 날카로운 소리.

저 소리는 네가 바퀴를 돌리지 않으면 계속 날 수 없단다. 돌렴, 에드윈, 돌고 또 돌아. 수레 주위를 돌고 또 돌렴."

소년은 엄마가 시키는 대로 했다. 양손으로 수레 위쪽 모서리를 잡고, 양손을 교차해 가며 바삐 돌았다. 그렇게 몇 바퀴나 돌았을까? 백 바퀴? 이백 바퀴? 돌 때마다 한쪽 구석에 놓인, 정체를 알 수 없는 흙더미가 계속 눈에 들어왔다. 다른 한쪽 구석에는 가느다란 햇살이 헛간 바닥을 가로지른 자리에, 죽은 까마귀 한 마리가 아직 깃털이 성한 채로 모로 누워 있었다. 어스름한 어둠 속에서 흙더미와 까마귀가 계속 반복하여 나타났다. 한번은 "숙모가 정말 저한테 욕한 게 맞아요?" 하고 소리 내어 물었지만 아무 대답도 들리지 않았고, 소년은 엄마가 가 버렸나 하고 생각했다. 하지만 그 순간 엄마의 목소리가 다시 들렸다. "네 할 일을 하렴, 에드윈. 너는 노새란다. 아직 멈춰선 안 돼. 모든 건 네 맘대로 다스릴 수 있어. 네가 멈추면 시끄러운 소리도 멈출 거야. 그러니 무서울 게 뭐가 있니?"

가끔은 세 바퀴를, 심지어 네 바퀴를 돌 동안 딱 소리가 한 번도 들리지 않았다. 그러다가 만회라도 하려는 듯 딱 소리가 잇따라 한꺼번에 들렸고, 고함 소리가 한층 높아졌다.

"엄마, 어디 있어요?" 한번은 소년이 물었다. "아직도 유랑 중이에요?"

아무 대답도 없었지만, 몇 바퀴쯤 돌고 나니 다시 목소리가 들려왔다. "내가 할 수만 있었다면 네게 형제자매를 주었을 텐데, 에드윈, 여럿을 말이야. 하지만 넌 혼자구나. 그러니 힘을 내 다오. 넌 열두 살이니 거의 다 컸단다. 혼자서도 힘센 아들 네다섯 몫을 할 수 있어. 힘을 내서 나를 구하러 와 다오."

산들바람이 다시 불어와 느릅나무를 흔드는 걸 느끼면서, 에드윈은 자기가 있었던 헛간이 마을 사람들이 늑대를 피해 숨었다던 그 헛간일까 하고 생각했다. 스테파 할아버지한테서 여러 번 들은 이야기였다.

"네가 아주 어렸을 때다. 너무 어렸을 때라 기억이 안 날 거다. 백주에 늑대 세 마리가 마을에 쑥 들어와 태연하게 돌아다녔지." 그다음 대목을 이야기하는 스테파의 목소리에는 경멸이 가득했다. "그러자 온 마을 사람들이 무서워 숨었단다. 밭에 나가 일하던 남자들도 물론 있었지만, 마을 안에도 남자들은 얼마든지 있었어. 다들 곡식 헛간에 들어가 숨었단다. 여자와 아이들뿐 아니라 남자들도. 늑대 눈빛이 이상하다면서. 건드리지 않는 게 좋다나. 그래서 늑대들은 마을을 실컷 유린했지. 암탉을 다 죽였어. 염소를 포식하고. 그러는 내내 온 마을 사람들은 숨어 있었어. 집에 숨은 사람도 있었고, 대부분은 곡식을 쟁여 두는 헛간에 숨었지. 나는 불구라서 그대로 방치됐어. 손수레에 앉아 부러진 두 다리를 쑥 내민 채로, 민드레드 부인 집 앞 도랑가에. 늑대들이 내게 빠른 걸음으로 다가왔어. 와서 날 잡아먹어라, 그까짓 늑대 때문에 헛간에 숨지는 않겠다고 말했지. 하지만 늑대들은 나를 신경 쓰지도 않고 내 눈앞을 지나갔어. 늑대의 털이 내 못 쓰는 두 다리를 거의 스쳐 갔어. 늑대는 마음껏 마을을 휩쓸었고, 늑대가 떠나고 한참 후에야 그 용감한 남자들이 기어 나왔지. 대낮에 늑대 세 마리가 나타났는데 맞설 남자가 단 한 명도 없었단다."

소년은 수레 주위를 돌면서 스테파가 들려준 이야기를 생각했다. "아직도 유랑 중이에요, 엄마?" 한 번 더 물었지만 이번에도 대답은 없었다. 다리가 점점 풀리고 흙더미와 죽은 까마귀를 보는 것도 이제 지긋지긋했다. 그때 마침내 엄마가 말했다.

"이제 됐다, 에드윈. 수고 많았다. 이제 전사를 부르고 싶으면 부르렴. 끝을 봐야지."

이 말을 듣자 에드윈은 마음이 놓였지만 수레 주위를 계속해서 돌았다. 위스턴을 부르려면 엄청난 노력이 필요하다는 것을 알고 있었다. 전날 밤에 그랬듯이, 가슴속 깊은 곳에서 그가 와 주기를 갈망해야만 했다.

에드윈은 모든 힘을 끌어모았고, 전사가 이리로 온다는 확신이 들자 발걸음을 늦췄다. 노새도 하루 일과가 끝나 가면 쉬엄쉬엄 모는 법이니까. 다행히도 딱 소리가 점차 띄엄띄엄 들려왔다. 정적이 한참 이어진 끝에야 그는 마침내 걸음을 멈추고 수레에 기대어 숨을 돌렸다. 그때 헛간 문이 열렸고, 눈부신 햇빛을 배경으로 전사가 서 있었다.

위스턴은 밖에 모여 있는 적대적 세력을 전혀 개의치 않는다는 듯 문을 활짝 열어 놓은 채 들어왔다. 그러자 햇살이 커다란 네모꼴로 헛간 안에 비쳐 들었고, 에드윈이 주위를 흘끗 둘러보자 어둠 속에서는 그토록 위압적으로 보였던 수레가 다 쓰러져 가는 초라한 몰골을 드러냈다. 위스턴이 자기를 보고 '젊은 동지'라고 불렀던가? 에드윈은 잘 기억이 나지 않았다. 하지만 전사가 자기를 햇살이 비쳐 드는 자리로 데리고 가, 웃옷을 걷어 올리고 상처를 살펴본 것은 기억이 났다. 위스턴은 이윽고 몸을 일으키고, 등 뒤를 유심히 곁눈으로 보더니 낮은 목소리로 말했다.

"그래, 젊은 친구, 어젯밤에 했던 약속은 지켰나? 상처에 관해서?"

"네. 말씀하신 대로 했어요."

"아무에게도 말하지 않았어? 숙모님에게도?"

"아무에게도 말하지 않았어요. 다들 오거에게 물린 상처라고 생각해서 절 미워하지만요."

"그렇게 믿게 놔두자고, 젊은 동지. 상처가 난 진짜 이유를 알면 상황이 열 배는 더 나빠질 테니까."

"하지만 전사님과 함께 왔던 제 삼촌 둘은요? 그분들은 진실을 알지 않나요?"

"네 삼촌들은 용감하긴 했지만 가슴이 너무 울렁거려 악귀들이 진을 친 곳에 들어가지 못했어. 그러니 우리 둘만 비밀을 지키면 되고, 상처가 낫고 나면 궁금해할 사람도 없을 거야. 최대한 깨끗이 관리하고, 밤이든 낮이든 절대 긁지 말아야 돼. 알겠니?"

"알겠어요."

아까 산비탈을 오르다가 두 브리턴족 노인이 따라오기를 기다리면서, 에드윈은 상처가 났던 상황을 떠올려 보려 했다. 작달막한 헤더꽃 수풀에 서서 위스턴의 말 고삐를 잡고 있던 그때는 아무것도 또렷이 생각나지 않았다. 하지만 지금 느릅나무에 올라 다리 위의 조그만 형체들을 내려다보고 있으니, 눅눅한 공기와 칠흑같은 어둠의 기억이 다시 떠올랐다. 작은 나무 우리에 덮여 있던 곰 가죽의 강렬한 냄새, 우리가 덜커덩거릴 때마다 머리와 어깨 위로 조그만 딱정벌레들이 떨어지던 느낌도 기억났다. 땅에 질질 끌려가는 우리 속에서 이리저리 튕기지 않으려고, 자세를 가다듬고 흔들리는 창살을 꽉 잡았던 기억이 났다. 그러다가 모든 게 다시 조용해지자, 소년은 곰 가죽이 치워지고 찬 공기가 밀려들어 오기를 기다렸다. 그리고 근처의 타는 불빛에 의지해 깜깜한 바깥 모습을 잠깐이라도 엿볼 수 있기를 바랐다. 그날 밤 이미 두 번이나 그런 일이 있었던 터였다. 같은 일이 반복되니 두려움도 좀 가셨다. 그 밖에도 몇 가지가 더 기억났다. 오거의 악취, 그리고 포악한 작은 짐승이 부실한 우리 창살에 몸을 쾅 부딪쳐 대서 최대한 뒤로 물러나야 했던 일도 기억났다.

짐승은 움직임이 워낙 날쌔서 제대로 보기도 어려웠다. 크기와 형태는 어린 수탉 비슷했는데, 부리와 깃털은 없었다. 녀석은 이빨과 발톱으로 공격하면서 날카로운 깍깍 소리를 쉼 없이 냈다. 에드윈은 나무 창살이 이빨과 발톱 공격을 막아 주리라 믿었지만, 때때로 녀석의 꼬리가 우연히 우리를 채찍처럼 가격하고 나면 상황이 훨씬 더 불안해 보였다. 다행히도, 아직 새끼인 듯한 녀석은 자기 꼬리의 위력을 전혀 모르는 것 같았다.

그때는 공격이 영원히 끝나지 않을 것 같았지만, 에드윈이 지금 생각해 보니 그리 오래지 않아 녀석의 목줄이 뒤로 당겨졌던 것 같기도 하다. 그러고는 곰 가죽이 털썩 덮이고 시야가 온통 다시 깜깜해졌다. 우리째 또 어딘가로 질질 끌려가는 동안 소년은 창살을 꽉 붙잡아야 했다.

그런 일을 당한 것이 몇 번이나 됐으려나? 기껏 두세 번이었으려나? 아니면 열 번, 많으면 열두 번쯤이었을까? 어쩌면 한 번 당하고 나서 그 열악한 환경에서도 잠에 곯아떨어져, 나머지 공격은 꿈속에서 겪었는지도 모를 일이었다.

그러다가 그 마지막 공격 전에는 곰 가죽이 오랫동안 덮여 있었다. 때로는 멀리, 때로는 가까이서 들려오는 짐승의 깍깍 소리를 들으며, 그리고 오거들이 저희끼리 으르렁거리며 얘기하는 소리를 들으며 소년은 이번에는 뭔가 다른 일이 일어날 것을 직감했다. 소년이 자기를 구해 줄 사람을 갈구한 것은 바로 그 무시무시한 긴장의 순간이었다. 그것은 존재 깊숙한 곳에서 우러나온, 흡사 기도와 비슷한 간청이었다. 그리고 그 간청이 마음속에서 선명해지자마자, 소년은 응답을 받으리라는 확신이 들었다.

그 순간 우리가 덜거덕거리기 시작했다. 우리 전면이 통째로, 보호 창살을 포함하여 옆으로 열리고 있었다. 소년은 반사적으로 뒤로 움츠러들었고, 동시에 곰 가죽이 벗겨지면서 포악한 짐승이 소년을 향해 달려들었다. 소년은 앉은 자세에서 본능적으로 다리를 들어 차 내려 하다가, 워낙 날쌘 녀석이라 자기도 모르게 주먹과 팔로 쳐 내며 맞섰다. 그러다가 이제는 졌다는 생각이 들면서 순간적으로 눈을 감았는데, 눈을 다시 뜨니 녀석의 목줄이 뒤로 당겨지면서 앞발톱이 허공을 가르고 있었다. 그제야 녀석의 생김새가 제대로 눈에 들어왔다. 앞서 느꼈던 인상은 틀리지 않았다. 몸은 털 뽑힌 닭처럼 생겼는데 머리는 뱀의 머리였다. 녀석이 다시 달려들었고, 에드윈은 또다시 있는 힘을 다해 쳐 내며 싸웠다. 그러던 중 느닷없이 우리 문이 다시 닫혔다. 곰 가죽이 털썩 덮이며 사방이 깜깜해졌다. 좁은 우리 안에 비틀린 자세로 한동안 있다가, 비로소 왼쪽 옆구리 갈비뼈 바로 밑이 아릿한 것을 느꼈다. 만져 보니 액체가 끈적거렸다.

에드윈은 느릅나무 위에서 발 디딘 위치를 다시 조정하고 오른손을 내려 상처를 살살 만져 보았다. 통증은 많이 밋밋해져 있었다. 방금 전 산비탈을 오를 때는 거친 웃옷에 쓸려 때때로 얼굴이 찡그려졌지만, 지금처럼 가만있을 때는 아픈 느낌이 거의 없었다. 그날 아침 헛간 문간에서 전사가 살펴봤을 때도, 상처는 여러 개의 작은 구멍 정도로만 보였다. 대단찮은 상처였다. 더 심한 상처도 많이 입어 본 그였다. 그런데 오거에게 물린 자국이라고 사람들이 생각했기에 이 모든 사달이 난 것이다. 조금만 더 다부지게 짐승과 맞섰더라면 전혀 안 입었을지도 모르는 상처였다.

하지만 소년은 자신이 시련과 맞선 태도에는 전혀 부끄러움이 없었다. 무서워 비명을 지른 적도 없고, 오거들에게 살려 달라고 빈 적도 없었다. 작은 짐승이 처음 달려들었을 때는 미처 준비가 안 되어 있었지만, 그 후에는 고개를 꼿꼿이 들고 맞서 싸웠다. 실제로 소년은 시종일관 침착했기에 짐승이 새끼라는 것도 알아차렸고, 녀석에게 필시 두려움을 유발할 수 있으리라는 것도 알았다. 날뛰는 개도 으르면 겁먹지 않던가. 두 눈을 부릅뜨고 녀석을 있는 힘껏 노려보았다. 친엄마가 그 모습을 보았다면 특히 대견해할 것 같았다. 아닌 게 아니라, 소년이 지금 생각해 보니 짐승은 첫 습격 이후엔 덤벼드는 기세가 덜 매서워졌고, 싸움을 점점 주도해 가는 것은 자신이었다. 녀석이 허공에 헛발질하던 모습을 지금 다시 떠올려 보니, 그건 계속 싸우고 싶어 안달하는 게 아니라 그냥 잡아당기는 목줄에 허둥거리는 모습이었던 것도 같다. 실제로 그때 오거들은 에드윈이 대결의 승자라고 판단했을 것이다. 그랬기 때문에 대결을 거기서 끝낸 것인지도 모른다.

"내가 널 지켜봤다." 스테파 할아버지가 예전에 말했다. "네겐 드문 자질이 있어. 언젠가 네게 전사의 혼에 걸맞은 기술을 가르쳐 줄 사람이 나타날 거다. 그렇게 되면 넌 정말로 무시무시한 전사가 될 거야. 늑대 따위가 마을을 제 안방처럼 돌아다닐 때 헛간에 숨는 자는 되지 않을 거다."

이제 그 말이 모두 현실이 되어 가고 있었다. 전사가 소년을 선택했고, 두 사람은 임무를 수행하러 함께 나설 것이다. 하지만 그 임무가 무엇일까? 위스턴은 자기가 모시는 머나먼 늪 지방의 왕이 결과를 초조히 기다리고 있다고만 할 뿐 분명히 말하지는 않았다. 그리고 이 브리턴족 노인 둘은 왜 데리고 다니는 걸까? 노인들 때문에 길목마다 쉬면서 가야 하는데?

에드윈이 내려다보니, 두 노인은 이제 전사와 무언가를 진지하게 의논하고 있었다. 늙은 여자는 소년에게 내려오라고 설득하기를 이미 포기했고, 세 사람 모두 커다란 소나무 두 그루 뒤에 숨어 다리 위의 병사들을 지켜보고 있었다. 시야가 더 트인 곳에서 내려다보는 에드윈에게는 말 타고 왔던 사람이 다시 말에 올라 허공에 손짓하는 모습이 보였다. 곧 세 병사가 뒤로 조금 물러서는 듯했고, 말 탄 사람은 말을 돌리더니 빠른 속도로 다리를 떠나 산길로 다시 내려갔다.

에드윈은 아까 전사가 왜 평탄한 산길을 그리도 피하고 굳이 가파른 산비탈을 타고 오르기를 고집하는지 궁금했다. 지금 생각하니 방금처럼 말 타고 다니는 사람을 피하려고 했던 게 분명하다. 하지만 이제는 길에 내려서서 저 폭포 위에 놓인 다리를 건너지 않고서는 나아갈 방법이 없어 보인다. 병사들은 여전히 다리를 지키고 있었다. 아래에 있는 위스턴도 말 탄 사람이 떠난 것을 보았을까? 에드윈은 전사에게 상황의 변화를 알려 주고 싶었지만, 혹시라도 병사들에게 들릴지 모르니 소리를 질러서는 안 될 것 같았다. 나무에서 내려가 직접 말해 주어야 할 것이다. 어쩌면 적이 네 명 있을 때는 대결을 주저했으나 이제 셋만 남은 상황이니 승산이 있다고 판단할지도 모른다. 만약 에드윈과 전사 둘만 있었다면 벌써 한참 전에 내려가서 병사들과 맞닥뜨렸을 게 틀림없다. 노부부가 있어서 위스턴이 조심하고 있을 것이다. 노부부는 위스턴이 다 이유가 있어서 데려왔을 것이고, 지금까지 에드윈에게 친절하게 대해 주었지만 어쨌든 짜증나는 동행임에는 틀림없다.

에드윈은 숙모의 일그러진 얼굴을 다시 떠올렸다. 숙모가 고래고래 욕을 퍼부었지만 그런 건 이제 아무래도 상관없다. 지금은 전사와 함께 있으니까. 그리고 친엄마처럼 유랑 중이니까. 가는 길에 우연히 엄마를 만나지 않으리라는 법이 있나? 전사와 나란히 서 있는 모습을 보면 엄마가 무척 자랑스러워하실 거다. 그리고 엄마를 데리고 있는 사내들은 무서워 벌벌 떨리라.

5

오전 내내 힘들게 산을 타고 올라가니, 급류가 일행의 앞
길을 가로막았다. 그래서 일행은 안개 낀 숲속을 헤치고 조
금씩 내려가면서 큰 산길을 찾아보았다. 버젓한 길로 가다
보면 물을 건너는 다리가 나오리라는 생각에서였다.

과연 다리가 나왔지만, 그 위에 병사들이 있었다. 얼핏 보
니 그 자리에 진을 친 것이 아니라 물가에서 말들과 함께
잠시 쉬고 있는 듯했다. 일행은 일단 소나무들 사이에서 쉬
며 병사들이 사라질 때까지 기다리기로 했다. 하지만 시간
이 지나도 병사들은 떠날 기색이 없었다. 번갈아 가며 바닥
에 엎드려, 다리 아래 물에 손을 담그고 물을 튀기며 놀거
나 나무 난간에 등을 기대고 앉아 주사위 놀이를 했다. 그
때 네 번째 사람이 말을 타고 나타나 병사들을 일어나게 하

고는 뭐라고 지시를 했다.

액슬과 비어트리스 그리고 전사는 나무 위에서 망보는 에드윈만큼 시야가 좋지는 않았지만, 나무 뒤에 숨은 채로 전방의 동태를 충분히 파악하고 있었다. 말 탄 사람이 다시 떠나자 그들은 의아한 눈길을 서로 주고받았다.

"저들이 한참을 더 머물지도 모르겠습니다." 위스턴이 말했다. "수도원에 어서 당도하셔야 할 텐데요."

"해 지기 전에 닿으면 좋긴 할 텐데요." 액슬이 말했다. "암용 퀘리그가 그쪽 지역에 출몰한다고 하니 어리석은 자가 아니라면 밤중에 그곳을 나돌아다니지 않을 겁니다. 저들이 어느 부대 병사일까요?"

"거리가 멀어 파악이 어렵습니다. 저는 이 지역 복식도 잘 모르고요. 하지만 브리턴인들로 브레너스 군주 휘하의 병사들일 것 같습니다. 비어트리스 부인, 제가 본 것이 맞는지요?"

"제 늙은 눈으로 알아보기에는 너무 멀군요." 비어트리스가 말했다. "그런데 위스턴 선생 말이 맞는 것 같네요. 브레너스 군주의 병사들이 저런 까만색 제복을 입은 걸 많이 봤어요."

"저희는 아무것도 숨길 게 없잖습니까." 액슬이 말했다. "잘 설명하면 무사히 지나가게 해 줄 겁니다."

"옳으신 말씀입니다." 전사는 그렇게 말하더니 다리를 내려다보며 잠시 침묵했다. 병사들은 다시 자리에 앉아 놀이를 계속하려는 듯 보였다. "그렇긴 합니다만, 저들이 보는 앞에서 다리를 건너려면 한 가지만 제안 드리겠습니다. 액슬 선생님, 선생님과 비어트리스 부인께서 앞장서시고 병사들에게 말을 잘해 주십시오. 아이는 그 뒤에서 말을 끌고 가고, 저는 그 옆에 가면서 입을 바보처럼 헤벌리고 눈은 멍하니 두리번거리는 시늉을 하겠습니다. 병사들에게 저는 벙어리에 백치라고 하십시오. 소년과 저는 빚값 대신 부리려고 빌려온 형제라고 하시고요. 이 검과 허리띠는 말에 실은 짐꾸러미 깊숙이 감추겠습니다. 혹시라도 저들이 찾아낸다면 선생님 것이라고 하십시오."

"이런 연극이 정말 필요한가요, 위스턴 선생?" 비어트리스가 물었다. "병사들 태도가 거칠지는 몰라도, 전에 마주쳤을 때도 아무 탈 없이 지나갔는데요."

"물론 그러셨을 겁니다, 부인. 하지만 지휘관과 달리 무장한 병사들은 믿기가 어렵습니다. 게다가 전 이방인이니 조롱하고 골려 먹기 좋은 놀림감으로 보일지도 모릅니다. 그러니 제 제안대로 하시지요. 아이를 내려오라고 부르겠습니다."

◆

일행이 숲에서 빠져나온 지점에서 다리까지는 아직 좀 거리가 있었다. 하지만 병사들은 일행을 곧바로 발견하고 일어섰다.

"위스턴 선생." 비어트리스가 조용히 말했다. "아무래도 잘될 것 같지 않아요. 선생은 아무리 바보 흉내를 내도 어딘지 전사 티가 나요."

"전 연기에 능하지 못합니다, 부인. 더 잘 위장할 방법을 알려 주시면 참고하겠습니다."

"걸음걸이가 문제예요. 지금은 전사처럼 걷고 있잖아요. 그러지 말고 보폭을 좁게 했다가 한 번씩 발을 넓게 디뎌요, 곧 쓰러질 것처럼요."

"좋은 충고입니다. 고맙습니다, 부인. 이제 전 입을 닫겠습니다, 잘못하면 벙어리가 아닌 게 들통날지도 모르니까요. 액슬 선생님, 무탈하게 지나갈 수 있도록 잘 말해 주십시오."

다리에 가까워지자 바위를 타고 세 병사 발밑으로 콸콸 흐르는 물소리가 점점 요란해졌다. 액슬은 왠지 불길한 느낌이 들었다. 뒤에서 이끼 덮인 땅을 밟으며 따라오는 말의 발소리를 들으며 액슬은 앞장서서 갔다. 병사들과 서로 외치면 들릴 거리에 이르자 발걸음을 멈췄다.

병사들은 사슬 갑옷을 입지도 투구를 쓰지도 않았지만, 똑같은 까만색 윗옷에 가죽띠를 오른쪽 어깨에서 왼쪽 허리로 걸친 모습이 누가 봐도 병사들이었다. 검은 검집에 들어가 있었지만, 두 명은 손을 검 자루에 올려놓고 있었다. 한 명은 땅딸막하고 근육질이었고, 또 한 명은 거의 에드윈만큼이나 어려 보였는데 역시 키가 작았다. 둘 다 머리를 바짝 짧게 깎은 모습이었다. 반면 세 번째 병사는 키가 컸고, 잘 손질된 회색 머리카락을 양어깨까지 늘어뜨리고 있었으며, 이마에 까만 끈을 둘러 머리를 뒤로 넘긴 모습이었다. 그는 외양뿐 아니라 태도 역시 나머지 둘과 확연히 달랐다. 다른 두 사람은 뻣뻣하게 서서 다리 입구를 막고 있었지만, 그는 몇 걸음 뒤에서 교각에 나른하게 기대서 있었고, 마치 모닥불 가에서 옛날이야기를 듣듯이 팔짱을 낀 자세였다.

땅딸막한 병사가 한 걸음 앞으로 다가와서, 액슬은 그에게 말을 건넸다. "안녕들 하십니까. 저희는 길 가는 행인들입니다. 조용히 지나가도 되겠습니까."

병사는 대답이 없었다. 그는 잠시 망설이는 빛이 얼굴에 스치더니 당황과 경멸이 뒤섞인 표정으로 액슬을 노려보았다. 그러고는 뒤에 선 젊은 병사를 흘끗 봤다가, 별 기별이 없자 다시 액슬을 쏘아보았다.

액슬은 무언가 혼동이 있다는 생각이 들었다. 병사들은 어떤 이들을 기다리고 있는데, 일행이 전혀 다른 사람들인 것을 아직 알아차리지 못하는 것 같았다. 액슬이 말했다. "저희는 그저 순박한 농부들입니다. 아들이 사는 마을에 가는 길입니다."

땅딸막한 병사가 정신을 추스르고는, 불필요하게 큰 목소리로 액슬에게 물었다. "뒤의 저들은 누구요, 농부? 보아하니 색슨족 같은데."

"저희가 이제 막 데리고 살게 된 두 형제입니다. 앞으로 일을 좀 가르쳐 보려고 하는데, 한 놈은 아직 어리고 또 한 놈은 백치에 벙어리니 큰 도움이 될지는 모르겠습니다."

액슬이 이렇게 말하자, 키 큰 회색 머리 병사가 갑자기 무슨 생각이 났는지 교각에 기댔던 몸을 일으키고는 골똘히 생각하듯 고개를 한쪽으로 기울였다. 한편 땅딸막한 병사는 액슬과 비어트리스의 어깨 너머를 사납게 쏘아보다가 검 자루에 여전히 손을 얹어 놓은 채, 뒤에 선 이들을 살펴보러 성큼성큼 걸어왔다. 에드윈은 말고삐를 쥔 채로, 다가오는 병사를 무표정하게 지켜보았다. 위스턴은 두리번거리는 눈에 헤벌린 입으로 낄낄거리며 웃고 있었다.

땅딸막한 병사는 뭔가 실마리라도 찾으려는 듯 두 사람을 번갈아 쳐다보았다. 그러다가 결국 답답해서 제 성질을 못 이기고 위스턴의 머리채를 붙잡아 난폭하게 끌어당겼다. "이 색슨 놈아, 넌 머리도 안 깎고 다니냐?" 그는 전사의 귀에 대고 고함을 지르더니 무릎이라도 꿇리려는 듯 다시 한 번 거칠게 잡아당겼다. 위스턴은 비틀거리다가 가까스로 중심을 잡으며 구슬프게 울먹이듯 낑낑 소리를 냈다.

"그자는 말을 못해요." 비어트리스가 말했다. "보시다시피 모자란 자예요. 거칠게 다루는 건 괜찮은데, 아직 버릇을 못 배워서 나름 성질이 있어요."

아내가 그 말을 할 때 무언가가 움직여서, 액슬은 다리 위에 서 있는 병사를 다시 돌아보았다. 키 큰 회색 머리 병사가 팔을 들고 있었다. 손가락으로 무언가를 가리킬 듯하다가 그대로 스르르 힘을 빼면서 이도 저도 아닌 몸짓이 되어 버렸다. 그는 들었던 팔도 결국 도로 내렸지만, 무언가 못마땅한 시선은 거두지 않았다. 문득 액슬은 그가 지금 어떤 심정인지 알 것 같았다. 아니 익히 알고 있었다. 분노의 나무람이 목구멍까지 치밀어 올랐다가, 땅딸막한 동료에게 뭐라고 할 공식적 위치가 아님을 깨닫고 그만둔 것이었다. 액슬은 언젠가 자기도 거의 똑같은 경험을 했다는 생각이 강하게 들었지만, 그 생각을 뇌리에서 떨쳐 버리고 회유하는 투로 말했다.

"다들 공무에 바쁘실 텐데 귀찮게 해 드려 죄송합니다. 지나가게 해 주시면 금방 눈앞에서 사라지겠습니다."

하지만 땅딸막한 병사는 아직도 위스턴을 괴롭히고 있었다. "나한테도 감히 성질 부릴 테냐!" 그가 고함을 쳤다. "성질 부려 보라 하시오, 분수를 알려 줄 테니!"

마침내 그는 위스턴을 놓아주고 성큼성큼 돌아가 다리 입구의 자기 자리에 가서 섰다. 말없이 씩씩거리는 표정이 자기가 애초에 왜 화가 났는지도 잊어버린 것 같았다.

콸콸 흐르는 물소리마저 긴장된 분위기에 일조하는 듯했다. 액슬은 만약 돌아서서 일행을 데리고 숲으로 발길을 되돌리면 병사들이 어떻게 나올까 생각해 보았다. 바로 그때 회색 머리 병사가 앞으로 걸어 나와 나머지 둘과 처음으로 나란히 섰다.

"이 다리는 널빤지 몇 개가 부서졌소. 우리가 여기 배치된 것도 아마 그래서일 거요. 선생들같이 선량한 이들에게, 물살에 휩쓸려 산비탈을 구르고 싶지 않으면 조심해서 건너도록 경고해 주라고 말이오."

"알려 주셔서 고맙습니다. 그럼 조심해서 가겠습니다."

"그런데 보아하니 말이 다리를 저는 것 같소만."

"한 발을 다쳤습니다만 큰 부상은 아닐 겁니다. 그래서 보시다시피 사람은 태우지 않고 있습니다."

"저기 판자 몇 개가 물보라에 썩었소. 그래서 우리가 여기 있는 거요. 내 동지들은 뭔가 그 이상의 임무를 띠고 왔다고 생각하고 있지만. 그러니 선생께 묻겠소. 선생과 부인께서는 길을 가면서 혹시 낯선 자를 못 보셨소?"

"저희도 여기는 초행길이에요." 비어트리스가 말했다. "그러니 누가 낯선 사람인지 저희도 모르지요. 이틀 동안 길을 가면서 이상한 것은 보지 못했지만요."

회색 머리 병사는 비어트리스를 보더니 눈빛이 누그러지며 미소를 띠는 듯했다. "나이 지긋한 부인께서 아드님 마을까지 먼 길을 가시는군. 그 마을에서 같이 사시면 아드님이 매일같이 편안하게 모실 텐데 이렇게 위험한 길을 다니고 그러시오?"

"그럼 저도 물론 좋지요. 그러지 않아도 아들을 만나면 남편과 같이 그 문제를 이야기해 보려고요. 하지만 워낙 오랜만에 보게 될 테니 저희를 어떻게 대할지 모르겠네요."

회색 머리 병사는 계속 따스한 눈빛으로 비어트리스를 보았다. "부인, 전혀 걱정하지 않아도 될 것이오. 나도 부모님과 멀리 떨어져 살고 오랫동안 뵙지 못했소. 살다 보면 서로간에 모진 말이 오갈 수도 있지 않겠소? 하지만 부모님이 내일 나를 찾아온다면, 그것도 부인처럼 먼 길을 걸어왔다면, 기쁨에 벅차 부모님을 맞지 않을 것 같소? 아드님이 어떤 사람인지는 모르지만, 필시 나와 그리 다르지 않을 테니 아마 부모를 보자마자 기뻐서 눈물을 흘릴 것이오."

"그리 말해 주시니 고맙습니다." 비어트리스가 말했다. "맞는 말씀이고 남편과 저도 그럴 거라고 자주 얘기했지만, 그런 말을 들으니 더 마음이 놓이네요. 더구나 집 떠난 아들 처지인 분이 그러시니까 말이지요."

"가던 길 무사히 가시구려, 부인. 혹시라도 반대편에서 오는 내 부모님을 길에서 마주치면 친절하게 대해 주시고 계속 꿋꿋이 걸으라고 해 주시오. 여행이 헛되지 않을 거라고 해 주시오." 회색 머리 병사가 옆으로 비켜서며 길을 내주었다. "그리고 저 부실한 널빤지 지나갈 때 조심하시오. 선생, 저 말은 선생이 끌고 지나가시는 게 좋을 거요. 아이나 바보에게 맡길 일이 아니외다."

땅딸막한 병사는 불만에 찬 표정으로 내내 지켜보고 있었지만, 그럼에도 동료의 몸에 밴 자연스러운 권위에는 뜻을 굽히는 듯했다. 그는 모두에게 등을 돌리고 뚱한 표정으로 난간에 몸을 기대고 물을 바라보았다. 나이 어린 병사는 머뭇거리더니 회색 머리 병사 옆에 와서 나란히 섰다. 두 병사는 정중하게 고개를 숙였고, 액슬은 마지막으로 감사를 표했다. 그리고 말의 시야를 가려 밑을 보지 못하게 하면서 말을 끌고 다리를 건넜다.

◆

다리와 병사들이 시야에서 완전히 사라지자 위스턴이 멈춰 서더니 큰길을 벗어나 좁은 숲길로 올라가자고 했다.

"저는 항상 숲속에서 본능적으로 길을 잘 찾습니다. 이 길로 가면 틀림없이 긴 거리를 질러갈 수 있을 것 같은 느낌이 듭니다. 그리고 이런 길은 병사와 산적이 잘 다니니 피하는 게 상책입니다."

그 후 한동안은 전사가 앞장서서, 도중에 구한 막대기로 검은딸기 덩굴과 덤불을 헤치면서 나아갔다. 에드윈이 말의 코굴레를 잡고 가끔씩 말에게 속삭이면서 그 뒤를 바짝 쫓아갔다. 그러고 나니 액슬과 비어트리스가 지나갈 때는 길이 훨씬 가기 편하게 되어 있었다. 그럼에도 지름길은 ── 지름길이 과연 맞다고 쳐도 ── 점점 험난해졌다. 숲은 갈수록 깊어졌고, 뒤엉킨 뿌리와 엉겅퀴 때문에 걸음걸음이 쉽지 않았다. 부부는 관례대로 거의 말을 나누지 않고 걸었지만, 한번은 두 사람이 좀 뒤처졌을 때 아내가 남편을 불렀다. "아직 거기 있어요, 여보?"

"아직 있어요, 공주." 액슬이 바로 몇 걸음 뒤에 오면서 대답했다. "걱정 말아요, 이 숲은 특별히 위험하다는 이야기가 없어요. 대평원에서도 한참 멀고요."

"그러고 보면요, 여보, 우리 전사 양반 연기 실력도 제법이에요. 나라도 속았을 것 같아요. 끝까지 철저하게 하는 것 봐요. 그 우악스러운 사내가 머리를 그렇게 잡아당겨도."

"연기 한번 잘하더구려."

"생각해 보면요, 여보, 우리가 마을을 꽤 오래 떠나 있겠어요. 우리를 보내 준 게 신기하지 않아요? 심을 것도 아직 많고, 울타리랑 출입문이랑 손볼 데도 많은데. 일해야 하는데 자리를 비웠다고 사람들이 불평하려나요?"

"당연히 아쉬워하긴 하겠지요, 공주. 그래도 오래 떠나 있는 건 아니니까요. 목사님도 우리가 아들 만나러 간다고 하니 잘 이해해 주셨고요."

"그랬으면 좋겠네요, 여보. 우리더러 제일 필요할 때 사라졌다고 뭐라고들 하지 않았으면 좋겠어요."

"그렇게 말하는 사람은 항상 있겠지요. 그래도 알 만한 사람들은 다 이해해 줄 거예요. 자기들도 우리 처지가 되면 그렇게 할 것이고."

한동안 두 사람은 말없이 길을 갔다. 그러다가 비어트리스가 다시 불렀다. "아직 거기 있어요, 여보?"

"여기 있어요, 공주."

"그 일은 정말 온당치 않았어요. 우리 초 빼앗아 간 일이요."

"이제 무슨 상관이겠어요, 공주? 계절도 곧 여름인데."

"그 생각을 해봤는데요, 여보. 어쩌면 말이에요, 우리한테 초가 없어서, 그래서 내 통증이 생긴 것 같기도 해요."

"그게 무슨 말이에요, 공주? 어떻게 그럴 수가 있지요?"

"내 생각인데, 어쩌면 어둠 때문인 것 같아요."

"거기 가시자두 덤불 조심해서 지나가요. 그런 데서 넘어지면 고생해요."

"조심해서 갈게요, 여보. 당신도 조심해요."

"어떻게 어둠 때문에 통증이 생겼다는 거예요, 공주?"

"기억나요, 여보? 지난겨울에 우리 마을 근처에 요정이 나타났다는 얘기가 있었잖아요. 우리는 못 봤는데, 어둠을 좋아하는 요정이라고들 그랬잖아요. 우리가 깜깜한 데서 오래 지내다 보니, 내 생각인데 어쩌면 그 요정이 우리 모르게 가끔 왔다 갔는지도 몰라요. 우리 방 안에 들어와서 나한테 이 병을 주고 갔을지도 몰라요."

"그랬으면 우리가 알았을 거예요, 공주. 깜깜하건 아니건 다 알지요. 칠흑같은 어둠 속이라 해도 그 움직이는 소리나 한숨 쉬는 소리가 들렸을 거예요."

"그러고 보니까 여보, 지난겨울에 내가 밤에 몇 번 깼거든요. 당신은 옆에서 곤히 자고 있고. 그때 틀림없이 방 안에서 이상한 소리가 나서 깼어요."

"쥐나 그런 짐승이었겠지요, 공주."

"그런 소리가 아니었어요. 그리고 한 번만 그런 게 아니었다니까요. 지금 생각해 보니 통증이 처음 온 게 딱 그즈음이었어요."

"요정 짓이라고 해도, 그러면 또 어때요, 공주? 당신 통증은 기껏해야 사소한 문제인데. 사악하기보다는 장난스러운 녀석의 짓이잖아요. 왜, 전에 어떤 짓궂은 아이가 에니드 부인의 길쌈 바구니에 쥐 대가리를 넣어 놓아서 부인이 혼비백산했던 것처럼요."

"그 말이 맞네요, 여보. 사악하기보다는 장난스럽다는 말. 맞는 것 같아요. 그래도……." 비어트리스가 서로 맞붙은 두 고목 사이를 헤치며 빠져나오느라 말을 멈췄다가 다시 이었다. "그래도, 우리가 마을에 돌아가면 밤에 초가 있었으면 좋겠어요. 요정이든 뭐든 우리한테 더 심한 해코지를 하면 어떡해요."

"어떻게든 해 볼 테니 걱정 말아요, 공주. 우리 돌아가자 마자 목사님에게 말해 봅시다. 그런데 수도원의 수도승들이 당신 통증에 대해 현명한 조언을 해 줄 테니 해코지에 계속 시달릴 일은 없을 거예요."

"맞아요, 여보. 나도 크게 걱정되진 않아요."

◆

위스턴이 앞장서서 간 길이 과연 지름길이었는지 딱히 알 수는 없었지만, 어쨌든 정오가 좀 지나자 일행은 숲에서 벗 어나 큰길에 다시 들어섰다. 길은 군데군데 바큇자국이 패 어 있고 질퍽거렸지만 걷기가 더 나았고, 갈수록 점점 더 마 르고 평탄해졌다. 드리워진 가지 사이로 부서져 내리는 햇 살을 받으며 일행은 기분 좋게 길을 걸었다.

얼마 후 위스턴이 일행의 걸음을 멈추게 하고 앞쪽을 가 리켰다. "저기 멀지 않은 곳에 말을 가진 사람이 한 명 있습 니다." 거기서 조금 더 가니 전방 길가에 빈터와 함께, 그곳 으로 걸어 들어간 발자국이 보였다. 일행은 서로 눈빛을 교환하고 조심스럽게 나아갔다.

가까이 다가가서 본 빈터는 상당히 널찍했다. 예전에 더 좋았던 시절에 누군가가 이곳에 집을 짓고 둘레에 과일나무들을 심으려고 했던 것 같았다. 큰길에서 빈터로 빠지는 샛길은 풀이 무성하긴 했지만 정성 들여 만든 것이었다. 샛길 끝에는 원형의 너른 터가 있었는데, 한가운데에 넓게 가지를 뻗은 거대한 참나무 한 그루가 있는 것을 빼면 하늘로 훤하게 트여 있었다. 나무에 등을 기대고 그늘 속에 앉아 있는 누군가가 보였다. 그들 쪽에서 보이는 것은 옆모습이었는데, 갑옷을 입은 듯했다. 풀밭 위로 뻣뻣한 두 금속 다리를 아이처럼 아무렇게나 뻗고 있었다. 얼굴은 나무껍질에 돋은 잎에 가려 잘 보이지 않았지만, 투구를 쓰고 있지 않았다는 것은 알 수 있었다. 안장을 얹은 말이 근처에서 한가로이 풀을 뜯고 있었다.

"신원을 밝히시오!" 남자가 나무 밑에서 외쳤다. "산적이나 도둑이면 내가 일어나 검을 들고 맞아 줄 것이오!"

"대답해 주십시오, 액슬 선생님." 위스턴이 속삭였다. "어떤 사람인지 한번 알아보지요."

"길 가는 나그네들입니다." 액슬이 외쳤다. "그저 아무 일 없이 지나가고자 합니다."

"모두 몇 명이오? 말발굽 소리도 들리는 것 같은데?"

"다리를 저는 말입니다. 사람은 모두 넷입니다. 저와 제 처는 늙은 브리턴인이고, 색슨족에게서 받은 소년과 벙어리 백치를 데리고 있습니다."

"그럼 이리로 오시오, 친구들! 내 빵을 나눠 드리겠소. 휴식이 간절하실 텐데 좀 쉬었다 가시오. 나도 말 상대가 간절하니."

"어떻게 해요, 갈까요, 여보?" 비어트리스가 물었다.

"가 보시지요." 액슬이 대답할 새도 없이 위스턴이 말했다. "위험한 사람은 아니고, 목소리로 보아 나이도 지긋한 것 같습니다. 그래도 아까처럼 연기를 하는 게 좋겠습니다. 제가 다시 입을 벌리고 얼빠진 눈빛을 하겠습니다."

"저 사람 갑옷 입고 검을 찼는데요." 비어트리스가 말했다. "만약에 필요할 때 말 등의 짐 꾸러미에서 검을 바로 꺼낼 수 있겠어요? 담요와 꿀단지 틈에 꽁꽁 숨겨 놓았는데."

"검은 의심을 사지 않게 숨겨 두는 편이 낫습니다, 부인. 필요하면 금방 꺼낼 수 있고요. 말이 너무 멀리 가지 않게 에드윈이 말고삐를 잡고 있을 겁니다."

"어서 오시오, 친구들!" 남자가 뻣뻣한 자세를 바꾸지 않은 채 외쳤다. "위험할 것 하나도 없소이다! 나는 기사요. 그리고 나도 브리턴인이요. 검은 찼으나, 와서 보시면 아시겠지만 그저 늙은 바보일 뿐이오. 이 검과 갑옷은 왕명을 수행하려 차고 또 입고 다니는 것일 뿐이외다. 바로 위대하신 성군 아서왕께 받은 명이오. 이제 승하하신 지 여러 해가 지났고, 그 후로는 내가 분노로 검을 뽑을 일도 거의 없지만. 여기 보시는 말이 내 늙은 전마 호러스요. 이 쇠붙이를 싣고 다니느라 고생을 많이 한 말이오. 보시오, 다리는 휘고 등은 움푹 꺼지지 않았소. 아, 내가 탈 때마다 말이 얼마나 힘겨워하는지 나도 알고 있소. 하지만 나의 호러스는 마음이 아주 넓은 말이외다. 녀석도 다른 바람이 전혀 없다는 걸 내가 알고 있소. 우리는 위대하신 우리 왕의 이름으로, 마지막 한 걸음 내디딜 힘이 있을 때까지 이렇게 완전 무장하고 다닐 것이오. 오시오 친구들, 겁내지 마시오!"

일행은 빈터로 접어들어 참나무에 다가갔다. 액슬이 보니 과연 기사는 위협적인 모습이 전혀 아니었다. 키는 아주 커 보였지만, 갑옷 안의 몸은 강단은 있을지언정 비쩍 마른 듯했다. 갑옷은 정성을 다하여 관리했으련만 녹이 슬고 닳아 있었다. 한때 흰색이었을 윗옷은 여러 번 수선한 흔적이 역력했다. 주름이 팬 기사의 얼굴은 인정이 많아 보였다. 얼마 남지 않은 긴 백발 몇 가닥이 바람에 흩날렸다. 두 다리를 쩍 벌리고 바닥에 주저앉은 모습이 좀 측은해 보이기도 했지만, 나뭇가지 사이로 부서져 내리는 햇살이 몸에 아롱져 옥좌에 앉은 왕 같은 분위기마저 났다.

"불쌍한 호러스는 오늘 아침을 굶었다오. 우리가 아침에 눈뜬 곳이 바위산이어서 어쩔 수 없었소. 그러고는 오전 내 말을 재촉하며 몰았는데 솔직히 말하면 왠지 심기가 뒤틀려서 그랬소. 줄창 쉬지 않고 달렸소. 말 발걸음이 점점 느려졌지만, 녀석의 수라면 이제 훤하니 속아 주지 않았소. 지치지 않은 것 다 알아! 그러면서 박차를 좀 가했소이다. 녀석의 속임수라면 봐줄 수가 없다오! 그런데 계속해서 점점 느려지니, 내가 또 마음 여린 바보 아니겠소. 녀석이 속으로는 쾌재를 부를 걸 뻔히 알면서도 고삐를 늦추고 이렇게 말했소. 그래, 호러스, 이제 그만 쉬고 풀 뜯으렴. 그래서 나는 또 바보처럼 속아서 이러고 있는 거요. 어서 와서 앉으시오, 친구들." 기사가 갑옷을 삐걱거리며 윗몸을 일으키더니 풀밭에 놓인 자루에서 빵 한 덩어리를 꺼냈다. "방앗간을 지나가며 받은 갓 구운 빵이오. 한 시간도 안 된 것이오. 오시오, 친구들. 옆에 앉아 같이 드십시다."

액슬은 아내의 팔을 잡아 울퉁불퉁한 참나무 뿌리 위에 앉게 도와주고는 자기도 아내와 기사 사이에 앉았다. 앉자마자 등 뒤의 이끼 긴 나무와 머리 위에서 지저귀는 새소리가 반가웠다. 기사가 건네준 빵은 부드럽고 신선했다. 비어트리스는 남편의 어깨에 머리를 기대고 한동안 가만히 숨을 고르다가 자기도 맛있게 먹기 시작했다.

하지만 위스턴은 앉지 않았다. 낄낄거리는 따위의 바보짓을 기사에게 충분히 보여 주고 나서는, 에드윈이 키 큰 풀숲에 말고삐를 쥐고 서 있는 곳으로 어슬렁거리며 다가갔다. 빵을 다 먹은 비어트리스가 자세를 바로 하고 기사에게 말을 건넸다.

"곧바로 인사를 못 드린 것 용서하세요. 하지만 워낙 볼일이 없는 기사를 만났다는 생각에 압도되어 말이 나오지 않았답니다. 기분 상하지 않으셨는지요."

"전혀 그렇지 않소, 부인. 말 상대를 해 주셔서 고맙소. 멀리 가시는 길이오?"

"이곳 산길로 왔으니 저희 아들 마을까지는 하루를 더 가야 해요. 이 산속의 수도원에 현명한 수도승이 계시다고 해서 뵈러 왔어요."

"아, 성스러운 신부님들 말씀이구려. 틀림없이 친절하게 맞아 주실 것이오. 지난봄에 호루스의 발굽에 독이 퍼져서 살 가망이 없어 보였을 때 큰 도움을 주셨소. 또 나도 몇 년 전에 낙상에서 회복하던 중에 그곳에서 얻은 고약이 크게 도움이 되었소. 하지만 벙어리를 고치려고 하시는 거라면, 하느님만이 목소리를 되찾아 주실 수 있지 않을까 싶소."

기사가 그 말을 하면서 위스턴을 흘끗 쳐다보니, 위스턴이 자기 쪽으로 걸어오는데 얼빠진 표정이 온데간데없었다.

"그렇다면 놀라게 해 드려 죄송합니다." 위스턴이 말했다. "제 목소리가 되돌아왔습니다."

기사는 깜짝 놀라더니 갑옷을 삐걱거리며 몸을 돌려, 어떻게 된 일이냐고 묻는 표정으로 액슬을 쏘아보았다.

"제 친구분들을 나무라지 말아 주십시오, 기사님." 위스턴이 말했다. "제가 부탁 드린 대로 따르셨을 뿐입니다. 하지만 이제 귀공을 겁낼 이유가 없으니 위장을 그만두려고 합니다. 부디 용서해 주십시오."

"이해하오." 기사가 말했다. "조심해서 나쁠 것 없는 세상 아니겠소. 하지만 그쪽이 어떤 사람인지 말해 주시오. 그래야 나도 그쪽을 겁낼 이유가 없어지지 않겠소."

"제 이름은 위스턴이라고 합니다. 동쪽 늪 지방에서 왔습니다. 왕명을 수행하고자 이 지역을 다니고 있습니다."

"아. 참 멀리서 오셨구려."

"네, 멀리서 왔습니다. 그런데 당연히 처음 보는 길인데도 어째서인지 길목에 이를 때마다 옛 기억이 하나씩 깨어나는 듯합니다."

"그렇다면 전에 이 길로 오신 적이 있는 것 아니겠소."

"그런 것 같습니다. 제가 태어난 곳이 늪 지방이 아니라 여기서 더 서쪽의 어느 나라라고 들었습니다. 그래서 귀공을 우연히 만나 뵌 게 더욱 반갑습니다. 그 서쪽 땅 출신이면서 이 일대를 다니시는 것으로 유명하신 가웨인 경이 혹시 아니신가 해서 말입니다."

"내가 가웨인이오. 한때 이 땅을 지혜와 정의로 다스리셨던 아서 대왕의 조카 말이오. 서쪽에 오래 정착해 있었지만 요즘은 호러스와 마음 가는 곳으로 다닌다오."

"시간을 마음대로 쓸 수 있다면, 오늘 바로 서쪽으로 말을 타고 가서 그 나라 공기를 마시고 싶군요. 그러나 임무를 마치고 어서 돌아가 소식을 전해야 합니다. 그렇지만 아서 대왕의 기사를, 더구나 조카분을 만나 뵙게 되어 영광입니다. 저는 비록 색슨인입니다만 아서왕의 이름을 높이 숭앙하고 있습니다."

"그렇게 말하시니 기쁘구려."

"기사님, 제 목소리가 신통하게 되돌아왔으니 **사소한 질문 하나 드리고 싶습니다.**"

"뭐든 물어보시오."

"지금 옆에 앉아 계신 분은 액슬 선생님입니다. 여기서 이틀 거리의 기독교 마을에 사는 농부이죠. 두 분 연배가 비슷하실 것입니다. 가웨인 경, 부탁드리건대 이분의 **얼굴을 잘 봐 주십시오. 전에 혹시 보신 적 있는 얼굴입니까? 오래 전에라도 말입니다.**"

"맙소사, 위스턴 선생!" 잠든 줄 알았던 비어트리스가 윗몸을 다시 일으키며 말했다. "그게 대체 무슨 질문이에요?"

"나쁜 의도는 전혀 없습니다, 부인. 가웨인 경께서 서쪽 나라에서 오셨으니, 부군을 예전에 보셨을지도 모르겠다는 생각을 했습니다. 여쭤본다고 무슨 문제가 있겠습니까?"

"위스턴 선생." 액슬이 말했다. "선생이 처음 만났을 **때부터 나를 이따금 묘한 눈빛으로 보시기에 무언가 설명을 해 주길 기다렸습니다. 나를 어떤 사람으로 생각하시는 겁니**

까?"

큰 참나무 밑에 나란히 앉은 세 사람을 내려다보며 서 있
던 위스턴이 자세를 낮추어 쪼그리고 앉았다. 아마 위압적
인 느낌을 주지 않으려고 그런 듯했지만, 액슬이 보기엔 사
람들의 얼굴을 더 자세히 살펴보려고 하는 것 같았다.

"일단 가웨인 경께서 제 청을 들어주시면 좋겠습니다." 위
스턴이 말했다. "고개만 살짝 돌리시면 되는 일이니까요. 어
린아이들의 놀이라고 생각하셔도 좋습니다. 부탁드립니다.
옆에 계신 분의 얼굴을 한번 보시고 예전에 만난 적이 있는
지 말씀해 주십시오."

가웨인 경이 껄껄 웃더니 윗몸을 앞으로 기울였다. 마치
정말 놀이에 동참해 달라는 요청이라도 받은 듯 기대감에
찬 즐거운 표정이었다. 하지만 액슬의 얼굴을 바라보더니 그
의 표정은 놀라움으로 바뀌어 갔다. 충격마저 받은 것 같기
도 했다. 액슬은 본능적으로 시선을 돌렸다. 기사는 나무 몸
통에 파고들기라도 할 것처럼 등을 바짝 붙였다.

"어떻습니까?" 위스턴이 흥미롭게 지켜보며 물었다.

"오늘 처음 뵙는 분인 것 같소." 가웨인 경이 말했다.

"확실하십니까? 세월이 흐르면 사람이 많이 달라 보일 수
도 있을 텐데요."

"위스턴 선생." 비어트리스가 끼어들었다. "제 남편 얼굴에
서 뭘 그렇게 찾아내려는 거예요? 인정 많은 기사님께 왜 그

런 걸 물으세요? 우리 모두가 지금 처음 만난 사이인데."

"용서하십시오, 부인. 이 나라에 오니 참 많은 기억이 되살아나서 그럽니다. 그런데 그 기억이라는 게 촐싹거리는 참새처럼 까딱하면 바람 속으로 휙 날아가 버리고 말더군요. 부군의 얼굴에서 무언가 중요한 기억을 되찾을 수 있으리라는 생각이 종일 맴돌았습니다. 사실을 말씀 드리자면, 두 분께 동행을 제안 드린 것도 그런 이유가 있었습니다. 물론 두 분이 험한 길을 무사히 지나가게 해 드리고 싶은 마음도 진심입니다만."

"하지만 평생 이 근처 나라에서 산 사람을 서쪽 지방에서 어떻게 보셨다는 거예요?"

"내버려 둬요, 공주. 위스턴 선생이 예전에 알던 사람하고 나를 헷갈린 거예요."

"바로 그런 것 같소이다!" 가웨인 경이 말했다. "호러스와 나도 사람을 착각하여 옛 지인으로 오해할 때가 많소. 저기봐, 호러스, 저 앞에 가는 사람, 우리 옛날 친구 투더잖아. 베이든산에서 전사한 줄 알았는데. 내가 그러고 호러스랑 같이 가까이 다가가면, 호러스가 힝힝거리면서 이러는 거요. 가웨인, 당신 정말 어리석소. 그 사람 손자뻘은 될 만큼 젊은 사람 아니오, 얼굴도 전혀 안 닮았고!"

"위스턴 선생." 비어트리스가 말했다. "이것만 얘기해 줘요. 남편을 보면 떠오르는 사람이, 선생이 어릴 때 좋아했던 사람인가요? 아니면 두려워했던 사람인가요?"

"그만하래도요, 공주."

하지만 위스턴은 쪼그려 앉은 채 몸을 천천히 흔들면서 액슬을 빤히 바라보았다. "제가 좋아했던 사람이 틀림없습니다, 부인. 오늘 아침 선생님을 처음 뵈었을 때 기쁨으로 가슴이 벅차올랐거든요. 그런데 그것도 잠시……." 그는 말없이 꿈꾸는 듯한 눈빛으로 액슬을 계속 바라보았다. 그러다가 낯빛이 어두워지더니, 일어서서 고개를 다른 쪽으로 돌렸다. "대답을 드릴 수가 없습니다, 비어트리스 부인. 저도 모르겠거든요. 두 분과 동행하면 기억이 되살아날까 했는데, 아직 되살아나지 않습니다. 기사님, 괜찮으십니까?"

앞으로 축 처져 있던 가웨인이 그제야 몸을 펴고 한숨을 내쉬었다. "괜찮소. 물어봐 주어 고맙소. 호러스와 폭신한 잠자리도 버젓한 지붕도 없는 데서 여러 날 밤 잤더니 매우 피곤하구려. 단지 그뿐이오." 그가 손을 들어 이마를 문지르는데, 액슬은 그 동작의 진짜 목적이 옆 사람의 얼굴을 자기 시야에서 가리려는 것이 아닌가 하는 생각이 들었다.

"위스턴 선생." 액슬이 말했다. "솔직한 얘기가 나와서 말인데, 저도 선생에 대해 뭐 좀 물을까 합니다. 선생은 왕의 임무를 받고 이 나라에 왔다고 하셨지요. 그런데 오래전에 평화가 정착된 나라를 다니면서 왜 그렇게 열심히 위장을 하십니까? 제 아내와 저 딱한 소년이 선생과 앞으로도 동행하려면 동행자가 어떤 사람인지 소상히 알고, 그의 우군과 적이 누구인지도 알았으면 합니다."

"지당한 말씀입니다. 말씀하신 것처럼 이 나라는 평화롭고 안정되어 있습니다. 그렇지만 저는 색슨인으로서 브리턴인이 지배하는 땅을 지나는 처지이고, 특히 이 일대는 브레너스 군주가 다스리고 있어 그의 위병들이 곡물과 가축을 세금으로 거두려고 활보하고 있습니다. 저는 혹여 오해로 인해 불필요한 다툼이 일어나는 것을 원치 않습니다. 그래서 위장을 하는 것이고, 그러면 우리 모두 더 안전하게 이동할 수 있습니다."

"그 말씀이 옳을지도 모르겠습니다, 위스턴 선생." 액슬이 말했다. "그렇지만 아까 다리에서 만난 브레너스 군주의 위병들은 그저 소일하는 것이 아니라 무언가 목적을 띠고 그곳에 배치된 것 같았습니다. 그들이 망각의 안개에 정신이 흐려지지만 않았더라면 선생을 더 면밀하게 심문했을지도 모릅니다. 혹시 선생은 브레너스 군주의 적이 아닌지요?"

위스턴은 잠시 생각에 잠긴 듯했다. 그는 참나무 몸통에서 뻗어 나온 울퉁불퉁한 뿌리 하나가 자기가 서 있는 자리를 지나 땅속으로 파고드는 것을 눈으로 죽 훑었다. 마침내 그가 다시 가까이 다가오더니, 이번에는 아예 풀밭에 앉았다.

"좋습니다." 그가 말했다. "소상히 말씀 드리겠습니다. 선생님과 이 훌륭한 기사분께는 그래도 될 것 같습니다. 동쪽에 들려오는 풍문에 따르면, 이 땅에 사는 색슨인 동포들이 브리턴인들에게 학대받고 있다고 합니다. 저희 왕께서는 동포들의 안전을 근심하여 정확한 상황을 살펴보고 오라는 임무를 제게 맡기셨습니다. 그게 다입니다. 그리고 임무를 평화롭게 수행하던 중 말이 발을 다쳤던 것이지요."

"그 입장을 충분히 이해하오." 가웨인이 말했다. "호러스와 나도 색슨족이 지배하는 땅을 지날 때가 많은데 조심할 필요를 느낀다오. 그럴 때는 갑옷을 벗어 던지고 소박한 농부처럼 다니고 싶은 마음이 굴뚝같소. 하지만 이 쇠붙이를 어디에 놓아두고 다닌다면, 무슨 수로 다시 찾겠소? 그리고 비록 아서왕이 승하한 지 여러 해가 지났지만, 왕의 문장을 변함없이 자랑스럽게 달고 만천하에 드러내는 것이 우리의 도리 아니겠소? 그래서 우리는 당당히 활보하고, 사람들은 내가 아서왕의 기사인 것을 보고 선량하게 대해 준다고 기쁘게 말씀 드리겠소."

"이 일대에서 환대받으시는 것은 당연하다고 생각됩니다." 위스턴이 말했다. "하지만 한때 아서왕을 끔찍한 원수로 알았던 나라들에서도 과연 사정이 같을까요?"

"호러스와 내가 어디를 가 보아도 아서왕의 명성이 드높은 것을 알 수 있소. 지금 말씀하신 나라들도 마찬가지요. 아서왕은 정복한 민족도 워낙 너그럽게 대해 주었기에 그들도 점차 자기들 왕처럼 떠받들게 되었다오."

액슬은 아까부터 무언가 불편한 느낌이 머릿속에서 떠나지 않았다. 사실 아서왕이라는 이름이 처음 언급됐을 때부터 그랬다. 위스턴과 노기사의 대화를 듣고 있노라니, 비로소 기억의 한 조각이 되살아났다. 대단한 기억은 아니었지만, 무언가 파고들 만한 단서가 생긴 것만으로도 마음이 놓였다. 천막 안에 서 있던 기억이었다. 군대가 전장 가까이에 칠 만한 큰 천막이었다. 밤이었고, 묵직한 초 하나가 가물거리고 있었다. 밖에서 부는 바람에 천막이 펄럭거리며 부풀었다. 천막 안에는 다른 사람들도 있었다. 몇 명 정도 있었던 것 같은데 얼굴은 기억나지 않았다. 액슬 자신은 무언가로 화가 나 있었는데 일단은 화를 감춰야 한다는 것도 잘 알고 있었다.

"위스턴 선생." 비어트리스가 옆에서 말했다. "저희 마을에도 색슨 사람들이 몇 가족 사는데 무척 평판이 좋아요. 그리고 오늘 아침까지 우리가 있었던 색슨족 마을에서도 직접 보셨잖아요. 다들 잘 살고 있고, 전사님이 용감히 물리친 악귀들에게 가끔 시달리긴 하지만 브리턴 사람 때문에 힘들 일은 없어요."

"부인의 말씀이 옳소이다." 가웨인 경이 말했다. "성군 아서왕께서는 이곳 브리턴인과 색슨인 사이에 항구적인 평화를 이루셨소. 먼 곳에서는 아직도 전쟁 소식이 들려오지만,

이곳에서는 오래전부터 다 함께 친구이자 친족으로 지내고 있소."

"제가 보기에도 모든 면에서 그렇습니다." 위스턴이 말했다. "그래서 어서 이 기쁜 보고를 왕께 올리고 싶은 마음입니다. 물론 이 산 너머 땅들도 마저 살펴보아야 합니다만. 기사님, 제가 이런 질문을 현명하신 이에게 편하게 드릴 기회가 또 있을지 모르겠으니 지금 여쭙겠습니다. 위대한 아서왕께서는 무슨 묘술로 이 땅에 전쟁이 남긴 상처를 아물게 하셨습니까? 나그네의 눈에 그 흔적도 그늘도 거의 보이지 않을 만큼 감쪽같이 말입니다."

"아주 훌륭한 질문이오. 이렇게 답을 드리겠소. 내 삼촌은 자신이 결코 하느님보다 위대하다고 생각하지 않은 통치자였기에, 늘 길을 인도해 달라고 기도했소. 그러다 보니 정복당한 자들도 왕의 곁에서 싸웠던 자들 못지않게 그의 공평무사함을 알아보게 되었고, 자신들의 왕이 되어 주길 소원했던 것이오."

"그렇다 해도, 바로 어제 자기 아이들을 학살한 자를 형제라고 부르는 건 이상한 일 아닙니까? 그런데 아서왕이 이루어 놓은 일이 바로 그런 것 같습니다."

"핵심을 찌르시는구려, 위스턴 선생. 그런데 아이들을 학살했다고 하셨는데, 아서왕께서는 늘 전쟁의 난리 통에 붙잡힌 무고한 이들을 살려 주라고 명하셨소. 그뿐 아니라 아녀자와 노인은 브리턴인이건 색슨인이건 모두 최대한 구하고 피신할 곳을 마련해 주라 명하셨소. 그러한 행동이 있었기에, 격전이 계속되는 중에도 신뢰의 끈이 만들어진 것이오."

"그 말씀에서 진실이 느껴집니다만, 그래도 제가 보기엔 여전히 기이한 불가사의 같습니다." 위스턴이 말했다. "액슬 선생님, 정말 놀랍지 않습니까? 아서왕이 이 나라를 통일한 방식 말입니다."

"위스턴 선생, 또 그러시네요." 비어트리스가 외쳤다. "제 남편을 어떻게 보시는 거예요? 전쟁에 대해선 아무것도 모르는 사람이라고요!"

하지만 그 순간 모두의 귀는 다른 곳으로 쏠렸다. 큰길 쪽으로 슬렁슬렁 옮겨 가 있던 에드윈이 큰 소리로 외치고 있었다. 다음 순간 급박하게 다가오는 말발굽 소리가 들렸다. 나중에 액슬이 돌이켜 보니, 그때 위스턴은 옛날 일을 놓고 그 기이한 추측을 벌이는 데 완전히 몰두해 있었던 게 틀림없었다. 평소 같으면 기민했을 전사이건만, 몸을 일으켰을 때 이미 말은 빈터로 들어온 상태였다. 말 탄 사람은 탄복할 만한 솜씨로 말의 속도를 늦추더니, 큰 참나무를 향해 빠르게 다가왔다.

액슬은 그가 누구인지 바로 알아보았다. 다리 위에서 아내를 공손하게 대했던 키 큰 회색 머리 병사였다. 얼굴에 띤 엷은 미소는 그대로였지만 검을 뽑은 채 다가오고 있었다. 다만 검 끝은 아래를 향하고 검 자루는 안장 모서리에 받친 채였다. 병사는 말이 몇 보만 떼어도 나무에 닿을 거리에 말을 멈추었다. "안녕하십니까, 가웨인 경." 그가 고개를 살짝 숙이며 인사했다.

노기사는 앉은 채로 그를 경멸의 눈빛으로 쳐다보았다. "이게 대체 무슨 짓이오? 검을 빼 들고 다가오다니?"

"용서하십시오, 가웨인 경. 같이 계신 분들에게 용건이 좀 있을 뿐입니다." 병사가 위스턴을 내려다보며 말했다. 전사는 다시 입을 헤벌린 채 낄낄거리고 있었다. 병사가 전사에게서 눈을 떼지 않은 채 외쳤다. "아이야, 그 말 끌고 오지 마라!" 아닌 게 아니라 등 뒤에서 에드윈이 위스턴의 말을 끌고 다가오고 있었다. "내 말 못 들었느냐! 고삐를 놓고 이 앞으로, 네 바보 형 옆에 가서 서거라. 어서."

에드윈은 병사의 말을 정확히 알아듣지는 못했어도 그의 의도를 이해한 듯 말을 그대로 두고 위스턴 옆에 와서 섰다. 소년이 이동하는 동안 병사는 자기 말의 위치를 약간 조정했다. 액슬은 그 의도를 바로 간파했다. 감시 대상들과의 각도와 거리를 적절히 유지하여, 갑작스러운 교전에 대비해 최선의 위치를 점하는 동작이었다. 그 전까지는 병사가 위스턴을 향해 검을 휘두르려면 자기 말의 머리가 방해되어 약간의 지연이 불가피했고, 그 간발의 시간 동안 위스턴이 말을 위협하거나 말의 방비가 약한 쪽 측면으로 달려들 수 있었다. 그러면 검을 몸 앞을 가로질러 휘둘러야 하므로 검이 닿는 범위와 위력이 줄어들 터였다. 하지만 이제 말의 위치를 살짝 조정하니 맨손으로 병사를 기습한다는 것은 사실상 자살 행위나 다름없게 되었다. 병사가 새로 자리 잡은 위치는, 자기 뒤에 조금 떨어져 서 있는 위스턴의 말까지 철저히 고려해 정한 것인 듯했다. 이제 위스턴은 자기 말로 달려가려면 병사의 검을 피하기 위해 크게 빙 돌아가야 했으니, 말에 당도하기 전에 등에 검을 맞을 것이 거의 확실했다.

이 모습을 지켜본 액슬은 병사의 전술적 기량에 감탄하면서, 동시에 암울한 전망에 낙담할 수밖에 없었다. 그러고 보니 옛날에 언젠가 자신도 그렇게 사소하지만 미묘한, 중요한 기동을 취한 적이 있었다. 말을 앞으로 살짝 나아가게 하여, 옆에 선 동료의 말과 나란히 서게 했었다. 무엇을 하던 중이었을까? 액슬과 동료, 두 사람은 말에 앉아 무언가를 기다리며 광활한 잿빛 황야를 응시하고 있었다. 그 전까지는 동료의 말이 앞에 있었다. 획획 치고 흔드는 말 꼬리의 움직임을 보며, 그 움직임의 어디까지가 녀석의 반사 작용이고 어디까지가 허허벌판을 휘몰아치는 강풍 때문인지 궁금하던 기억이 났다.

액슬은 알쏭달쏭한 생각들을 떨치면서 몸을 어렵게 일으키고, 아내가 일어나는 것을 도와주었다. 가웨인 경은 참나무 밑동에 몸이 딱 달라붙은 듯 그대로 앉아 병사를 사납게 쏘아보더니, 액슬에게 조용히 말했다. "나 좀 일으켜 주시오."

액슬과 비어트리스가 노기사의 양팔을 하나씩 잡고 겨우 일으켜 세웠다. 마침내 노기사가 갑옷 입은 몸을 곧게 펴고 양어깨를 펴자 그 위용은 감탄할 만했다. 하지만 노기사는 그저 침울하게 병사를 바라보고만 있었기에 결국 액슬이 입을 열었다.

"왜 이렇게 갑자기 들이닥치시는 겁니까? 저희는 길 가는 나그네들일 뿐입니다. 불과 한 시간 전에 폭포 가에서 저희를 심문하신 걸 잊으셨습니까?"

"잘 알고 있소." 회색 머리 병사가 말했다. "다만 우리가 아까 만났을 때는 다리를 지키던 우리 병사들이 기이한 마법에 걸려서 그곳에 있는 목적을 잊었소이다. 조금 전에야 근무를 교대하고 진지로 말을 타고 돌아가는데, 갑자기 모든 게 생각났소. 그러자 선생의 일행이 지나갔던 것이 생각나 말을 돌려 급히 쫓아온 것이오. 아이야! 움직이지 말아라! 네 바보 형 옆에 붙어 있거라!"

에드윈이 시무룩하게 위스턴의 옆자리로 돌아가, 대답이라도 기다리듯 위스턴의 얼굴을 쳐다보았다. 전사는 여전히 작은 소리로 낄낄거리며 입가에서 침을 질질 흘리고 있었다. 눈은 정신없이 두리번거렸지만, 그러면서도 계산을 하고 있으리라고 액슬은 짐작했다. 자기 말까지의 거리와 상대방

과의 거리를 신중히 가늠해 보고는 아마도 액슬과 같은 결론에 이르렀으리라.

"가웨인 경." 액슬이 속삭였다. "지금 불미스러운 일이 일어난다면 아내를 지킬 수 있게 저를 도와주시길 간청드립니다."

"내 명예를 걸고 그렇게 하리다. 걱정 마시오."

액슬이 고마워하며 고개를 끄덕이는데 회색 머리 병사가 말에서 내렸다. 액슬은 그 능숙한 움직임에 다시금 감탄했다. 병사는 이번에도 여지없이 정확한 거리와 각도를 유지하며 두 사람과 마주 섰다. 팔에 부담이 되지 않는 자세로 검을 들고, 등 뒤에는 말을 위치시켜 후방의 기습을 방비했다.

"우리 병사들이 아까 잊은 게 무엇이었는지 알려 드리리다. 한 색슨인 전사가 인근 마을에서 다친 남자아이를 데리고 떠났다는 전갈을 들은 상황이었소." 병사는 에드윈을 보며 고개를 끄덕였다. "저 아이 또래의 소년이라 했소. 선생, 선생과 부인이 여기에 어떻게 관여되었는지는 모르겠소만, 내가 찾는 사람은 이 색슨인과 소년뿐이오. 솔직히 말씀하시면 나쁜 일은 없을 것이오."

"여기 전사는 없습니다. 저희는 병사님에게도, 병사님이 섬기는 브레너스 군주에게도 아무 불만이 없는 사람들입니다."

"지금 무슨 말을 하는지 알고 있소? 우리의 적을 은닉했다간 노인이라 해도 응당 책임을 져야 할 것이오. 이 벙어리

177

와 아이는 누구인데 데리고 다니시는 것이오?"

"아까 말씀 드린 것처럼, 채무자들에게서 곡물과 주석 대신 받았습니다. 일 년간 일하면서 자기 집안 빚을 갚을 녀석들입니다."

"착각하지 않으신 게 확실하오?"

"누구를 찾으시는지는 모르겠지만, 이 딱한 색슨족 녀석들은 아닐 겁니다. 여기서 이렇게 지체하시는 동안 적들은 다른 곳을 활보할 겁니다."

액슬의 목소리에는 의외의 위엄이 있었다. 병사는 그 말을 머릿속으로 생각해 보는 듯 망설이는 기색이 엿보였다. "가웨인 경, 이 사람들에 대해 아시는 게 있습니까?" 병사가 물었다.

"호러스와 내가 여기서 쉬다가 우연히 마주쳤소. 내가 보기엔 평범한 사람들이오."

병사는 위스턴의 얼굴을 다시 뜯어보았다. "이자가 벙어리 바보라?" 병사가 두 걸음 더 다가오더니, 검을 들어 그 끝으로 위스턴의 목을 겨눴다. "바보건 아니건 죽음은 두려울 것이오."

액슬은 병사가 처음으로 실수를 저지른 것을 알 수 있었다. 상대방에게 너무 가까이 다가간 것이다. 이제는 위스턴이, 비록 엄청난 위험을 무릅써야 하겠지만, 와락 달려들어 병사가 휘두르기 전에 검을 든 팔을 붙잡는 모험을 해 볼 만한 상황이었다. 그러나 위스턴은 계속 낄낄거리기만 하더니 옆에 선 에드윈을 보며 얼간이처럼 해죽 웃었다. 그런데 그 마지막 행동이 가웨인 경의 분노를 불러일으킨 듯했다.

"비록 한 시간 전에는 나와 모르는 분들이었다 해도, 무례하게 대하는 것은 가만히 보고 있지 않겠소." 그가 우렁찬 소리로 말했다.

"가웨인 경, 귀공과 관계없는 일입니다. 조용히 계시지요."

"아서왕의 기사에게 감히 그렇게 말하는 것이오?"

"혹시라도 말이지요." 병사가 가웨인 경의 말을 완전히 무시하며 말했다. "여기 이 백치가 위장한 전사일 수 있을까요? 손에 무기가 없으니 큰 차이랄 것도 없지만. 이자가 누구든 간에, 내 검날은 충분히 날카롭소."

"저자가 감히!" 가웨인 경이 중얼거렸다.

회색 머리 병사는 문득 자신의 실수를 깨달았는지, 두 걸음 물러나 방금 있던 자리로 정확히 돌아가 검을 허리 높이로 내리고 말했다. "얘야, 앞으로 나오거라."

"아이는 색슨 말밖에 못 합니다. 수줍음도 많고요." 액슬이 말했다.

"말은 못 해도 상관없소. 윗옷만 걷으면 전사와 함께 마을을 떠났다는 아이인지 바로 알 수 있소. 얘야, 한 걸음 더 나오거라."

에드윈이 가까이 오자 병사는 검을 들지 않은 손을 내뻗었다. 에드윈이 저항하면서 승강이가 벌어졌지만 곧 윗옷이 걷어 올려졌고, 무언가가 액슬의 눈에 들어왔다. 갈비뼈 조금 밑에 살갗이 부어 있고, 그 둘레에 여러 개의 작은 점 모양으로 딱지가 져 있었다. 액슬의 양쪽에 선 비어트리스와 가웨인은 그 모습을 더 잘 보려고 윗몸을 내밀었다. 하지만 정작 병사는 위스턴에게 시선을 고정하느라 상처를 곧바로 보지 않고 있었다. 마침내 병사가 상처를 보기 위해 고개를 휙 돌리는 순간, 에드윈이 귀청을 찢는 고음을 냈다. 액슬의 귀에 그것은 비명이라기보다 쓸쓸한 여우의 울음 소리처럼 들렸다. 병사의 주의가 순간적으로 흩뜨려졌고, 그 틈을 타 에드윈은 병사의 손아귀에서 벗어났다. 그제야 액슬은 그 소리를 낸 사람이 소년이 아니라 위스턴임을 알아챘다. 느긋하게 풀을 뜯던 전사의 말이 신호를 듣고는 갑자기 이쪽을 향하더니 곧장 돌진해 왔다.

등 뒤에 있던 자기 말이 놀라 움직이자 병사의 혼란은 가중되었고, 그가 정신을 수습했을 때쯤 위스턴은 이미 검이 닿지 않는 위치로 벗어나 있었다. 위스턴의 말이 맹렬한 속도로 계속 달려왔고, 위스턴은 한쪽으로 갈 것처럼 하다가 다른 쪽으로 움직이면서 다시 한번 찢어지는 듯한 소리를 냈다. 말이 속도를 늦추어 성큼성큼 뛰어오더니 위스턴과 병사 사이에 쑥 들어왔다. 이제 전사는 거의 여유 있다시피한 움직임으로 참나무에서 몇 걸음 떨어진 곳으로 이동할 수 있었다. 말은 다시 방향을 틀더니 주인의 움직임을 좇아 영리하게 이동했다. 액슬은 말이 지나갈 때 위스턴이 그 위에 올라탈 줄 알았다. 두 팔을 공중에 들고 기다리고 있어서였다. 말이 그의 모습을 일순간 가리기 직전, 그가 안장을 향해 손을 뻗는 모습도 보았다. 하지만 말은 주인을 태우지 않은 채 계속 성큼성큼 뛰어, 방금 전 풀 뜯던 곳으로 돌아갔다. 위스턴은 제자리에 미동도 없이 서 있었는데, 이제는 손에 검이 들려 있었다.

비어트리스의 입에서 탄성이 희미하게 새어 나왔다. 액슬은 아내를 한 팔로 안고 바짝 끌어당겼다. 반대쪽 옆에 선 가웨인도 위스턴의 기동을 높이 평가하는 듯 낮은 신음 소리를 냈다. 노기사는 참나무의 불거진 뿌리에 한 발을 올리고 손을 무릎에 짚은 채, 열띤 호기심을 비치며 지켜보았다.

이제 회색 머리 병사는 나머지 사람들을 등지고 서 있었다. 물론 이제 위스턴을 마주 보아야 했으므로 선택의 여지가 없었다. 액슬은 방금 전까지 그토록 치밀하고 노련했던 그가 갈피를 못 잡고 있는 것을 보고 놀랐다. 병사는 안심이 되는 무언가를 찾으려는 듯, 놀라서 근처로 달아난 자기 말 쪽을 보고 있었다. 그러더니 검을 쳐들었는데, 양손으로 검자루를 꽉 쥐고 검 끝을 어깨 높이보다 조금 위로 들고 있었다. 그런 자세를 취하기는 너무 이르다는 것을 액슬은 알고 있었다. 팔에서 힘만 빠질 터였다. 반면 위스턴은 차분하다 못해 태연자약해 보였다. 전날 밤 출정을 위해 마을을 나설 때 부부가 처음 본 모습과 다르지 않았다. 위스턴은 병사에게 천천히 다가와 몇 걸음 앞에 멈춰 섰다. 검은 한 손으로만 들고 내려뜨린 채였다.

"가웨인 경." 병사의 목소리는 이전과 달랐다. "제 뒤에서 움직이시는 소리가 들립니다. 저와 힘을 합쳐 적에 맞서시겠습니까?"

"나는 이 부부를 지켜 드리려고 할 뿐이오. 그게 아니라면 이 싸움은 나와 관계없는 일이오. 그대가 조금 전에 그리 말하지 않았소. 그 전사는 그대의 적일지 몰라도, 아직 내 적은 아니오."

"이자는 색슨족 전사입니다, 가웨인 경. 우리에게 위해를 가하려고 하는 자입니다. 저를 도와 맞서 주십시오. 저는 제임무를 위해 최선을 다하고 있습니다만, 만약 이자가 우리가 찾는 바로 그자라면, 무시무시하다고 소문이 자자한 자입니다."

"단지 이방인이라는 이유로 내가 왜 누구와 맞선단 말이오? 이 평온한 곳에 무례하게 쳐들어온 것은 그대요."

잠시 정적이 흘렀다. 병사가 이번에는 위스턴에게 말했다. "계속 벙어리로 있을 참이오? 이제 우리가 서로 맞섰으니 정체를 드러내시오!"

"위스턴이라 하오. 동쪽에서 이 나라를 방문 중인 전사요.

그대가 모시는 브레너스 군주가 나를 해치려는 듯한데, 무슨 이유인지 나는 모르겠소. 나는 왕명을 수행하고자 평화롭게 여행 중일 뿐이오. 그리고 그대가 저 무고한 아이를 해치려 하는 것이 틀림없으니, 그대의 뜻을 꺾어야만 하겠소."

"가웨인 경." 병사가 외쳤다. "같은 브리턴인으로서 저를 도와주십시오, 다시 한번 부탁드립니다. 이자가 위스턴이라면, 해적 쉰 명 이상을 혼자서 해치우는 자라고 합니다."

"사나운 해적 쉰 명이 당해 내지 못했다면 늙고 지친 기사 하나가 가세한다 한들 무슨 차이가 있겠소?"

"농담은 말아 주십시오, 가웨인 경. 이자는 난폭한 자입니다. 지금 당장이라도 공격해 올 겁니다. 저 눈을 보면 압니다. 우리 모두에게 위해를 가할 겁니다, 분명합니다."

"내가 가하는 위해가 무엇인지 말해 보시오." 위스턴이 말했다. "나는 평화롭게 그대의 나라를 돌아다니고 있을 뿐이오. 들짐승과 산적으로부터 몸을 지키려고 검 한 자루 싸 들고 말이오. 내 악행을 열거할 수 있으면 지금 해 주시오, 그대를 치기 전에 내 죄목을 듣고 싶으니까."

"그대가 가하는 위해가 어떤 것인지는 나도 모르오. 하지만 브레너스 군주가 그대를 처치하고자 한다면 거기에는 이유가 있을 것이오."

"그럼 이렇다 할 죄목이 없는데도 나를 서둘러 죽이려고 하시는 거로군."

"가웨인 경, 제발 도와주십시오! 저자가 사납긴 하나 우리 두 사람이 전략을 잘 짜면 이길 수 있을지도 모릅니다."

"혹여 잊었을까 말하는데, 나는 아서왕의 기사이지 브레너스 군주의 졸개가 아니오. 떠도는 풍문이나 그저 이민족이라는 사실만으로 이방인에게 검을 들고 맞서지 않소. 게다가 그대는 저 사람과 맞서야 할 이유를 딱히 대지 못하는 것 같소만."

"그렇게 말씀하시니 말하지 않을 도리가 없군요. 저 같은 미천한 계급의 병사는 설령 브레너스 군주께 직접 들었다 해도 입 밖에 낼 수 없는 기밀이지만 말입니다. 이자가 이 나라에 수행하러 온 임무는 용 퀘리그를 죽이는 겁니다. 바로 그 목적으로 온 자입니다!"

"퀘리그를 죽인다?" 가웨인 경은 실로 어안이 벙벙한 듯했다. 그는 나무 밑에서 성큼성큼 걸어 나오더니, 위스턴을 마치 처음 보듯 뚫어지게 바라보았다. "저 말이 사실이오?"

"아서왕의 기사에게 거짓말할 뜻은 없으니, 분명히 밝히겠습니다. 저는 앞서 말씀 드린 임무 외에도, 이 나라에 출몰하는 암용을 죽이라는 왕명을 받았습니다. 하지만 그런 일에 반대할 이유가 무엇이겠습니까? 사나운 용은 누구에게나 위험한 존재가 아닙니까. 병사께선 말해 주시오, 그런 임무를 띠었다고 해서 왜 내가 그대의 적이 되는 것이오?"

"퀘리그를 죽인다?! 정말로 퀘리그를 죽이려 한다는 말이오?!" 가웨인 경은 이제 고함을 치고 있었다. "그건 내가 맡은 임무요! 모르셨단 말이오? 아서왕이 몸소 내게 맡기신 임무란 말이오!"

"그 문제는 차후에 논의하시지요, 가웨인 경. 우선은 평화롭게 길을 가려는 저와 제 친구들을 적으로 삼으려 하는 이 병사부터 먼저 처리해야 합니다."

"가웨인 경, 저를 도와주시지 않는다면, 지금이 제 마지막 순간이 될까 두렵습니다! 간곡히 부탁드립니다. 브레너스 군주께서 아서왕의 기억을 소중히 아끼심을 기억하시고 이 색슨인에게 검을 들고 맞서 주십시오!"

"퀘리그를 죽이는 것은 내 임무요, 위스턴 선생! 호러스와 나는 용을 꾀어낼 책략을 이미 면밀하게 세워 놓았고 도움의 손길 따위는 필요하지 않소!"

"검을 내려놓으시오." 위스턴이 병사에게 말했다. "그러면 목숨을 살려 드리리다. 그러지 않으려거든 이 자리에서 목숨을 내놓으시오."

병사는 머뭇거리더니 이윽고 말했다. "그대를 나 혼자 힘으로 감당할 수 있으리라 여긴 건 어리석었소. 만용의 대가를 치러야 한다면 그리하겠소. 하지만 비겁하게 검을 내려놓지는 않겠소."

"도대체 무슨 권리로 그러는 것이오?" 가웨인 경이 외쳤다. "어째서 그대의 왕은 그대를 다른 나라에서 이리로 보내어 아서왕의 기사에게 맡겨진 임무를 강탈하려 하는 것이오?"

"용서하십시오. 하지만 귀공께서 퀘리그를 죽이는 임무에 나서신 지도 여러 해가 흘렀고, 그간 어린아이가 다 자라 어른이 되었습니다. 제가 이 골칫거리를 해치워 이 나라에 좋은 일을 할 수 있다면, 노하실 까닭이 무엇이겠습니까?"

"노할 까닭이 무어냐고 하셨소? 이게 무슨 일인지 알긴 아시오? 퀘리그를 죽이는 게 쉬운 일 같소? 사나운 만큼이나 영리한 용이란 말이오! 어리석게 덤비다간 역정을 살 뿐이고, 그러면 온 나라가 용의 격노에 화를 면치 못할 것이오. 지난 몇 해간은 용이 잠잠했는데 말이오. 더할 나위 없이 섬세하게 조처하지 않으면, 온 나라의 무고한 백성들에게 재앙이 닥친단 말이오! 호러스와 내가 왜 그리 오랫동안 기회를 노렸다고 생각하시오? 한 치의 착오라도 있다가는 엄중한 결과가 초래된단 말이오!"

"그럼 절 도와주십시오, 가웨인 경." 병사는 이제 두려움을 감출 생각도 없는 듯 소리를 질렀다. "함께 이 위험한 자를 물리칩시다!"

가웨인 경은 마치 저 사람이 누구던가 하는 듯 어리둥절한 표정으로 병사를 보더니 차분해진 목소리로 말했다. "도와드리지 않으리다. 나는 그대가 섬기는 군주의 우군이 아니오. 그의 검은 속셈을 우려하기 때문이오. 또, 그대가 여기 나머지 사람들에게 가하려고 하는 위해도 우려스럽소.

우리가 무슨 모략에 연루되었건 간에 이 사람들은 무고한 이들이 틀림없소."

"가웨인 경, 저는 지금 거미줄에 걸린 파리처럼 생사의 갈림길에 있습니다. 마지막으로 간청 드립니다. 제가 비록 이 일의 전모를 알지는 못하지만, 저자가 우리에게 위해를 가하려는 게 아니라면 우리 나라에 왜 왔을지 제발 생각해 보십시오!"

"저 전사는 이곳에 오게 된 임무를 잘 설명했소. 경솔한 계획을 품은 건 화가 나지만, 그렇다고 검을 들고 그대와 합세해 맞서 싸울 이유까지는 없소."

"이제 싸웁시다." 위스턴이 거의 달래는 투로 말했다. "싸우고 끝을 냅시다."

"위스턴 선생." 비어트리스가 다급히 말했다. "이 병사가 검을 버리고 달아나게 해 주면 안 될까요? 아까 다리 위에서 제게 친절하게 대해 주기도 했고, 나쁜 사람은 아닐 거예요."

"비어트리스 부인, 제가 부인의 청대로 한다면 이자는 우리 소식을 보고할 것이고, 곧 서른 명이나 그 이상의 병사를 데리고 돌아올 겁니다. 그때는 자비란 없을 겁니다. 그리고 잊지 마십시오, 이자는 아이에게 못된 해코지를 하려고 합니다."

"우리를 배신하지 않겠다는 서약을 하게 하면 어떨까요."

"부인의 온정에 마음이 뭉클하오." 회색 머리 병사가 위스턴에게서 눈을 떼지 않은 채 말했다. "하지만 나는 비열한 자가 아니오. 그런 기회를 이용해 뒤통수 칠 생각은 없소. 이 색슨인이 하는 말이 맞소. 날 살려 주면 나는 그가 한 말 그대로 할 것이오. 내 임무상 다른 선택의 여지가 없소. 그렇지만 따스한 말씀 감사하오. 지금이 내 마지막 순간이라면, 그 말씀 덕분에 좀 더 평안하게 이 세상을 떠날 수 있을 것 같소."

"그뿐이 아니에요." 비어트리스가 말했다. "아까 부모님과 관련하여 부탁하신 말도 저는 잊지 않고 있어요. 농담으로 하신 말인 것도 알고 우리가 부모님과 마주치기도 어렵겠지만, 만약에라도 마주친다면 아드님이 다시 만날 날을 간절히 기다렸다고 꼭 전할게요."

"다시 한번 감사드리오, 부인. 하지만 지금 나는 그런 생각에 잠겨 마음을 누그러뜨릴 때가 아니오. 이자가 아무리 명성이 드높다 해도 이 대결에서 누구에게 행운이 따를지는 아무도 모르는 일이니, 곧 내게 베푼 온정을 후회하게 되실지도 모르오."

"그렇겠지요." 비어트리스가 한숨을 지었다. "그렇다면 위스턴 선생, 최선을 다해 우리를 지켜 주세요. 저는 참혹한 도륙에 관심이 없으니 고개를 돌릴게요. 그리고 에드윈도 그리하라고 말씀하세요. 그 아이는 선생의 지시가 아니면 따르지 않을 테니까요."

"죄송합니다, 부인." 위스턴이 말했다. "전 오히려 아이가 모든 광경을 똑똑히 보았으면 합니다. 저도 저 아이 나이 때 그런 훈련을 많이 받았습니다. 전사의 무술을 직접 볼 수 있다면 움찔하거나 헛구역질하지 않을 아이입니다." 위스턴이 이어서 색슨 말로 몇 마디를 하니, 근처에 홀로 서 있던 에드윈이 나무로 걸어가 액슬과 비어트리스 옆에 섰다. 소년은 한 장면도 놓치지 않으려는 듯 눈을 깜빡이지도 않았다.

액슬은 회색 머리 병사의 숨소리를 들을 수 있었다. 내쉬는 숨마다 으르렁거리는 듯한 소리를 뱉고 있었으므로 더 잘 들렸다. 마침내 앞으로 돌진한 병사는 검을 머리 위로 높이 들고 있었다. 미숙함을 넘어 자살 행위처럼 보이는 공격 자세였다. 하지만 병사는 위스턴을 치기 직전에 검을 갑자기 왼쪽으로 틀면서 허리 높이로 내렸다. 회색 머리 병사의 의도를 알아챈 액슬은 측은한 마음에 가슴이 싸해졌다. 병사는 본격적인 전투에 들어간다면 승산이 거의 없음을 알고, 그 절박한 술책 하나에 모든 것을 걸었던 것이다. 하지만 위스턴은 이미 이를 예상하고 있었다. 아니 본능적인 대응만으로 충분했는지 모른다. 그는 깔끔히 옆으로 비켜서더니, 달려드는 병사를 단칼에 베었다. 병사는 우물에 떨어뜨린 물동이가 수면에 부딪칠 때 나는 것 같은 소리를 내더니 바닥에 털썩 고꾸라졌다. 가웨인 경이 기도를 읊조렸고, 비어트리스가 물었다. "끝났어요, 여보?"

"끝났어요, 공주."

에드윈은 아까와 다를 바 없는 표정으로 쓰러진 병사를 뚫어지게 보고 있었다. 액슬이 소년의 시선을 따라가니, 뱀 한 마리가 시신 밑에서 기어나오고 있었다. 풀밭에 있다가 병사가 쓰러지는 바람에 놀란 뱀이었다. 몸은 짙은 색이었는 데 노란색과 흰색 반점으로 얼룩덜룩했다. 뱀이 몸을 서서 히 빼내 땅 위를 슥슥 미끄러져 나가는데 시신 내장에서 나 는 냄새가 액슬의 코를 찔렀다. 액슬은 뱀이 발을 물까 봐 본능적으로 아내를 안고 한쪽으로 비켜섰다. 뱀은 계속 두 사람 쪽으로 다가오더니, 엉겅퀴 한 포기를 만나자 마치 바 위를 만난 시냇물처럼 둘로 갈라졌다가 다시 하나로 합쳐져 점점 더 가까이 왔다.

"이리로 와요, 공주." 액슬이 아내를 이끌고 자리를 옮겼 다. "이제 끝났어요. 잘된 일이에요. 우리를 해치려고 한 사 람이에요, 이유는 아직 분명치 않지만."

"액슬 선생님, 제가 할 수 있는 한에서 상황을 설명해 드 리겠습니다." 검을 바닥에 놓고 닦고 있던 위스턴이 일어서 서 두 사람에게 다가왔다. "이 나라에서 저희 색슨족 동포들 이 브리턴인들과 잘 어울려 살고 있는 것은 사실입니다. 하 지만 저희 지방에서 듣기로, 브레너스 군주는 이 땅을 정복 해 독차지하려는 야심을 품고 이 땅에 사는 모든 색슨인과 전쟁을 벌이려 하고 있습니다."

"나도 같은 소식을 들었소." 가웨인 경이 말했다. "내가 창자를 쏟고 고꾸라진 저자의 편을 들지 않은 이유이기도 하오. 이 브레너스 군주라는 자가 아서왕께서 이룩하신 큰 평화를 수포로 되돌릴 심산인 것 같아 우려스럽소."

"저희 지방에서는 더한 소식도 듣습니다." 위스턴이 말했다. "브레너스의 성에 위험한 손님이 머물고 있다고 합니다. 용을 길들일 지혜가 있는 해적이라고 합니다. 저희 왕께서는 브레너스가 퀘리그를 사로잡아 군사로 부릴 것을 우려하십니다. 암용 퀘리그라면 실로 무시무시한 병사 역할을 할 테니, 브레너스가 야심을 품을 만합니다. 그런 이유로 제가 용을 무찌르라는 명을 받고 온 것입니다. 용의 흉포가 브레너스 군주에게 불만을 가진 모든 이들에게 향하는 사태를 막고자 함입니다. 가웨인 경, 경악하신 듯합니다만 거짓 없는 사실입니다."

"내가 경악했다면 그건 선생의 말에 일리가 있기 때문이오. 내가 젊은 시절에 적군 편에서 싸우는 용을 한 번 대적한 적이 있소. 참으로 무시무시한 존재였소. 방금 전까지만 해도 승리에 굶주려 있던 내 동지들이 놈의 모습을 보고는 공포에 얼어붙었소. 그래 봐야 퀘리그에 비하면 힘이나 계교에서 절반도 되지 않는 용이었다오. 만약 브레너스 군주가 퀘리그를 제 뜻대로 부리게 된다면 전쟁의 유혹을 참기 어려울 것이오. 퀘리그의 광포한 성질을 사람의 재주로는 길들일 수 없기를 바랄 뿐이오." 가웨인은 그렇게 말하고는, 쓰러진 병사 쪽을 보더니 고개를 저었다.

위스턴은 에드윈이 서 있는 곳으로 가서 소년의 팔을 잡고는 시신이 있는 곳으로 천천히 데리고 갔다. 한동안 두 사람은 시신을 내려다보며 나란히 서 있었다. 위스턴은 조용히 말하면서 이따금 이곳저곳을 가리켰고, 에드윈의 얼굴을 보며 반응을 살피곤 했다. 한번은 위스턴이 손가락으로 허공에 직선을 그리기도 했는데, 액슬이 보기엔 자기 칼날이 움직인 경로를 소년에게 설명해 주는 듯했다. 그러는 동안에도 에드윈은 쓰러진 병사를 계속 물끄러미 응시하고 있었다.

가웨인 경이 액슬의 옆에 와 서더니 말했다. "이 평온한 장소는 지친 나그네들에게 하느님이 주시는 선물 같은 곳이었는데 이렇게 피에 더럽혀졌으니 매우 슬픈 일이오. 누가 오기 전에 이자를 어서 묻읍시다. 저 말은 내가 브레너스 군주의 진지로 데려다 놓겠소. 이자가 산적에게 당한 것을 우연히 발견했다고 전하고, 무덤 위치를 알려 주리다. 그리고 위스턴 선생, 선생은 당장 동쪽으로 돌아가 주시오. 퀘리그는 잊으시오. 호러스와 내가 오늘 들은 말을 잊지 않고 녀석을 처치하기 위한 노력을 배로 더 쏟을 테니 안심하시오. 자, 오시오, 친구들. 이자가 평온하게 조물주께 돌아갈 수 있도록 땅에 묻어 줍시다."

르부

6

　액슬은 무척 피곤했는데도 좀처럼 잠이 오지 않았다. 수도승들이 2층의 방을 내주었는데, 흙바닥에서 스며 오는 냉기와 씨름하지 않아도 되는 것은 좋았지만, 그는 예전부터 지면보다 높은 곳에서는 쉽게 잠을 자지 못했다. 헛간이나 마구간에서 임시로 묵을 때도, 사다리를 올라가서 자려고 하면 밑의 휑한 공간이 신경 쓰여 밤잠을 이루지 못할 때가 많았다. 아니, 오늘 밤 잠을 이루지 못하는 것은 머리 위 어둠 속에 도사리고 있는 새들 때문인지도 몰랐다. 지금은 대체로 잠잠하지만, 이따금씩 바스락거리거나 날개 치는 소리가 들릴 때마다 액슬은 잠든 아내 위로 팔을 펴서 더러운 깃털들이 흩날리며 떨어지는 걸 막아 주고 싶은 충동을 느꼈다.

새들은 일행이 그날 그 방에 처음 들어왔을 때부터 그곳에 있었다. 그때도 서까래에 앉은 까마귀, 검은지빠귀, 숲비둘기들이 내려다보는 모습에서 어쩐지 사악한 기운을 느끼지 않았던가? 아니면 그 후에 겪은 일들 때문에 기억이 왜곡된 것일까?

아니, 어쩌면 잠이 안 오는 것은 저 소리 때문인지도 몰랐다. 지금도 수도원 구내에 울려 퍼지는, 위스턴이 장작 패는 소리. 그 소리에도 불구하고 비어트리스는 쉽게 잠이 들었다. 지금은 거무스름한 형체로 보이는, 아까 식사했던 탁자 너머 방 저쪽에서는 에드윈이 나직하게 코를 골고 있었다. 하지만 위스턴은 액슬이 아는 한 전혀 눈을 붙이지 않았다. 방구석에 앉아 마지막 수도승이 밑의 안마당을 떠날 때까지 기다리더니 깜깜해진 밖으로 나갔다. 그리고 지금 또다시, 조너스 신부의 경고에도 아랑곳하지 않고 장작을 패고 있었다.

수도승들이 회의를 마치고 나온 후 흩어지기까지는 시간이 좀 걸렸다. 액슬은 몇 번이나 잠이 들 뻔하다가 밑에서 들려오는 사람들 목소리에 번번이 잠이 달아나곤 했다. 네다섯 명 정도의 사람들이 늘 낮은 목소리로 이야기했는데, 종종 목소리가 분노나 공포에 가득 차 있곤 했다. 이제 사람들 소리가 들리지 않은 지 좀 되었는데도, 다시 서서히 잠이 들려고 할 때면 액슬은 아직도 창문 밑에 수도승들이 있는 것 같은 느낌을 떨칠 수 없었다. 몇 명이 아니라 수도복을 입은 사람 수십 명이 달빛 아래 조용히 서서, 수도원 구내에 울려 퍼지는 위스턴의 도끼질 소리를 듣고 있는 것만 같았다.

그날 낮, 오후 햇살이 방에 쏟아지던 때였다. 액슬이 창밖을 내다보니 수도원 식구 전원인 듯한 마흔 명 이상의 수도승들이 안마당 곳곳에 삼삼오오 모여 무언가를 기다리고 있었다. 어쩐지 비밀스러운 분위기가 흐르고 있었다. 수도승들끼리도 서로 엿듣지 못하게 경계하는 듯했고, 적의에 찬 곁눈질이 오가기도 했다. 수도승들의 수도복은 모두 똑같은 갈색이었고, 간혹 모자가 없거나 소매가 없는 옷을 입은 사람도 있었다. 모두들 맞은편의 큰 석조 건물 안으로 들어가고 싶어 조바심을 내는 듯했고, 무언가 지연되고 있어서 초조해하는 기색이 역력했다.

한동안 안마당을 내려다보던 액슬은 무슨 소리가 들려서 창문 밖으로 몸을 더 빼고 바로 밑을 보았다. 석조 건물의 희뿌연 외벽이 햇빛에 노랗게 물들어 있었고, 외벽을 깎아 만든 계단이 지면에서부터 액슬이 있는 곳까지 이어져 있었다. 계단 중간쯤을 올라오는 한 수도승의 정수리가 보였다. 음식이 가득하고 우유병이 담긴 쟁반을 들고 있었다. 수도승은 잠깐 멈춰 서서 쟁반이 한쪽으로 쏠리지 않게 추슬렀고, 그 모습을 액슬은 불안하게 지켜봤다. 계단은 군데군데 닳았고 바깥쪽에 난간도 없어서, 단단한 자갈이 깔린 바닥으로 추락하는 불상사를 막으려면 벽에 몸을 계속 바짝 붙이면서 올라와야 했다. 설상가상으로 수도승은 다리까지 저는 듯했다. 그래도 찬찬히 부지런하게 올라오는 모습이었다.

액슬은 문간으로 가서 쟁반을 받아 들려고 했지만, 수도승은 자기가 식탁까지 들고 가겠다고 고집했다. "손님이신데 손님 대접을 받으셔야지요." 수도승의 이름은 브라이언 신부라고 했다.

위스턴과 소년은 나가고 없었다. 두 사람의 장작 패는 소리가 그때부터 벌써 울려 퍼졌던 것 같기도 했다. 그래서 액슬과 비어트리스만 나무 식탁에 나란히 앉아 빵과 과일, 우유를 고마운 마음으로 허겁지겁 먹었다. 두 사람이 식사하는 동안 브라이언 신부는 즐겁게, 때로는 몽상하듯 이런저런 수다를 떨었다. 전에 다녀간 방문객들, 근처 시내에서 잡히는 물고기, 떠돌이 개가 수도원에서 살다가 지난겨울에 죽은 이야기 등이었다. 브라이언 신부는 나이가 지긋했지만 활기가 넘쳐서, 가끔 식탁에서 일어나 성치 않은 다리를 끌며 방 안을 돌아다니면서도 이야기를 그치지 않았고, 이따금 창가로 가 밑에 있는 동료들의 동태를 확인하기도 했다.

그동안 머리 위에서는 새들이 천장을 이리저리 날아다녀 흩날리는 깃털이 간간이 우유 위에 떨어지기도 했다. 액슬은 새들을 쫓아내고 싶었지만 혹시라도 수도승들이 좋아하는 새들일까 봐 잠자코 있었다. 그때 계단을 급히 올라오는 발걸음 소리가 나더니, 검은 턱수염을 기르고 얼굴이 붉은, 몸집 큰 수도승이 방에 들이닥쳐 액슬을 놀래켰다.

"악마! 이 악마들!" 그는 서까래 쪽을 무섭게 쏘아보면서 고함을 쳤다. "저놈들을 피투성이로 만들 것이오!"

그러고는 들고 온 자루에 손을 집어넣더니 돌맹이를 꺼내 새들을 향해 던졌다. "이 악마들! 더러운 악마, 악마, 악마!"

처음 던진 돌이 튕겨 나와 바닥에 떨어지자, 그는 돌을 하나 더 던지고 또 던졌다. 돌은 식탁에서 멀리 벗어난 곳에 떨어졌지만, 비어트리스는 두 팔로 머리를 감싸고 있었고 액슬은 일어서서 수염 난 사내 쪽으로 다가갔다. 하지만 브라이언 신부가 먼저 가서 그의 두 팔을 붙잡고 말했다.

"이래즈머스 수사, 왜 이러나! 그만두고 진정하게!"

새들은 깍깍거리며 사방으로 날아다니고 있었고, 그 소동을 보며 수염 난 수도승이 고함쳤다. "저놈들! 내가 모를 줄 아느냐!"

"진정하게, 수사!"

"말리지 마십시오, 신부님! 저놈들은 악마의 앞잡이입니다!"

"하느님이 보내신 새들일 수도 있지 않나, 이래즈머스. 그건 아직 알 수가 없어."

"악마가 보낸 놈들이 틀림없습니다! 저들의 눈을 보십시오! 하느님이 보내신 놈들이라면 어떻게 저런 눈으로 우리를 노려볼 수 있습니까?"

"이래즈머스, 진정하게. 손님들이 와 계시네."

그 말을 듣고야 수염 난 수도승은 액슬과 비어트리스의 존재를 알아차렸다. 그는 두 사람을 성난 표정으로 쳐다보더니 브라이언 신부에게 말했다. "아니 왜 이런 때 객당에 손님을 들이신 겁니까? 저 사람들은 왜 온 겁니까?"

"그저 선량한 나그네들이시네. 객을 따뜻하게 맞아 주는 것이 우리의 변함없는 관습 아닌가."

"브라이언 신부님, 외지인들에게 우리 일을 말씀하시는 건 어리석은 짓입니다! 보십시오, 우리를 염탐하잖습니까!"

"저분들이 왜 염탐을 하겠는가. 저분들은 우리 문제에 아무 관심도 없네. 그러잖아도 고민할 일이 많으실 텐데."

수염 난 사내가 갑자기 또 돌을 꺼내서 던지려고 하자 브라이언 신부가 가까스로 막았다. "돌아가게, 이래즈머스. 자루는 여기 두고. 자, 이리 내놓게. 그걸 그렇게 가는 데마다 들고 다니면 되겠나."

수염 난 사내는 신부를 밀쳐 내더니, 돌자루를 쥐고는 뺏길 수 없다는 듯 가슴에 끌어안았다. 브라이언 신부는 이래즈머스에게 그 작은 승리를 허락하고, 그를 문간으로 이끌고 갔다. 사내는 끝까지 고개를 돌려 천장 쪽을 쏘아보았고, 신부는 그를 살살 밀어 계단으로 내보냈다.

"내려가게, 이래즈머스. 사람들이 자네를 찾고 있네. 어서 내려가게, 계단 조심하고."

사내가 마침내 내려가자 브라이언 신부는 방에 돌아와 공중에 흩날리는 깃털들을 향해 손을 휘저었다.

"이것 참 죄송합니다. 성품은 선량한 사람인데 수도 생활이 더는 맞지가 않아요. 어서 다시 앉아서 편하게 식사하시지요."

"그렇지만, 신부님." 비어트리스가 말했다. "불편한 시기에 저희가 불쑥 찾아왔다는 건 맞는 말 같네요. 저희는 폐를 끼치고 싶은 마음이 전혀 없습니다. 지혜로우신 조너스 신부님을 잠깐만 뵙게 해 주시면 얼른 만나고 떠날게요. 뵈어도 좋다는 말씀이 아직 없나요?"

브라이언 신부는 고개를 저었다. "말씀 드린 대로입니다, 부인. 조너스 신부가 몸이 좋지 않아서, 수도원장님께서 당신이 직접 허락하신 건이 아니면 아무도 그분을 귀찮게 하지 말라는 엄명을 내리셨어요. 여기까지 힘들게 찾아와 만나려고 하시는 마음을 잘 알기에, 두 분이 이곳에 오셨을 때부터 원장님을 붙잡고 말씀 드리려 하고 있어요. 그런데 보시다시피 하필 지금 바쁜 때이고, 게다가 방금 중요한 방문객이 원장님을 찾아와서 회의가 더 지연되고 있어요. 원장님은 방문객을 만나러 지금 막 서재로 들어가셨고, 저희들은 나오시기만 기다리고 있지요."

창가에 서서 수염 난 수도승이 돌계단을 내려가는 것을

지켜보고 있던 비어트리스가 손가락으로 가리키면서 말했다. "신부님, 수도원장님이 나오시는 것 같은데요?"

액슬이 옆에 와서 보니, 몸이 여윈 사람이 위엄 있게 안마당 중앙으로 성큼성큼 걸어오고 있었다. 수도승들이 하던 이야기를 멈추고 모두 그를 향해 모여들었다.

"아, 그러네요. 수도원장님이 나오셨네요. 자, 편하게 식사 마저 하시지요. 그리고 조너스 신부 건은, 좀 여유를 갖고 기다리시지요. 지금 이 회의가 끝나기 전엔 원장님이 승낙하셨는지 여부를 전해 드리기가 어려울 것 같습니다. 어쨌든 제가 잊지 않을 테니 걱정 마십시오. 잘 말씀 드리겠습니다."

그때도 확실히 지금처럼 전사의 도끼질 소리가 마당에 울려 퍼지고 있었다. 맞은편 건물에 줄지어 들어가는 수도승들의 모습을 보면서, 장작 패는 사람이 한 명인지 두 명인지 아리송했던 기억이 액슬은 확실히 났다. 도끼질 소리가 한 번 날 때마다 바로 연이어 또 나서 메아리인 것 같기도 하고 아닌 것 같기도 했다. 액슬은 어둠 속에 누워 생각해 보았다. 필시 에드윈이 위스턴과 함께 도끼질을 하고 있었으리라. 아마 전사의 도끼질에 장단을 맞추어 도끼를 내리찍고 있었을 것이다. 소년은 그때쯤 이미 장작 패기에 숙련되었을 것이었다. 그날 낮 이 수도원에 오기 전에도 소년은 주변에서 찾은 납작한 돌 두 개로 땅을 워낙 재빨리 파서 사람들을 모두 놀라게 했었다.

그때 액슬은 땅 파기를 멈추고 쉬고 있었다. 수도원까지 산길을 또 오르려면 힘을 아껴야 한다고 전사가 만류한 터였다. 피가 흥건한 병사의 시신 옆에 서서 나무 위에 모여든 새들이 내려오지 못하게 지키고 있었다. 위스턴은 죽은 병사의 검으로 땅을 파고 있었다. 그런 일에 자기 검을 써서 무디게 만들고 싶지는 않다고 했다. 그러나 가웨인 경은 생각이 달랐다. "이 병사는 명예롭게 죽었소, 상관의 계략이 무엇이건 간에 말이오. 그러니 기사의 검으로 무덤을 파 주는 게 맞소." 그러던 두 사람 모두 에드윈이 원시적인 도구로 땅을 파 내려가는 속도에 감탄하여 일손을 멈추고 지켜보았다. 잠시 후 다시 일을 시작하면서 위스턴이 말했다.

"가웨인 경, 브레너스 군주에게 그 이야기를 전하면 믿을지 모르겠습니다."

"충분히 믿을 거요." 가웨인이 땅을 파면서 대꾸했다. "우리는 냉랭한 사이지만, 그는 나를 간교한 이야기를 지어낼 잔꾀가 없는 고지식한 바보로 안다오. 병사가 내 품에서 피 흘리며 죽어 가면서 산적 이야기를 했다고 하면 될 것이오. 그런 거짓말이 큰 죄라고 생각하는 사람도 있겠지만, 하느님이 자비롭게 보아주실 것이오. 이게 다 유혈 사태가 더 일어나지 않도록 막기 위해서 아니겠소? 어떻게든 브레너스가 내 말을 믿게 만들겠소. 그렇다 해도 그대는 여전히 위험한 상황이니, 서둘러 본국으로 돌아가는 게 좋을 것이오."

"이곳에서의 임무만 마치면 지체 없이 그리하려고 합니다. 제 말의 발이 빨리 낫지 않으면 아예 다른 말로 바꿔야 할지도 모르겠습니다. 늪 지방까지는 길이 머니까요. 그렇지만 드물게 뛰어난 말이어서 아쉬울 것 같습니다."

"참으로 뛰어난 말이오! 우리 호러스는 안타깝게도 이제 그렇게 민첩하지 못하오. 그렇지만 필요한 순간 숱하게 내게 와 주었다오, 방금 그대의 말이 그랬던 것처럼. 흔치 않은 말이니 잃게 되면 애석할 것이오. 그렇다 해도 촌각을 다투어야 하는 상황이니, 어서 길을 떠나시고 임무는 잊으시오. 호러스와 내가 암용을 맡아서 처리할 테니 그대는 암용을 더 마음에 둘 이유가 없소. 어쨌거나 내가 좀 생각해 보았는데, 브레너스 군주가 퀘리그를 군사로 부린다는 계획은 성공할 가망이 전혀 없소. 더할 나위 없이 광포하고 길들이기 어려운 존재이니, 브레너스의 적뿐 아니라 자신의 군대에도 여지없이 불을 뿜을 것이오. 발상부터가 참으로 해괴한 계획이오. 그 생각은 이제 그만 버리고 적들이 쫓아오기 전에 서둘러 돌아가시오." 위스턴이 대답 없이 땅만 계속 파자 가웨인 경이 물었다. "내게 약속하겠소, 위스턴 선생?"

"무엇을 말입니까, 가웨인 경?"

"암용 생각은 이제 그만 버리고 서둘러 돌아가겠다고 말이오."

"그 말을 꼭 듣고 싶으신 것 같군요."

"그대의 안전만 생각해서 이러는 게 아니오. 그대가 퀘리 그를 자극하기라도 하면 놈의 횡포를 감당해야 할 사람들을 생각해서 이러는 것이오. 또 같이 다니시는 이분들은 어떻게 하려고 그러오?"

"물론 이분들의 안전을 염려하고 있습니다. 수도원까지는 같이 가 드리려고 합니다. 가는 길이 위험한데 방비 없이 가시게 할 수는 없지요. 수도원에서부터는 각자 길을 가는 게 최선일 겁니다."

"그럼 수도원까지만 갔다가 본국으로 돌아가시는 것으로 알겠소."

"돌아갈 준비가 되면 돌아가겠습니다, 기사님."

액슬이 시신의 장기에서 나는 냄새를 피해 몇 걸음을 떨어져 서니 가웨인 경의 모습이 눈에 더 잘 들어왔다. 기사는 허리 깊이까지 땅속에 들어가 있었고, 이마가 땀에 온통 젖어 있었다. 그의 표정에서 평소의 인자함이 사라진 것은 어쩌면 그래서였을 것이다. 기사는 통렬한 적의를 띤 눈빛으로 위스턴을 바라보았고, 위스턴은 아무것도 모른 채 땅만 파고 있었다.

비어트리스는 병사의 죽음에 마음이 착잡했다. 묘혈이 깊어지자, 참나무로 천천히 걸어가 다시 그늘에 앉더니 고개를 숙였다. 모여드는 까마귀 떼만 아니었더라면 액슬도 가서 함께 앉고 싶었다. 어둠 속에 누워 있는 지금, 액슬도 죽은 병사에게 안타까운 마음이 들었다. 다리 위에서 그가 정중히 대해 주었던 일, 비어트리스를 대하던 점잖은 말투가 떠올랐다. 빈터에 처음 당도했을 때 말을 정확하게 위치시키던 모습도 기억났다. 그때 그 모습에서 무슨 기억이 고개를 쳐들었던 것도 생각났다. 그리고 지금, 사방이 고요한 밤, 액슬의 머릿속에 문득 한 장면이 떠올랐다. 구릉이 기복을 이룬 황야, 음울한 하늘, 헤더꽃 사이를 거니는 양 떼.

액슬은 말에 앉아 있었고 그 앞에는 동료가 말을 타고 있었다. 하비라는 이름의 사내였다. 그의 육중한 몸뚱아리에서 나는 냄새는 말 냄새를 가릴 정도였다. 두 사람은 바람이 몰아치는 황야 한복판에 멈춰 서 있었다. 멀리서 무언가의 움직임을 포착해서였다. 위험한 존재가 아닌 게 분명해지자 액슬은 양팔을 뻗어 기지개를 켰다. 두 사람은 오랫동안 말을 타고 있던 참이었다. 액슬은 하비의 말 꼬리가 궁둥이 주변을 맴도는 파리를 쫓듯 좌우로 깐닥거리는 모습을 지켜보았다. 하비의 얼굴은 보이지 않았지만, 그 등의 모양이나 전체적인 자세로 미루어 보아, 다가오는 일행을 보고 못된 마음이 일어나고 있는 게 분명했다. 액슬이 하비의 뒤에서 바라보니 멀리서 보였던 까만 점들은 양의 얼굴이고, 네 남자가 양들과 함께 오는데 한 사람은 당나귀를 타고, 나머지 셋은 걷고 있었다. 개는 없는 듯했다. 양치기들은 벌써 한참 전에 두 사람을 발견했을 것이 분명했다. 말 탄 두 사람의 윤 곽이 하늘을 바탕으로 뚜렷하게 보였을 테니까. 하지만 느릿 느릿 터벅터벅 걸어오는 모습에서 두 사람을 두려워하는 기 색은 보이지 않았다. 어쨌거나 황야를 가로지르는 길은 이 긴 길 하나밖에 없었고, 두 사람을 피하려면 가던 길을 되 돌아가는 수밖에 없었으리라.

사람들이 좀 더 가까워지자, 액슬은 네 사람 모두 결코 늙었다고는 할 수 없되 병약하고 마른 몸인 것을 알 수 있 었다. 그 모습에 액슬은 가슴이 덜컥 내려앉았다. 그런 모습 은 동료의 포악한 행동을 더 자극하기만 할 터였다. 액슬은 일행이 소리치면 들릴 만한 거리까지 오길 기다렸다가, 말 을 살짝 앞으로 나아가게 하여 하비의 옆에 조심스럽게 위 치시켰다. 양들 대부분과 양치기들은 그쪽 옆으로 지나갈 게 분명했다. 액슬은 자기 말을 하비의 말보다 살짝 뒤에 위 치시키려고 각별히 주의했다. 동료가 상급자 대우를 받는 기분이 들도록 하기 위해서였다. 동시에 액슬은 이제 하비 가 느닷없이 채찍이나 안장에 매달아 둔 곤봉을 들어 양치 기들에게 휘두르지 못하게 막을 수 있는 위치에 있었다. 그 기동은 외견상으로는 동지 의식을 표현하는 행동이었고, 하 비는 그 진의를 의심할 만큼 예민하지도 않은 사람이었다. 아닌 게 아니라, 하비는 액슬이 가까이 와서 서자 멍하니 고개를 끄덕이다가 고개를 돌려 황야를 시무룩하게 응시할 뿐이었다.

액슬이 그 양치기들의 안전을 특히 우려했던 것은 며칠 전 한 색슨족 마을에서 일어난 일 때문이었다. 화창한 아침 이었는데, 그 일에 액슬은 마을 사람들 누구 못지않게 깜짝 놀랐다. 하비가 느닷없이 말에 박차를 가하더니 우물가에서 물을 길으려고 기다리고 있던 사람들을 다짜고짜 가격하기 시작했다. 그때 하비가 채찍을 썼던가, 곤봉을 썼던가? 액슬은 그날 황야에 서서 열심히 기억을 되짚어 보았다. 하비가 양치기들이 지나갈 때 채찍으로 공격하려 한다면 사정거리가 더 길 것이고 팔을 덜 써도 될 것이다. 심지어 액슬의 말 머리 위로 채찍을 휘두르려 할지도 모른다. 그러나 곤봉으로 공격하려 한다면, 액슬이 지금 자리 잡은 위치 때문에 자기 말을 액슬의 말보다 앞으로 내밀고 방향을 조금 틀어야만 공격할 수 있을 것이다. 그런 기동은 하비에게 너무 용의주도하게 느껴졌을 것이다. 하비는 충동적이고 힘들이지 않은 것처럼 포악질 하기를 좋아하는 자였다.

액슬이 그렇게 하여 과연 양치기들이 화를 입는 것을 막을 수 있었던가? 거기까지는 기억나지 않았다. 양들이 무구하게 두 사람 옆을 지나가던 모습이 희미하게 기억나긴 했지만, 양치기들이 어떻게 되었는지는 마을 우물가에서 벌어졌던 공격 사건과 기억이 뒤엉켜 분명치 않았다. 그날 아침 두 사람은 그 마을에 무슨 일로 갔던가? 분노에 찬 절규, 아이들의 울음소리, 증오의 눈빛이 떠올랐다. 액슬 자신이 격분했던 것도 생각났다. 하비를 향한 것이라기보다 그런 동료를 자기와 짝지어 준 이들을 향한 울분이었다. 두 사람이 맡은 임무는, 만약 성공한다면 전례가 없는 업적이 될 게 틀림없었다. 하느님조차 인간이 자신에게 한 발짝 더 가까워진 순간이라 판단하실 만한 탁월한 위업이 될 터였다. 그러나 그런 포악스러운 자와 한데 묶여서 무엇을 할 수 있으랴?

회색 머리 병사가 다시 떠올랐다. 그가 다리에서 보였던 어정쩡한 몸짓이 생각났다. 땅딸막한 병사가 고함치며 위스턴의 머리를 잡아당겼을 때 회색 머리 사내는 손을 들더니 손가락으로 무언가를 가리킬 듯, 질책을 입으로 쏟아낼 듯하다가, 손을 도로 내렸다. 액슬은 회색 머리 사내가 그 순간 어떤 심정이었는지 정확히 알고 있었다. 병사는 그러고 나서 각별히 점잖게 비어트리스에게 말을 걸었고, 액슬은 그가 고마웠다. 다리 앞에 서 있던 비어트리스의 표정이 떠올랐다. 심각하게 경계하다가도 부드럽게 미소 띤, 액슬이 그리도 아끼는 표정으로 금방 바뀌던 아내. 그 모습을 떠올리며 액슬은 마음이 뭉클하면서 동시에 두려웠다. 모르는 사람이라도, 심지어 위험할 수 있는 사람이라 해도, 친절한 말 몇 마디면 여지없이 아내는 다시 흔쾌히 마음을 열었다. 그 생각에 마음이 편치 않아진 액슬은 옆에서 자는 아내의 어깨를 어루만지고 싶었다. 하지만 아내는 늘 그렇지 않았던가? 그것이 그가 아내를 그토록 아끼는 이유이기도 하지 않은가? 그리고 아내는 이 나이까지 큰 화를 입지 않고 살아오지 않았는가?

"로즈메리는 절대 아니에요." 비어트리스가 그렇게 말하던 기억이 떠올랐다. 불안으로 경직된 목소리였다. 액슬은 한쪽 무릎을 땅에 꿇고 쪼그려 앉아 있었다. 날은 화창했고 흙은 말라 있었다. 액슬은 덤불을 두 손으로 헤치고 있었고, 비어트리스는 그림자가 그의 앞쪽 땅에 드리워져 있었으니 그의 등 뒤에 서 있었을 것이다. "로즈메리는 절대 아니에요. 그렇게 노란 꽃을 피우는 로즈메리가 어디 있어요?"

"그럼 제가 이름을 잘못 알았나 보네요, 아가씨." 액슬이 말했다. "하지만 틀림없이 흔한 풀이에요. 화를 부르는 풀도 아니고요."

"그런데 풀을 잘 알긴 하세요? 저희 어머니가 이 나라에서 자라는 들풀을 다 가르쳐 주셨는데, 여기 이건 처음 봐요."

"그럼 이 지방에 옮겨 온 지 얼마 안 되는 외래종인가 보지요. 왜 그렇게 걱정하는 거예요, 아가씨?"

"어렸을 때부터 무서운 잡초라고 배운 풀 같아서 걱정하는 거예요."

"독 있는 풀이 아니면 겁낼 게 뭐가 있어요? 독이 있다 해도 만지지 않으면 되고요. 그런데 굳이 두 손으로 만지더니 이제 저까지 만지게 하고 있잖아요!"

"아, 독 있는 풀은 아니에요! 적어도 선생님이 생각하는 그런 독은 없어요. 그렇지만 어머니가 예전에 자세히 설명해 주신 풀이 있는데, 그 풀이 헤더꽃 사이에 있는 걸 보면 젊은 여자가 액운을 입는다고 했어요."

"어떤 액운 말인가요, 아가씨?"

"그건 제 입으로 차마 말씀 못 드리겠네요."

그렇게 말하면서도 젊은 여자는—비어트리스가 참 젊었던 시절이니—액슬의 옆에 쪼그리고 앉았고, 그러자 두 사람의 팔꿈치가 잠깐 서로 닿았다. 그녀는 자기를 바라보는 그에게 신뢰하는 표정으로 빙긋 웃어 주었다.

"이 풀을 보면 그렇게 액운이 든다는 거죠." 액슬이 말했다. "그런데 길 가는 나를 불러서 굳이 보라고 하다니 이건 무슨 경우인가요?"

"아, 선생님에게는 액운이 아니에요! 결혼하지 않은 처녀에게만 그렇다는 거지요. 남자에게 액운을 입히는 풀은 따로 있어요."

"그럼 그 풀이 어떻게 생겼는지 알려 주세요, 저도 아가씨처럼 피해 다녀야겠으니."

"놀리시니까 재미있나요? 그러시다가 언젠가 넘어져 고꾸라지고 나서 보면 코 옆에 그 풀이 있을 거예요. 웃을 일인지 아닌지 그때 보시면 알겠지요."

헤더꽃을 손으로 헤치던 촉감, 머리 위 나뭇가지에 불던 바람, 옆에 앉은 젊은 여자의 존재감이 액슬은 생생히 기억났다. 그때 두 사람이 처음으로 말을 나눴던가? 적어도 서로 얼굴은 알고 있었으리라. 아무리 비어트리스라고 해도 생전 처음 보는 사람에게 그 정도로 마음을 열었을 리는 없었다.

얼마간 잠잠하던 장작 패는 소리가 다시 들려왔다. 어쩌면 전사는 밤새도록 들어오지 않으려는지도 모른다는 생각이 들었다. 평상시에는 물론이고 전투 중에도 침착하고 사려 깊어 보이는 위스턴이지만, 어젯밤부터 오늘까지 계속된 긴장으로 신경이 날카로워져 있어 저런 식으로 긴장을 해소하는 것인지도 모른다. 그렇다고 쳐도 기이한 행동이었다. 조너스 신부가 장작을 그만 패라고 꼭 집어 당부까지 했건만, 위스턴은 아랑곳하지 않고 이 깊은 밤에 또다시 도끼질을 하고 있다. 낮에 일행이 수도원에 처음 당도했을 때는 그저 도움이 되고자 하는 선의에서 그러는 줄 알았다. 또 액슬이 알고 보니 위스턴은 자기 나름대로 장작을 팰 만한 이유가 있기도 했다.

"장작을 쌓아 두는 헛간이 좋은 위치에 있습니다." 전사가 설명했다. "그래서 아이와 제가 일하면서 사람들의 동태를 지켜보기가 좋습니다. 심지어 더 좋은 점은, 저희가 장작을 필요한 곳에 가져다주면서 주변을 자유롭게 탐색하고 다닐 수 있다는 거죠, 몇 곳은 문이 잠겨 있어서 못 들여다봤습니다만."

두 사람은 주변 숲이 내려다보이는 수도원의 높은 담장 위에서 이야기를 나누었다. 수도승들이 회의하러 들어간 지 한참이 지났을 때라 수도원 구내는 쥐 죽은 듯 고요했다. 조금 전에 액슬은 방에서 조는 비어트리스를 남겨 두고 늦은 오후 햇살이 내리쬐는 밖에 나와 걷다가, 낡은 돌계단을 올라간 참이었다. 위스턴이 그 위에 서서 울창한 숲을 내려다보고 있었다.

"그런데 왜 그런 수고를 하십니까, 위스턴 선생?" 액슬이 물었다. "혹시 이곳의 선량한 수도승들을 의심하시는 건가요?"

전사가 이마에 손을 대고 멀리 내다보며 말했다. "아까 우리가 저 길을 올라올 때는, 그저 구석에 처박혀 단잠을 자고 싶은 마음밖에 없었습니다. 그런데 와서 보니 이곳에는 무언가 위험이 도사리고 있다는 느낌을 떨칠 수 없습니다."

"피로한 탓에 신경이 예민해지신 게 아닌지요. 이곳에서 문제가 될 게 무엇이겠습니까?"

"자신 있게 말할 수 있는 건 아직 없습니다. 하지만 들어 보십시오. 조금 전에 제 말이 잘 있는지 살펴보러 마구간에 다시 가 보았는데 뒤쪽 칸에서 소리가 들렸습니다. 벽 너머 칸에서 다른 말의 소리가 나는 겁니다. 우리가 처음 도착해서 제 말을 마구간에 들여보낼 때는 그 칸에 말이 없었는데 말이지요. 나가서 보니 그쪽 문은 닫혀 있고 큰 자물쇠가 채워져 있었습니다."

"그건 별일이 아닐 수도 있지 않겠습니까, 위스턴 선생. 풀 뜯으라고 내놓았던 말을 그동안 다시 들여왔을 수도 있지요."

"제가 한 수도승에게 그 이야기를 해 보았는데, 이곳에서는 말을 키우지 않는다더군요. 자신들이 져야 할 짐을 부당하게 덜고 싶지 않아서라고 합니다. 아마 우리가 도착한 후에 또 다른 방문객이 찾아온 것 같고, 자기가 온 사실을 단단히 감추고 싶어 하는 것 같습니다."

"그 말씀을 하시니 생각나는데, 브라이언 신부님이 중요한 방문객이 수도원을 찾아와서 그 때문에 회의가 지연되고 있다고 말씀하셨어요. 우리가 이곳의 사정을 알 길은 없지요. 모르긴 해도 우리와 관계된 일은 없을 겁니다."

위스턴이 생각에 잠겨 고개를 끄덕였다. "선생님 말씀이 옳을지도 모르겠습니다. 잠을 좀 자고 나면 의심이 가라앉을지도요. 그래도 제가 아이에게 이곳을 더 탐색하고 오라고 보냈습니다. 아무래도 어른이 돌아다니는 것보다 이목을 덜 끌 테니까요. 조금 전에 돌아와서 이야기하는데, 저기 보이는 저 숙사 쪽에서 신음 소리를 들었다고 합니다." 위스턴이 돌아서서 손가락으로 가리키며 말했다. "고통에 신음하는 남자의 소리였답니다. 소리를 좇아 건물 안으로 살금살금 들어가 보니, 문 닫힌 방 밖에 희미하기도 하고 선명하기도 한 핏자국이 여럿 나 있더랍니다."

"그것 참 이상하긴 하군요. 그렇지만 수도승이 불의의 사고를 당했을 수도 있지 않겠습니까. 바로 이 계단에서 발을 헛디뎠다든가 말이지요."

"그건 그렇습니다. 저도 잘못되었다고 볼 만한 확실한 이유가 있는 건 아닙니다. 어쩌면 전사로서의 본능 탓에 농부 흉내를 그만두고 어서 검을 허리에 차고 싶은 건지도 모르겠습니다. 아니면 이 담벽들이 제 귀에 속삭이는 옛이야기 때문인지도 모르고요. 제 두려움은 그저 거기서 연유하는 것인지도요."

"그게 무슨 말씀입니까?"

"그리 오래지 않은 과거에 이곳은 수도원이 아니라 산상 요새였던 것이 틀림없습니다. 그것도 적을 퇴치하는 데 아주 유리하게 만들어진 요새 말입니다. 이곳에 올라오는 길이 몹시 힘들었던 것 기억나십니까? 마치 우리 힘을 빼려고 작정이라도 한 듯 길이 이리저리 굽어 있지 않았습니까? 저기 밑을 보십시오. 바로 그 길 위에 성가퀴가 죽 이어져 있습니다. 성을 지키는 병사들은 저곳에서 화살, 돌, 끓는 물을 침입자들에게 퍼부었습니다. 성문에 이르는 것만 해도 대단한 위업이었을 겁니다."

"그렇겠군요. 올라오기가 만만치 않았겠어요."

"그뿐 아니라, 이 요새는 한때 색슨족의 것이었으리라 봅니다. 아마 선생님의 눈에는 보이지 않겠지만, 저는 제 동족이 남긴 흔적이 곳곳에 보입니다. 저기를 보십시오." 위스턴은 담벽에 에워싸인, 자갈이 깔린 안마당을 가리켰다. "바로 저 자리에 두 번째 문이 서 있었을 겁니다. 처음 문보다 훨씬 튼튼하고, 산길을 올라오는 침입자들에게는 보이지 않는 문이지요. 성문이 하나만 있을 것으로 생각해 온 힘을 다해 밀고 들어왔겠지만, 그 문은 저희 색슨족 용어로 수문(水門)이라고 하는 문이었을 겁니다. 강물의 흐름을 조절하는 구실을 하는 문과 같다 하여 붙은 이름이지요. 수문은 의도적으로 일정 수의 적군만 통과시키게 만들어져 있습니다. 그런 다음 수문을 닫아 적군이 더 들어오지 못하게 합니다. 이제 두 문 사이에, 즉 저기 저 공간에 갇힌 적병들을 향해 훨씬 많은 수의 아군이 위에서 또 공격을 퍼붓습니다. 몰살시키고 나면 그다음 무리를 들여보냅니다. 그 원리를 아실 수 있을 겁니다. 비록 지금은 이곳이 평화와 기도의 공간이지만, 조금만 눈을 돌려도 곳곳에 서린 피와 공포의 흔적을 쉽게 찾을 수 있습니다."

"잘 파악하셨군요. 듣고 보니 참으로 끔찍합니다."

"평범한 색슨인 가족들도 이곳에 있었을 걸로 봅니다. 사방팔방에서 몸 피할 곳을 찾아 이 요새에 들어온 사람들이지요. 여자, 아이, 부상자, 노인, 병자가 모두 있었을 겁니다.

저기 수도승들이 아까 모여 있던 마당을 보십시오. 걸을 수 있는 사람이면 누구나 저곳에 나와 서 있었을 겁니다. 두 문 사이에 갇힌 침입자들이 덫에 걸린 쥐들처럼 비명을 지를 때 구경하기 딱 좋은 자리지요."

"그럴 리가요. 그러기보다는 아래 어디에 숨어, 역경에서 구원해 달라고 기도하지 않았겠습니까."

"개중 특히 겁 많은 사람들만 그랬겠지요. 대부분은 저 마당에 서 있었을 것이고, 일부는 지금 우리가 서 있는 이곳까지 올라와 화살이나 창에 맞을 위험까지 무릅쓰고 밑에서 펼쳐지는 참사를 즐겼을 겁니다."

액슬은 고개를 저었다. "지금 말하신 그런 사람들은 살육의 광경을 즐기지 않을 겁니다. 희생자가 아무리 적이라 해도 말이지요."

"그 반대입니다. 그들은 잔학한 여로의 끝에 몰린 사람들입니다. 자녀와 동족들이 난도질당하고 겁탈당하는 광경을 보았고, 기나긴 고통 끝에 턱밑까지 쫓아오는 죽음의 공포를 피해 피난처에 다다른 사람들이거든요. 그런데 이제 어마어마한 규모의 적군이 쳐들어옵니다. 요새는 아마 며칠은 버틸 것이고, 잘하면 한두 주까지 버틸 수 있을지도 모릅니다. 하지만 종국에는 모두 학살당하리라는 것을 다들 잘 알고 있습니다. 지금 품에 안은 젖먹이들이 머지않아 피투성이 장난감이 되어 이 돌마당 위에서 발길에 차이리라는 것을 알고 있습니다. 도망쳐 온 고향에서 이미 다 목도했기 때문입니다. 적들이 불지르고 난자하는 광경을, 쓰러져 죽어가는 여자들을 돌려가며 능욕하는 장면을 이미 본 사람들입니다. 그 운명을 피할 수 없다는 것을 알고 있으니, 수성전의 초반 며칠을 소중히 여기지 않으면 안 됩니다. 적들에게 그들이 이후에 벌일 만행의 대가를 미리 치르게 하는 시기니까요. 액슬 선생님, 그건 다시 말해 복수를 제때에 할 수 없는 이들이 사전에 맛보는 복수의 순간인 것입니다. 그래서 제 색슨인 형제들이 여기 서서 환호하고 손뼉 쳤을 것이며, 적들이 잔인하게 죽어 갈수록 더 즐거워했으리라는 겁니다.

"믿을 수가 없군요. 아직 저질러지지 않은 행위를 어떻게 그렇게 강렬히 증오할 수 있지요? 한때 이곳에 몸을 피했던 선량한 주민들은 마지막까지 희망을 버리지 않았을 것이고, 아군이건 적군이건 모두의 고통을 연민과 공포의 시선으로 지켜보았을 겁니다."

"액슬 선생님, 선생님은 저보다 연배가 훨씬 높으시지만 피 흘리는 싸움에 관해서는 오히려 제가 어른이고 선생님은 아이일 수 있습니다. 저는 바다처럼 깊고 험악한 증오를 노파와 어린아이의 얼굴에서 모두 보았고, 저 역시 그런 증오를 느낀 날들이 있었습니다."

"전 그러지 않을 겁니다. 게다가 그런 것은 야만스러웠던 과거 이야기이고, 바라건대 이제 영원히 과거로 남을 겁니다. 누구 말이 옳은지 검증할 일은 없을 테니 천만다행이지요."

전사는 묘한 눈빛으로 액슬을 보았다. 무언가 말하려고 하다가 이내 마음을 바꾼 듯했다. 전사는 돌아서서 그들 뒤의 석조 건물들을 응시하더니 말했다. "아까 장작을 가득 안고 수도원 구내를 배회하는데 길목마다 과거의 흥미로운 흔적들이 눈에 띄었습니다. 사실 그 두 번째 문이 뚫린다 해도, 이 요새에는 적을 유인하는 함정이 또 많았을 것이고, 그중에는 지극히 간교한 것도 있었을 겁니다. 이곳 수도승들은 자기들이 매일같이 지나다니면서 보는 것들이 무엇인지 모릅니다. 이 이야기는 여기까지 하죠. 액슬 선생님, 이렇게 조용히 말씀 나누게 된 참에 오늘 낮에 불편하게 해 드린 것 용서해 주시길 부탁드립니다. 그 기사분에게 선생님에 관해 물어본 것 말입니다."

"그건 잊으십시오. 전혀 기분 나쁘지 않았습니다. 저와 아내가 놀라긴 했지만요. 절 다른 사람으로 착각하신 것이고 그런 실수는 흔히들 하지요."

"이해해 주셔서 고맙습니다. 제가 죽을 때까지 얼굴을 잊을 수 없는 분이 있는데, 선생님을 그분으로 오해했습니다. 그분을 마지막으로 뵌 게 어릴 적입니다만."

"그럼 서쪽 나라에서였겠군요."

"맞습니다. 제가 잡혀가기 전이었지요. 그분은 전사는 아니었지만 검을 차고 훌륭한 말을 타고 다녔습니다. 제가 살던 마을에 자주 왔었는데, 농사꾼과 뱃사공만 알던 제 또래 사내아이들에게는 그야말로 신기한 사람이었습니다."

"그렇군요. 그럴 만했겠네요."

"아이들과 함께 마을 곳곳으로 그분을 졸졸 따라다니던 기억이 납니다. 수줍어서 항상 거리를 두고 따라다녔지요. 그분은 어떤 날은 긴급히 이곳저곳을 다니면서 원로들과 의논하기도 하고 광장에 사람들을 불러 모으기도 했습니다. 또 어떤 날은 한가로이 돌아다니면서 소일하듯, 만나는 사람마다 말을 걸기도 했습니다. 우리 말은 거의 하지 못했지만, 저희 마을이 강가에 있어서 배들이 오갔기에 그분이 쓰는 말을 할 줄 아는 사람이 많았고, 그래서 말동무는 항상 있었습니다. 가끔은 빙긋 웃으면서 저희를 돌아보기도 했는데, 어린아이들이라서 흩어져 숨어 버리곤 했죠."

"브리턴 말을 그렇게 잘 배운 게 그 마을에서였나요?"

"아니요, 그건 나중이었습니다. 제가 잡혀가서였습니다."

"잡혀갔다고요?"

"그 마을에 있다가 병사들에게 잡혀가서 어릴 때부터 전사로 키워졌습니다. 절 잡아간 이들은 브리턴인들이었고, 그래서 곧 브리턴 말도 배우고 브리턴식 전투술도 배웠습니다. 오래전 일이고, 머릿속에서 이런저런 기억들이 묘하게 변해 갑니다. 오늘 그 마을에서 처음 선생님을 뵈었을 때, 아침 햇살의 장난인지는 몰라도 저는 다시 그 소년이 된 기분이었습니다. 망토를 휘날리며 돼지와 소들 사이에서 한 마리 사자처럼 마을을 지나다니는 그 위대한 분을 수줍게 훔쳐보는 소년으로 돌아간 것 같았습니다. 아마 웃으실 때 입꼬리의 작은 움직임이라거나, 처음 만난 사람에게 고개를 살짝 숙이며 인사하시는 모습에서 오는 어떤 느낌 때문이었을 겁니다. 그렇지만 이제 제가 착각했다는 걸 압니다. 선생님이 그분이셨을 수가 없으니까요. 이 이야기는 그만하겠습니다. 부인께서는 좀 어떠십니까? 너무 지치신 건 아닌지요?"

"쉬면서 한숨 돌렸습니다. 물어봐 주셔서 고맙습니다. 그래도 좀 더 쉬라고 방금 말하고 오는 참입니다. 어찌 됐든 수도승들이 회의를 끝내고 나올 때까지 기다릴 수밖에 없지요. 그런 다음 수도원장님의 허락을 받아야 명의이신 조너스 신부를 뵐 테니까요."

"부인은 참 꿋꿋하시더군요. 여기까지 한마디 불평 없이 올라오시는 모습에 감탄했습니다. 아, 아이가 또 돌아왔네요."

"다친 곳을 손으로 잡고 있네요. 저 아이도 조너스 신부님에게 데려가야겠습니다."

위스턴은 그 말이 들리지 않는 모양이었다. 그는 성벽을 떠나 작은 계단을 내려가서 에드윈과 만났고, 둘은 머리를 맞대고 낮은 소리로 잠깐 얘기를 나눴다. 아이는 조금 흥분한 듯했고, 전사는 이맛살을 찌푸리고 고개를 간간이 끄덕이면서 귀를 기울였다. 액슬이 계단을 내려오자 위스턴이 조용히 말했다.

"에드윈이 묘한 것을 발견했다고 하는데 우리 눈으로 직접 보는 게 좋겠습니다. 아이를 함께 따라가시지요. 다만 목적이 딱히 없는 것처럼 걸어야 합니다. 저기 있는 노수도승이 우리를 염탐할 목적으로 남아 있는 건지도 모릅니다."

아닌 게 아니라 수도승 한 명이 안마당을 비로 쓸고 있는데, 세 사람이 조금 더 가까이 가서 보니 자기 생각에 빠진 듯 소리 없이 입 모양으로 혼잣말을 하고 있었다. 일행이 에드윈을 앞세워 안마당을 가로질러 두 건물 사이로 들어가는 동안 수도승은 세 사람 쪽은 거의 보지 않았다. 밖으로 빠져나오니 풀이 얇게 덮인 울퉁불퉁한 비탈이었고, 수도원에서 어딘가로 이어지는 길을 따라 어른 키에도 못 미치는 시든 나무들이 줄지어 있었다. 해가 기울어 가는 하늘 아래 에드윈을 따라가면서 위스턴이 나직한 소리로 말했다.

"보통 아이가 아니라는 생각이 듭니다. 액슬 선생님, 아이를 선생님 아드님 마을에 데려다 놓는다는 계획은 수정해야 할지도 모르겠습니다. 제가 조금 더 데리고 있으면 제게 좋을 것 같습니다."

"그리 말씀하시니 걱정이 됩니다."

"무엇 때문에요? 돼지나 키우며 땅 파면서 살고 싶어 할 아이가 아닙니다."

"그렇지만 선생 곁에 있으면 앞으로 어떻게 되겠습니까?"

"제 임무만 끝나면 늪 지방으로 데리고 가겠습니다."

"거기서 뭘 시키시려고요? 평생 해적과 싸우게 할 건가 요?"

"마뜩지 않으신 것 같습니다만, 저 아이가 가진 기질이 예사롭지 않습니다. 훌륭한 전사감입니다. 어쨌든 자, 아이가 무엇을 보여 주려고 하는지 한번 보시지요."

길가에 판잣집 세 채가 있었는데, 상태가 곧 쓰러질 듯한 것이 간신히 서로 기대어 서 있는 것 같았다. 젖은 땅에 바퀴자국이 패어 있었는데, 에드윈이 멈춰 서서 그곳을 가리켰다. 그러고는 세 채 중 가장 바깥쪽 집으로 두 사람을 이끌었다.

문은 달려 있지 않았고 지붕도 거의가 휑하니 뚫려 있었다. 그들이 들어가자 새 몇 마리가 후다닥 요란하게 날아갔다. 새들이 앉아 있던 음침한 자리에는, 수도승들의 작품인지 조잡하게 만든 수레가 두 바퀴가 진창에 박힌 채 놓여 있었다. 이목을 붙잡는 것은 수레 위에 놓인 큰 새장이었다. 가까이 가서 보니 창살은 쇠로 되어 있는데, 새장 중심에 관통시킨 굵은 나무 기둥이 밑의 널빤지에 단단히 고정되어 있었다. 그 기둥에는 쇠사슬과 쇠고랑이 주렁주렁 걸리고, 머리 높이쯤에는 새까만 철가면 같은 것이 걸려 있었다. 가면에는 눈 구멍이 없고 입 구멍만 조그맣게 나 있었다. 수레와 그 주변은 깃털과 새똥 천지였다. 에드윈은 새장 문을 당겨 열더니, 삐걱거리는 소리를 내며 몇 번 여닫아 보았다. 그러면서 다시 흥분하여 뭐라고 말했고, 위스턴은 헛간 곳곳을 날카롭게 흘끗흘끗 보면서 가끔씩 고개를 끄덕였다.

"참 기이하군요." 액슬이 말했다. "수도승들이 이런 물건을 쓸 일이 있다니 말입니다. 무언가 경건한 의식에 쓰는 도구겠지요."

전사는 물 고인 웅덩이를 조심스럽게 피하면서 수레 주위를 돌아 보았다. "전에 이와 비슷한 것을 본 적이 있습니다." 그가 말했다. "얼핏 보면 사람을 가두어 모진 날씨에 내놓기 위한 도구인 것 같지요. 그런데 보십시오. 창살 간격이 제 어깨가 들어갈 만큼 넓습니다. 그리고 여기도 보십시오, 쇠창살에 깃털들이 피와 함께 말라붙어 있습니다. 사람을 여기 묶어둔 이유는, 산속의 새들에게 주기 위해서입니다. 이 수갑을 채워 놓으면 굶주린 새들의 부리에 저항할 길이 없습니다. 이 철가면은, 으스스해 보여도 사실 자비로운 물건입니다. 이것을 쓰면 적어도 눈은 새들이 탐할 수 없지요."

"그 밖에도 또 너그러운 목적이 있을 수 있겠지요." 액슬이 말했다. 그때 에드윈이 다시 무슨 말을 했고, 위스턴은 고개를 돌려 헛간 밖을 내다보았다.

"바큇자국을 따라가 보았더니 근처에 있는 절벽 가의 어느 지점으로 이어지더랍니다." 전사가 말했다. "그곳 땅에 바퀫자국이 많이 패어 있다고 하니 이 수레를 그곳에 자주 두었을 겁니다. 결국 모든 징표가 제 추측과 맞아 들어갑니다. 그리고 최근에 수레를 끌고 나갔다 온 흔적도 보입니다."

"그게 무슨 의미인지는 모르겠지만, 이제 저도 솔직히 선생이 말했던 불안감이 느껴집니다. 이 물건을 보고 있으니 등골이 오싹해지고 아내 곁으로 어서 돌아가고 싶어지는군요."

"그게 좋겠습니다. 이제 돌아가시죠."

그러나 일행이 판잣집에서 나와 돌아가려 하는데, 앞장선 에드윈이 갑자기 멈춰 섰다. 액슬이 저녁 어스름이 깔린 전방을 바라보니 그리 멀지 않은 곳의 키 큰 풀숲 속에 수도복 입은 사람이 서 있었다.

"조금 전 마당을 쓸던 수도승인 것 같습니다." 전사가 액슬에게 말했다.

"우리가 보일까요?"

"우리가 보이고, 자기가 우리에게 보인다는 것도 알 겁니다. 그러면서도 목석처럼 가만히 서 있군요. 좋습니다, 가 보시지요."

수도승은 풀이 무릎까지 오는 길가의 풀숲에 서 있었다. 일행이 다가가도 수도복 자락과 긴 백발만 바람에 휘날릴 뿐 미동도 하지 않았다. 그는 피골이 상접할 만큼 마른 몸에, 툭 튀어나온 눈으로 표정 없이 일행을 응시했다.

"저희를 보고 계셨군요." 위스턴이 멈춰 서서 말했다. "저희가 무얼 발견했는지도 아실 겁니다. 그럼 수도승들이 저기구를 무슨 용도로 쓰는지 알려 주시겠습니까."

수도승은 말없이 수도원 쪽을 가리켰다.

"이분은 침묵의 서약을 한 것 같습니다." 액슬이 말했다. "아니면 선생이 흉내 내셨던 것처럼 말을 못하는 사람일 수도 있고요."

수도승이 풀숲에서 길로 나왔다. 그러고는 기묘한 눈빛으로 한 사람 한 사람을 뚫어지게 바라보더니, 다시 수도원 쪽을 가리키고는 걸음을 뗐다. 일행은 바로 뒤에서 그를 따라갔고, 그는 일행을 어깨 너머로 줄곧 흘끗 돌아보면서 걸었다.

수도원 건물들은 해가 저무는 하늘을 배경으로 이제 거무스름한 형체를 띠고 있었다. 수도원에 접근하자 수도승은 멈춰 서서 집게손가락을 입술에 대더니 더 조심스럽게 이동했다. 남들의 눈에 띄지 않으려고 전전긍긍하는 듯한 그는 중앙 안마당을 조심스럽게 피해 이동했다. 건물 뒤의 좁다란 통로를 따라 일행을 이끌고 갔는데, 땅이 패어 있기도 하고 가파른 비탈이 져 있기도 했다. 중간에 한번은 머리를 숙이고 벽에 붙어 가는데, 바로 위의 창문에서 수도승들이 회의하는 소리가 들렸다. 왁자지껄한 가운데 누군가 고함을 쳤고, 수도원장인 듯한 사람이 정숙하라고 외쳤다. 하지만 얼쩡거릴 시간이 없었다. 곧 일행은 안마당이 내다보이는 아치문 옆에 모여 섰다. 수도승이 다급하게 손짓을 해 보였는데, 최대한 빨리 그리고 조용히 지나가야 한다는 뜻이었다.

안마당에는 이제 횃불이 곳곳에 타오르고 있었지만, 안마당을 가로지를 필요는 없었다. 기둥이 줄지어 선 회랑의 그늘 속에서 한 모퉁이를 끼고 돌기만 하면 됐다. 수도승이 다시 걸음을 멈추자 액슬이 그에게 속삭였다.

"좋습니다. 저희를 어디로 데려가시려는 듯하니, 가서 아내를 좀 데리고 오게 해 주십시오. 아내를 혼자 두고 온 것이 영 불안합니다."

수도승은 고개를 홱 돌려 액슬을 뚫어지게 보더니 고개를 젓고는 어둑한 공간을 가리켰다. 그제야 액슬은 회랑 저쪽의 한 문간에 비어트리스가 서 있는 것을 발견했다. 액슬은 안도하여 손을 흔들었다. 일행이 비어트리스 쪽으로 다가가는데, 여러 사람이 성나서 고함치는 회의장의 소음이 뒤에서 들려왔다.

"괜찮아요, 공주?" 액슬이 다가가 쭉 뻗은 아내의 손을 잡으며 물었다.

"편안히 쉬고 있는데 이 말 없는 수도승이 불쑥 나타나서 유령인 줄 알았지 뭐예요. 어쨌든 우리를 어딘가로 꼭 데려가고 싶어 하니 따라가는 게 좋겠어요."

수도승은 조용히 하라는 시늉을 다시 하더니, 따라오라는 손짓과 함께 비어트리스가 기다리고 있던 문지방을 넘어 안으로 들어갔다.

　복도는 부부가 살던 마을의 토끼굴 통로처럼 어두컴컴했고, 벽면을 조그맣게 판 자리마다 등불이 깜빡거렸지만 어둠을 밝히는 데는 별로 도움이 되지 않았다. 액슬은 아내에게 한 팔을 잡게 하고 한 손을 앞으로 내민 채 나아갔다. 일행은 잠시 건물 뒤로 빠져나와 쟁기질된 밭 사이의 질척한 뜰을 가로질러, 낮은 석조 건물로 다시 들어갔다. 그곳의 복도는 더 넓었고 불도 더 밝았다. 수도승은 비로소 마음을 놓는 듯했다. 그는 숨을 돌리더니 일행의 얼굴을 다시 한번 죽 훑어본 후, 기다리라고 신호하고는 아치문 안으로 사라졌다. 잠시 후 수도승이 다시 나타나서 일행을 안으로 안내했다. 그때 안에서 병약한 목소리가 흘러나왔다. "어서 오시오, 손님들. 손님 맞기에 누추한 방이지만, 들어오시지요."

◆

　액슬은 잠이 오길 기다리면서, 네 사람과 말 없는 수도승이 좁은 독방 안으로 비집고 들어가던 장면을 다시 떠올렸다. 초 하나가 침대 옆에 밝혀져 있었고, 침대에 누워 있는 이의 모습을 본 비어트리스가 움찔하는 것을 액슬은 느꼈다. 비어트리스는 숨을 한 번 내쉬고 방 안으로 들어갔다. 모든 사람이 들어가기엔 퍽 좁은 공간이었지만, 곧 각자 침대 주변에 자리를 잡았다. 전사와 소년이 가장 먼 구석에 섰다. 액슬은 싸늘한 돌벽에 등을 붙이고 섰고, 비어트리스는 위안을 얻으려는 듯 남편에게 등을 기댄 채 남편 앞에 서 있었으므로 병상에 거의 바짝 붙어 있었다. 토사물과 소변 냄새가 희미하게 났다. 말 없는 수도승은 부산을 떨면서 병상에 누워 있는 이를 일으켜 앉히고 있었다.

방의 주인은 백발에 고령이었다. 체격이 컸고 최근까지도 원기가 왕성했을 것 같았지만, 지금은 일어나 앉는 일에도 여러 군데의 격심한 고통을 무릅써야 하는 듯했다. 몸을 일으키자 덮고 있던 거친 담요가 떨어지면서 핏자국이 얼룩덜룩한 잠옷이 드러났다. 그러나 비어트리스를 움츠러들게 한 것은 침대 옆의 촛불에 선명하게 드러난 그의 목과 얼굴이었다. 한쪽 턱 아래의 피부가 부풀어 올라 있었는데, 짙은 자주색에서 누런색으로 변해 가고 있었고, 그 혹 때문에 그는 고개를 살짝 기울여야 했다. 혹의 끝은 벌어져 있었고 고름과 피가 말라붙어 있었다. 얼굴을 보자면, 깊숙이 도려낸 듯한 상처가 광대뼈 바로 밑에서 턱까지 죽 이어져 있어 입 안과 잇몸 일부가 드러나 보였다. 웃으려면 몹시 고통스러울 듯한데도, 그는 앉은 자세를 추스르고 나서 기어이 빙긋 웃어 보였다.

"반갑습니다, 여러분. 조너스라고 합니다. 저를 보러 먼 길을 오신 것 압니다. 여러분, 그렇게 불쌍한 눈으로 저를 보실 필요 없어요. 꽤 오래된 상처들이라 이젠 전만큼 고통스럽지 않습니다."

"조너스 신부님." 비어트리스가 말했다. "손님들이 와서 폐끼치는 것을 수도원장님이 왜 그리 꺼리시는지 이제 알겠어요. 저희는 수도원장님 허락을 기다리려고 했는데, 이 친절한 수도승이 저희를 이리로 데려다주셨어요."

"니니언은 제가 가장 신뢰하는 벗입니다. 침묵의 서약을 했지만 저희는 서로의 뜻을 완벽히 이해하지요. 니니언이 여러분이 이곳에 오셨을 때부터 한 명 한 명 지켜보았고, 제게 자주 소식을 전해 주었습니다. 이제 우리가 만날 때가 되었다고 생각했습니다. 비록 수도원장님은 전혀 모르시지만 말이지요."

"그런데 어쩌다 그런 상처를 입으신 건가요, 신부님?" 비어트리스가 물었다. "그것도 자애롭고 지혜롭기로 이름이 높으신 분께서 말이에요."

"그 이야기는 일단 미뤄 두시지요, 부인. 제가 기운이 쇠약해 오래 이야기를 나누기가 어렵습니다. 두 분, 부인과 여기 용감한 소년이 제 조언을 구하신다고 들었습니다. 소년을 먼저 보도록 하지요. 상처가 있다고 들었습니다. 불빛 쪽으로 가까이 와 보게, 젊은이."

신부의 목소리는 부드러웠지만 위엄 있었다. 에드윈은 다가가려고 발을 떼었다. 그런데 위스턴이 곧바로 손을 뻗어 소년의 팔을 붙잡았다. 촛불의 불꽃이 얼굴을 비추어서인지, 흔들리는 그림자가 뒷벽에 어른거려서 그렇게 보이는지는 모르겠지만, 액슬의 눈에는 그 순간 위스턴이 유달리 강렬하게, 어찌 보면 증오에 가까운 눈빛으로 신부를 노려보는 듯했다. 그는 소년을 도로 벽으로 끌어당기더니, 마치 보호자를 자처하듯 자신이 앞으로 한 걸음 나섰다.

"양치기 양반, 왜 그러시오?" 조너스 신부가 물었다. "내 상처의 독이 동생에게 옮을까 봐 그러오? 그렇다면 손을 대지 않겠소이다. 이리 가까이 오게 해 주시오. 눈으로만 상처를 살펴보리다."

"아이의 상처는 깨끗합니다." 위스턴이 말했다. "신부님의 도움이 필요한 분은 여기 이 부인뿐입니다."

"위스턴 선생." 비어트리스가 말했다. "어떻게 그렇게 말할 수 있어요? 깨끗하던 상처도 금방 부어오를 수 있다는 것 아시잖아요. 아이에게도 현명한 신부님의 조언이 필요해요."

위스턴은 비어트리스의 말이 들리지 않는 듯 신부를 계속 뚫어지게 노려보았다. 그러는 그를 신부는 매우 흥미로운 연구 대상처럼 바라보더니 잠시 후 말했다.

"평범한 양치기치고 무척 당당한 기세로 맞서시는구려."

"제가 업으로 하는 일이 본래 그렇습니다. 양치기는 장시간 망을 보면서 어둠을 틈타 모여드는 늑대들을 경계해야 하거든요."

"분명 그럴 것이오. 또한 양치기라면 어둠 속에서 소리가 들릴 때 위험한 존재인지 선량한 벗인지 빠르게 판단해야 하리다. 그런 결단을 빠르게 정확히 내릴 줄 아는 것이 대단히 중요할 것 같소."

"어리석은 양치기가 아니라면 잔가지 꺾이는 소리가 들리거나 어둠 속에 미지의 형체가 보일 때 동료가 도와주러 왔다고 지레짐작하지 않습니다. 저희는 본능적으로 신중한 자들입니다. 게다가 방금 제 눈으로 헛간에 보관된 기구를 보고 온 참입니다."

"아. 조만간 발견하시리라 생각했소. 그 물건을 보고 어떤 생각이 드셨소, 양치기 양반?"

"화가 났습니다."

"화가 났다고 하셨소?" 조너스 신부의 목소리가 높아지면서 힘이 좀 들어갔다. 갑자기 자신도 화가 치민다는 투였다. "왜 화가 나시오?"

"제 말이 틀리면 말씀해 주십시오. 제 짐작에 이곳 수도승들은 번갈아서 그 새장에 들어가 새들에게 몸을 내놓는 의식을 관습적으로 행해 왔고, 그 목적은 이 나라에서 예전에 저질러져 오래도록 단죄받지 않은 죄를 속죄하려는 것입니다. 제 눈앞의 이 흉측한 상처 또한 그런 식으로 얻어진 것이며, 제 생각에는 경건한 신앙심으로 고통을 달래고 계실 겁니다. 그러나 분명히 말씀 드리지만 저는 그 찢어진 상처에 아무런 동정을 느끼지 않습니다. 더없이 추악한 짓을 장막으로 가린다고 해서 그것을 어찌하여 참회라 할 수 있습니까? 신부님이 믿으시는 기독교의 신은 고작 자해하고 기도 몇 번 한다고 하여 쉽게 넘어가 주는 그런 신입니까? 실현되지 않은 정의 따위는 개의치 않는 신입니까?"

"우리의 신은 자비의 신이시오. 이교도인 그대는 이해하기 힘들지도 모르겠소. 죄가 아무리 막중하더라도, 그렇게 자비로운 신에게 용서를 구하는 것은 어리석은 일이 아니라오. 우리 신의 자비는 무한하오."

"자비가 무한한 신이라면 대체 무슨 소용이 있습니까? 저를 이교도라 조롱하시지만, 저희 선조들이 믿어 온 신들은 지켜야 할 도리를 분명히 밝히고 있고, 자신들의 법도를 어길 시엔 엄벌을 내립니다. 신부님이 자비롭다 말하는 기독교 신은 인간에게 방종을 허락해 탐욕을 좇고 땅과 피의 욕구를 채우게 할 뿐입니다. 어차피 기도 몇 번 올리고 참회만 조금 하면 용서와 축복을 받을 테니까요."

"그렇소, 양치기 양반. 이 수도원에 아직도 그렇게 믿는 이들이 있는 것은 사실이오. 하지만 확실히 말씀 드리리다. 니니언과 나는 그런 망상을 버린 지 오래고, 그런 사람은 우리만이 아니오. 우리는 우리 신의 자비를 남용해서는 안 된다는 것을 알지만, 수도원장을 비롯해 이곳 수도승들 다수는 아직 그 점을 받아들이려 하지 않는다오. 여전히 그 새장과 끊임없는 기도면 충분하다고 믿고 있소. 그러나 이 시커먼 까마귀들은 하느님이 분노하셨다는 징조요. 전에는 보지 못했던 놈들이라오. 지난겨울만 해도, 비록 튼튼한 이들도 눈물을 쏙 뺄 만큼 바람은 매서웠지만, 새들은 짓궂은 아이들에 지나지 않아 그 부리가 가하는 고통이 대수롭지 않았다오. 쇠사슬을 흔들거나 소리만 질러도 접근을 막을 수 있었소. 그런데 이제 못 보던 종류의 새가 나타났는데, 몸집도 더 크고 성질도 더 대담한 데다 눈매에 분노가 서려 있지 않겠소. 아무리 몸부림치고 아우성쳐도 소리 없는 분노로 우리의 몸을 물어뜯는다오. 지난 몇 달간 세 명의 벗이 세상을 떠났고, 깊은 상처를 입은 이들도 많소. 불길한 징조가 틀림없소."

위스턴의 태도는 좀 누그러졌지만, 소년 앞에 굳게 지키고 선 자세는 그대로였다. "그 말씀은, 이 수도원에 제 우군이 있다는 뜻입니까?"

"그렇소, 이 방 안에 있소. 그 외의 사람들은 의견이 갈리고, 지금도 앞으로 어떻게 해야 할지를 놓고 열렬히 논쟁 중이오. 수도원장은 지금까지처럼 계속하자는 입장이오. 우리와 생각을 같이하는 사람들은 이제 그만둬야 할 때라고 하오. 이 길의 끝에 용서란 기다리지 않는다는 것이오. 지금까지 숨겨져 있던 사실을 드러내고 과거를 직시해야 한다는 것이오. 하지만 그런 의견들은 소수에 불과하니 이기지 못할 것이오. 양치기 양반, 이제 나를 믿고 소년의 상처를 보여 주겠소?"

위스턴은 잠시 가만히 서 있었다. 그러더니 옆으로 비켜서서 에드윈에게 가 보라고 손짓했다. 말 없는 수도승 니니언이 곧바로 조너스 신부가 더 똑바로 앉도록 도왔다. 두 사람 모두 갑자기 생기가 넘쳐 보였다. 니니언은 침대 옆의 촛대를 집어 들더니 에드윈을 가까이 끌어당기고 조급하게 윗옷을 걷어 조너스 신부에게 보였다. 두 사람은 소년의 상처를 상당히 오랫동안 들여다보는 듯했다. 니니언이 촛불을 이쪽에 들었다 저쪽에 들었다 하며 상처를 비추었는데, 두 사람은 상처 안에 들어 있는 무슨 정교한 축소 모형이라도 관찰하는 것 같았다. 마침내 두 사람은 액슬이 보기에 승리를 확인하는 듯한 눈빛을 주고받았다. 하지만 그러자마자 조너스 신부는 체념한 듯도 하고 슬픈 듯도 한 표정으로 베개 위로 털썩 쓰러졌다. 니니언이 황급히 촛대를 내려놓고 신부의 시중을 드는 사이 에드윈은 다시 그늘로 돌아가 위스턴 옆에 섰다.

"조너스 신부님." 비어트리스가 말했다. "아이의 상처를 보셨으니 이제 말씀해 주시지요. 상처가 깨끗하고, 저절로 낫겠는지요?"

조너스 신부는 눈을 감은 채 숨을 계속 거칠게 쉬고 있었지만, 목소리는 매우 차분했다. "잘 관리하면 저절로 나을 겁니다. 가시기 전에 니니언 신부가 아이에게 고약을 챙겨 줄 겁니다."

"신부님." 비어트리스가 말을 이었다. "지금 위스턴 선생과 나누신 대화는 제가 다 이해하기 어렵지만 무척 관심이 가네요."

"그런가요, 부인?" 조너스 신부는 여전히 숨을 고르면서 눈을 뜨고 비어트리스를 바라보았다.

"어젯밤에 산 밑의 마을에서 제가 만난 사람이 있어요." 비어트리스가 말했다. "약을 잘 아는 여자였는데, 제 병에 대해 자세히 일러 주었어요. 그런데 제가 이 안개에 관해서도 물었지요. 여러 해 전 일이건 바로 한 시간 전 일이건 쉽게 잊어버리게 하는 이 안개가 대체 무엇이냐고 물으니, 그 정체도, 누구의 소행인지도 모른다고 했어요. 그렇지만 그것을 알 만한 현자가 있다면 그건 신부님이라고 했어요. 그래서 남편과 제가 이곳에 찾아온 거예요. 아들이 목이 빠져라 저희를 기다리는 마을로 가려면 더 힘들게 돌아가야 하는데도요. 신부님께서 이 안개에 대해 뭔가 말씀해 주시고, 남편과 제가 안개에서 벗어날 방법을 일러 주실 것 같았어요. 저는 한낱 어리석은 여자이지만 방금 제가 듣기로는, 양치기니 뭐니 하셨지만, 신부님과 위스턴 선생이 제가 말한 그 안개에 대해 이야기하신 것 같네요. 그리고 두 분 다 잃어버린 우리 과거 때문에 심려하시는 것 같고요. 그러니 신부님께, 그리고 위스턴 선생께도 한 가지 여쭤볼게요. 두 분은 이 안개가 무엇 때문에 드리워지는지 아세요?"

조너스 신부와 위스턴은 서로를 바라보았다. 잠시 후 위스턴이 조용히 말했다.

"비어트리스 부인, 그건 이 산을 배회하는 용, 퀘리그 때문입니다. 부인이 말씀하시는 안개의 원인은 그 용입니다. 그리고 이곳 수도승들이 그 용을 지켜 주고 있습니다, 그것도 여러 해 동안이요. 지금도 제 정체를 알아채면 병사들을 불러와 저를 끝장내려 할 겁니다."

"조너스 신부님, 그게 정말인가요?" 비어트리스가 물었다. "안개를 만드는 게 그 암용이라고요?"

잠시 딴생각에 빠진 듯하던 신부가 비어트리스를 바라보았다. "양치기 양반의 말이 맞습니다, 부인. 퀘리그의 숨이 이 나라에 퍼지면서 우리의 기억을 빼앗아 가는 겁니다."

"여보, 들었어요? 암용이 안개가 생기는 원인이래요! 위스턴 선생이든 누구든, 길에서 만났던 그 노기사라도, 용을 죽일 수만 있다면 우리 기억이 돌아올 거예요! 여보, 왜 그렇게 조용해요?"

아닌 게 아니라 액슬은 생각에 빠져 있었다. 아내의 말을 분명 들었고 아내가 흥분한 것을 보았지만, 그가 할 수 있는 일은 아내에게 손을 내밀어 주는 것밖에 없었다. 그가 할 말을 찾기 전에 조너스 신부가 위스턴에게 말했다.

"양치기 양반, 그렇게 위험에 예민한 분이 왜 여기서 미적거리고 계시오? 어서 이 소년을 데리고 길을 떠나지 그러시오?"

"아이는 휴식이 필요합니다. 저도 그렇고요."

"하지만 그대는 쉬지 않잖소. 장작을 패고 굶주린 늑대처럼 돌아다니고 있지 않소."

"저희가 왔을 때는 헛간에 장작이 얼마 남아 있지 않았습니다. 이 산속은 밤이 춥지 않습니까."

"내가 또 이해하지 못하는 것이 있소. 브레너스 군주는 왜 그렇게 그대를 쫓는 것이오? 여러 날 전부터 그의 병사들이 그대를 찾으려고 온 나라를 뒤지고 있소. 작년에 다른 사람이 동쪽에서 퀘리그를 사냥하러 왔을 때도, 브레너스는 그대일지 모른다고 생각하여 병사들을 풀어 수색하게 했소. 그때 병사들이 이곳까지 와서 그대를 찾았소. 양치기 양반, 그대는 브레너스에게 무슨 존재요?"

"소싯적에 서로 알고 지냈습니다. 제가 여기 이 아이보다도 어렸을 때입니다."

"양치기 양반, 그대는 임무를 띠고 이 나라에 왔소. 왜 해묵은 원한을 갚느라 임무를 그르치려 하시오? 내 말 들으시오. 어서 이 소년을 데리고 떠나시오. 아예 수도승들이 회의를 끝내고 나오기 전에 가시오."

"만약 브레너스 군주가 고맙게도 오늘 밤 저를 찾아 여기까지 와 준다면, 마땅히 맞서서 상대해 주어야 하지 않겠습니까."

"위스턴 선생." 비어트리스가 말했다. "선생과 브레너스 군주 사이에 무슨 일이 있는지는 모르겠어요. 하지만 사나운 용 쿼리그를 죽이는 게 선생의 임무라면, 부디 다른 곳에 정신을 팔지 말아 주세요. 원한 갚는 일은 다음 기회로 미뤄도 되잖아요."

"부인의 말이 옳소, 양치기 양반. 나도 그 장작 패는 목적을 알 것 같아 염려가 되오. 우리 말대로 해 주시오. 이 소년이 둘도 없는 기회를 주고 있지 않소. 이런 기회는 다시 오지 않을지도 모르오. 소년을 데리고 길을 떠나시오."

위스턴은 생각에 잠긴 표정으로 조너스 신부를 바라보더니 정중하게 고개를 숙였다. "만나 뵙게 되어 반가웠습니다, 신부님. 제가 조금 전 무례한 언동을 했다면 사과드립니다. 그럼 저는 아이를 데리고 가 보겠습니다. 비어트리스 부인께서 조언을 청할 일이 더 있는 것으로 압니다. 부인은 용감하고 선량하신 분입니다. 기력을 남기셔서 잘 보아주시길 부탁드립니다. 충고 감사합니다. 안녕히 계십시오."

액슬은 어둠 속에 누워 여전히 잠이 오기를 기다리며 자신이 왜 조너스 신부의 독방에서 내내 그리 묘한 침묵을 지켰던가 기억을 더듬어 보았다. 무언가 그럴 만한 이유가 있었다. 비어트리스가 안개의 기원을 알고 의기양양하여 그에게 외쳤을 때도 말없이 손을 내밀어 주는 것밖에 할 수 있는 게 없었다. 그는 무언가 강력하면서 묘한 감정에 휩싸여 있었다. 마치 꿈꾸는 듯한 기분이면서도, 사람들의 말 한 마디 한 마디가 또렷하게 귀에 와서 꽂혔다. 마치 추운 겨울 강 위에 배를 타고 서서 자욱한 안개 속을 바라보며, 금방이라도 안개가 걷히면서 눈앞에 땅이 생생하게 모습을 드러내리라는 것을 예감하는 기분이었다. 모종의 공포가 밀려오는 동시에 어떤 호기심이 느껴졌다. 아니, 호기심이라기보다는 더 강력하고 음험한 어떤 것인지도 모른다. 그리고 이렇게 결연히 스스로에게 되뇌었다. "그게 무엇이건 내 눈으로 보리라. 직접 보리라."

그 말을 실제로 소리 내어 했던가? 어쩌면 그랬던 것도 같다. 그 말을 한 것과 바로 동시에 아내가 흥분하여 그를 보며 외쳤던 것도 같다. "여보, 들었어요? 암용이 안개의 원인이래요!"

위스턴과 소년이 조너스 신부의 방을 떠난 뒤로는 무슨 일이 있었는지 기억이 가물가물했다. 말 없는 수도승 니니언은 두 사람과 같이 나갔던 것 같다. 소년의 상처에 바를 고약을 주거나, 두 사람을 눈에 띄지 않게 다시 데려다주려고 했을 것이다. 어쨌든 액슬과 비어트리스만 조너스 신부와 함께 남아 있었고, 조너스 신부는 상처와 지친 몸에도 불구하고 아내를 꼼꼼히 살펴봐 주었다. 옷을 벗으라는 말은 없었기에 액슬은 다행이라고 생각했다. 이 부분도 기억이 흐릿하지만, 떠오르는 장면이 하나 있었다. 조너스 신부가 한 귀를 비어트리스의 옆구리에 대고, 무언가 희미한 메시지가 들려오기라도 하는 듯 눈을 감고 집중하여 듣고 있었다. 또 신부가 눈을 깜박이며 비어트리스에게 질문을 죽 하던 것도 기억났다. 물을 마신 후에 속이 좋지 않은지? 뒷목이 아플 때가 있는지? 내용은 기억나지 않지만 그 밖에도 몇 가지 질문을 했는데 아내는 아니라고 계속 대답했고, 그때마다 액슬은 점점 더 안도했다. 딱 한 번, 혈뇨가 나온 적이 있느냐는 질문에 아내가 그럴 때가 있다고 했을 때에만 불안감을 느꼈다. 하지만 신부는 마치 그게 정상이고 예상했다는 듯이 고개만 끄덕이고 다음 질문으로 바로 넘어갔다. 검진이 어떤 식으로 마무리되었던가? 조너스 신부가 빙긋 웃으면서 "아무 걱정 없이 아드님에게로 가시면 되겠습니다."라고 했던 것이 기억났다. 액슬은 "거봐요, 공주, 내가 아무것도 아니라고 했잖아요."라고 했다. 그런 다음 신부는 조심스럽게 살살 침대에 몸을 누이고 숨을 돌렸다. 자리에 없는 니니언 대신 액슬이 서둘러 병에 든 물을 물잔에 따랐고, 물잔을 신부의 입가에 갖다 대 주니 미세한 핏방울이 아랫입술에

서 흘러내려 물에 퍼졌다. 그런 후에 조너스 신부가 비어트리스를 쳐다보며 말했다.

"부인, 안개라고 부르시는 것의 실체를 알게 되어 기쁘신 것 같습니다."

"기쁘고말고요, 신부님. 이제 어떻게 해야 할지 길이 보이니까요."

"조심하십시오. 누군가는 혹시라도 누설될까 철저히 지키고 있는 비밀이니까요. 이제는 밝혀지는 편이 나으리라 봅니다만."

"비밀인지 아닌지는 제가 신경 쓸 일이 아니에요, 신부님. 남편과 제가 알게 되었고, 이제 뭔가 해 볼 수 있어서 다행일 뿐이지요."

"그렇지만 부인, 이 안개에서 벗어나고 싶으신 것이 정말 확실한가요? 어떤 일들은 기억에서 잊힌 채로 두는 것이 낫지 않은가요?"

"그리 생각하는 사람들도 있겠지만, 저희는 아니에요. 남편과 저는 함께했던 행복한 순간들을 다시 떠올리고 싶어요. 그런 기억을 빼앗긴다는 건 밤에 도둑이 들어 가장 소중한 물건을 잃어버린 것과 다르지 않아요."

"하지만 안개는 좋은 기억뿐 아니라 나쁜 기억까지 모두 가려 주지 않습니까. 그렇지 않은가요, 부인?"

"나쁜 기억도 되찾을 거예요. 눈물이 핑 돌거나 분노로

치가 떨린다 해도요. 그래도 다 저희 둘이 함께했던 삶 아니 겠어요?"

"그럼 나쁜 기억이 두렵지 않은 건가요, 부인?"

"두려울 게 뭐가 있나요, 신부님? 남편과 제가 지금 가슴 으로 느끼는 서로에 대한 마음을 보면 알 수 있어요. 여기까 지 걸어온 길이 비록 지금 안개에 감춰져 있지만, 드러난다 고 하여 저희에게 위험할 게 없어요. 행복한 결말로 끝나는 옛날이야기와 마찬가지지요. 그전까지의 우여곡절은 겁낼 게 없다는 건 어린아이도 알잖아요? 남편과 저는 함께해 온 삶을 그 모양새가 어떻듯 기억해 낼 거예요. 저희에게 소중 한 것이니까요."

새 한 마리가 천장을 가로질러 날아간 모양이었다. 액슬 은 그 소리에 화들짝 놀라 깨고 나서, 잠깐 잠이 들었다는 걸 깨달았다. 그러고 보니 장작 패는 소리가 이제 들리지 않 았고 수도원 구내가 고요했다. 전사가 방에 들어왔을까? 액 슬은 아무 소리도 듣지 못했고, 거무스름한 형체를 한 식탁 너머 에드윈이 자는 쪽에 또 누가 자고 있는 기색은 전혀 없 었다. 조너스 신부가 아내를 검진하고 마지막으로 질문하고 나서 무어라고 했던가? 아내가 네, 혈뇨가 나온 적 있어요, 하니 신부는 빙긋 웃으며 무언가 다른 질문을 했다. 액슬이 거봐요, 공주, 내가 아무것도 아니라고 했잖아요, 했고, 그러 자 조너스 신부는 상처와 지친 몸에도 불구하고 빙긋 웃고는, 아무 걱정 없이 아드님에게로 가시면 되겠습니다, 했다. 하지만 그런 것들은 애초부터 아내가 두려워하던 질문이 아니었다. 아내가 두려워했던 것은, 조너스 신부의 질문보다 대답하기 어려운 뱃사공의 질문이었고, 그래서 아내가 안개의 원인을 알고 그리도 기뻐했던 것이다. 여보, 들었어요? 아내는 의기양양했다. 여보, 들었어요? 그렇게 말하던 아내의 얼굴은 환히 빛났다.

7

누군가의 손이 액슬을 흔들어 깨웠다. 액슬이 일어나 앉으니, 그 사람은 벌써 방 저쪽으로 옮겨 가 에드윈의 얼굴에 대고 나지막하게 외치고 있었다. "어서 일어나거라, 애야, 어서! 소리 내지 말고!" 액슬의 옆에 누운 비어트리스도 잠이 깼다. 액슬이 비틀거리며 일어서니 공기가 흠칫할 만큼 싸늘했다. 액슬은 아내가 내민 두 팔을 잡아 일으켜 주었다.

밖은 아직 한밤중이었지만, 사람들이 외치는 소리가 들렸다. 밑의 안마당에는 횃불이 밝혀져 있는 듯 창문 맞은편 벽에 불빛이 어른거렸다. 액슬과 소년을 깨운 수도승이 아직 비몽사몽인 소년을 끌고 부부 쪽으로 왔다. 수도승의 얼굴이 불빛에 드러나기 전에 액슬은 브라이언 신부의 절룩거리는 걸음걸이를 알아보았다.

"제가 여러분을 구해 드리겠습니다." 브라이언 신부가 여전히 목소리를 죽인 채 말했다. "신속히 움직이시고 제 말대로 따르셔야 합니다. 지금 병사들 이십 명, 아니 삼십 명이 들이닥쳤어요. 여러분을 잡으려고 혈안이 되어 있습니다. 그 색슨 청년은 이미 포위됐는데, 활기가 넘치는 사람이라 병사들 주의를 끌어모아 여러분이 빠져나갈 시간을 벌고 있어요. 얘야, 가만있거라, 움직이지 마라!" 창문 쪽으로 다가가려는 에드윈의 팔을 브라이언 신부가 붙잡았다. "제가 안전한 곳으로 안내해 드리겠습니다. 그런데 우선 눈에 띄지 않게 이 방을 빠져나가야 합니다. 병사들이 아래 마당을 오가고 있지만, 지금 색슨 청년이 석탑에 들어가 버티고 있어서 그쪽으로 온 시선이 쏠려 있어요. 하느님이 도우신다면 병사들의 눈을 피해 밖의 계단을 내려갈 수 있을 겁니다. 계단만 내려가면 한숨 돌릴 수 있어요. 하지만 이쪽을 볼지 모르니 절대 아무 소리도 내서는 안 됩니다. 계단에서 발 헛디디지 않게 조심하시고요. 제가 먼저 내려간 다음에 신호할 테니 그때 내려오십시오. 안 됩니다, 부인, 짐은 놓고 오셔야 합니다. 지금은 목숨을 지키는 데 만족해야 해요!"

세 사람은 문가에 쪼그리고 앉아 답답할 만큼 느릿느릿 내려가는 브라이언 신부의 발소리에 귀를 기울였다. 결국 액슬이 문간으로 조심스럽게 내다보니, 안마당 저쪽 끝에서 횃불들이 이리저리 움직이고 있었다. 무슨 일이 벌어지고 있는지 좀 더 자세히 보려는 찰나, 바로 밑에서 급박하게 신호하는 브라이언 신부가 그의 시선을 잡아끌었다.

벽면을 대각선으로 가로지르는 계단은 거의 그늘에 가려져 있었는데, 지면에 인접한 일부 구간만 보름달에 가까운 달빛에 환히 드러났다.

"내 뒤에 바짝 붙어 와요, 공주." 액슬이 말했다. "마당 쪽은 내다보지 말고, 한 걸음 한 걸음 발 딛는 자리만 보면서 내려와요. 잘못하면 바닥에 떨어져서 적병들만 끌어모을 거예요. 아이에게도 내 말 그대로 전하고, 어서 이곳을 빠져나갑시다."

두 사람에게 신신당부했음에도 액슬 자신은 계단을 내려가면서 안마당 쪽을 흘깃흘깃 내다보지 않을 수 없었다. 마당 건너편, 원통 모양의 석탑 주변에 병사들이 모여 있었다. 앞서 수도승들의 회의가 열렸던 건물을 내려다보는 석탑이었다. 병사들은 활활 타는 햇불을 흔들고 있었고 줄지어 서 있었지만 무질서해 보였다. 액슬이 계단을 반쯤 내려왔을 때 병사 두 명이 무리에서 떨어져 나와 마당을 가로질러 달려왔다. 액슬은 발각되는 줄 알았다. 하지만 두 병사는 어떤 문 안으로 사라졌고, 곧 액슬은 가슴을 쓸며 비어트리스와 에드윈을 이끌고 브라이언 신부가 기다리는 회랑의 그늘 속으로 함께 몸을 숨겼다.

일행은 신부의 뒤를 따라 좁은 통로를 이동했다. 일부 구간은 앞서 니니언 신부를 따라갔던 길과도 겹치는 듯했다. 칠흑같이 어두운 곳을 많이 지나가야 했는데, 일정한 박자로 발을 질질 끄는 신부의 발소리에 의지해 쫓아갔다. 이윽고 일행이 당도한 곳은 천장이 일부 허물어진 방이었다. 쏟아져 내리는 달빛에 나무 상자와 망가진 가구 더미가 모습을 드러냈다. 곰팡이와 고인 물 냄새가 났다.

"숨 좀 돌리십시오." 브라이언 신부가 목소리를 죽이지 않고 말하면서 한쪽 구석에서 물건들을 부지런히 치웠다. "이제 어느 정도 안전합니다."

"신부님." 액슬이 말했다. "이렇게 구해 주셔서 감사합니다만, 무슨 일인지 저희에게도 알려 주십시오."

브라이언 신부는 고개를 들지 않고 구석을 계속 치우면서 말했다. "저희도 영문을 모르겠습니다. 저들이 밤중에 예고 없이 들이닥쳤어요. 정문으로 쏟아져 들어와 수도원을 제 집 안방처럼 들쑤셨습니다. 최근에 온 색슨인 젊은이 둘의 행방을 알리라고 요구하면서요. 선생님 내외분은 언급하지 않았지만 잡히면 험한 꼴을 당하실 겁니다. 이 아이는, 지금 아이의 형도 그렇고, 저들이 목숨을 앗으려는 게 틀림없습니다. 병사들이 왜 저러는지는 나중에 생각할 문제고, 우선 몸을 피하셔야 합니다."

"위스턴 선생은 저희가 오늘 아침에야 알게 된 사람이지만, 끔찍한 운명을 맞을지도 모르는 상황에 남겨 두고 우리만 빠져나간다는 게 마음이 편치 않네요." 비어트리스가 말했다.

"부인, 병사들이 지금도 우리 뒤를 쫓아올지 몰라요. 우리가 지나오면서 문의 빗장을 잠근 적이 없지 않습니까. 그리고 그 친구가 용감하게 자기 목숨까지 내던지면서 여러분이 탈출할 기회를 만들어 주었다면 고맙게 받아들여야지요. 이 뚜껑 문을 열고 밑으로 들어가면 아주 오래전에 파 놓은 굴이 나옵니다. 땅속을 통해 숲으로 빠져나가는 굴이니 추적자들을 멀리 따돌릴 수 있습니다. 자, 여는 것을 좀 도와주십시오. 저 혼자 들기엔 너무 무겁습니다."

두 사람이 힘을 써도 문을 충분한 각도로 세우기는 만만치 않았다. 열린 문 안으로 컴컴한 네모진 공간이 휑하게 드러났다.

"아이에게 먼저 내려가라고 하세요." 신부가 말했다. "여러 해 동안 이 통로를 사용한 사람이 없으니 계단이 성한지 알 수가 없어요. 아이는 발이 잽싸니 떨어져도 크게 다치지 않을 겁니다."

그때 에드윈이 비어트리스에게 뭐라고 말했고, 비어트리스가 말을 전했다. "에드윈이 위스턴 선생을 도우러 가겠다네요."

"이 땅굴을 통해 빠져나가면 위스턴을 도울 수 있을지도 모른다고 말해 줘요, 공주. 당신이 잘 말해서, 어서 가자고 설득해 봐요."

비어트리스가 뭐라고 말하자 소년의 생각이 바뀌는 듯했다. 소년은 바닥의 열린 구멍을 뚫어지게 바라보았는데, 달빛에 빛나는 그의 눈에서 액슬은 무언가 이상한 기운을 느꼈다. 소년은 마치 서서히 마법에 빠져들고 있는 것 같았다. 비어트리스가 말하는 중에 소년은 열린 문으로 다가가더니 뒤 한번 돌아보지 않고 칠흑 같은 어둠 속으로 걸어 들어갔다. 소년의 발소리가 멀어지자 액슬은 비어트리스의 손을 잡고 말했다.

"우리도 갑시다, 공주. 나를 바짝 따라와요."

땅속으로 내려가는 계단은 가파르지 않았다. 납작한 돌들을 흙에 박아 놓은 것으로 충분히 튼튼한 듯했다. 열린 뚜껑 문에서 새어 들어오는 빛이 전방을 희미하게 비추어 주었다. 그런데 액슬이 브라이언 신부에게 뭐라 말하려고 돌아보는 순간, 천둥 치듯 쾅 하는 소리와 함께 문이 닫혔다.

세 사람은 동작을 멈추고 한동안 목석처럼 서 있었다. 공기는 액슬이 예상했던 것처럼 퀴퀴하지 않았다. 미약한 산들바람이 느껴지기도 했다. 앞쪽에서 에드윈이 뭐라고 말을 했고, 비어트리스가 나직한 소리로 대답하고는 조용히 액슬에게 말했다.

"아이가 브라이언 신부가 왜 문을 닫았느냐고 묻네요. 아마 땅굴을 급히 숨기려고 했던 것 아니겠냐고 했어요. 갑자기 병사들이 방에 들이닥쳤을 수도 있으니까요. 그렇긴 한데, 여보, 내가 보기에도 좀 이상해요. 그리고 지금 저 소리, 문 위로 물건들을 옮겨다 놓는 소리 아니에요? 오랫동안 이 길로 다닌 사람이 없다고 했는데, 우리 가는 길이 흙이나 물에 막혀 있으면 어떻게 하나요. 문이 그렇게 무겁고 이제 물건까지 올려놨는데, 다시 나가고 싶어도 문을 열 수 있겠어요?"

"확실히 이상하네요. 하지만 수도원에 병사들이 들이닥친 건 우리 눈으로 방금 똑똑히 보지 않았어요? 어차피 다른 방법이 없는 듯하구려. 이 길로 죽 가서 숲에 무사히 닿기를 비는 수밖에. 아이에게 계속 앞으로 가되, 한 손을 이끼 낀 벽에 대고 천천히 가라고 해요. 들어갈수록 깜깜해질 것 같으니."

그러나 앞으로 가다 보니 빛이 희미하게나마 있어서 가끔 서로의 윤곽이 충분히 보이기도 했다. 갑자기 물웅덩이에 발이 빠지기도 하고 앞쪽에서 무슨 소리가 한 번 이상 들리는 듯했지만, 에드윈도 비어트리스도 아무 반응이 없어서 액슬은 자신의 신경이 과민한 탓으로 돌렸다. 그렇게 가다가 문득 에드윈이 걸음을 멈추는 바람에 액슬은 에드윈에게 부딪칠 뻔했다. 뒤따라 오던 비어트리스도 액슬의 손을 꽉 잡았고, 세 사람은 어둠 속에 미동 없이 잠시 서 있었다. 잠시 후 비어트리스가 더 바짝 다가오더니, 그의 목에 따뜻한 숨을 내쉬며 들릴락 말락 한 소리로 말했다. "여보, 들려요?"

"뭐 말이에요, 공주?"

에드윈이 제지하듯 액슬의 팔에 손을 댔고, 세 사람은 다시 침묵했다. 한참 후 비어트리스가 그의 귀에 대고 말했다. "앞에 뭐가 있어요, 여보."

"아마 박쥐일 거예요, 공주. 아니면 쥐거나."

"아니에요, 사람 숨소리가 들려요."

액슬은 다시 귀를 기울였다. 곧 날카롭게 딱 하고 부딪치는 소리가 연달아 세 번, 네 번, 바로 앞에서 반복해서 들려왔다. 불꽃이 번쩍하더니 작은 불이 조금씩 커지면서 앉아 있는 남자의 모습이 드러났다가, 일순간 도로 깜깜해졌다.

"겁내지 마시오, 친구들." 목소리가 들려왔다. "가웨인이오, 아서왕의 기사요. 이 부싯깃에 불만 붙으면 서로 얼굴이 보일 거요."

부싯돌 치는 소리가 여러 번 더 나더니 마침내 초에 불이 붙어 밝게 타올랐다.

가웨인 경이 거무스름하게 돋아 있는 땅에 앉아 있었다. 자리가 별로 편안하지 않은 듯, 자세가 곧 넘어지려는 커다란 인형처럼 불안한 각도였다. 손에 든 촛불이 얼굴과 상체를 어른거리며 비추었고, 그는 거친 숨을 몰아쉬고 있었다. 전처럼 갑옷에 윗옷을 걸친 차림에 검은 뽑아서 옆의 땅에 비스듬히 꽂아 둔 채였다. 그가 한 사람 한 사람의 얼굴에 촛불을 비추며 험상궂은 눈빛으로 쳐다보았다.

"모두 오셨구려." 마침내 그가 말했다. "다행이외다."

"깜짝 놀랐습니다, 가웨인 경." 액슬이 말했다. "여기 숨어서 무얼 하고 계신 겁니까?"

"여기 내려온 지는 좀 됐고, 여러분 앞에서 가는 중이었소이다. 그런데 검과 갑옷을 찬 데다 큰 키 때문에 걸리적거려서 고개를 숙이고 가다 보니 빨리 걷지를 못해 결국 이렇게 따라잡혔구려."

"잘 알아듣게 설명해 주십시오. 왜 우리 앞에서 가고 계셨습니까?"

"여러분을 지키기 위해서 아니겠소! 슬픈 사실은, 수도승들이 여러분을 속였다는 거요. 이 굴속에는 사나운 야수가 살고 있으니, 야수의 밥이 되라고 이리 내려보낸 것이라오. 다행히 생각이 다른 수도승들도 있다오. 말 없는 수도승 니니언이 사람들의 눈을 피해 나를 이리로 데려다주었으니, 내가 무사히 이끌어 드리리다."

"참으로 놀라운 소식입니다, 가웨인 경." 액슬이 말했다. "하지만 그 야수 이야기부터 해 주십시오. 무슨 짐승이고, 지금 언제라도 튀어나와 우리를 덮칠 수 있는 상황입니까?"

"그렇다고 보오. 야수를 만나게 할 생각이 없었다면 수도승들이 여러분을 여기로 내려보내지 않았을 것이오. 그들이 늘상 쓰는 방식이라오. 그들은 예수의 사람들이니, 검이

나 하물며 독을 쓴다는 것은 상상할 수가 없소. 그래서 죽었으면 하는 사람이 있으면 이리로 내려보내는 것이오. 그리고 하루 이틀 지나면 자기들이 무슨 짓을 했는지도 잊어버릴 거요. 그렇소, 그게 그들 방식이오, 특히 수도원장의 방식이지. 일요일쯤 되면 수도원장은 자기가 여러분을 병사들로부터 구해 주었다고 믿을지도 모르오. 이 땅굴 속의 짐승이 벌인 짓은, 그런 생각이 혹시라도 떠오른다면, 자기와 상관없다고 발뺌할 것이고, 심지어 하느님의 뜻이라고 주장할 거요. 좋소, 오늘 밤 하느님의 뜻이 진정 무엇인지 알아봅시다. 아서왕의 기사가 여러분 앞에 걸을 테니!"

"가웨인 경." 비어트리스가 말했다. "그 말씀은 수도승들이 우리가 죽기를 바란다는 건가요?"

"이 아이의 죽음을 바라는 것은 틀림없소, 부인. 내가 그럴 필요 없다고 설득도 해 보았고, 심지어 아이를 이 나라에서 멀리 떨어진 곳으로 데려가겠다고 엄숙히 약속도 했건만, 내 말을 듣지 않는 거요! 설령 위스턴 선생을 포획하거나 죽였다 해도 이 아이를 그냥 두면 위험하다는 거요. 언젠가 또 누가 와서 아이를 찾아내지 않으리라는 법이 없지 않냐고 하더이다. 내가 아주 멀리 데려다 놓겠다고 했지만 후환이 두려워 아이를 처치하고 싶어 하오. 부인과 부군도 그들의 소행을 목격할 수밖에 없으니 살려 두지 않을 것이오. 이렇게 될 줄 알았다면 내가 이 수도원까지 왔겠소? 어찌 알았겠소? 그때는 그게 내 의무라고 생각했소. 그러지 않았겠소? 하지만 그자들이 아이를 두고, 또 무고한 기독교인 부부를 두고 흉계를 꾸미고 있다는 걸 알고 나니 내버려 둘 수 없었소이다! 다행히도, 아시다시피 수도승들 생각이 다 같지는 않아서, 말 없는 수도승 니니언이 사람들 눈을 피해 나를 이리로 데려다주었소. 나는 여러분보다 훨씬 앞서서 갈 생각이었는데, 이 갑옷과 걸리적거리는 키 때문에…….
내가 이 키 때문에 평생 얼마나 숱하게 골치를 썩였는지! 사람이 이렇게 키가 커서 좋은 점이 뭐겠소? 높은 가지에 달린 배를 따려고 할 때마다 키 작은 사람이라면 머리 위로 지나갔을 화살이 꼭 나를 위협했다오!"

"가웨인 경." 액슬이 말했다. "이 굴속에 산다고 하신 그 맹수가 무슨 짐승입니까?"

"나도 본 적이 없소. 수도승들이 이리로 내려보내는 사람들은 다 그 맹수의 밥이 된다는 것밖에 모르오."

"한낱 인간이 휘두르는 평범한 검으로 죽일 수 있는 짐승입니까?"

"지금 뭐라고 하셨소? 내가 한낱 인간인 것은 맞소. 그건 부정할 생각 없소만, 아서 대왕에게서 어릴 적부터 오랜 세월 훈련받고 키워진 기사요. 전하께서는 내게 어떠한 도전이 다가와도, 심지어 공포로 뼛골이 오싹할지라도 기쁘게 맞이하라고 가르치셨소. 우리가 한낱 인간이라면, 적어도 이 땅에 사는 동안 하느님 보시는 앞에서 늠름하게 빛나야 하지 않겠소! 아서왕과 함께 전장에 섰던 모든 이들이 그랬듯이, 나는 더없이 사악한 마음을 품은 인간들뿐 아니라 마귀와 괴물을 상대로 싸웠고, 치열한 격전 속에서도 위대하신 왕께서 보여 주셨던 행동을 늘 귀감으로 삼고 따랐소. 무슨 말씀을 하고 싶은 것이오? 어떻게 감히 그런 말씀을 하시오? 그 자리에 계셨소? 나는 그 자리에 있었고, 이 두 눈으로 모든 것을 보았소! 하지만 그래서? 그래서 그게 무슨 상관이겠소, 친구들, 이건 나중에 논할 문제요. 용서하시오, 우리가 지금 신경 써야 할 문제는 따로 있소. 암, 그렇소이다. 내게 무어라고 물으셨소? 아, 그렇지, 맹수 말씀이시구려. 그렇소, 내가 알기론 무지막지하게 사나운 놈이지만 악마나 정령 같은 것은 아니오. 그리고 이 검이면 충분히 쓰러뜨릴 수 있소이다."

"하지만 가웨인 경." 비어트리스가 말했다. "그렇다면 이 굴을 따라 계속 더 들어가는 게 정말 좋은 생각일까요?"

"다른 선택이 무엇이 있겠소, 부인? 내가 알기로는 수도원으로 돌아가는 길은 막혔을 것이고, 또 그 문이 언제든 열려서 병사들이 이 굴 안으로 쏟아져 들어올 수 있소. 우리는 앞으로 나아갈 수밖에 없소이다. 그리고 우리 길을 막고 있는 이 야수만 처치하면, 곧 추적의 손길에서 멀리 벗어나 숲속에 당도할지도 모르오. 니니언이 확실히 말해 주었는데,

이 굴은 제대로 된 굴이고 관리가 잘되어 있다고 했소. 그러니 이 초가 다 타기 전에 어서 길을 갑시다. 내가 가진 초는 이것 하나뿐이오."

"여보, 저분 말을 믿어도 될까요?" 비어트리스가 가웨인 경에게 들리는 것을 상관하지 않는 듯이 말했다. "그 친절한 브라이언 신부님이 우리를 속였다니 믿기 어렵고 정신이 아찔해요. 그렇지만 이 기사 양반이 하는 말에서 어느 정도 진실성이 느껴져요."

"따라가 봅시다, 공주. 가웨인 경, 애써 주셔서 고맙습니다. 그럼 저희를 안전한 곳으로 이끌어 주십시오. 야수가 졸고 있거나 밤 사냥을 나갔기를 빌어 보지요."

"안타깝지만 그런 운은 기대하기 어려울 거요. 어쨌든 따라오시오, 친구들. 용감하게 가 봅시다." 노기사가 천천히 일어서더니 팔을 뻗어 촛불을 내밀었다. "액슬 선생, 이 불을 들어 주시겠소? 내가 언제든 검을 휘두를 수 있으려면 두 손을 다 써야 하오."

일행은 앞으로 나아갔다. 가웨인 경이 앞장서고, 액슬이 촛불을 들고 뒤따랐고, 비어트리스가 남편의 팔을 뒤에서 잡고 따라왔다. 에드윈은 이제 맨 뒤에 따라왔다. 통로가 여전히 좁았으므로 한 줄로 이동할 수밖에 없었고, 이끼와 질긴 뿌리들이 매달린 천장이 갈수록 점점 낮아졌기에 이제는 비어트리스조차 허리를 구부리고 가야 했다. 액슬은 촛불을 최대한 높이 들려고 했지만, 굴속에 부는 바람이 더 세졌기에 번번이 촛불을 내리고 다른쪽 손으로 바람을 가려야 했다. 가웨인 경은 그래도 아무 불평이 없었고, 검을 한쪽 어깨 위로 올린 자세를 변함없이 유지하며 앞장서 가고 있었다. 그때 비어트리스가 외마디 소리를 지르며 액슬의 팔을 잡아끌었다.

"왜 그래요, 공주?"

"오, 여보, 잠깐요! 발에 뭔가 닿았는데 당신 촛불이 너무 빨리 지나가서 못 봤어요."

"그게 왜요, 공주? 우린 어서 가야 해요."

"여보, 아이인 것 같았어요! 발에 뭐가 닿아서 보니 아이였는데 촛불이 휙 지나가 버렸어요. 맙소사, 죽은 지 오래된 어린아이 같아요!"

"공주, 진정해요. 그게 어디에 있었어요?"

"어서 가십시다, 친구들." 가웨인 경이 어둠 속에서 말했다. "이곳에는 구태여 보지 않는 게 좋을 것들이 많다오."

비어트리스는 기사의 말이 들리지 않는 듯했다. "여기 이쪽에 있었어요, 여보. 촛불 들고 이쪽으로 와 봐요. 거기 아래요. 거기를 비춰 봐요. 난 그 불쌍한 얼굴 다시 못 보겠어요!"

가웨인 경은 자기가 한 말에도 불구하고 가던 길을 돌아왔고, 이제 에드윈도 비어트리스의 옆에 서 있었다. 액슬이 윗몸을 수그리고 촛불을 여기저기 비춰 보니 축축한 땅과 나무뿌리, 돌멩이가 보였다. 그러다가 무언가가 불빛에 드러났다. 큰 박쥐 한 마리가 날개를 활짝 편 채 마치 편안히 잠든 것처럼 누워 있었다. 박쥐의 털은 축축하고 끈적해 보였다. 돼지처럼 생긴 얼굴은 털이 없이 매끈했고, 펼친 날개의 움푹한 곳마다 물이 고여 있었다. 어찌 보면 정말 자고 있는 듯도 했지만 몸통 전면을 보면 그게 아니었다. 액슬이 촛불을 바짝 갖다 대자 그곳에 모두의 시선이 꽂혔다. 동그란 구멍이 가슴 바로 밑에서 배까지 뚫려 있어, 양쪽 흉곽의 일부가 드러나 있었다. 구멍은 유달리 깔끔하게 도려져 있어서, 마치 누가 아삭한 사과를 한 입 베어 문 것 같았다.

"도대체 어떤 것의 소행일까요?" 액슬이 말했다.

그가 촛불을 너무 빨리 움직였는지 순간 불꽃이 펄럭거리다 꺼지고 말았다.

"걱정 마시오, 친구들." 가웨인 경이 말했다. "부싯깃으로 쓸 만한 것을 또 찾으면 되오."

"내가 그랬잖아요, 여보." 비어트리스가 울음 섞인 목소리로 말했다. "발이 닿자마자 아기인 걸 알았어요."

"무슨 말이에요, 공주? 아기가 아니에요. 지금 무슨 말을 하는 거예요?"

"가여운 아이에게 무슨 일이 있었던 걸까요? 아이 부모는 어떻게 됐고요?"

"공주, 그냥 박쥐예요. 어두운 곳에 흔히 나타나는 박쥐 말이에요."

"오 여보, 아기였어요, 확실해요!"

"촛불이 꺼지지 않았으면 다시 보여 줄 텐데, 박쥐가 맞아 요. 그렇지만 나도 그 밑의 바닥은 다시 보고 싶구려. 가웨 인 경, 박쥐가 놓여 있는 바닥을 보셨습니까?"

"무슨 말씀이신지 모르겠소."

"박쥐가 놓인 바닥에 뼈가 깔려 있던 것 같습니다. 꼭 사 람의 것 같은 두개골 한두 개가 눈에 들어왔던 것 같아요."

"그게 무슨 소리요?" 가웨인 경이 조심성 없이 큰 목소리 로 말했다. "무슨 두개골을 말하는 거요? 난 두개골 같은 것 본 적 없소! 그냥 운 나쁘게 죽은 박쥐 한 마리 아니오!"

이제 비어트리스는 조용히 흐느끼고 있었다. 액슬은 몸을 펴고 아내를 안아 주었다.

"아이가 아니었어요, 공주." 그가 한결 자상한 목소리로 말했다. "마음 쓰지 말아요."

"어쩌다 이렇게 외롭게 죽었을까요. 아이 부모는 어디 있 었을까요, 여보?"

"무슨 말을 하시는 거요? 두개골? 난 두개골 못 봤소! 아 니, 그리고 뼈 좀 몇 개 굴러다니면 어떻소? 그래서 어쨌다 는 거요, 그게 뭐 희한한 일이오? 지금 여기는 땅 밑이잖 소? 어쨌든 난 뼈가 깔린 바닥 같은 건 못 봤고, 지금 무슨 말씀을 하시는지도 모르겠소, 액슬 선생. 선생이 거기 계셨소? 아서 대왕 옆에서 싸웠소? 나는 당당히 그리했다 말할 수 있소. 그리고 아서왕은 용맹할 뿐 아니라 자비로운 지휘관이었소. 그렇소, 수도원장에게 가서 위스턴 선생의 정체와 의도를 알린 건 나였소. 내가 그럼 어찌해야 했겠소? 독실한 이들이 그리도 악독한 속셈을 품을 수 있다는 걸 내가 어찌 알았겠소? 지금 하신 말씀은 사실무근이오! 아서 대왕과 나란히 싸웠던 모든 이들에 대한 모욕이오! 여기 바닥에 뼈 같은 건 깔려 있지 않소! 그리고 내가 여러분을 구하러 이렇게 오지 않았소?"

"가웨인 경, 목소리가 너무 크게 울립니다. 병사들이 지금 근처에 와 있을 수도 있지 않습니까."

"그럼 내가 아는 게 있는데, 어쩌겠소? 그렇소, 내가 말 타고 와서 수도원장에게 말했소. 그렇지만 그자의 악독한 속셈을 내가 어찌 알았겠소? 훌륭한 수도자들, 딱한 조너스는 간이 쪼이고 살날이 얼마 남지 않았는데, 그 수도원장이라는 자는 새들에게 긁힌 상처 하나 없이 잘만 살면서……."

가웨인 경이 갑자기 말을 멈췄다. 굴 저쪽에서 무슨 소리가 들렸다. 멀리서 나는 소리인지 가까이서 나는 소리인지 분간이 어려웠지만, 틀림없는 맹수의 울음소리였다. 늑대 울부짖는 소리와 비슷하면서, 곰의 포효처럼 어딘지 굵직했다. 울음소리는 오래가지 않았지만 액슬은 비어트리스를 꽉 끌어안았고, 가웨인 경은 땅에 꽂아 두었던 검을 잡아챘다. 일행은 소리가 다시 나기를 기다리며 잠시 말없이 서 있었다. 하지만 아무 소리도 더 들리지 않았고, 갑자기 가웨인 경이 조용히 숨 넘어갈 듯 웃기 시작했다. 그가 웃음을 멈추지 않는데, 비어트리스가 액슬의 귀에 대고 말했다. "우리 이 자리를 떠나요, 여보. 이 쓸쓸한 무덤을 다시 생각하고 싶지 않아요."

가웨인 경이 웃음을 멈추고 말했다. "아마 야수의 울음소리였던 것 같소. 하지만 계속 나아갈 수밖에 없소이다. 그러니 친구들, 말다툼은 끝냅시다. 곧 촛불을 다시 붙이겠지만, 혹시 야수를 자극할지 모르니 켜지 않은 채로 조금 가 봅시다. 보시오, 희미하게나마 빛이 있으니 걷기엔 문제가 없소이다. 자, 친구들, 말다툼은 그만둡시다. 내 검은 준비되어 있으니 계속 가 봅시다."

굴은 점점 구불구불해졌고, 일행은 굽이마다 무엇이 기다리고 있을지 불안한 마음에 더 조심스럽게 나아갔다. 하지만 아무것도 나타나지 않았고, 울음소리도 다시 들리지 않았다. 이윽고 가파른 내리막길이 한참 이어지다가 넓은 지하 공간이 눈앞에 펼쳐졌다.

일행은 멈춰서 숨을 고르며 주위를 둘러보았다. 흙 천장에 머리를 스쳐 가며 오랜 시간을 걷고 나니 훌쩍 높아진데다 단단한 재질로 되어 있는 천장이 무척 반가웠다. 가웨인 경이 초에 다시 불을 붙이자 액슬은 그곳이 영묘의 내부임을 알 수 있었다. 주위를 둘러싼 벽에는 벽화와 로마 문자의 흔적이 남아 있었다. 일행의 앞쪽에는 굵직한 기둥 두 개가 서 있어, 비슷한 크기의 다음 방으로 통하는 관문 역할을 하고 있었다. 문턱 주위에는 달빛이 눈부시게 쏟아지고 있었는데, 어디서 들어오는 빛인지는 알 수 없었다. 아마 두 기둥을 잇는 높은 아치 뒤쪽 어딘가에 천장이 뚫려 있어 우연히 달빛이 그 자리에 비쳐 들었으리라 짐작할 뿐이었다. 달빛은 기둥을 덮은 이끼와 곰팡이를 훤히 드러내고 건너편 방의 일부분도 환히 비추었다. 그쪽 바닥에는 부스러진 돌이 깔려 있는 듯했는데, 액슬이 유심히 보니 바닥을 가득 메운 것은 돌이 아니라 뼈였다. 그제야 그는 발밑에 깔린 것도 부서진 유골임을 깨달았다. 두 방 전체의 바닥이 온통 부서진 뼈로 덮여 있었다.

"옛 매장지인 것 같군요." 그가 큰 소리로 말했다. "그런데 묻힌 이들이 정말 많습니다."

"매장지라……." 가웨인 경이 중얼거렸다. "그렇소, 매장지요." 그는 한 손에 검을, 한 손에 초를 들고 묘실 안을 천천히 걸어다니고 있었다. 이제 그는 아치문 쪽으로 향했는데, 휘황한 달빛에 문득 압도되기라도 한 듯 다음 묘실로 들어가지 않고 멈췄다. 그가 검을 땅에 쿡 꽂았다. 검에 기대어 서서 힘없이 촛불을 들었다 내렸다 하는 기사의 실루엣을 액슬은 말없이 바라보았다.

"우리 언쟁할 필요 없소이다, 액슬 선생. 여기 있는 건 인 골들이오. 부인하지 않겠소. 저기 팔 하나, 여기 다리 하나. 모두 지금은 뼈만 남아 있소. 오래된 매장지요. 그게 맞을 거요. 감히 말하건대, 이 나라 땅 전체가 이런 식이오. 아름 다운 푸른 골짜기. 봄의 싱그러운 풀숲. 그 흙을 파 보면, 데 이지꽃과 미나리아재비꽃이 핀 땅 조금 밑에서, 죽은 자들 이 드러나오. 기독교식으로 안장된 이들만을 말하는 것이 아니오. 우리가 사는 땅 밑에는 옛 학살의 잔해가 묻혀 있다 오. 호러스와 나는 그 광경에 지쳤소. 지쳤고, 이제 많이 늙 었소."

"가웨인 경." 액슬이 말했다. "우리에겐 검이 하나뿐입니 다. 우울한 감정에 젖지 마시고, 맹수가 가까이 있다는 걸 잊지 말아 주십시오."

"맹수는 잊지 않고 있소. 이 문을 보며 생각하고 있었소 이다. 저 위의 저것이 보이시오?" 가웨인 경이 촛불을 들어 아치의 밑면을 비추었다. 아래를 향한 뾰족한 창촉이 일렬 로 죽 달려 있었다.

"내리닫이 창살문이군요." 액슬이 말했다.

"바로 그렇소. 이 문은 그리 오래된 것이 아니오. 우리 나 이보다 오래되지 않았으리라 보오. 누군가 우리더러 지나가 라고 올려놓은 것이오. 저기 밧줄이 문을 지탱하고 있소. 저기엔 도르래가 있소. 누군가 여기 자주 와서 이 문을 올렸다 내렸다 하고, 아마 짐승의 밥도 주고 할 것이오." 가웨인 경이 뼈 무더기를 바드득 밟으며 한쪽 기둥으로 다가갔다. "내가 이 밧줄을 베면 창살문이 내려와 닫힐 것이고, 우리는 나갈 길이 막히오. 그렇지만 만약 저 어딘가에 야수가 있다면 놈을 막을 수 있소. 이 소리는 저 색슨 아이가 내는 것이오, 무슨 요정이 숨어들어서 내는 것이오?"

아닌 게 아니라, 에드윈이 뒤쪽 그늘에 서서 노래를 부르고 있었다. 처음엔 나지막하게 불러서 액슬은 아이가 그저 불안을 달래려고 그러는 줄 알았는데, 노랫소리가 서서히 점점 선명해졌다. 아이는 느린 곡조의 자장가 같은 노래를, 벽을 보고 서서 몸을 살살 흔들면서 부르고 있었다.

"꼭 뭔가에 홀린 사람 같구려." 가웨인 경이 말했다. "어쨌거나 이제 우리는 결정을 내려야 하오, 액슬 선생. 계속 나아가는 게 좋겠소? 아니면 밧줄을 끊고 잠깐이라도 저 너머에 도사리는 위험을 차단하는 게 좋겠소?"

"밧줄을 끊는 게 좋을 것 같습니다. 문은 필요하면 다시 열 수 있을 겁니다. 문을 일단 내려놓고 저 너머에 있는 것의 정체를 파악해 보지요."

"현명한 조언이시오. 그렇게 하겠소."

가웨인 경이 액슬에게 촛불을 건네고는 앞으로 한 발짝 다가가서 검을 들고 기둥을 향해 휘둘렀다. 금속이 돌을 치

265

는 소리와 함께 창살문의 하단이 흔들렸지만, 내려오지는 않았다. 가웨인 경이 부끄러운 듯 한숨을 쉬었다. 그러더니 선 자리를 조금 옮겨서 검을 다시 들고 한 번 더 휘둘렀다.

이번에는 썩둑 하는 소리가 났고, 창살문이 쾅음과 함께 바닥에 떨어지면서 달빛에 먼지 구름이 자욱하게 피어났다. 그 소리가 워낙 컸기에 에드윈도 노래를 뚝 그쳤고, 액슬은 눈앞을 가로막은 쇠창살 너머를 뚫어지게 바라보며 무엇이 나타날지 지켜보았다. 하지만 야수는 나타날 기미가 없었고, 잠시 후 일행은 숨을 내쉬었다.

이제 사실상 갇힌 처지가 되었지만, 창살문을 내리고 나니 어떤 안도감이 느껴졌고, 네 사람은 묘실 안을 이리저리 서성거렸다. 가웨인 경은 검을 검집에 넣은 채로 문에 다가가 창살을 조심스럽게 만졌다.

"좋은 쇠요. 제 구실을 하겠소."

한동안 조용했던 비어트리스가 액슬에게 다가와 남편 가슴에 고개를 묻었다. 액슬이 아내를 한 팔로 안으면서 보니, 뺨에 눈물이 흥건했다.

"자, 공주. 기운 내요. 얼마 안 있으면 밖에 나가 밤 공기를 마실 수 있어요."

"이 두개골들 좀 봐요, 여보. 너무나 많아요! 이 짐승이 정말 이렇게 사람을 많이 죽였을까요?"

비어트리스의 목소리는 나지막했지만, 가웨인 경은 그 말을 듣고 두 사람을 바라보았다. "그게 무슨 말이오, 부인? 내가 이 학살을 저질렀다는 말이오?" 기사의 목소리는 지쳐 있었고, 그전에 굴속을 걸으며 표출했던 분노는 담겨 있지 않았지만 유난히 절절한 느낌이었다. "두개골이 너무 많다고 하셨소만, 여기는 땅 밑 아니오? 무슨 말을 하고 싶으신 거요? 아서왕의 기사 한 명이 이렇게 많은 사람을 죽일 수가 있겠소?" 그는 다시 창살문 쪽으로 돌아서더니, 손가락으로 창살 하나를 쓸어내렸다. "옛날에 한번은 꿈을 꾸었는데, 내가 적들을 죽이고 있었소. 오래전 꿈속에서 말이오. 적군이 수백 명이었소. 아마 이 정도쯤 됐을 거요. 싸우고 또 싸웠소. 그냥 바보 같은 꿈이었지만, 아직도 기억나오." 그가 한숨을 쉬더니 비어트리스를 바라보았다. "물으신 말에 어떻게 답해야 할지 모르겠소, 부인. 나는 하느님이 기뻐하시리라 생각하고 행동했소. 그 못된 수도승들이 그리 악독한 속셈을 품으리라는 걸 내가 어찌 알았겠소? 호러스와 내가 이 수도원에 온 건 해가 아직 떠 있을 때, 여러분이 도착한 지 얼마 안 되어서였소. 그때는 수도원장과 긴급히 의논해야 할 일이라고 생각했소. 그런데 수도원장이 여러분을 해칠 흉계를 꾸민다는 걸 알게 되었고, 수긍하는 척했소이다. 수도원장에게 작별 인사를 하고, 가는 것처럼 모두를 속인 후 호러스를 숲속에 놓고 야음을 틈타 다시 걸어 올라왔소. 다행히도 모든 수도승들 생각이 같지는 않다오. 조너스는 나를 맞아 주리라 생각했소. 조너스에게서 수도원장의 계략을 듣고, 니니언의 도움으로 몰래 이 밑에 내려와 여러분을 기다렸던 거요. 이런 망할, 저 아이가 또 시작했소!"

아니나 다를까, 에드윈이 또다시 노래를 부르고 있었는데 목소리는 이전만큼 크지 않았지만 이제 희한한 자세를 취하고 있었다. 윗몸을 앞으로 수그리고 양 주먹을 관자놀이에 대고는, 마치 무슨 동물 흉내를 내는 춤을 추듯 그늘 속에서 느릿느릿 돌아다니고 있었다.

"아이가 최근에 겪은 일들로 정신이 산란할 겁니다." 액슬이 말했다. "그런데도 꿋꿋이 버티는 게 참 놀랍습니다. 일단 이곳을 벗어나면 잘 보살펴 줘야 하겠어요. 그런데 가웨인 경, 이제는 말해 주십시오. 저 무고한 아이를 수도승들이 왜 죽이려고 하는 겁니까?"

"내가 아무리 설득하려 해도 수도원장은 아이를 처치해야 한다는 거요. 그래서 내가 호러스를 숲속에 놓아두고, 왔던 길을 돌아가서……."

"가웨인 경, 설명해 주십시오. 오거에 물린 상처와 관계가 있습니까? 하지만 수도승들은 기독교의 가르침을 따르는 사람들 아닙니까?"

"아이의 상처는 오거에 물린 게 아니오. 용에 물린 상처요. 나는 어제 그 병사가 아이 옷을 걷었을 때 바로 알아보았소. 어떻게 용을 만났는지는 누가 알겠소만 용에 물린 상처가 틀림없고, 지금 아이는 암용과 회합하려는 욕구가 핏속에서 끓고 있을 것이오. 또, 어떤 암용이든 아이의 냄새를 맡을 만큼 가까이 있다면 아이를 찾아올 거요. 그래서 위스턴 선생이 자신이 보호하는 저 아이를 그리도 아끼는 거요. 위스턴은 에드윈이 퀘리그에게로 자신을 이끌어 주리라 믿고 있소. 그리고 똑같은 이유로, 수도승들과 병사들은 아이를 죽이려고 하는 거요. 보시오, 아이가 점점 거칠어지고 있잖소!"

"이 두개골들은 다 뭐예요?" 비어트리스가 기사에게 불쑥 물었다. "왜 이렇게 많은 건가요? 혹시 다 아기들 아니었나요? 손바닥에 들어갈 만큼 작은 것도 있다고요."

"공주, 괴로워하지 말아요. 여기는 매장지잖아요. 그냥 그뿐이에요."

"무슨 말씀을 하시는 거요, 부인? 아기 두개골이라고 하셨소? 나는 적병과 마귀와 용과 맞서 싸웠소. 그런데 내가 젖먹이를 학살했다는 말이오? 어찌 감히 그런 말을 하시오, 부인!"

그때 갑자기 에드윈이 여전히 노래를 부르면서 세 사람을 밀치고 지나가더니, 문에 가서 창살에 얼굴을 갖다 댔다.

"애야, 돌아가렴." 가웨인 경이 아이의 어깨를 잡으며 말했다. "여긴 위험하단다. 그리고 노래는 이제 그만해라!"

에드윈은 양손으로 창살을 꽉 붙잡았고, 잠시 아이와 노기사 사이에 승강이가 벌어졌다. 그러다가 두 사람 모두 문에서 떨어져 나와 뒤로 물러섰다. 액슬의 품에 있던 비어트리스가 조그맣게 숨 삼키는 소리를 냈다. 하지만 그 순간 액슬의 시야는 에드윈과 가웨인 경에 가려져 있었다. 이윽고 야수가 달빛이 쏟아지는 곳에 들어섰고, 이제 액슬도 그 모습을 분명히 볼 수 있었다.

"하느님 맙소사." 비어트리스가 말했다. "대평원에서 탈출했을 만한 짐승이에요. 공기가 서늘해지고 있어요."

"걱정 말아요, 공주. 저 창살을 부술 수는 없어요."

곧바로 칼을 뽑아 들었던 가웨인 경이 조용히 껄껄 웃기 시작했다. "생각했던 것만큼 나쁘지 않구려." 그러더니 얼마간 더 웃었다.

"나쁘지 않다니요." 액슬이 말했다. "우리 정도는 한 명씩 차례로 집어삼킬 수 있을 것 같습니다."

야수는 가죽을 벗긴 커다란 짐승과도 같았다. 양의 위장 내막처럼 불투명한 막이 힘줄과 관절 위에 팽팽히 덮여 있었다. 달그림자 속에 서 있는 짐승은 크기와 모양이 대략 황소와 비슷했지만, 머리는 꼭 늑대를 닮았고 색깔이 더 검었다. 다만 털이나 살이 원래 검다기보다는 불에 그을려 시꺼매진 느낌이었다. 아가리는 무시무시하게 컸고 눈은 파충류의 눈이었다.

가웨인 경은 여전히 껄껄 웃고 있었다. "그 음침한 굴을 지나오면서 온갖 상상을 하다 보니 훨씬 나쁜 상황을 대비하고 있었소. 나는 한때 두멈의 습지에서 흉측한 마귀할멈의 얼굴을 한 늑대들과도 싸운 사람이오! 또 컬리치산에서는 괴성을 지르면서 피를 내뿜는, 머리 두 개 달린 오거들과 싸우기도 했다오! 이 녀석은 성난 개 한 마리와 크게 다를 게 없소."

"그렇지만 놈이 우리의 탈출로를 막고 있습니다."

"물론 그렇소. 자, 이제 한 시간 동안 눈싸움만 하다가 뒤쫓아오는 병사들에게 잡힐 생각이 아니라면 이 문을 들어 올리고 싸워야 하오."

"가웨인 경, 놈은 사나운 개보다는 더 흉악한 적수가 아닐까 싶습니다. 너무 안일하게 생각하지는 마십시오."

"나는 늙은이고 이 검날을 분노하여 휘두른 지 여러 해가 지났소만, 그렇다 해도 숙련된 기사요. 놈이 이 땅의 짐승이라면 내 손으로 제압할 수 있소."

"여보, 봤어요?" 비어트리스가 말했다. "야수의 눈이 에드윈을 따라 움직여요."

에드윈은 이제 이상하리만치 차분했고, 시험하듯 왼쪽으로 걸어갔다가 다시 오른쪽으로 걸어가고 있었다. 그러면서도 눈은 계속, 자기에게서 눈을 떼지 않는 야수를 맞서서 노려보고 있었다.

"놈이 아이에게 눈독을 들이고 있구려." 가웨인 경이 생각하는 표정으로 말했다. "이 괴물의 배 속에 용의 알이 있는지도 모르오."

"어떤 이유인지 몰라도 기이하리만치 참을성 있게 우리의 다음 움직임을 기다리는 것 같습니다." 액슬이 말했다.

"그럼 이렇게 해 보면 어떻겠소." 가웨인 경이 말했다. "늑대를 꾀려고 묶어 둔 새끼 염소처럼 이 색슨 아이를 이용하고 싶지는 않소. 하지만 용감한 아이 같고, 여기서 무기 없이 돌아다닌다면 위험하긴 마찬가지요. 아이에게 촛불을 들고 묘실 뒤편에 가서 서 있으라고 합시다. 그런 다음 액슬 선생께서 어떻게든 이 문을 다시 열어 주시오. 부인께서도 거들어 주실 수 있을 것 같소. 통로가 열리면 야수가 아이를 향해 곧장 달려들 거요. 놈이 돌진할 경로가 정해져 있으니, 나는 여기 서서 놈이 지나갈 때 베어 쓰러뜨리겠소. 계획에 찬성하시오?"

"참으로 필사적인 계획입니다만, 저도 병사들이 곧 이 굴을 발견할까 봐 심려스럽습니다. 그렇게 하시지요. 아내와 제가 밧줄에 매달려서 있는 힘껏 문을 들어 올려 보겠습니다. 공주, 에드윈에게 우리 계획을 설명해 주고 동참하겠는지 물어봅시다."

하지만 에드윈은 가웨인 경의 작전을 한 마디도 듣지 않고 이해한 듯했다. 기사에게서 촛불을 받아 들더니, 넓은 보폭으로 부서진 유골 위를 딱 열 걸음 걸어 그늘 속으로 들어가 섰다. 소년이 앞으로 돌아서자 얼굴 밑에 든 촛불은 떨림이 없었고, 불빛에 이글거리는 눈은 창살 너머의 짐승에게 꽂혀 있었다.

"자 어서요, 공주." 액슬이 말했다. "내 등에 올라가 밧줄 끝을 잡아 봐요. 거기 어딘가에 대롱거리고 있을 거예요."

처음에 두 사람은 같이 나동그라질 뻔했다. 이번에는 기둥에 몸을 기대어 다시 시도했다. 조금 더듬거린 끝에 비어트리스가 말했다. "잡았어요, 여보. 날 놓아주면 내 몸의 무게로 끌어 내릴 수 있을 거예요. 갑자기 떨어지지 않게 날 잡아 줘요."

"가웨인 경." 액슬이 나직한 소리로 불렀다. "준비되셨습니까?"

"우린 준비됐소."

"만약 놈이 기사님을 지나쳐 간다면 저 용감한 아이에게는 마지막이 될 겁니다."

"알고 있소. 지나쳐 가지 못할 것이오."

"날 천천히 내려 줘요, 여보. 내가 만약 밧줄에 매달린 채 떠 있으면 날 잡고 끌어 내려 줘요."

액슬이 비어트리스를 놓자 순간 비어트리스는 밧줄에 매달린 채 공중에 떠 있었다. 몸무게가 문을 끌어 올리기에 충분치 않은 탓이었다. 그러자 액슬이 아내가 두 손으로 잡고 있는 밧줄 언저리를 겨우 잡았고, 둘이 같이 끌어당겼다.

처음엔 아무 변화가 없었지만, 곧 무언가 덜컥 풀리더니 문이 덜덜거리면서 올라갔다. 액슬은 문이 얼마나 열렸는지 보이지 않았기에 계속 끌어당기면서 외쳤다. "충분히 올라갔습니까?"

잠깐 정적이 흐른 후에야 가웨인 경의 대답이 돌아왔다. "놈이 전방을 노려보고 있고, 놈의 앞은 훤히 뚫려 있소."

액슬이 몸을 틀어 기둥 너머로 시선을 돌리자 그 순간 야수가 앞으로 뛰쳐 들어왔다. 노기사의 기겁한 표정이 달빛에 비치는 찰나 검이 공중을 갈랐으나 너무 늦었고, 야수는 노기사를 지나쳐 에드윈을 향해 정확히 돌진했다.

소년은 눈이 휘둥그레졌으나 촛불을 놓지 않고, 대신 옆으로 비켜섰다. 마치 지나가라고 공손히 길을 내주는 듯한 동작이었다. 야수는 놀랍게도 그 길로 지나갔다. 조금 전 일행이 빠져나왔던 깜깜한 굴 속으로 그대로 달려 들어간 것이다.

"제가 계속 붙잡고 있겠습니다." 액슬이 소리쳤다. "문 안으로 어서들 피해요!"

하지만 옆의 비어트리스도, 검을 내려뜨리고 서 있는 가웨인 경도 액슬의 말이 들리지 않는 듯했다. 에드윈조차 방금 자기 옆을 쏜살같이 지나가 언제라도 다시 돌아올 게 틀림없는 끔찍한 괴물에 흥미를 잃은 듯했다. 소년은 촛불을 들고 노기사가 서 있는 곳으로 와서 함께 땅을 내려다보았다.

"문 내려놓으시구려, 액슬 선생." 가웨인 경이 고개를 들지 않고 말했다. "곧 또 열면 되오."

이제 보니, 노기사와 소년은 바닥에서 움직이는 무언가를 열심히 들여다보고 있었다. 액슬이 문을 놓아 떨어뜨리자 비어트리스가 말했다.

"무시무시하네요, 여보. 난 볼 생각 없어요. 보고 싶으면 가서 보고 나한테 말로 알려 줘요."

"지금 놈이 굴 안으로 들어가지 않았어요, 공주?"

"몸뚱아리 일부만요. 발소리가 멎는 게 들렸어요. 가서 기사님 발치에 있는 나머지 부분을 봐요."

액슬이 다가가자 가웨인 경과 에드윈은 누가 최면에서 흔들어 깨우기라도 한 듯 화들짝 놀랐다. 그러더니 옆으로 비켜섰고, 액슬은 달빛에 놓인 야수의 머리를 보았다.

"아가리가 멈추지 않소." 가웨인 경이 당혹스러운 목소리로 말했다. "검으로 한 번 더 치고 싶은 생각도 있소만, 모독 행위가 되어 악운을 부를까 봐 우려되오. 그래도 그만 좀 움직이면 좋겠소."

아닌 게 아니라, 짐승의 잘린 머리는 누가 봐도 살아 있는 것 같았다. 모로 눕혀져 있었는데, 위로 향한 눈이 물고기처럼 번득거렸다. 아가리가 기이한 기운을 띠고 규칙적인 박자로 벌어졌다 닫혔다 해서, 이빨 사이로 파닥거리는 혀가 마치 살아 움직이는 것처럼 보였다.

"저희가 큰 신세를 졌습니다, 가웨인 경." 액슬이 말했다.

"그저 한 마리 개일 뿐이오. 더 심한 놈도 기꺼이 맞서 싸울 것이오. 어쨌든 이 색슨 아이는 흔치 않은 용기를 보여 주었고, 나도 도울 수 있어서 기쁘오. 하지만 이제 우리는 서둘러서, 그리고 조심해서 나아가야 하오. 지상에서 무슨 일이 일어나고 있는지 알 수 없고, 또 다른 야수가 저 묘실 너머에서 기다리는지도 모르니 말이오."

일행은 한쪽 기둥 뒤에 크랭크가 있는 것을 발견했고, 밧줄 끝을 거기에 묶어 곧 어려움 없이 문을 들어 올렸다. 짐승의 머리를 그대로 둔 채 일행은 창살문 아래를 지나갔다. 가웨인 경이 다시 검을 들고 앞장서고, 에드윈이 맨 뒤에서 따라왔다.

두 번째 묘실은 야수의 본거지였음을 뚜렷이 보여 주는 여러 흔적이 있었다. 오래된 뼈들 사이에 비교적 덜 부패한 양과 사슴 사체들이 있었고, 그 밖에 무엇인지 알아볼 수 없는 거무스름하고 악취가 나는 형체들도 있었다. 그곳을 지나 일행은 다시 구불구불한 통로를 따라 허리를 구부리고 숨을 가쁘게 쉬며 걸어갔다. 야수는 더 나타나지 않았고, 마침내 새소리가 들렸다. 저 멀리에 빛이 쏟아져 들어오는 곳이 보였고, 이윽고 일행이 숲속으로 빠져나오자 때는 이른 새벽이었다.

액슬은 좀 멍한 상태에서 커다란 두 그루의 나무 사이에

뿌리가 땅 위로 솟아 있는 것을 발견하고, 아내의 손을 잡아 그 위에 앉혀 주었다. 아내는 말없이 숨을 가쁘게 쉬더니 잠시 후 고개를 들고 말했다.

"내 옆에 앉을 자리가 있어요, 여보. 이제 좀 안전해진 게 맞으면 같이 앉아서 별 지는 것 봐요. 우리 둘 다 무사히 그 사악한 굴을 빠져나와서 정말 다행이에요." 그러고는 아내가 말했다. "에드윈은 어디 있어요, 여보? 안 보여요."

액슬은 어스름 속에서 아이를 찾아 두리번거리다가, 근처에 서 있는 가웨인 경의 거무스름한 실루엣을 발견했다. 기사는 새벽빛을 배경으로 고개를 숙인 채, 한 손을 나무 몸통에 짚고 서서 숨을 고르고 있었다. 하지만 아이는 종적이 없었다.

"방금 전까지 우리 뒤에 있었는데요." 액슬이 말했다. "훤히 트인 곳으로 나오면서 아이가 탄성을 지르는 것도 들었어요."

"급히 뛰어가는 걸 내가 보았소." 가웨인 경이 고개를 돌리지 않고 여전히 숨을 몰아쉬면서 말했다. "아이는 우리처럼 노인이 아니니 참나무에 기대어 헐떡이고 쌕쌕거릴 필요가 없소이다. 아마 위스턴 선생을 구하러 수도원으로 급히 돌아간 듯하오."

"말릴 생각은 하지 않으셨습니까? 가면 큰 위험에 처할 텐데요, 위스턴 선생은 이미 죽거나 잡혔을 테고요."

"그럼 내가 어떻게 해야 되겠소? 난 할 수 있는 일을 다했소. 그 답답한 공간에 몸을 숨겼소. 지금껏 용감한 이들 여럿을 집어삼킨 야수를 쓰러뜨렸소. 그러고 나니 아이는 수도원으로 냉큼 돌아가지 않겠소! 내가 이 무거운 갑옷에 검까지 들고 쫓아가야 되겠소? 난 녹초가 됐소. 기진맥진하오. 이제 내가 할 일이 무엇인지 잠시 쉬면서 생각해 보아야 하겠소. 아서왕이 살아 계신다면 내게 무엇을 하라 하실지."

"가웨인 경, 제가 이해하는 게 맞나요?" 비어트리스가 물었다. "애초에 수도원장에게 가서 위스턴 선생의 정체가 동쪽에서 온 색슨인 전사라고 알려 준 사람이 기사님이었던 거지요?"

"그 이야기를 왜 또 꺼내시오, 부인? 내가 두 분을 무사히 인도해 주지 않았소? 우리가 밖으로 나와 이 쾌청한 새벽을 맞기까지 얼마나 많은 두개골을 밟고 지나왔소! 무수히 많았소. 밟을 때마다 그 끽끽거리는 울음소리가 들리니 내려다볼 필요도 없었소. 액슬 선생, 몇 명이 죽었다고 하셨소? 백 명? 천 명? 직접 세어 보셨소? 아니, 거기 안 계셨소?" 기사는 여전히 나무 옆에 실루엣으로 서 있었고, 이제 이른 새벽 새소리가 본격적으로 울려 퍼졌기에 가끔 말을 알아듣기가 어려웠다.

"가웨인 경." 액슬이 말했다. "오늘 밤 어떤 곡절이 있었건 간에 저희가 큰 신세를 졌습니다. 기사님의 용기와 기량은 여전하신 게 분명합니다. 그렇지만 저도 한 가지 여쭤볼 게 있습니다."

"제발 그만하시오. 내가 어떻게 이 울창한 비탈길로 날쌘 아이를 쫓아갈 수 있겠소? 나는 진이 다 빠졌소. 그저 숨만 가쁜 것이 아닐 것이외다."

"가웨인 경, 옛날 언젠가 우리가 동지 아니었습니까?"

"그만하시오. 나는 오늘 밤 내 소임을 다했소이다. 그것으로 충분치 않소? 이제 내 불쌍한 호러스를 찾으러 가야 하오. 배회하지 못하도록 가지에 묶어 놓았소만, 늑대나 곰이라도 나타나면 어쩌겠소?"

"제 과거엔 안개가 자욱이 드리워져 있습니다." 액슬이 말했다. "하지만 얼마 전부터, 제가 한때 뭔가 중대한 임무를 맡았던 기억이 납니다. 무언가에 대한 법이었을까요? 모든 인간을 하느님께 더 가까이 가게 할, 위대한 법이었을까요? 기사님을 보면, 그리고 아서왕 이야기 하시는 것을 들으면, 오래전에 희미해졌던 생각들이 떠오릅니다."

"내 불쌍한 호러스는 밤의 숲을 무척 싫어한다오. 빗발치는 화살도 꿋꿋이 맞서는 녀석이건만, 부엉이가 부엉거리며 울거나 여우가 캥캥거리면 대번에 겁을 집어먹소. 이제 나는 호러스에게 가 봐야 하니 두 분은 여기서 너무 늦게까지 쉬지 마시오. 두 색슨 젊은이는 잊어버리시오. 이제는 마을에서 기다리고 있을 소중한 아드님만 생각하시오. 이제 담요도 식량도 없으니 어서 길을 떠나시는 게 좋으리다. 이 가까이에 강이 있고 동쪽으로 물살이 빠르게 흐르오. 거룻배 사공에게 말만 잘하면 하류 쪽으로 배를 태워 줄지도 모르오. 하지만 여기서 미적거리지는 마시오. 병사들이 언제 이리로 올지 모르잖소? 하느님의 가호가 있기를, 친구들."

바스락거리는 소리와 쿵 소리가 몇 번 나더니 가웨인 경은 어두컴컴한 나무숲 사이로 종적을 감췄다. 조금 후 비어트리스가 말했다.

"작별 인사도 못 하고 보내 드렸네요. 마음이 좋지 않아요. 그런데 그렇게 갑작스럽게 떠나시다니 참 이상하네요."

"나도 이상했어요, 공주. 하지만 우리에게 해 준 충고는 현명한 말인 것 같아요. 우리 어서 아들을 찾아 떠나고, 최근에 만난 길동무들 생각은 그만합시다. 가여운 에드윈이 걱정은 되지만, 수도원에 그리 급히 돌아가려고 한다면 우리가 할 수 있는 일이 뭐가 있겠어요?"

"우리 조금만 더 쉬었다가 가요, 여보. 이제 곧 우리 둘만 길을 떠나겠네요. 거룻배를 얻어 타면 길을 더 빨리 갈 수 있겠어요. 우리 아들이 왜 이렇게 안 오나 하고 궁금해하겠어요."

8

어린 수도승은 마르고 허약해 보이는 픽트인이었고, 에드
윈의 언어를 잘했다. 또래 아이와 같이 다니게 되어 반가워
하는 티가 역력했고, 길을 함께 나서서 새벽 안개를 헤치고
내려갈 때만 해도 신이 나서 이야기를 했다. 그런데 숲속에
들어오면서부터는 말이 없어져서, 에드윈은 왠지 자기 때문
에 안내자의 기분이 상한 게 아닌가 생각했다. 숲속에 도사
리고 있는 무언가의 주의를 끌지 않으려고 조심하는 것 같
기도 했다. 상쾌한 새소리 틈에서 이따금 이상한 쉭쉭 소리
와 중얼거리는 소리가 들리기도 했으니까. "그러니까 저희
형의 부상이 치명적이진 않은 것 같다고요?" 하고 에드윈이
다시 한번 물은 것도 재확인을 하기보다 정적을 깨기 위해
서였지만, 돌아오는 대답은 거의 퉁명스럽다 할 만했다.

"조너스 신부님이 그러셨어. 누구보다 현명하신 분이잖아."

그렇다면 위스턴은 그리 심하게 다친 건 아닐 것이다. 그리고 지금 언덕을 내려가는 이 길을 조금 앞서, 아직 주위가 어두울 때 지나갔을 것이다. 동행자의 부축에 크게 의지해서 갔을까? 아니면, 아마 수도승 한 명이 고삐를 잡아 준 채 가까스로 말에 올라타서 갔을까?

"이 아이를 통장이 오두막에 데려다주거라. 수도원 밖으로 나갈 때는 누구의 눈에도 띄지 않게 조심해야 한다." 어린 수도승은 조너스 신부님이 자기에게 그렇게 지시했다고 말했다. 그렇다면 전사를 곧 다시 만날 수 있겠지만 무슨 낯으로 볼 것인가? 첫 과업에서 위스턴을 실망시킨 에드윈이었다. 전투의 조짐이 일자마자 곁으로 달려갔어야 했건만, 길고긴 굴속으로 도망치고 말았다. 하지만 그 밑에 엄마는 없었고, 암흑 속에서 저 멀리 달을 닮은 출구가 마침내 모습을 드러냈을 때에야 소년은 비로소 자욱했던 꿈의 구름이 머릿속에서 걷히는 것을 느끼며 섬뜩한 기분과 함께 무슨 일이 일어난 것인지 깨달았다.

소년은 적어도 싸늘한 아침 공기 속으로 나온 후엔 할 수 있는 최선을 다했다. 수도원까지 올라가는 길을 거의 내내 달렸다. 경사가 특히 가파른 비탈에서만 발이 느려졌을 뿐이었다. 숲속을 헤치고 나아가면서 가끔은 길을 잃은 느낌이었지만, 그러다가도 나무가 듬성듬성해지면서 희뿌연 하늘을 바탕으로 수도원의 모습이 나타나곤 했다. 그렇게 오르고 또 올라, 숨을 헐떡이며 두 다리가 아픈 채로 큰 정문에 당도했다.

정문 옆의 작은 문은 잠겨 있지 않았고, 소년은 가까스로 정신을 가다듬은 후 구내로 조심스럽게 잠입했다. 절반쯤 올라왔을 무렵부터 연기가 피어오르는 것을 보았지만, 이제는 연기가 목구멍을 간지럽혀 큰 소리로 기침이 나오는 것을 참기 어려웠다. 이제는 건초 수레를 옮겨 놓기엔 확실히 너무 늦었다는 깨달음과 함께 가슴에 커다란 구멍이 뚫리는 것만 같았다. 하지만 소년은 그 느낌을 애써 떨치며 수도원 구내로 진입을 계속했다.

한동안은 수도승도 병사도 눈에 띄지 않았다. 하지만 어디 멀리 떨어진 창문에서 누가 볼까 봐 머리를 숙인 채로 높은 담장 위를 이동하면서 보니, 정문 안쪽 작은 마당에 군마들이 빽빽히 들어차 있었다. 네 면이 다 높은 벽으로 둘러싸여 있는 공간에서 안장을 얹어 놓은 말들이 불안하게 맴돌고 있었는데, 너무 비좁아 서로 부딪쳐 가면서도 굳이 그러고 있었다. 소년은 곧 수도승들의 숙사 쪽으로 접근했다. 그 또래의 여느 아이라면 그곳에서 바로 수도원 중앙의 안마당으로 뛰어들었겠지만, 소년은 침착하게 구내의 지리를 떠올리며 기억나는 대로 뒷길을 활용하여 우회로로 진행했다. 목적지에 도달한 후에도 돌기둥 뒤에 숨어 조심스럽게 내다

보았다.

안마당은 모습을 거의 알아볼 수 없었다. 수도복 입은 사람 셋이 지친 듯 비질을 하고 있었고, 곧 네 번째 사람이 양동이를 들고 와서는 돌 깔린 바닥 위로 물을 흩뿌려 얼쩡거리던 까마귀 몇 마리를 쫓았다. 바닥에는 짚과 모래가 곳곳에 어지러이 널려 있었고, 거적때기로 덮어 놓은 형체 몇 개가 소년의 눈을 끌었는데, 아마 시신인 듯했다. 위스턴이 들어가 버텼을 낡은 석탑이 그 광경을 내려다보며 우뚝 서 있었지만 역시 이전의 모습이 아니었다. 곳곳이 새까맣게 타고 그을려 있었는데, 특히 아치형 입구의 둘레와 좁은 창문들 가장자리가 심했다. 어쩐지 석탑 전체의 크기가 쪼그라든 것 같았다. 소년이 거적 덮인 형체들 주변에 흥건한 것이 피인지 물인지 보려고 기둥 옆으로 고개를 빼는데, 앙상한 두 손이 뒤에서 그의 양어깨를 붙잡았다.

소년이 고개를 돌리니 말 없는 수도승 니니언이 소년의 눈을 뚫어지게 바라보고 있었다. 소년은 비명을 지르지도 않고 시신들을 가리키며 낮은 소리로 말했다. "위스턴 선생님이요, 저희 형, 저기 누워 있나요?"

말 없는 수도승은 소년의 말을 이해한 듯 고개를 단호하게 저었다. 이어서 예의 손가락을 입술에 대는 동작을 취하면서, 경고하듯 에드윈의 얼굴을 응시했다. 그러더니 주변을 힐끔거리면서 에드윈을 잡아 끌고 안마당을 벗어났다.

"전사님." 소년이 그 전날 위스턴에게 물었었다. "병사들이 정말 들이닥칠까요? 우리가 여기 있다고 알릴 사람이 누가 있나요? 수도승들은 확실히 우리를 평범한 양치기들로 알던데요."

"그야 모르지. 아무 일 없을 수도 있고. 하지만 내 생각엔 우리가 여기 있는 걸 밀고할 만한 사람이 한 사람 있어. 그리고 지금 이 순간 브레너스가 명령을 내리고 있을지도 몰라. 꼼꼼히 점검해야 해, 젊은 동지. 브리턴 사람들은 건초 더미 속에 널조각을 넣어서 구획을 지어놓는 습관이 있어. 오로지 순수하게 건초만 남겨 놓아야 해."

소년과 전사는 석탑 뒤에 자리한 헛간에서 일하던 중이었다. 전사는 장작 패기를 일단 마치고, 이제는 헛간 안쪽에 쌓여 있는 건초를 낡아 빠진 수레에 가득 싣는 일에 열중하고 있었다. 같이 일하다가 건초가 어느 정도 쌓일 때마다 전사는 소년에게 건초 더미 위로 기어 올라가 작대기로 안을 쑤셔 보라고 주문했다. 전사는 바닥에 서서 유심히 관찰하며 가끔은 이미 찔러 본 곳을 다시 점검시키기도 하고, 한 곳을 가리켜 다리를 쑥 집어넣어 보라고 하기도 했다.

"수도승들은 정신을 딴 데 놓고 다닐 때가 많아." 위스턴은 이렇게 설명했다. "건초 속에 삽이나 쇠스랑을 넣어 놓고 잊어버리곤 하니 그런 걸 찾아 주면 좋은 일이지. 여긴 연장이 귀하니까."

그때는 전사가 건초의 용도에 대해 아무 언질도 주지 않았지만, 에드윈은 앞으로 닥칠 교전과 관계가 있다는 것을 직감했다. 건초 더미를 높이 쌓으면서, 병사들이 정말 오느냐고 전사에게 물었던 것도 그래서였다.

"우리를 밀고할 만한 사람이 누군가요? 수도승들은 우리를 의심하지 않아요. 자기들의 성스러운 논쟁에 워낙 정신이 팔려 있어서 우리에겐 눈길도 주지 않잖아요."

"그럴지도 모르지. 거기도 점검해 봐. 그래, 거기."

"혹시 노부부가 우리를 밀고할까요? 너무 어리석고 고지식한 사람들이잖아요."

"브리턴인들이지만 우리를 배신할 거라곤 보지 않아. 어찌됐든 어리석다고 생각했다면 네 착각이야. 우선 액슬 선생은 생각이 깊은 사람이야."

"전사님, 왜 그 사람들과 같이 다니는 거예요? 그 사람들 때문에 우리 걸음이 자꾸 느려지잖아요."

"우리 걸음이 느려지지. 이제 곧 헤어질 거야. 그렇지만 오늘 아침 길을 떠날 때 액슬 선생과 꼭 동행하고 싶은 마음이 들었어. 앞으로도 좀 더 동행하고 싶을지도 모르겠고. 말했듯이 생각이 깊은 분이야. 나눌 이야기가 더 있을지 몰라. 어쨌든 지금은 할 일에 집중하자. 착실히 차곡차곡 실어야해. 오로지 건초만 있어야 한다. 나무나 쇠가 있어선 안 돼. 너만 믿는다."

하지만 에드윈은 전사를 실망시켰다. 어떻게 그리 오래 계속 잘 수 있었을까? 자리에 누운 것부터가 잘못이었다. 위스턴이 하던 것처럼 구석에 꼿꼿이 앉아서, 무슨 소리가 나면 바로 일어날 태세로 눈만 좀 붙여야 했다. 그런데 마치 어린아이처럼, 늙은 여자에게 우유 한 잔을 받아 마시고는 방 한구석에서 곯아떨어지고 말았다.

꿈속에서 친엄마가 불렀던가? 어쩌면 그래서 그리 오래 잤는지도 모른다. 다리 저는 수도승이 흔들어 깨웠을 때, 전사의 곁으로 달려가지 않고 사람들을 따라 길고 괴상한 굴로 들어간 것도 그래서였는지 모른다. 그때는 정말이지 꿈에서 헤어나지 못하는 느낌이었다.

그때 분명히 엄마 목소리가 들렸다. 헛간에서 소년을 불렀던 그 목소리였다. "나를 위해 힘을 내 다오, 에드윈. 힘을 내서 나를 구하러 와 다오. 어서 와 다오. 나를 구하러 와 다오." 전날 아침과 달리 긴박감이 어린 목소리였다. 그뿐이 아니었다. 열린 뚜껑 문 앞에 서서 컴컴한 어둠 속으로 내려가는 계단을 바라보는데, 무언가가 강한 힘으로 자기를 끌어당기는 느낌에 어지럽고 속이 메스꺼울 지경이었다.

어린 수도승이 작대기로 가시자두 덤불을 젖히고 에드윈이 지나가길 기다렸다. 마침내 그가 숨죽인 목소리로 입을 열었다.

"지름길이야. 통장이 오두막집 지붕이 곧 보일 거야."

숲에서 빠져나오자 완만하게 뻗어 내려간 땅이 엷은 안개 속으로 펼쳐졌지만, 에드윈의 귀에는 여전히 근처의 고사리 덤불에서 무언가 움직이는 소리와 쉬식거리는 소리가 들렸다. 그리고 어느 늦여름 화창한 저녁, 소녀를 만났던 일이 떠올랐다.

그날 소년은 처음에는 그 연못을 보지 못했다. 크기가 조그마한 데다 부들에 감쪽같이 가려져 있어서였다. 화려한 색의 곤충 떼가 눈앞에서 날아올랐다. 평소 같으면 소년의 관심을 끌 만한 일이었지만, 그때 소년은 물가에서 나는 소리에 온 신경이 쏠려 있었다. 덫에 걸린 짐승 소리일까? 의문의 소리가 새소리와 바람 소리에 섞여 다시 들려왔다. 소리에는 규칙적인 패턴이 있었다. 바스락거리는 소리가 몸싸움하듯 격렬하게 난 다음 정적이 흘렀다. 그러다가 또 바스락 소리가 났다. 조심스럽게 가까이 가니 가쁜 숨소리가 들렸다. 그리고 소녀가 눈앞에 나타났다.

소녀는 거친 풀밭에 등을 대고 누워 몸을 한쪽으로 비틀고 있었다. 나이는 소년보다 몇 살 많은 열다섯이나 열여섯쯤 되어 보였고, 두 눈은 두려운 기색 없이 소년을 뚫어지게 보고 있었다. 소녀의 기묘한 자세가 양손이 등 뒤로 묶여 있기 때문이라는 것을 깨닫는 데는 시간이 좀 걸렸다. 주변의 누워 있는 풀들이 소녀가 다리로 밀고 버둥거리면서 미끄러져 다닌 자리를 표시해 주었다. 헐렁한 겉옷은 허리가 묶여 있었는데 한쪽 옆이 온통 젖었는지 색이 변해 있었고, 유달리 검은 피부의 두 다리에는 엉겅퀴에 갓 긁힌 상처가 나 있었다.

유령이나 요정일 거란 생각이 들었는데, 말하는 목소리에 메아리가 없었다.

"용건이 뭐야? 왜 왔어?"

에드윈이 정신을 추스르고 대답했다. "원하면 내가 도와줄 수 있어요."

"이건 어려운 매듭이 아니야. 그 녀석들이 평소보다 더 단단히 묶어 놔서 그렇지."

그제야 에드윈은 소녀의 얼굴과 목이 온통 땀으로 흥건한 걸 알아차렸다. 소녀는 말하면서도 등 뒤에 묶인 손을 바삐 버둥거렸다.

"어디 다쳤어요?" 에드윈이 물었다.

"다친 데 없어. 그런데 딱정벌레가 방금 무릎에 앉았어. 달라붙더니 물었어. 이제 부어오르겠지. 넌 날 도와주기엔 너무 어려. 상관없어, 내가 알아서 할 테니까."

소녀는 얼굴에 힘을 주고 몸을 뒤틀어 땅에서 조금 들어 올리면서도 에드윈에게서 시선을 떼지 않았다. 에드윈은 얼어붙은 듯 지켜보고 서 있었다. 금방이라도 소녀가 두 손을 등 밑에서 빼낼 것 같았다. 하지만 소녀는 좌절한 듯 몸을 축 늘어뜨리고 풀밭에 눕더니, 숨을 헐떡이면서 화난 눈으로 소년을 쏘아보았다.

"내가 도와줄 수 있어요." 에드윈이 말했다. "나 매듭 잘 풀어요."

"넌 애잖아."

"애 아니에요. 이제 조금 있으면 열두 살이에요."

"녀석들이 곧 돌아올 거야. 네가 날 풀어 준 걸 알면 널 두들겨 팰 거야."

"어른들이에요?"

"자기들은 어른인 줄 알지만 그냥 애들이야. 그래도 너보다 나이가 많고, 세 명이야. 널 보면 흠씬 패 주고 싶어 할걸. 저 흙탕물에 네 머리를 박고 까무러칠 때까지 놔주지 않을 거야. 전에도 그러는 걸 봤어."

"마을 애들이에요?"

"마을?" 소녀가 경멸의 눈빛으로 소년을 보았다. "너희 마을? 우린 매일 이 마을 저 마을을 지나다녀. 너희 마을이 우리랑 무슨 상관이야? 녀석들이 곧 돌아올 거야. 그럼 넌 큰일 나."

"난 겁 안 나요. 원하면 풀어 줄게요."

"난 항상 내 힘으로 풀어." 소녀가 다시 몸을 뒤틀었다.

"왜 묶은 거예요?"

"왜냐고? 구경하려고 그러겠지. 내가 발버둥 치는 걸 구경하려고. 그런데 지금은 먹을 걸 훔치러 갔어." 소녀가 말을 이었다. "마을 사람들은 하루 종일 일하는 줄 알았는데. 너희 엄마는 왜 널 돌아다니게 놔두셔?"

"오늘 이미 혼자 세 귀퉁이를 끝내서 허락받았어요." 그리고 소년은 덧붙였다. "우리 친엄마는 이제 마을에 안 살아요."

"어디 가셨는데?"

"몰라요. 잡혀갔어요. 지금 난 숙모랑 살아요."

"내가 너처럼 애였을 때는 나도 마을에 살았어. 지금은 떠돌아다녀."

"누구랑 다녀요?"

"아…… 그 녀석들과 다니지. 이 길로 꽤 자주 지나다녀. 지난봄에도 딱 이 자리에 날 묶어 놨던 게 기억나."

"내가 풀어 줄게요." 에드윈이 급히 말했다. "걔들이 와도 난 겁 안 나요."

하지만 뭔가가 여전히 에드윈을 주저하게 했다. 에드윈은 소녀가 눈길을 돌리거나, 적어도 접근을 받아들이며 몸에 힘을 좀 빼거나 할 줄 알았다. 그런데 계속 자기를 뚫어지게 쳐다보았고, 활처럼 구부린 등 밑에서 두 손은 계속 안간힘을 쓰고 있었다. 이윽고 소녀가 긴 한숨을 내쉬는 걸 보고야 에드윈은 소녀가 숨을 참고 있었다는 걸 알았다.

"보통은 나 혼자 풀 수 있어. 네가 없었으면 지금쯤 풀었을 거야."

"도망가지 말라고 묶어 둔 거예요?"

"도망? 내가 어딜 도망가? 걔들과 같이 떠돌아다니는데." 이어서 소녀가 말했다. "넌 왜 나한테 온 거야? 가서 엄마를 돕지 않고?"

"우리 엄마요?" 에드윈은 진심으로 놀랐다. "엄마가 왜 내 도움을 필요로 해요?"

"잡혀가셨다면서?"

"네, 그런데 오래전 일이에요. 지금은 행복하세요."

"어떻게 행복할 수 있지? 누가 와서 구해 주길 바랄 거라고는 생각 안 해?"

"엄마는 그냥 유랑하는 거예요. 내가 굳이 가서……."

"전에는 네가 애니까 오길 바라지 않으셨겠지. 그런데 이제 곧 어른이잖아." 소녀는 거기까지 말하고는, 다시 한번 허리를 활처럼 구부리며 온 힘을 다했다. 그러더니 다시 몸을 축 늘어뜨렸다. "가끔 녀석들은 돌아와서 보고 내가 못 풀고 있어도 풀어 주질 않아. 내가 혼자 어떻게든 풀 때까지 지켜만 보면서 한마디도 하지 않아. 앉아서 계속 구경만 해. 다리 사이에서 악마의 뿔이 점점 커지고. 말이라도 하면 덜 신경 쓰이겠어. 그런데 뚫어지게 보기만 하고 아무 말도 안 해." 소녀가 이어서 말했다. "널 봤을 때 너도 그럴 줄 알았어. 너도 앉아서 쳐다보면서 아무 말 안 할 줄 알았어."

"풀어 줄까요? 난 걔들 안 무서워요. 매듭도 잘 풀어요."

"넌 그냥 애야." 소녀가 갑자기 눈물을 보였다. 워낙 순식간에 일어난 일이었고 소녀의 얼굴에 이렇다 할 감정이 드러나지 않았기에, 에드윈은 처음엔 그게 땀인 줄 알았다. 그런데 잘 보니 눈물이었고, 얼굴이 옆을 향하고 있었기에 눈물은 콧마루를 타고 넘어 반대쪽 뺨으로 흘렀다. 그러는 동안에도 소녀는 에드윈에게서 시선을 떼지 않았다. 에드윈은 눈물의 의미를 알 수 없어 멍하니 서 있었다.

"그럼 그렇게 해." 소녀가 그러더니, 처음으로 몸을 돌려 모로 누웠다. 눈은 물가의 부들을 물끄러미 바라보았다.

에드윈은 기회를 포착한 도둑처럼 얼른 다가가서, 풀밭에 쪼그리고 앉아 매듭을 풀기 시작했다. 노끈은 가늘고 거칠어서 소녀의 손목을 잔인하게 파고들었다. 반면 반듯하게 펴서 서로 엇갈린 손바닥은 작고 부드러웠다. 처음엔 매듭이 좀처럼 풀리지 않았지만, 에드윈은 침착하려고 애쓰며 끈이 감긴 모양을 면밀히 살펴보았다. 그런 다음 다시 시도하니 매듭 하나가 말끔히 풀어졌다. 에드윈은 이제 더 자신 있게 작업을 진행하면서, 유순한 두 마리 동물처럼 기다리는 부드러운 손바닥을 이따금 곁눈으로 보았다.

노끈을 깨끗이 제거하자 소녀가 몸을 틀어 에드윈과 마주 앉았고, 두 사람 간 거리가 갑자기 불편할 만큼 가까워졌다. 소녀에게선 대부분의 사람에게서 나는 퀴퀴한 배설물 냄새가 나지 않았다. 대신 축축한 나무로 피운 불의 냄새가

293

났다.

"녀석들이 오면 널 갈대숲으로 끌고 가서 반죽음이 되도록 물을 먹일 거야." 소녀가 조용히 말했다. "어서 가. 네 마을로 돌아가." 소녀는 제 손이 아직 제 손 같지 않은지 조심스레 손을 내밀더니 에드윈의 가슴을 밀었다. "가. 어서."

"난 개네들 안 무서워요."

"넌 안 무섭겠지. 그래도 너한테 온갖 못된 짓을 할 거라고. 넌 날 도와줬지만 어서 자리를 떠야 해. 가, 어서."

에드윈이 해 지기 조금 전에 그 자리에 다시 와 보니 소녀가 누웠던 자리의 풀들은 아직 누워 있었지만, 그것 말고 소녀의 흔적은 아무것도 남아 있지 않았다. 그곳은 왠지 묘하게 평온한 느낌이었고, 에드윈은 풀밭에 잠시 앉아 바람에 흔들리는 부들을 바라보았다.

에드윈은 소녀의 이야기를 아무에게도 하지 않았다. 듣자마자 악령이라고 했을 숙모에게도, 다른 남자아이들에게도. 하지만 그 후 여러 주 동안, 소녀의 모습이 머릿속에 생생하게 불쑥불쑥 떠오르곤 했다. 밤에 꿈속에 나오기도 했고 대낮에도 곧잘 생각났다. 땅을 파거나 지붕 수선을 돕고 있으면 떠올랐고, 그럴 때면 소년의 다리 사이에서 악마의 뿔이 커지곤 했다. 뿔은 조금 있으면 결국 사라지면서 소년에게 수치감을 안겼고, 그러고 나면 소녀의 말이 다시 떠오르곤 했다. "넌 왜 나한테 온 거야? 가서 엄마를 돕지 않고?"

하지만 엄마에게 어떻게 갈 수 있겠는가? 소녀 자신도 에드윈을 "그냥 애"라고 하지 않았는가. 그런가 하면 역시 소녀가 지적한 것처럼, 에드윈은 곧 어른이 될 터였다. 소년은 그 말을 상기할 때마다 수치심을 새삼 느꼈지만, 그럼에도 앞으로 나아갈 길이 도무지 보이지 않았었다.

하지만 모든 게 바뀌었다. 위스턴이 눈부신 빛과 함께 헛간 문을 열어젖히면서, 에드윈이 임무에 발탁되었노라고 선언한 순간부터였다. 이제 두 사람, 에드윈과 전사는 온 나라 곳곳을 다니고 있지 않은가. 그러니 틀림없이 오래지 않아 엄마를 만날 수 있을 것이다. 그때 엄마와 같이 유랑하는 사내들은 무서워 벌벌 떨리라.

하지만 소년을 딴 길로 이끈 것이 정녕 엄마의 목소리였던가? 그저 병사들에 대한 공포심은 아니었던가? 그러한 의문을 마음에 품으면서 소년은 어린 수도승의 뒤를 좇아, 사람의 발길이 거의 닿지 않은 길로 시냇물을 따라 걸어 내려갔다. 잠에서 깼을 때 석탑 주변에 몰려다니는 병사들을 창문으로 내다보고 겁을 집어먹지는 않았던가? 하지만 지금 잘 생각해 보니, 확실히 두려움은 없었다. 전날 낮에 전사가 석탑에 에드윈을 데리고 들어가 이야기해 주었을 때도, 에드윈은 어서 전사의 곁에 서서 적의 공습에 맞서고 싶어 마음이 조급하기만 했다.

위스턴은 처음 수도원에 왔을 때부터 오래된 석탑에 온

신경을 쏟았다. 헛간에서 장작을 패면서도 줄곧 석탑을 힐 끗거리던 것을 에드윈은 기억했다. 손수레에 장작을 싣고 구 내에 배달하러 다닐 때도, 일부러 석탑 옆을 지나가려고 두 번이나 길을 돌아갔다. 그러니 수도승들이 회의장에 들어가 고 안마당이 텅 비자 위스턴이 도끼를 장작더미에 기대어 놓고 이렇게 말한 것도 놀랍지는 않았다. "자, 젊은 동지. 기 회를 봐서, 저기 우뚝 서서 우리를 내려다보는 키 크고 오래 된 친구를 좀 자세히 살펴보자고. 우리를 항상 지켜보고 있 는 것 같아. 자기를 안 찾아온다고 화를 내는 것도 같고."

낮은 아치문으로 들어가니 안은 싸늘하고 어두침침했다. 전사가 말했다. "조심해. 안에 들어왔다고 생각하겠지만 밑 을 봐."

에드윈이 밑을 보니 발 앞에 해자 같은 것이 파여 있었다. 해자는 둥근 내벽 둘레를 빙 둘러서 원을 이루고 있었다. 폭 이 어른이 뛰어넘지 못할 만큼 넓었고, 널빤지 두 개를 놓은 소박한 다리가 중앙의 다져진 흙바닥에 이르는 유일한 통로 였다. 에드윈이 널빤지에 올라서서 컴컴한 밑을 내려다보는 데 전사가 뒤에서 말했다.

"밑에 물은 없어, 젊은 동지. 그리고 빠진다 해도 깊이는 네 키 정도일 거야. 이상하지 않아? 왜 안쪽에 해자가 있을 까? 그리고 이런 작은 탑에 해자가 왜? 무엇에 쓰려고?" 위 스턴도 널빤지를 건너와 뒤꿈치로 흙바닥을 점검해 보았다.

"어쩌면 옛사람들은 이 탑을 가축을 도살하는 데 쓰려고 지었을 거야. 한때 도축장으로 썼던 거지. 버릴 부분은 옆으로 밀어서 해자에 버렸겠지. 어떻게 생각해?"

"그럴 수 있겠네요, 전사님." 에드윈이 말했다. "하지만 짐승이 저 좁다란 널빤지를 건너게 하려면 쉽지 않았겠어요."

"옛날에는 더 좋은 다리가 있었을지도 모르지." 위스턴이 말했다. "황소가 지나다닐 수 있는 튼튼한 다리가 있었을 거야. 다리를 건넌 짐승이 제 운명을 직감하거나 한 번 타격으로 쓰러지지 않은 경우 쉽게 도망갈 수 없는 구조지. 고통에 몸을 비틀며 도망가려 해도 사방이 해자니까. 작은 다리 하나가 있지만 광분 상태에서는 찾기 어려울 테고. 이곳이 그런 도살 장소로 한때 쓰였다고 짐작해도 어리석은 생각은 아니야. 자, 위를 봐. 뭐가 보이지?"

둥글게 뚫려 하늘이 보였다. 에드윈이 말했다. "위가 뚫려 있어요, 전사님. 굴뚝처럼요."

"재미있는 말을 했네. 다시 한번 말해 보렴."

"굴뚝 같아요, 전사님."

"어떤 의미가 있을까?"

"옛사람들이 이곳을 도살 장소로 썼다면, 지금 우리가 선 자리에 불을 피우지 않았을까요. 고기를 해체해서 굽고, 연기는 하늘로 올라가고요."

"그랬을 법하지. 이곳의 기독교 수도승들은 한때 여기서 무슨 일이 있었는지 짐작이나 할까? 수도승들은 아마 고요함과 은둔감을 느끼려고 이 탑 안에 들어올 거야. 벽이 얼마나 두꺼운지 봐. 밖의 소리가 거의 들어오지 않아, 우리가 들어올 때 까마귀들이 울고 있었는데도. 빛이 저 높은 곳에서 비치는 것도 봐. 보면서 자기들 신의 은총을 떠올리겠지. 어떻게 생각해?"

"충분히 들어와서 기도할 만해요, 전사님. 그런데 무릎을 꿇기엔 땅이 너무 더러운데요."

"아마도 서서 기도하겠지. 이곳이 한때 살육하고 불사르는 장소였다는 생각은 전혀 못 하고 말이야. 위를 봐. 또 뭐가 보이지?"

"아무것도요."

"아무것도?"

"계단 말고는 아무것도 안 보여요."

"아, 계단. 계단이 어떤 식으로 되어 있지?"

"해자 위에서 출발해 벽의 곡면을 따라 빙빙 돌면서 올라가요. 계속 올라가서 꼭대기 하늘까지 이어지네요."

"잘 봤구나. 자, 이제 들어 보렴." 위스턴이 가까이 다가오더니 목소리를 낮췄다. "이곳은, 그러니까 이 석탑뿐만이 아니라 현재 수도원이라고 하는 이 부지 전체는, 옛날 우리 색슨 선조들이 전시에 지어 놓은 산상 요새였던 게 틀림없어. 그래서 브리턴 침입자들을 유인하기 위한 교묘한 함정이 곳곳에 숨어 있지." 전사는 다시 소년에게서 떨어져 흙바닥 둘레를 천천히 오가며 해자 속을 응시했다. 이윽고 그가 고개를 들고 말했다. "이 수도원이 요새라고 상상해 봐. 여러 날을 버틴 끝에 방어가 뚫려서 적군이 쏟아져 들어오고 있어. 마당과 담벽 곳곳에서 전투가 벌어져. 자, 그럼 이런 상상을 해 보자. 우리 색슨 형제 두 명이 저 밖의 마당에서 수많은 브리턴 병사들과 맞서 싸우고 있어. 두 용사는 용감히 싸우지만, 적의 수가 너무 많아 후퇴할 수밖에 없어. 바로 이 탑 안으로 후퇴했다고 하자. 작은 다리를 건넌 뒤 우리가 선 이 자리에서 적들과 맞서는 거야. 브리턴 병사들은 득의양양하겠지. 두 사람은 꼼짝없이 독 안에 든 쥐니까. 검과 도끼를 들고 들이닥치면서 다리를 급히 건너오겠지. 두 용사는 처음 몇 명을 해치우지만, 곧 더 물러날 수밖에 없어. 자, 저 길 봐. 벽면을 따라 빙 돌며 올라가는 저 계단을 타고 후퇴할 거야. 적병들은 속속 해자를 건너와 지금 이 자리에 들어차겠지. 하지만 아무리 수가 많다 한들 딱히 도움이 되지 않아. 두 용사가 계단에 나란히 서서 버티고 있어서, 어차피 2 대 2로 맞붙을 수밖에 없으니까. 두 용사는 기량이 뛰어난 전사여서, 점점 높은 곳으로 물러나긴 할지언정, 적군은 그들을 압도하지 못해. 적병들이 밑으로 떨어지고, 뒤따라오는 적병들이 그 자리를 차지했다가 또 떨어지기를 반복해. 하지만 용사들도 지쳐 가. 점점 높은 곳으로 물러나고,

적병들은 한 계단 한 계단 밀고 올라와. 그런데 무슨 일일까? 에드윈, 이게 무슨 일일까? 우리 형제들이 결국 용기를 잃은 걸까? 뒤돌아서서 나머지 계단을 뛰어가는 거야. 이따금씩만 뒤를 공격하면서. 누가 봐도 이제 끝난 상황이야. 브리턴 병사들은 기고만장하겠지. 이 밑에서 지켜보는 병사들은 먹잇감을 눈앞에 둔 야수처럼 입가에 웃음을 지을 거야. 그런데 자세히 보렴. 뭐가 보이니? 우리 색슨 형제들이 저 둥근 하늘에 다다를 때 무슨 일이 일어날까?" 위스턴이 에드윈의 양어깨를 잡고 방향을 틀어 주며 손가락으로 위를 가리켰다. "자, 말해 봐, 뭐가 보이니?"

"우리 형제들이 함정을 판 거예요. 물러나는 것처럼 하면서, 적병들을 꿀단지에 꼬이는 개미 떼처럼 유인한 거예요."

"그렇지! 그 함정이 과연 뭘까?"

에드윈은 잠시 살펴보더니 말했다. "계단 꼭대기 바로 밑에 벽이 움푹 들어간 곳이 보여요. 문 같기도 하고요."

"좋아. 그 벽감 속에 무엇이 숨겨져 있을까?"

"최강의 전사들 십여 명이 숨어 있는 게 아닐까요? 전사들이 두 형제와 함께 다시 죽 밀고 내려와서, 이 밑에 있는 적병들 틈으로 파고드는 거예요."

"다시 생각해 보렴."

"그럼 사나운 곰이요. 아니면, 사자요."

"얘야, 사자를 마지막으로 본 게 언제니?"

"불이에요, 전사님. 벽감 속에 숨겨져 있는 건 불이에요."

"좋은 답이야. 그 옛날에 무슨 일이 있었는지 우리가 정확히 알 수는 없어. 그렇지만 그게 맞으리라고 본다. 이 밑에서 보면 눈에 잘 띄지 않는 조그만 벽감이지만, 그 안쪽에는 횃불 하나가, 아니 어쩌면 두세 개가 활활 타고 있었을 거야. 그다음 이야기를 네가 해 보렴."

"우리 형제들이 횃불을 아래로 던질 거예요."

"아래로? 적들의 머리 위로?"

"아니요. 해자 속으로요."

"해자? 물이 들어 있는 해자로?"

"아니요. 해자에는 장작이 가득 들어 있어요. 우리가 열심히 마련해 놓은, 그런 장작이요."

"바로 그거야. 말 나온 김에, 달이 높이 뜨기 전에 장작을 더 패 놓자고. 건초도 넉넉히 장만하고. 네가 굴뚝이라고 했지. 그 말이 맞아. 여기는 굴뚝이야. 우리 선조들이 딱 그런 용도로 만들어 놓은 탑이지. 아니면 여기 왜 탑이 있겠어. 이 꼭대기에 올라가서 내려다봐야 외곽 담벽 위에서 보는 전망보다 나을 게 없는데? 하지만 횃불을 이 해자에 떨어뜨린다고 생각해 보렴. 두 개, 세 개를 말이지. 아까 우리가 이 주변을 돌아봤을 때, 탑 뒷면을 보니 지면에서 높지 않은 곳의 돌벽에 구멍이 몇 개 뚫려 있더구나. 오늘 밤처럼 동풍이 강하게 불면 구멍 덕분에 불길이 더 높게 일겠지. 그러면 브리턴 병사들이 그 불지옥을 빠져나갈 수 있을까? 사방은 튼튼한 벽이고, 빠져나갈 길은 좁다란 다리 하나에, 해자가 온통 화염에 휩싸여 있는데. 어쨌든 우리 이제 이곳을 뜨자. 이 옛 탑이 우리가 자기 비밀을 너무 많이 알아냈다고 기분 나빠 할지도 모르니까."

위스턴은 널빤지 쪽으로 발길을 돌렸지만, 에드윈은 여전히 탑 꼭대기를 응시하고 있었다.

"하지만 전사님." 에드윈이 말했다. "우리 두 용사는요? 적군과 함께 불에 타 죽는 건가요?"

"그런다면 영예로운 선택 아닐까? 그렇지만 꼭 그럴 필요까지는 없을 거야. 어쩌면 우리 두 형제는 뜨거운 열기가 솟구칠 때, 뚫린 구멍의 테두리로 잽싸게 올라가 그 꼭대기에서 뛰어내리지 않을까. 어때, 그럴 수 있을까? 날개가 없는데도?"

"날개는 없죠." 에드윈이 말했다. "하지만 동지들이 탑 뒤에 수레를 갖다 놓았을 수는 있어요. 건초를 가득 실은 수레요."

"그럴 수도 있겠지. 그 옛날에 무슨 일이 있었는지 누가 알겠어. 자, 그럼 몽상은 거기까지 하고 나무를 좀 더 하러 가자고. 여름이 올 때까지 아직은 여러 날 밤을 수도승들이 쌀쌀하게 보내야 할 테니."

전투 중에는 정보를 공들여 교환할 시간이 없다. 한번 획

보거나, 손을 흔들거나, 시끄러운 가운데 한마디 호령하거나, 그런 것만으로 진정한 전사들은 서로의 뜻을 전한다. 그런 식으로 위스턴도 그날 오후 석탑 안에서 자신의 의중을 똑똑히 전한 것이었고, 에드윈은 그의 기대를 완전히 저버린 것이었다.

그러나 전사가 너무 큰 기대를 한 건 아닐까? 스테파 할아버지도 에드윈에게 전도가 유망하다고 했을 뿐이다. 배워서 전사의 소양을 쌓으면 크게 될 거라고 했을 뿐이다. 아직 위스턴에게 가르침을 받고 있는 에드윈인데, 무언가 언질을 받았다 해도 대처할 방법을 어떻게 알겠는가? 이제 전사는 부상을 입은 듯하지만, 그게 에드윈의 잘못이라고만은 할 수 없을 것이다.

어린 수도승은 시냇물 가에 멈춰 서서 신발 끈을 풀었다. "여기로 건널 거야." 그가 말했다. "다리는 훨씬 더 내려가야 있고, 그곳은 사방이 너무 트여 있어서 바로 옆 언덕배기에서도 눈에 띌지 몰라." 그러더니 에드윈의 신발을 가리키며 말했다. "신발 만든 솜씨가 좋네. 네가 만든 거야?"

"볼드윈 선생님이 만들어 주셨어요. 마을에서 제일 솜씨 좋은 제화공이세요. 보름달이 뜰 때마다 발작을 하시긴 하지만요."

"벗어. 젖으면 보나 마나 망가질 테니까. 징검돌 보여? 고개를 더 숙이고 수면 밑을 잘 봐. 저기, 보여? 저 길로 갈 거야. 잘 보면서 가면 젖을 일 없을 거야."

어린 수도승의 말투는 여전히 어딘지 퉁명스러웠다. 혹시 두 사람이 길을 나선 이후로, 저 혼자 머릿속으로 이런저런 추론을 하다가 에드윈이 사태에 한몫했음을 깨달은 걸까? 길을 막 나섰을 때 어린 수도승은 태도도 더 따뜻했을 뿐 아니라 말을 멈추지 않았다.

두 사람이 만난 곳은 조너스 신부의 독방 밖 쌀쌀한 복도였다. 에드윈은 밖에서 기다렸고, 안에서는 몇 사람이 나직하면서 격렬한 목소리로 설전을 벌이고 있었다. 곧 들려올 나쁜 소식의 예감하에 두려움이 밀려오던 중, 안으로 불려 들어가는 대신 어린 수도승이 명랑한 미소를 띠며 밖으로 나오자 에드윈은 안도했다.

"내가 네 길잡이로 결정됐어." 어린 수도승이 에드윈의 언어로 의기양양하게 말했다. "조너스 신부님이 당장 출발해서 눈에 띄지 않게 빠져나가라고 하셨어. 용기를 내, 곧 형을 만나게 될 거야."

어린 수도승은 걷는 품새가 특이했다. 마치 추워서 오들오들 떠는 사람처럼 제 몸을 꼭 안고 두 팔을 수도복 밖으로 빼지 않았다. 에드윈은 그를 따라 산길을 내려가면서, 날 때부터 팔이 없는 사람일까 하고 처음엔 생각했다. 하지만 수도원에서 멀찌감치 벗어나자, 수도승은 에드윈의 옆에서 나란히 걷더니 가늘고 긴 팔을 꺼내 에드윈의 어깨를 격려

하듯 감쌌다.

"너 다시 돌아온 건 참 어리석었어. 그것도 탈출에 잘 성
공해 놓고! 조너스 신부님이 듣고 화내셨어. 그래도 어쨌든
또다시 무사히 벗어났네. 운만 좋으면 아무도 네가 돌아왔
던 걸 모를 거야. 그런데 세상에 어떻게 그런 일이! 너희 형
원래 그렇게 싸움을 잘 걸어? 아니면 병사 한 명이 지나가
는 말로 너희 형한테 험한 욕을 했을까? 형한테 가면 일의
발단이 어떻게 된 건지 한번 물어 봐. 우리는 뭐가 어떻게 된
건지 도통 모르겠거든. 너희 형이 병사들한테 먼저 욕을 한
거라면 진짜 센 욕이었나 봐. 글쎄 병사들이 하나같이, 수도
원장님 뵈러 온 용건이 뭔지는 몰라도 까맣게 잊고 야수처
럼 돌변해서 너희 형의 버르장머리를 고쳐 준다고 달려들었
다니까. 나도 고함 소리에 잠이 깼어, 내 방은 안마당에서 먼
데도 말이지. 놀라서 안마당으로 뛰어가서는 다른 수도승들
옆에 하릴없이 서서, 공포에 질려 눈앞의 광경을 지켜만 봤
지. 수도승들이 얘기해 주는데, 너희 형이 격노한 병사들을
피해 옛 탑으로 뛰어 들어갔다는 거야. 병사들이 찢어 죽일
심산으로 쫓아 들어갔는데, 너희 형이 젖먹던 힘을 다해 싸
웠나 봐. 게다가 의외의 강적이었나 봐. 병사들 서른 명 이상
에게 색슨인 양치기 한 명이 맞서 싸웠는데 말야. 금방이라
도 피투성이 시체가 되어 끌려 나올 줄 알고 있었는데 오히
려 병사들이 줄줄이 기겁하여 탑에서 뛰쳐나오는 거야. 다

친 동료를 부축하며 비틀거리면서 나오기도 하고. 눈으로 보고도 믿을 수가 없더라고! 어쨌거나 우린 싸움이 얼른 끝나길 빌었지. 처음에 누가 무슨 욕을 했건 그렇게 심한 폭력은 누가 봐도 명분이 없으니까. 그런데 싸움이 계속 끝나질 않더니 결국 그 끔찍한 사고가 터진 거야. 아니, 성스러운 공간에서 그렇게 험악한 싸움을 벌이고 있으니 하느님이 눈살을 찌푸리시고 직접 손가락으로 가리켜 불을 내리셨는지 누가 알겠어? 아마 그랬다기보다는 횃불을 들고 왔다 갔다 하던 병사 하나가 넘어져서 큰 화를 부른 거겠지만. 정말 공포스러웠어! 갑자기 탑이 불바다가 된 거야! 오래된 그 눅눅한 탑이 그렇게 잘 탈 줄 누가 알았겠어? 그런데 불길이 휠휠 타오르는 거야, 브레너스 군주의 병사들과 너희 형이 다 갇힌 채로. 사람들이 싸움은 잊고 곧장 뛰쳐나왔으면 좋았을 텐데 불길을 잡으려고 했나 봐. 그러다가 불길에 휩싸여 버린 후엔 너무 늦었던 거지. 참으로 처참한 사고였어. 몇 명이 빠져나왔지만 나오자마자 그대로 바닥에서 끔찍하게 몸을 뒤틀면서 죽었어. 그런데 기적 중의 기적이지, 알고 보니 너희 형이 탈출한 거야! 구내의 어디 깜깜한 곳을 배회하는 것을 니니언 신부님이 발견한 거야. 얼이 나가 있고 몸을 다쳤지만 살아 있었어. 그동안에도 우리는 불타는 탑을 보면서 안에 갇힌 이들을 위해 기도하고 있었는데 말야. 조너스 신부님은 너희 형의 부상을 직접 치료해 주시고는, 너희 형이 살았다는 소식을 아는 우리 몇 명에게 비밀을 엄수하라고 하셨어, 수도원장님에게조차 말해선 안 된다면서. 그 소식이 퍼지면 브레너스 군주가 복수하려고 병사들을 더 보낼까 우려하신 거지. 대부분은 너희 형의 손에 죽은 게 아니라 사고로 죽었지만 그런 것 상관하지 않을 거래. 너도 아무에게도 말하지 않는 게 좋을 거야, 적어도 너와 형이 이 나라에서 멀리 떠날 때까지는 말야. 조너스 신부님은 네가 왜 위험하게 수도원에 돌아왔냐며 화를 내셨지만, 그래도 너를 너희 형과 더 쉽게 만나게 해 줄 수 있어서 다행으로 생각하셔. '둘은 함께 이 나라를 떠나야 한다.'고 하시더라고. 조너스 신부님만큼 훌륭하신 분은 없지. 새들 때문에 그렇게 되셨지만 지금도 가장 현명하신 분이야. 조너스 신부님과 니니언 신부님은 너희 형에게 생명의 은인이라고 봐."

하지만 그건 아까 전의 일이었다. 이제 어린 수도승은 소원해져 있었고, 두 팔은 다시 수도복 안에 쏙 집어넣고 있었다. 에드윈은 그의 뒤를 따라 시냇물을 건너면서, 졸졸 흐르는 물 밑의 돌들을 열심히 눈으로 찾았다. 그러면서 생각했다. 위스턴에게 깨끗이 털어놓으리라. 엄마 이야기를 하고, 엄마의 목소리가 불렀다고 말하리라. 처음부터 다 정직하게 터놓고 설명하면 이해하고 다시 한번 기회를 줄지도 몰랐다.

에드윈은 신발을 한 손에 한 짝씩 들고 다음 징검돌을 향해 깡충 뛰었다. 희망에 마음이 약간 가벼워진 채로.

3부

가웨인의 첫 번째 몽상

몹쓸 과부들 같으니. 하느님께선 대체 무슨 뜻으로 그 과부들을 내가 가는 산길에 두신 거람? 내 겸허함을 시험하시려고? 아니, 내가 그 점잖은 부부와 다친 아이를 구출하고, 흉악한 늑대를 쓰러뜨리고, 이슬 젖은 풀밭에서 한 시간도 못 자고 일어나 아직 내 임무가 끝난 게 아니라는 걸 깨닫고, 호러스와 함께 다시 길을 떠나 몸을 쉴 마을로 내려가지 않고 잿빛 하늘 아래 가파른 길을 또 올라가는 것을 다 보시고도 그걸로 충분치 않았단 말인가? 그런데도 그 과부들을 내가 가는 길에 두신 건 틀림없고, 내가 그들을 정중하게 대한 건 잘한 일이지. 그들은 유치한 욕설이나 해 대고 호러스의 궁둥이에 흙덩어리를 던져 댔지. 그러면 호러스가 기겁하여 허둥지둥 달아나기라도 할 줄 알았는지! 그러는 와

중에도 나는 뒤쪽으로 눈길 한번 주지 않고, 호러스의 귀에 대고 우리는 이런 시련을 다 견뎌 내야 한다, 먹구름이 몰려오는 저 머나먼 봉우리들 위에 훨씬 더 큰 고난이 기다리고 있지 않느냐고 말해 주었지. 더구나 그 누더기 옷을 펄럭이는, 풍파에 시달린 여인들도 한때는 천진한 아가씨들 아니었겠어. 개중엔 아름다움과 기품을 지닌 이들도 있었을 테고, 아니더라도 사내들의 눈을 웬만큼 끌 만한 청초함이 있었겠지. 내가 가끔 떠올리는 그 여인도 그러지 않았던가. 처량한 가을날, 달려도 달려도 끝이 없을 황량하고 적막한 들판이 눈앞에 펼쳐질 때면 생각나곤 하는 그 여인. 미인은 아니었지만 내게는 느낌이 썩 좋았지. 젊을 적 한번 언뜻 보았을 뿐이었지만. 그때 내가 말도 걸었던가? 어쨌든 지금도 마음속에 그 모습이 가끔 떠오르고, 꿈속에도 나타났겠지. 잠에서 깨어 꿈이 희미해질 때 까닭 모를 흐뭇함을 종종 느끼곤 하니까.

오늘 아침 호러스가 날 깨웠을 때도 꼭 그런 기분을 느끼며 기쁨이 좀처럼 가시지 않았어. 한밤의 분투 후에 내가 누워 자고 있던 부드러운 숲 바닥을 녀석이 쿵쿵 두드리더군. 내 체력이 예전 같지 않아서, 그런 밤을 보내고 나서 한 시간도 못 자고 또다시 길을 나선다는 건 쉬운 일이 아니라는 걸 녀석도 잘 알아. 그렇지만 해가 이미 중천에 떠서 숲 천장 사이로 비쳐 들고 있으니, 주인을 계속 자게 둘

수야 없었겠지. 녀석이 계속 발을 구르니 사슬 갑옷을 삐걱거리며 일어나야 했어. 이 갑옷은 갈수록 지긋지긋하기만 해. 지금까지 갑옷 덕을 크게 본 적이 있긴 했던가? 기껏해야 작은 부상을 한두 번 막아 줬을 뿐. 내가 지금까지 무사한 것은 갑옷이 아니라 검 덕분이야. 일어나서 주변의 나뭇잎을 바라보았어. 여름이 무르익지도 않았는데 왜 그리 잎이 많이 떨어져 있는지? 아늑하게 우리를 가려 주는 나무들이 병이라도 걸린 건가? 높은 나뭇잎 사이로 새어 든 한줄기 햇살이 호러스의 코굴레 위로 비쳤고, 녀석은 햇살이 자기를 괴롭히려고 날아든 파리라도 되는 양 코를 좌우로 흔들더군. 녀석도 밤을 쾌적하게 보내지 못했을 거야. 주변 사방에서 나는 숲의 소리를 들으며, 주인이 어디 위험한 곳에 가 있는지 궁금했겠지. 나를 그리 일찍 깨워서 기분은 좋지 않았지만 녀석에게 다가가서 목을 살며시 끌어안고, 내 머리를 녀석의 갈기에 묻고 잠시 있었어. 녀석도 참 까다로운 주인을 만났지. 나도 알아. 뻔히 지친 걸 알면서도 계속 내달리고, 잘못한 게 없는데도 욕을 퍼붓고. 게다가 이 묵직한 쇠붙이 때문에 나뿐 아니라 저도 힘들 테지. 우리가 앞으로 얼마나 더 함께 달리게 될까? 녀석을 부드럽게 토닥이면서 이렇게 말했어. "곧 인심 좋은 마을에 당도할 거야. 지금 먹은 것보다 나은 아침을 먹게 해 줄게."

위스턴 선생의 문제가 해결됐다고 생각해서 그렇게 말했

지. 그런데 산길에 들어서자마자, 아직 숲을 벗어나지도 못했는데, 꼴이 말이 아닌 수도승 한 명이 찢어진 신을 신고 헐레벌떡 브레너스 군주의 진지로 뛰어가고 있는 거야. 그런데 그 수도승이 하는 말이, 위스턴 선생이 수도원을 빠져나갔고, 한밤중에 쳐들어갔던 병사들은 거의가 새까만 숯덩이가 되어 몰살당했다네. 대단한 친구일세! 그 소식을 듣고 묘하게도 기쁨이 벅차오르더라고. 허나 그렇다면 해결했다고 생각한 우리의 막중한 임무가 원점으로 되돌아간 셈이지. 하는 수 없이 호러스와 나는 건초와 구운 고기와 좋은 말동무 생각은 잊고, 이렇게 또다시 산을 오르고 있고. 그나마 그 망할 수도원에서는 멀어지고 있으니 다행이라고 할까. 위스턴 선생이 그 수도승들과 고약한 브레너스의 손에 죽지 않아서 다행이다 싶은 건 사실이야. 어쨌든 대단한 친구야! 그 친구가 매일같이 흐르게 하는 피로 세번강이 넘쳐 흐르겠어! 그 꼴이 말이 아닌 수도승 말로는 부상을 입었다고 하지만, 위스턴 선생 같은 사람이 쉽게 죽을 리 있나? 그 에드윈이라는 아이를 달아나게 놓아둔 내가 얼마나 어리석었는지. 이제 둘이 서로 만나지 않으리라는 법이 있겠나? 참 어리석었지만 그때 나는 지쳐 있었고, 더군다나 위스턴 선생이 탈출하리라고는 생각도 못 했어. 대단한 친구야! 색슨인이긴 하지만 만약 우리 시절의 동지였더라면, 아서왕의 탄복을 샀을 거야. 우리 쪽 최고의 전사라도 그를 대적하려면 두려웠을 테지. 그렇지만 어제 브레너스의 병사와 결전을 벌일 때, 그의 왼쪽 측면에서 작은 약점이 하나 보였던 것 같아. 아니면 그 순간 영리한 꾀를 쓴 것이었을까? 싸우는 모습을 한 번 더 보면 아마 알 수 있겠지. 기량이 출중한 전사인 건 틀림없고, 아서왕의 기사쯤 되지 않고선 알아차리지도 못했겠지만, 어쨌든 싸우는 걸 보면서 내가 생각하기엔 그랬어. 저기 봐라, 왼쪽 측면에 작은 빈틈이 있네, 내가 그렇게 혼잣말했거든. 약삭빠른 상대라면 노려볼 만한 틈이었어. 그렇다 해도, 감탄이 나오는 친구인 건 분명해.

그런데 이 몹쓸 과부들은 왜 우리 앞에 나타난 거지? 그러지 않아도 바쁜데 말야. 인내심을 시험할 일은 이미 충분히 겪지 않았던가? 비탈을 올라가면서, 다음 산마루에서 쉬자고 호루스에게 말했어. 먹구름이 몰려오고 폭풍이 닥칠 듯하지만 일단 쉬었다 가자고. 혹시 나무가 없더라도 난 헤더꽃 덤불에 그냥 앉을 테니, 어찌 됐든 쉬자고 했지. 그런데 길이 마침내 평탄해지니 저 앞에 커다란 새들이 바위에 앉아 있는 거야. 그 새들이 동시에 자리를 뜨더니, 어둑해지는 하늘로 날아오르는 게 아니라 우리에게 다가오지 않겠어? 그러고 보니 새가 아니라, 나이 든 여자들이 망토를 펄럭거리면서 우리 앞길에 집결하고 있더군.

왜 하필 그리 황량한 곳에 모여든 걸까? 주변에 지표가 될 만한 돌무더기나 마른 우물도 없는 곳에. 나그네가 해나 비를 피할 앙상한 나무나 관목 하나도 없는데. 있는 것이라 곤 여자들이 앉았다가 일어난, 양 길가 흙에 박힌 석회질의 바위뿐이었어. 잘 보자, 호러스에게 말했지. 내 늙은 눈이 침침해서 산적들이 우리를 덮치러 오는 걸 잘못 본 게 아닌지, 잘 보자고. 하지만 검을 뽑을 필요는 없었어. 자기 전에 땅속에 깊숙이 꽂아 두었는데도 아직 그 흉악한 늑대의 끈적한 피 냄새가 나는 검을 말이지. 나이 든 여자들이 확실했거든. 물론 방패 한두 개 있었더라면 요긴하게 쓰긴 했겠지. 부인들, 그래 부인들이라고 기억해 두자고, 호러스. 이제는 그들에게서 벗어났으니 말야. 사실 불쌍한 사람들 아니겠어? 마귀할멈들이라고 부르지는 말자고. 언동을 보면 딱 그렇게 부를 만하지만. 적어도 그중 몇 명은 한때 기품과 아름다움을 지닌 이들이었다는 걸 기억하자고.

"여기 오시는구먼, 사기꾼 기사 양반이 오시네!" 한 사람이 외쳤어. 나머지 사람들도 다가오는 나를 보면서 같이 외치기 시작하더군. 빠른 걸음으로 지나쳐 가도 됐겠지만, 내가 역경을 피해 갈 사람이 아니지. 그들 한가운데에서 호러스를 멈춰 세우고, 시선은 몰려오는 먹구름을 주시하듯 다음 봉우리를 응시했어. 누더기 옷자락들이 옆에서 펄럭이고 고함 소리에 귀청이 따가울 때쯤에야, 안장에 앉은 채 그들을 바라보았지. 열다섯 명쯤 되었을까? 스무 명? 사람들이 호러스의 양 옆구리에 손을 대기에, 나는 호러스를 진정시키려고 속삭여 주었어. 그러고는 몸을 펴고 말했지. "부인들, 대화를 하시려면 시끄러운 소리를 멈추어야 하오!" 그러자 사람들이 조용해졌지만 계속 화난 표정들을 짓고 있기에 내가 말했어. "부인들, 내게 뭘 원하시오? 왜 이렇게 덤벼드는 것이오?" 그랬더니 한 여자가 외쳤어. "너무 겁약해서 맡은 임무도 못 해내는 걸로 유명하신 얼치기 기사 양반 아니오?" 또 한 여자가 이러더군. "댁이 하느님이 맡기신 일을 진작에 해냈다면, 우리가 이렇게 슬퍼하며 배회하겠소?" 그러니 또 한 여자가 이랬어. "자기 임무를 겁내는 것 봐! 얼굴에 다 쓰여 있네. 임무를 겁내고 있어!"

나는 화를 꾹 누르고 무슨 말인지 설명해 달라고 했지. 그랬더니 개중 좀 예의 있는 여자가 앞으로 나서더군. "용서하시오, 기사 양반. 우리가 이 하늘 밑에서 배회한 지가 여러 날인데, 기사 양반 본인이 말을 타고 당당히 이리로 오시니 우리 한탄을 들려드리지 않을 수가 없소."

"부인." 내가 말했어. "내가 세월의 무게에 지쳐 보일지는 몰라도, 아서 대왕의 기사요. 고충을 말해 주시면 내 기꺼이 최선을 다해 도와드리리다."

그러자 당황스럽게도 여자들이 한꺼번에, 예의 있는 여자까지 포함해 비아냥대는 웃음을 터뜨렸어. 그러더니 누군가가 이러는 거야. "기사 양반이 진작에 소임을 다하여 암용을 죽이셨다면 우리가 이렇게 괴롭게 배회하고 있겠소?"

그 말에 난 충격을 받고, "부인들이 무엇을 아시오? 퀘리그에 대해 뭘 안다고 그러시오?" 하고 외쳤다가, 이내 자제해야겠다는 생각이 들었어. 그래서 침착하게 말했지. "설명해 주시오, 부인들, 무슨 이유로 이렇게들 산길을 가시는 것이오?" 그랬더니 뒤쪽에서 칼칼한 목소리로 누가 이러는 거야. "기사 양반, 나더러 왜 배회하냐고 물으신다면 기꺼이 말해 드리리다. 뱃사공이 내게 질문을 던졌을 때였소. 사랑하는 그이는 이미 배에 타서 내 손을 잡아 주려고 손을 내밀고 있었고. 그때 내 가장 소중한 기억을 누군가가 앗아 간 걸 알아차렸다오. 그때는 몰랐지만 지금은 알고 있소. 내게서 기억을 앗아 간 도둑이 바로 퀘리그가 내뿜는 숨이라는 걸. 기사 양반이 진작에 죽였어야 할 그 용 말이오."

"그걸 대체 어떻게 아시는 거요, 부인?" 나는 경악한 표정을 숨기지 못하고 물었지. 아니, 그런 부랑자들이 그토록 철저히 지켜 온 비밀을 어떻게 알 수 있겠어? 그랬더니 예의 있게 말하던 처음 여자가 묘한 미소를 짓더니 이러는 거야. "기사 양반, 우리는 과부들이오. 과부들에게는 웬만해서 비밀을 숨길 수 없소."

그제야 호러스가 바르르 떠는 게 느껴지면서 나도 모르게 이런 말이 나왔어. "부인들, 정체가 무엇이오? 산 자요, 죽은 자요?" 그러니 여자들이 또 한차례 웃음을 터뜨리는데, 그 야유 섞인 웃음소리에 호러스마저 한 발을 불안하게 옮겨 딛더군. 녀석을 살살 토닥여 주면서 "부인들, 왜 웃으시오? 내 물음이 그리도 어리석었소?" 하니, 뒤쪽에서 누가 탁한 목소리로 외치더군. "저 겁먹는 것 좀 보소! 이제 용만 겁내는 게 아니라 우리도 겁내고 있구먼!"

"그게 무슨 되잖은 소리요, 부인?" 내가 더 힘주어 외치니 호러스가 내 뜻과 달리 한 걸음 물러서는 바람에 고삐를 끌어 제자리에 붙들어야 했어. "난 용 따위 두렵지 않소. 퀘리그가 비록 사납긴 하나, 내가 왕년에는 그보다 훨씬 포악한 적들과도 맞선 사람이오. 내가 퀘리그를 서둘러 죽이지 않고 있다면, 그건 그 암용이 저 높은 바위산 속에 무척 교묘하게 숨어 있기 때문이오. 나를 나무라고들 계시오만, 요즘 퀘리그의 소식이 들리시오? 예전에는 한 달이 멀다 하고 마을을 습격하는 일이 예사였지만, 이제 그런 소식이 잠잠해진 지 여러 해고 그동안 아이가 어른이 되었소. 용은 내가 바짝 쫓고 있다는 걸 저도 알기에, 이 산 밖으로 감히 벗어날 생각을 못 하는 것이오."

내가 말도 마치지 않았는데 한 여자가 누더기 망토를 젖혔고, 진흙 덩어리가 날아와 호러스의 목을 때렸어. 더 참을 수가 없어서 호러스에게 자리를 뜨자고 말했지. 이 쪼그랑할멈들이 우리 임무에 대해 뭘 알겠어? 앞으로 가자고 지그시 신호를 주었지만 이상하게도 움직일 생각을 하지 않아서, 박차를 세게 넣어 겨우 움직이게 했어. 다행히 그 몹쓸

이들이 양옆으로 비켜섰고, 나는 멀리 서 있는 봉우리들을 다시 응시하며 나아갔지. 그 황폐한 고지대를 상상하니 마음이 무거워졌어. 저 스산한 바람 속으로 들어가느니 차라리 사악한 마귀할멈들과 같이 있는 게 낫지 않나 싶더라고. 그런데 내 잘못된 감상을 깨우쳐 주기라도 하듯 여자들이 뒤에서 연호를 시작하더니, 진흙 덩이가 연이어 우리 쪽으로 날아왔어. 소리를 가만 들어 보니, 감히 "겁쟁이"라고 외치지 않겠어? 돌아서서 분노를 보여 주고 싶은 마음도 있었지만, 곧 제정신을 차렸지. 겁쟁이, 겁쟁이. 저들이 뭘 알까? 저들이 겪어 봤나? 오래전 우리가 퀘리그와 맞서려 나섰던 그날 일을 알기나 하냐고? 그때도 나더러, 우리 다섯 명 중 누구에게든 겁쟁이라고 했으려나? 게다가 세 명만 살아 돌아온 그 큰 임무를 마친 후에도 나는 잠깐 쉴 새도 없이 골짜기 언저리로 달려가, 젊은 아가씨에게 했던 약속을 지키지 않았던가?

에드라라는 아가씨였지. 나중에 자기 이름을 알려 주더군. 미인은 아니었고 무척 소박하게 풀로 옷을 해 입었지만, 내가 가끔 꿈꾸는 그 여인처럼 내 마음을 잡아끄는 광채를 띠고 있었지. 여인은 괭이를 끌어안고 길가를 따라 걷고 있었어. 갓 어른이 된 듯한 작고 가냘픈 여인이었는데, 그 천진한 이가 내가 방금 빠져나온 참혹한 현장 코앞에서 무방비로 돌아다니고 있는 모습을 보니 도저히 그냥 지나칠 수 없었어. 아무리 막중한 임무를 수행하러 가는 길이었더라도 말이지.

"돌아가시오, 아가씨." 내가 말 위에서 외쳤어. 이때는 나도 젊었을 때니 호러스가 아닌 다른 말을 탔었지. "무슨 어리석은 생각으로 그 길을 가시오? 이 밑의 골짜기에서 격전이 벌어지고 있는 걸 모르시오?"

"잘 알아요." 여인이 내 눈을 경계심 없이 쳐다보면서 말했어. "긴 여정 끝에 여기 멀리까지 왔어요. 이제 곧 골짜기로 내려가 전투에 참여할 거예요."

"무슨 요정에게 홀리셨소, 아가씨? 내가 지금 골짜기 바닥에서 오는 길인데, 그곳에선 산전수전 다 겪은 전사들도 공포에 질려 먹은 것을 게워 내고 있소. 아가씨에게는 먼발치에서도 그 소리를 듣게 하고 싶지 않소. 그리고 그렇게 큰 괭이는 왜 들고 다니시오?"

"지금 골짜기에는 색슨인 제후가 한 사람 있을 거예요. 부디 하느님의 가호로 그자가 전사하지 않기를 온 마음으로 빌고 있어요. 그자는 반드시 제 손에 죽어야 해요. 제 어머니와 자매들에게 몹쓸 짓을 한 자예요. 그래서 괭이를 들고 가는 거고요. 겨울 새벽에 얼어붙은 땅도 깨는 괭이니, 그 색슨놈의 뼈도 문제없을 거예요."

나는 그 말을 듣고 말에서 내려 여인의 팔을 붙잡을 수밖에 없었어. 빠져나가려고 저항하더군. 부인들, 이름이 에드라라고 하던 그 여인이 지금도 살아 있다면, 이제 거의 부인들 나이일 것이오. 어쩌면 바로 지금 부인들 틈에 끼어 있었을 수도 있을 거요, 내가 어찌 알겠소? 대단한 미인은 아니었지만, 내 마음속의 그 여인처럼 그 천진함이 내 마음에 와 닿았지. "놔주세요!" 하고 외치기에 내가 말했어. "아가씨는 절대 저 골짜기로 못 내려가요. 언저리에 서서 보기만 해도 까무러칠 것이오." "난 겁쟁이가 아니에요. 놔주세요!" 하더군. 그렇게 길가에 서서 싸우는 아이들처럼 실랑이를 하다가, 결국 이렇게 말하고야 겨우 진정시켰어.

"아가씨, 무슨 말로도 마음을 돌리시지 않을 것 같소. 하지만 아가씨가 혼자 나서서 그 복수의 기회를 잡을 가능성이란 지극히 희박하오. 그러나 내 도움을 받으면 그 가능성이 몇 배 더 높아지리다. 그러니 조급함을 내려놓고 햇빛을 피해 조금만 앉아 계시오. 저기 저 고목 밑에 앉아서 내가 돌아올 때까지 기다리시오. 내가 동지 네 명에게 합세하여 완수해야 할 임무가 있소. 대단히 위험한 임무지만 오래 걸리지는 않을 거요. 만약 내가 죽으면 이 말의 안장에 가로누인 채 묶여서 이 길로 다시 돌아올 것이오. 그걸 보면 내가 약속을 지키지 못하게 되었다고 아시면 되오. 죽지 않았으면 맹세코 돌아와서, 함께 저리로 내려가 아가씨가 품은 복수의 꿈을 이루게 해 드리겠소. 아가씨, 조금만 기다려 주시오. 아가씨가 품은 뜻이 정당하리라 믿어 의심치 않으니, 하느님께서 그 제후가 쓰러지지 않고 버티고 있게 해 주실 것이오."

부인들, 내가 그날 퀘리그와 맞서러 나가면서 했던 그 약속이 겁쟁이가 할 만한 약속이었소? 임무를 마치고 나서 비록 다섯 명 중 두 명은 살지 못했지만 내 목숨은 붙어 있었고, 지친 몸으로 급히 골짜기 언저리에 돌아오니 고목 밑에서 그 아가씨가 여전히 괭이를 끌어안고 기다리고 있었지. 나를 보자마자 벌떡 일어서는데 그 모습에 다시금 가슴이 저며 왔어. 그렇지만 그 골짜기에 발을 들이게 하려니 걱정이 앞서서, 다시 한번 마음을 돌리려고 설득했더니 화를 내며 이러더군. "거짓말쟁이세요? 제게 하신 약속 안 지키실 건가요?" 그래서 그녀를 안장에 앉혔고, 그녀는 괭이를 품에 안은 채 고삐를 잡고, 나는 걸어서 말을 이끌고 골짜기 비탈을 내려갔어. 처절한 소음이 처음 들려왔을 때 그녀의 얼굴이 창백해졌던가? 필사적으로 달아나는 색슨 병사들을 싸움터 언저리에서 마주쳤을 때는? 탈진한 전사들이 다친 몸을 바닥에 질질 끌며 기어서 지나갔을 때 그녀는 풀이 죽었던가? 눈물이 조금 비쳤고 들고 있는 괭이가 떨리긴 했지만, 그녀는 눈을 돌리지 않았어. 눈은 할 일이 있었기에 피투성이 전장을 좌우로, 앞뒤로 바삐 살폈어. 이제 나도 말에 올라 그녀를 유순한 양처럼 앞에 앉히고 치열한 전장 한가운데로 들어갔어. 검을 휘두르며, 여인을 방패로 막아 주며, 말을 이리저리 몰고 다니던 그때 내가 과연 겁약한 모습이었을까? 결국 아수라장 속에서 우리 둘은 말에서 떨어져 진창에 처박혔어. 하지만 여인은 재빨리 일어나 괭이를 다시 집어 들고, 짓이겨지고 절단 난 시신들 사이로 걸어가기 시작했어. 사방에서 기괴한 절규 소리가 들려왔지만 그녀는 들리지 않는 듯 걸어갔어. 착실한 기독교인 처녀가 길가에서 천박한 사내들이 추근거리는 소리를 외면하듯이. 그때나는 젊었고 발이 잽쌌으니 검을 들고 그녀의 주위를 뛰어다니며, 덤벼드는 자를 모조리 베고, 꼬박꼬박 쏟아지는 화살로부터 그녀를 방패로 막아 주었어. 마침내 그녀가 원수를 발견했어. 그러나 우리는 마치 풍랑에 떠내려가는 느낌이었어. 섬이 눈앞에 있는데 물결에 자꾸 떠밀려 손이 닿을 듯닿지 않는 기분이었어. 그날 내내 그런 식이었지. 휘두르고내갈기고 하면서 그녀를 지키며 나아가는데, 마침내 그자앞에 서기까지는 영겁처럼 길게 느껴졌고, 게다가 세 병사가 특별히 그를 지키고 있었어. 나는 방패를 여인에게 맡기고 말했어. "몸을 잘 피하고 있으시오, 목표가 눈앞에 있소이다." 상대는 셋인 데다가 기량이 뛰어난 전사들이었지만,하나씩 해치우고 마침내 여인의 원수, 색슨인 제후와 맞닥뜨렸어. 그자는 두 무릎이 전장의 피로 얼룩져 있었지만 전사는 아니었고, 곧 내 앞에 쓰러졌어. 놈은 두 다리를 쓰지못하는 채로 흙바닥에 누워 숨만 쉬며, 원망스러운 듯 하늘을 쳐다보았지. 그때 여인이 다가와 방패를 버리고는 그자를 내려다보며 섰는데, 그녀의 눈빛이 그곳의 어떤 참혹한 광경보다도 내 등골을 오싹하게 했어. 여인이 괭이질을 하는데, 휘둘러 내리찍는 게 아니라 쿡 찌르는 거야. 그러더니 또 쿡 찔러. 무슨 흙 속의 작물이라도 찾듯이. 결국 내가 외쳤지. "끝내시오, 아가씨, 아니면 내가 해 드리리다!" 그랬더니 이러는 거야. "절 그냥 놔두세요. 도와주신 건 고맙지만, 이제 끝났어요." 내가 "아직 절반밖에 끝나지 않았소. 이 골짜기에서 무사히 빠져나가게 해 드려야 끝이오." 했지만, 아무것도 안 들리는 듯 서투른 괭이질을 계속하는 거야. 언쟁을 더 벌일 참이었는데, 그때 그가 아수라장 속에서 나타났어. 지금 내가 액슬 선생으로 아는 그이 말이지. 물론 그때는 젊었지만 그때도 현명한 얼굴이었고, 그를 보는 순간 전장의 소음이 희미해지면서 주변이 잠잠해지는 느낌이었어.

"왜 그리 무방비로 서 계시오?" 내가 말했어. "검도 검집에 넣으시고? 바닥의 방패라도 하나 들고 몸을 보호하시오."

하지만 그는 생각이 딴 데 가 있는 듯한 표정이었어. 어느 향긋한 날 아침 데이지 꽃밭 속에 서 있는 것처럼. 그가 말했어. "하느님이 이리로 화살을 보내고자 하신다면 막지 않으리다. 가웨인 경, 건강히 계신 것 보니 반갑소이다. 지금 도착하셨소, 아니면 처음부터 와 계셨소?"

무슨 여름날 장터에서라도 만난 것처럼 그러는 거야. 나는 다시 외칠 수밖에. "몸을 보호하시오! 전장에 아직 적들이 득시글거리오." 그가 계속 주변을 둘러보고만 있으니, 내게 물은 것이 생각나 대답을 했지. "전투가 시작될 때부터 있었소이다. 그런데 아서왕께서 나를 포함한 다섯 명에게 매우 중요한 임무를 맡기셔서 수행하고 조금 전에야 돌아왔소."

그제야 그가 관심을 보이더군. "매우 중요한 임무라고 하셨소? 잘 완수하셨소?"

"안타깝게도 동지 둘을 잃었소만, 멀린 공이 바라는 대로 해 놓았소."

"멀린 공이라. 현자인지는 몰라도 그 노인을 생각하니 왠지 몸서리가 쳐지는구려." 그러고는 한 번 더 주변을 돌아보더니 이렇게 말했어. "동지들 일은 유감이외다. 오늘이 가기 전에 더 많은 벗들이 떠나갈 것이오."

"그렇지만 승리는 우리 것이 확실하오." 내가 말했어. "이 젠장맞을 색슨인들. 왜 이렇게 계속 싸우는지? 그래 봐야 저 승사자 좋은 일만 시킬 텐데."

"순전히 우리에 대한 분노와 증오 때문일 거요." 그가 말했어. "지금쯤이면 자기들 마을에 두고 온 무고한 주민들이 무슨 일을 당했는지 들었을 테니 말이오. 나도 지금 색슨족 마을에서 오는 길이니, 소식이 색슨 병사들에게도 전해지지 않았겠소?"

"무슨 소식을 말씀하시는 것이오, 액슬 공?"

"아녀자와 노인들을 해치지 않기로 한 우리의 엄숙한 협약에 따라 무방비로 남겨 두었던 이들이 모두 우리 병사들 손에, 갓난아기들까지 몰살당했다는 소식 말이오. 우리가 방금 그런 일을 당했다면 증오가 과연 바닥날 수 있겠소? 우리도 저들처럼, 부상을 입으면 고약을 발라 가며 최후까지 싸우지 않겠소?"

"왜 그 문제에 마음을 쓰시오, 액슬 공? 오늘 우리의 승리는 확실하고 후세에 길이 남을 것이오."

"왜 마음을 쓰냐고 하시었소? 그 마을들이 바로 내가 아서왕의 이름으로 친교를 맺은 마을들이오. 한 마을에서 나는 평화의 기사라고 불렸는데, 오늘 우리 병사들 고작 십여 명이 말을 타고 쳐들어와 추호의 자비도 없이 휩쓰는 것을 내 눈으로 지켜보았소. 그들과 맞설 사람이라곤 키가 어른 어깨에도 차지 않는 소년들뿐이었소."

"안타까운 소식이오. 하지만 재차 당부드리는데, 방패라도 집어 드시오."

"이 마을 저 마을 다 가 보아도 마찬가지고, 우리 병사들이 자랑처럼 소행을 떠벌리고 다니더이다."

"자책하지 마시고 내 삼촌도 책망하지 마시오. 귀공이 예전에 중재한 그 위대한 법은, 유지되는 동안은 참으로 경이로운 업적을 남겼소. 여러 해 동안 그 덕분에 얼마나 많은 브리턴과 색슨 양민들의 목숨을 살릴 수 있었소? 그 법이 영원히 유지되지 않은 것은 귀공의 책임이 아니오."

"그렇지만 이날까지도 사람들은 그 협정을 믿었소. 처음에 공포와 증오만 만연하던 때에 사람들의 신뢰를 이끌어낸 것이 나였소. 오늘 우리가 벌인 일로 나는 거짓말쟁이에 학살자가 되었소. 아서왕의 승리가 조금도 기쁘지 않소이다."

"무슨 뜻으로 그런 망발을 하시오? 만약 반역을 꾀하시는 거라면 당장 나와 맞붙으십시다!"

"귀공의 삼촌은 나를 염려하실 필요가 없소. 그러나 가웨인 경, 이런 희생을 치르고 얻어 낸 승리를, 어떻게 반기실 수 있소?"

"액슬 공, 오늘 색슨족 마을에서 행해진 일들을 내 삼촌께서는 오로지 무거운 마음으로 지휘하셨을 것이오. 평화를 정착시킬 다른 방법이 없다는 판단이셨을 것이오. 생각해 보시오. 귀공이 애도하는 조그만 색슨 소년들, 그들을 살려 두었다면 머지않아, 오늘 쓰러진 자기 아버지들의 원수를 갚으려고 눈에 불을 켠 전사들이 될 거요. 어린 소녀들은 곧 자라서 그런 아이들을 더 낳을 것이고, 이 살육의 고리는 절대 끊어지지 않을 것이오. 복수의 열망이란 얼마나 뼛속 깊이 사무치는 것이오! 바로 지금도 저 고운 아가씨를 보시오. 내가 이곳에 호위해 온 아가씨가 지금도 저러고 있는 것을 보시오! 그러나 오늘의 대승은 흔치 않은 기회요. 이 악순환의 고리를 마침내 확실히 끊을 기회이니, 위대한 왕이라면 그 기회를 과감하게 취하지 않으면 안 되오. 액슬 공, 오늘이 후세에 길이 남을 날이 되길 기원합시다. 앞으로 긴 세월 이 땅에 지속될 평화가 시작된 날로 기억되기를."

"무슨 말씀인지 이해하지 못하겠소. 오늘 우리가 색슨인들을 전사와 아기를 가리지 않고 무수히 학살하더라도, 이 땅 방방곡곡에 색슨인은 여전히 많소. 동쪽에서 건너와 해안에 배로 상륙하고, 매일같이 새 마을을 짓는단 말이오. 증오의 고리는 끊어지지 않았소. 오늘 행해진 일로 말미암아 오히려 강철같이 다져질 뿐이오. 나는 이제 귀공의 삼촌에게 가서 내 눈으로 본 것을 보고하겠소. 하느님께서 이런 행위를 보시고 미소 지어 주시리라 정녕 믿는지, 그의 얼굴에서 확인해 보리다."

아기들의 학살자. 그게 그날 우리 모습이었던가? 그리고 그 여인은, 내가 호위해 갔던 그 여인은 어떻게 되었을까? 부인들, 그 여인이 방금 부인들 중에 있었소? 임무를 수행하러 가는 나에게 왜 이렇게 들러붙으시는 거요? 늙은이가 평온하게 지나가도록 그냥 놓아주시오. 아기들의 학살자. 그러나 난 그 자리에 없었소. 설령 있었다 해도, 위대한 왕이자 내 삼촌인 분과 언쟁하여 무슨 득이 있었겠소? 나는 그때 젊은 기사였을 뿐이오. 게다가 해가 갈수록 그분이 옳았다는 것이 증명되고 있잖소? 부인들은 모두 평화로운 시절에 나이 들고 노년이 되지 않았소? 그러니 우리 등 뒤에서 욕하지 마시고 우리가 갈 길을 가도록 놓아주시오. 양민 보호법,

참으로 웅대한 목표가 담긴 법이었지. 인간을 하느님께 조금 더 가까이 가게 할 법이라고 아서왕이 늘 그러셨으니. 아니 액슬 공이 그랬던가? 그때는 액슬럼인가 액슬러스로 불렸는데, 이제는 액슬이라고 하고 훌륭한 부인이 있더군. 부인들, 왜 나를 조롱하시오? 부인들이 비탄에 잠긴 신세가 된 것이 내 탓이오? 머지않아 내게도 때가 오겠지만, 나는 부인들처럼 되돌아와 이 땅을 배회하진 않으리다. 뱃사공을 흡족히 반기고 찰싹거리는 물결을 맞으며 흔들리는 배에 올라타, 사공의 노 젓는 소리를 들으며 한잠을 자리다. 그런 다음 잠에서 반쯤 깨어 수평선 위로 지는 해를 바라보고, 점점 멀어지는 뭍을 돌아보며 도로 꾸벅꾸벅 꿈에 빠져들다가, 나를 다시 조용히 깨우는 사공의 목소리에 눈을 뜨리다. 사람들 말마따나 그가 내게 묻는다면, 정직하게 대답하리다. 더 숨길 게 무엇이 있겠는가? 내겐 아내가 없었지, 때로 간절히 원하기도 했지만. 그러나 훌륭한 기사로서 마지막까지 소임을 다했어. 그렇게 말할 것이고, 거짓이 아님을 사공도 알리라. 사공에겐 신경 쓰지 않으리라. 뉘엿뉘엿 지는 해가, 배 양편으로 번갈아 몸을 누이는 사공의 그림자를 내게 드리우리라. 그러나 그건 나중 일이지. 지금 호러스와 나는 이 잿빛 하늘 아래 산을 올라야 해. 황량한 비탈을 타고 다음 봉우리를 향해 가야 하지. 우리의 일이 아직 끝나지 않았고, 퀘리그가 우리를 기다리고 있으니.

10

소년은 전사를 고의로 기만할 생각이 결코 없었다. 까닭 모를 기만의 기운이 조용히 들판에 깔려 두 사람을 감쌌다 고나 할까.

통장이의 오두막은 도랑을 깊이 파고 그 안에 지은 듯했 다. 초가지붕이 워낙 낮아 고개를 숙이고 들어가는데 마치 굴 속에 발을 들여놓는 느낌이었다. 안이 어두울 것은 예상 했지만, 숨이 턱 막히는 더위와 자욱한 장작 연기에 에드윈 은 깜짝 놀랐고, 기침을 연신 해 대며 자신의 도착을 알렸다.

"무사히 다시 만나서 반갑네, 젊은 동지."

연기에 가려진 어둠 속에서 위스턴의 목소리가 들려왔고, 에드윈은 풀 침대에 누운 전사의 형체를 알아보았다.

"많이 다치셨어요, 전사님?"

위스턴이 몸을 일으켜 앉으면서 얼굴에 서서히 불빛이 비쳤다. 얼굴과 목, 어깨에 온통 땀이 흥건했다. 그러면서도 불을 향해 내민 두 손은 오한이 나는지 부들부들 떨렸다.

"부상은 사소해. 그런데 그 탓에 열병이 났어. 아까는 더 심해서 여기까지 어떻게 왔는지 기억이 잘 안 나. 수도승들 말로는 내 말 등에 묶어서 태워 왔다고 하더라고. 아마 계속 중얼거리면서 왔겠지. 산에서 입을 헤벌린 바보 흉내를 냈을 때처럼. 넌 어때, 동지? 있던 상처 말고 더 다친 데는 없는 것 같은데."

"전 아무렇지도 않아요. 그렇지만 전사님 얼굴을 볼 면목이 없어요. 전사님이 싸우실 때 자고 있었으니 동지라고 할 수도 없어요. 절 욕하고 내쫓아 주세요. 마땅한 벌로 알고 달게 받을게요."

"아직은 일러, 에드윈. 어젯밤에 날 실망시켰다 해도, 빚을 만회할 방법을 곧 알려 줄 테니까."

전사는 두 발을 조심스럽게 내려 흙바닥에 딛더니, 몸을 수그려 통나무 하나를 불에 던져 넣었다. 에드윈이 그때 보니, 전사는 왼팔을 마대 천으로 꽁꽁 싸맨 채였고 얼굴 한쪽엔 멍이 커다랗게 나 한쪽 눈을 잘 뜨지 못했다.

"그 불타는 탑 꼭대기에서 처음 내려다봤을 때 우리가 그렇게 공들여 준비했던 수레가 없는 걸 보고, 널 욕하고 싶었던 건 사실이야. 한참 아래 돌바닥과 이미 주변에는 뜨거운 연기가 자욱했어. 밑에서 적들이 절규하는 소리를 들으며 고민했지. 저들에 섞여 같이 재가 될 것인가? 아니면 밤하늘 아래 혼자 아스러지는 게 나을까? 그런데 고민을 마치기 전에 수레가 나타난 거야. 내 말이 끌고 오고 있었고, 한 수도승이 고삐를 잡고 있었어. 아군인지 적군인지 알아볼 새도 없이 일단 굴뚝 구멍에서 뛰어내렸지. 우리가 해 놓은 작업은 꽤 양호했더라고. 몸이 물속에 빠지듯 건초 속으로 쑥 파고들었는데, 찌르는 건 하나도 없었어. 정신을 차리니 나는 탁자에 누워 있고, 조너스 신부를 따르는 온유한 수도승들이 만찬이라도 하듯 내 주위에 빙 둘러서서 나를 돌봐 주고 있었어. 다친 데 때문인지 뜨거운 열기 때문인지 몰라도 그때 이미 열이 펄펄 끓었나 봐. 헛소리를 못 하게 입을 막은 채로 이 피신처에 데려왔다고 하더라고. 아무튼 신의 가호가 있다면 열은 곧 내릴 테니 그때 우리 임무를 마치러 출발하자고."

"전사님, 그래도 전 면목이 없어요. 잠에서 깨어 탑 주변에 모인 병사들을 보고도, 무슨 요정에게 홀렸는지 그 브리턴인 노부부를 따라 수도원을 빠져나갔어요. 욕하거나 때려 달라고 빌고 싶지만 제가 어젯밤의 불명예를 만회할 방법이 있다고 하셨으니 그 방법을 알려 주세요. 무슨 일을 맡기시든 지체 없이 당장 착수할게요."

에드윈이 이 말을 하는 동안에도 엄마의 목소리가 계속

들렸다. 그 목소리가 작은 오막살이 전체에 울려 퍼졌기에, 에드윈은 말하면서도 자기 말이 잘 들리고 있는지 알 수 없었다. 하지만 문제없이 들렸는지 위스턴이 이렇게 말했다.

"내가 널 그저 용감해서 선택했다고 생각해, 젊은 동지? 물론 네 기개가 범상치 않은 건 틀림없고, 우리 임무를 무사히 마치고 나면 네게 진정한 전사가 되는 훈련을 시킬 거야. 하지만 넌 아직 거친 원석일 뿐이야. 에드윈, 내가 널 특별히 선택한 이유는 전사의 기개에 걸맞은 사냥꾼의 재능이 있기 때문이야. 그 둘을 다 가진 사람은 참으로 드물거든."

"전사님, 제가 어떻게요? 전 사냥에 대해 아는 게 없는데요."

"늑대의 새끼는 어미 젖을 빨면서도 벌판을 오가는 먹잇감의 냄새를 맡을 수 있어. 타고난 본능이겠지. 내 열만 떨어지면 같이 산속으로 들어가자고. 어느 길로 가야 하는지 하늘이 네게 속삭여 줄 거고, 그대로 따라가다 보면 암용의 은신처 앞에 당도할 거야."

"전사님, 엉뚱한 사람을 믿으셨다가 봉변을 당하실까 염려돼요. 저희 집안에는 사냥 솜씨를 뽐낸 사람이 없고, 제게 그런 솜씨가 있다는 말도 들어 본 적이 없어요. 제게 전사의 혼이 있다고 한 스테파조차 그런 솜씨를 이야기한 적은 없어요."

"그럼 나 혼자만 그렇다고 믿을 테니 걱정 마. 네가 그런 솜씨를 뽐냈다고 아무에게도 말하지 않을게. 이 열이 떨어지기만 하면 퀘리그의 은신처가 있다고들 하는 동쪽 산으로 출발하자고. 갈림길이 나올 때마다 난 네가 가는 대로 따라갈 테니."

기만이 시작된 건 그때였다. 속이려고 한 적도 없고 속이고 싶지도 않았지만, 마치 컴컴한 구석에서 불쑥 튀어나온 요정처럼, 어느덧 기만의 기운이 두 사람 사이에 감돌았다. 엄마가 부르는 소리가 계속 들렸다. "힘을 내 다오, 에드윈. 넌 이제 다 컸어. 힘을 내서 나를 구하러 와 다오." 반은 엄마를 달래려는 마음에, 그리고 반은 전사의 눈에 어서 다시 들고 싶은 마음에 소년은 이렇게 말했다.

"참 이상하네요, 전사님. 그 얘기를 하시니까 암용이 끌어당기는 힘이 벌써 느껴져요. 냄새라기보다는 바람결에 무언가 맛이 느껴져요. 우리 당장 지체하지 말고 떠나요. 이 느낌이 언제 사라질지 몰라요."

이 말을 하는 동시에 소년의 머릿속에는 어떤 광경이 좍 펼쳐졌다. 소년이 그들의 소굴에 잠입한다. 엄마가 놓여나려고 발버둥 치는 걸 둘러앉아 조용히 바라보던 그들이 깜짝 놀란다. 이제 장성한 어른들일 테고, 아마 수염이 덥수룩하고 배가 불뚝할 것이다. 그날 마을에 의기양양하게 들이닥쳤던 호리호리한 청년들의 모습은 간데없다. 우람하고 막된 사내들이 도끼를 집어 들려다가, 소년의 뒤에 따라오는 전사를 보고는 눈빛에 공포가 서린다.

하지만 소년의 스승이자 누구보다 존경하는 사람을 어찌 속일 수 있겠는가? 이미 전사는 흡족하여 고개를 끄덕이면서 이렇게 말하고 있었다. "에드윈, 난 널 보자마자 알아봤어. 널 그 강가의 오거들에게서 구출할 때부터 바로 알았지." 전사는 그들의 소굴에 들어가리라. 엄마를 구출하리라. 우람한 사내들을 해치우거나, 아니면 안개 자욱한 산속으로 내쫓으리라. 그다음은? 소년은 설명해야 할 것이다. 시급한 임무를 수행하러 바삐 나선 마당에 왜 그런 식으로 전사를 기만했는지.

아마 어느 정도는 그런 생각을 머릿속에서 떨치려는 의도에서였을 것이다. 말을 주워 담기는 이미 너무 늦은 감이 있었으니까. 소년은 이렇게 말했다. "전사님, 여쭤보고 싶은 게 하나 있어요. 주제넘은 질문일지 모르겠지만요."

위스턴은 다시 어둠 속으로 물러가 침대에 몸을 기댔다. 이제 그의 몸에서 불빛에 드러난 부분은 천천히 좌우로 까닥거리는 한쪽 민무릎뿐이었다.

"물어봐, 젊은 동지."

"궁금해서 그러는데요, 혹시 전사님과 브레너스 군주 사이에 특별한 갈등 관계가 있는 건가요? 수도원을 빠져나와 퀘리그에게 한나절은 더 빨리 찾아갈 수 있었을 텐데 왜 남아서 브레너스의 병사들과 싸우신 건가요? 임무조차 미루실 정도면 대단히 큰 이유가 있을 것 같아서요."

뒤이은 정적이 워낙 길었기에 에드윈은 전사가 숨 막히는 공기에 잠깐 실신했나 생각했다. 그러나 무릎은 여전히 천천히 간닥거리고 있었고, 마침내 어둠 속에서 들려온 목소리에는 열병의 미미한 떨림은 말끔히 사라지고 없었다.

"변명할 말이 없네, 젊은 동지. 내 어리석음을 고백할 수밖에. 그것도 신부님에게서 임무를 잊지 말라는 경고까지 듣고서! 네 스승이 얼마나 결의가 무른 사람인지 알겠지. 그렇지만 난 본바탕이 전사라, 이길 것을 뻔히 아는 전투를 피해 도망가기란 쉬운 일이 아니야. 네 말이 맞아. 지금쯤 우리는 암용의 굴 앞에 서서 나오라고 호령하고 있었을지도 몰라. 하지만 난 브레너스가 공격해 오리란 걸 알았고, 직접 찾아왔으면 하는 바람마저 있었기에 도저히 기다려서 맞지 않을 도리가 없었어."

"그럼 제 짐작이 맞네요. 브레너스 군주와의 사이에 무언가 갈등이 있는 거네요."

"갈등이라 굳이 이름 붙일 만한 것은 없었어. 우리는 어릴 적에 알던 사이였어. 지금 네 나이쯤이었지. 여기서 더 서쪽에 있는 나라의 방비가 튼튼한 요새에서 이십여 명의 소년이 아침부터 밤까지 브리턴군의 전사가 되기 위해 훈련을 받았지. 그 시절 동료들에게 난 정이 아주 많이 들었어. 훌륭한 친구들이었고 다들 형제처럼 지냈거든. 유일한 예외가 브레너스였지. 군주의 아들이어서 우리와 섞이길 싫어했어. 그래도 훈련은 자주 같이 받았고, 기량은 보잘것없는 아이였지만 우리와 목검으로 겨루거나 모래밭에서 씨름으로 맞붙을 때면 항상 우리가 져 주어야 했어. 군주의 아들이 멋지게 이기게 해 주지 않으면 우리는 모두 벌을 받았지. 상상할 수 있어, 젊은 동지? 자부심 넘치는 소년들이었던 우리가, 몇 수 아래 상대에게 매일같이 완패당하는 시늉을 해야 했던 기분을? 그게 다가 아니었어. 브레너스는 억지로 져 주는 우리에게 굴욕을 안기면서 희희낙락했어. 바닥에 쓰러져 준 우리 목을 밟고 서거나 발길질하면서 즐거워했지. 그때 우리 기분이 어땠겠나 상상해 봐, 동지!"

"충분히 상상이 돼요, 전사님."

"하지만 지금은 브레너스 군주에게 고마워해야겠지. 나를 딱한 운명에서 구해 준 사람이니까. 방금 말한 것처럼, 나는 그 요새에서 같이 지낸 동료들과 친형제처럼 정이 들고 말았어. 그들은 브리턴인이고 나는 색슨인인데도 말이지."

"하지만 전사님, 함께 성장하고 모진 고난을 함께 겪은 친구들이었는데 그게 그렇게 부끄러운 일인가요?"

"당연히 부끄러운 일이지. 내가 그들에게 정을 느꼈던 걸 생각하면 지금도 부끄러워. 아무튼 내 착각을 깨 준 사람은 브레너스였어. 아마 그때도 내 기량이 두드러졌는지 그는 나를 대련 상대로 즐겨 택했고, 최악의 굴욕을 아껴 두었다가 꼭 나에게 안겨 주었어. 게다가 내가 색슨인인 걸 곧 알아채고, 얼마 안 있어 내 동료들을 하나씩 내게 등 돌리게 만들었어. 한때 나와 가장 친했던 친구들도 나를 따돌리고, 내 음식에 침을 뱉거나, 매서운 겨울 새벽 훈련 집합 전에 내 옷을 숨겨 교관의 격노를 사게 했지. 브레너스가 내게 아주 값진 교훈을 준 셈이었고, 나는 브리턴인들을 형제처럼 사랑한 것이 얼마나 부끄러운 일인지 깨닫고 요새를 떠나기로 결심했어. 물론 요새 바깥에는 친구도 친족도 없었지."

위스턴은 거기서 잠깐 말을 멈추었다. 어둠 속에서 그의 힘겨운 숨소리가 들려왔다.

"전사님, 그럼 그곳을 떠나기 전에 브레너스 군주에게 복수를 하셨나요?"

"복수를 한 건지 안 한 건지 네가 판단해 주렴, 나도 아직까지 잘 모르겠으니. 그 요새에서는 우리 훈련생들에게 하루 훈련이 끝나면 저녁을 먹고 한 시간쯤 노닥거리며 쉬게 해 주는 게 관례였어. 우리는 마당에 불을 피우고 둘러앉아 여느 남자아이들처럼 담소하고 농담하며 놀았지. 물론 브레너스는 자기만의 특별 숙소가 있었으니 우리와 같이 노는 일은 없었어. 그런데 그날 저녁, 어쩌다 보니 그가 지나가는 모습이 보였어. 나는 동료들의 의심을 사지 않고 가만히 무리에서 떨어져 나왔어. 요새란 게 다 그렇지만 그곳에도 숨은 통로가 많았고 나는 그 통로를 꿰고 있었으므로, 이내 성루가 검은 그림자를 땅에 드리운 인적 없는 구석에 자리 잡고 섰어. 브레너스가 어슬렁거리며 내 쪽으로 혼자 걸어오 더군. 내가 그늘에서 슥 나오자 제자리에 덜컥 서더니 겁에 질린 눈으로 쳐다보더라고. 우연한 조우일 수 없음을 바로 알아차린 거지. 게다가 자기가 평소처럼 힘을 쓸 수 있는 상황이 아니니. 참 묘한 광경이더군. 의기양양하게 지위를 과시하던 그가 단박에 어린아이가 되어 내 앞에서 오줌을 지리기 직전이니 말이야. 이렇게 말하고 싶은 유혹이 강하게 일었어. "마침 허리에 검을 차고 계시니 잘됐네요. 저보다 검술이 워낙 월등하시니 검을 뽑아 저와 맞서는 데 두려움은 없으시겠지요." 하지만 꾹 참았지. 내가 그 어두운 구석에서 그를 다치게라도 하면, 요새 밖의 삶을 꿈꾸는 내 미래는 어떻게 되겠어? 아무 말 없이 정적 속에 그의 앞에 가만히 서 있었지. 그 순간이 최대한 길게 느껴져, 그의 뇌리에 영원히 남길 바라면서. 그는 뒤로 움츠러들었고, 도와달라고 외치고 싶은 충동을 일말의 자존심으로 참았겠지. 그랬다간 두고두고 망신당할 일이 될 테니까. 우리는 둘 다 말이 없었어. 어느 정도 시간이 지난 후 자리를 떴어. 그때 우리 사이에는 아무 일도 없었지만, 동시에 많은 일이 있었다고 할 수 있겠지. 나는 그날 밤에 떠나는 게 좋겠다는 결단을 내렸고, 당시는 전시가 아니었기에 경계가 삼엄하지 않았어. 위병들이 지키는 곳을 조용히 작별 인사 없이 빠져나와 달빛 아래 배회하는 소년이 되었지. 정든 동지들을 뒤로하고, 친족들은 오래전에 학살당했으니, 내가 가진 용기와 그곳에서 배운 기량만 밑천 삼아 길을 떠났지.

"전사님, 브레너스는 지금까지도 전사님이 그 시절의 일을 복수할까 봐 두려워 전사님을 쫓는 건가요?"

"그 어리석은 자의 귀에 악령이 무슨 말을 속삭이는지 누가 알겠어? 지금은 이 나라와 옆 나라를 다스리는 큰 군주인데도, 동쪽에서 색슨인 행객이 자기 땅을 지나가기만 하면 벌벌 떨지. 그날 저녁의 공포를 계속 곱씹고 키워 이제는 그것이 배 속에 커다란 벌레처럼 얹혀 있는 걸까? 아니면 암용의 숨 때문에 한때 나를 두려워했던 이유를 잊고, 까닭 모를 공포만 남아 더더욱 무시무시하게 느끼는 걸까? 바로 작년에도 내가 잘 알던, 늪 지방에서 온 색슨인 전사가 이 나라를 평화롭게 다니다가 살해당했어. 그럼에도 난 여전히 브레너스 군주에게 빚을 지고 있지. 그가 가르쳐 준 교훈이 아니었더라면 나는 지금쯤 브리턴인들을 형제 전사로 여기고 있을 수도 있으니. 젊은 동지, 어디 불편해? 내 열병이라도 옮은 것처럼 안절부절못하고 있잖아."

소년은 초조함을 들키고 말았다. 하지만 위스턴이 소년의 기만을 의심할 리는 없다. 혹시 위스턴의 귀에도 엄마의 목소리가 들리는 건 아닐까? 위스턴이 말하는 내내 소년에게는 엄마가 부르는 소리가 들렸다. "에드윈, 날 위해 힘을 내지 않을 거니? 역시 아직 너무 어린 거니? 내게 오지 않을 거니, 에드윈? 오겠다고 그날 약속하지 않았니?"

"죄송해요, 전사님. 제 사냥꾼 본능 때문에 마음이 조급하네요. 냄새가 사라질까 봐 걱정돼요. 아침 해가 벌써 뜨고 있잖아요."

"내가 말 등에 올라탈 수 있게 되면 바로 가자. 일단은 조금 더 쉴 시간을 줘. 내가 열이 끓어올라 검도 제대로 들지 못하면 우리가 무슨 수로 용을 대적하겠어?"

11

햇볕 드는 모퉁이가 한 군데라도 있으면 아내 몸을 따뜻하게 해 줄 텐데 하는 생각이 간절했다. 강 건너편 기슭은 아침 햇살이 곳곳에 쏟아지는데, 이쪽 기슭은 온통 그늘지고 추웠다. 옆에서 걷는 아내가 몸을 기대어 왔다. 아내는 몸을 점점 심하게 떨고 있었다. 액슬이 한 번 더 쉬었다 가자고 하려는데, 마침내 버드나무에 가려진 지붕이 물 위로 빼꼼 튀어나와 있는 게 보였다.

질퍽거리는 비탈을 조심조심 한참 내려간 끝에 뱃집에 이르렀다. 낮은 아치문으로 발을 들이니 안은 어두침침한 데다 찰싹거리는 물소리가 부쩍 가깝게 들려, 비어트리스가 몸을 더 떠는 듯했다. 축축한 널빤지를 밟으며 안으로 더 들어가니, 지붕 처마 밑으로 키 큰 풀과 부들, 넓게 펼쳐진 강이 내다보였다. 왼쪽 그늘진 곳에서 한 남자가 몸을 일으켰다. "누가 왔소?"

"안녕하십니까." 액슬이 말했다. "잠을 깨웠다면 미안합니다. 저흰 그저 강 아래쪽에 있는 아들 마을에 가려는 지친 나그네 둘입니다."

짐승 가죽을 겹겹이 걸친, 기골이 건장하고 수염이 덥수룩한 중년의 사내가 빛이 비치는 곳으로 나오더니 두 사람을 훑어보았다. 사내가 쌀쌀맞지 않은 목소리로 물었다.

"부인이 몸이 아프시오?"

"지쳤을 뿐이지만 남은 길을 걷기가 어렵습니다. 짐배나 작은 배 하나 얻어 탈 수 있을까 하고 왔습니다. 그런데 호의를 부탁드릴 수밖에 없는 처지인 것이, 최근에 궂은일을 당해 짐을 다 잃는 바람에 답례로 드릴 주석이 없습니다. 지금 띄워진 배가 저것 한 척뿐인 것 같은데, 배를 쓰게 해 주시면 맡기시는 짐은 책임지고 안전히 전달하겠습니다."

뱃꾼은 처마 밑에 건들거리며 떠 있는 배를 보다가 액슬을 다시 보았다. "이 배가 가려면 아직 한참 기다려야 하오. 동료가 배에 실을 보리를 날라 오기를 기다리는 중이오. 하지만 두 분 다 지치셨고 최근에 궂은일을 당하셨다니, 이렇게 하시는 것이 좋겠소. 저기 보시면 바구니들이 있소."

"바구니요?"

"부실해 보이지만 물에 잘 뜨고, 사람 몸무게 정도는 끄떡

없소. 다만 하나에 한 사람씩만 타야 하오. 우리는 바구니에 곡물 자루를 가득 채워 싣기도 하고 가끔 돼지 한 마리를 잡아서 싣기도 하는데, 배 뒤에 묶어서 끌고 가면 거친 강물도 문제 없다오. 게다가 오늘은 보시다시피 물이 잔잔하니 걱정 없이 타고 가실 수 있소."

"배려해 주셔서 고맙습니다. 그런데 저희 둘이 같이 탈 만한 큰 바구니는 없나요?"

"한 바구니에 한 분만 타셔야 하오. 아니면 익사할 위험을 무릅쓰시든가. 대신 내가 두 바구니를 밧줄로 묶어서 거의 하나처럼 갈 수 있게 만들어 드리리다. 강물을 타고 가다 보면 이쪽 편 기슭에 아래쪽 뱃집이 나오는데, 거기까지만 가시면 되오. 바구니들은 그곳에 잘 묶어 놓아 주시오."

"여보." 비어트리스가 속삭였다. "우리 떨어지지 말아요. 느리더라도 같이 걸어서 가요."

"이제 걷는 건 무리예요, 공주. 우리 둘 다 따뜻한 곳에서 쉬어야 하고 배도 채워야 하잖아요. 이 강을 타고 가면 아들이 맞아 줄 마을로 금방 갈 수 있어요."

"그래도요, 여보. 떨어지는 건 싫어요."

"여기 이분이 두 바구니를 꽁꽁 묶어 준다고 하잖아요. 그러면 팔짱을 낀 것과 다를 바 없어요." 액슬이 그러고는 배 주인을 보며 말했다. "감사합니다. 말씀하시는 대로 하지요. 두 바구니를 단단히 묶어 주시겠어요? 급류가 닥쳐도 둘이 떨어질 염려가 없게."

"강물이 빠른 게 문제가 아니고 느린 게 문제요. 까딱하면 기슭 부근의 수초에 엉겨 더 못 가게 될 수가 있소. 단단한 지팡이를 빌려드릴 테니 그것으로 밀어서 움직이시면 됩니다. 그럼 염려하실 게 없을 거요."

뱃꾼이 선창 가로 가서 밧줄을 부지런히 만지기 시작하자 비어트리스가 속삭였다.

"여보, 우리 떨어지지 말아요."

"떨어지지 않을 거예요, 공주. 우리 꼭 붙어 있으라고 지금 매듭을 단단히 묶고 있잖아요."

"물살에 휩쓸려 헤어질지도 몰라요, 이 사람이 뭐라고 하든 간에요."

"아무 문제 없을 거예요, 공주. 금방 아들 마을에 닿을 거예요."

뱃꾼이 오라고 부르는 소리에, 둘은 징검돌을 조심스럽게 밟으며 뱃꾼이 기다리는 곳으로 갔다. 물 위에 까닥거리며 떠 있는 두 바구니를 뱃꾼이 긴 장대로 붙들고 있었다. "안에 가죽을 튼튼히 대놔서 강물의 냉기를 거의 못 느끼실 거요." 그가 말했다.

액슬은 쪼그려 앉으려니 몸이 아팠지만 아내가 바구니에 안전히 내려가 앉을 때까지 두 손을 잡아 주었다.

"일어서면 안 돼요, 공주. 그럼 배가 뒤집힐 수 있어요."

"여보, 당신은 안 타요?"

"바로 옆에 탈 거예요. 봐요, 이분이 우리를 꽁꽁 묶어 주셨잖아요."

"나 혼자 여기 두지 말아요, 여보."

비어트리스는 그렇게 말하면서도 안심한 표정이었고, 잠자는 아기 같은 자세로 바구니에 누웠다.

"좋습니다." 액슬이 말했다. "보시다시피 아내가 추워서 떨고 있는데, 덮을 것 좀 빌려주시겠습니까?"

비어트리스는 이제 모로 누워 몸을 웅크린 채 눈을 감고 있었고, 뱃꾼도 그 모습을 보고 있었다. 뱃꾼이 걸치고 있던 모피 하나를 갑자기 벗더니, 허리를 굽혀 비어트리스 위에 덮어 주었다. 비어트리스는 눈을 감은 채 아무것도 모르는 듯했고, 액슬이 대신 고맙다고 했다.

"그럼 조심해서 가시오. 아래쪽 뱃집에 다 갖다 두시면 내가 찾아가겠소." 뱃꾼이 장대로 두 바구니를 밀어 물살에 띄워 주었다. "낮은 자세로 앉으시고, 지팡이는 옆에 두었다가 수초 나올 때 쓰시오."

강물은 살을 에듯 차가웠다. 빙판 조각이 여기저기 떠다녔지만, 두 바구니는 유유히 그 사이를 지나며 가끔 서로 살짝쿵 부딪치기도 했다. 바구니는 거의 배 모양으로 되어 있어 일종의 뱃머리와 배꼬리가 있었지만 빙그르르 도는 경향이 있어서, 액슬은 때로 상류 방향을 향한 채 기슭에 아직 보이는 뱃집을 물끄러미 응시하기도 했다.

강가에 흔들리는 풀 사이로 새벽 햇살이 쏟아졌고, 뱃꾼이 장담한 것처럼 강물은 여유로운 속도로 흘러갔다. 그래도 액슬은 아내의 바구니를 곁눈으로 계속 보고 있었다. 바구니는 언뜻 보아 짐승 가죽으로 가득 찬 듯했고, 아내는 머리카락 일부만 보였다. 한번은 "가다 보면 금방 도착할 거예요, 공주." 하고 외쳤는데 아무 반응이 없어서 액슬은 팔을 뻗어 아내의 바구니를 바짝 끌어당겼다.

"공주, 자요?"

"여보, 아직 거기 있어요?"

"당연히 여기 있지요."

"여보. 당신이 날 또 버리고 갔나 했어요."

"내가 왜 당신을 버리고 가요, 공주? 그 사람이 우리 배를 이렇게 잘 묶어 놨는데."

"꿈을 꾼 건지 옛일이 기억난 건지 모르겠어요. 방금 어떤 장면이 떠올랐는데, 내가 한밤중에 우리 방에 서 있었어요. 오래전이었고, 그 오소리 가죽 망토를 꽁꽁 두르고 있었어요. 당신이 만들어서 나한테 다정하게 선물해 줬던 망토 있잖아요. 그렇게 서 있는데, 우리가 지금 사는 방이 아니라 전에 살던 방이었어요. 벽에 너도밤나무 가지가 왼쪽에서 오른쪽으로 가로질러 있었거든요. 가지 위에 애벌레 한 마리가 느릿느릿 기어가는 걸 보면서, 이렇게 늦은 밤에 애벌레가 왜 안 자고 있을까 생각했어요."

"애벌레보다도, 당신은 한밤중에 안 자고 벽을 보면서 무얼 하고 있었어요?"

"당신이 날 버리고 떠나서 그러고 있었던 것 같아요. 아까 그 사람이 덮어 준 이 모피 때문에 그 옷이 생각났나 봐요. 그때 그 옷을 꼭 끌어안고 서 있었거든요. 당신이 나한테 오소리 가죽으로 만들어 준 옷 말이에요. 나중에 불났을 때 없어졌지요. 애벌레를 보면서, 왜 애는 잠을 안 자지, 이런 미물도 낮과 밤을 알긴 할까, 그런 생각을 했어요. 어쨌든 그랬던 이유가, 당신이 가 버려서였던 것 같아요."

"그냥 꿈이에요, 공주. 열병 기운일 수도 있고요. 우리 조금만 더 가면 따뜻한 불을 쬘 수 있어요."

"아직 거기 있어요, 여보?"

"당연히 있지요. 이제 뱃집이 안 보인 지도 한참 됐고요."

"그날 밤 당신이 날 떠났어요. 우리 소중한 아들도 떠났고요. 아들은 그 하루 이틀 전에 갔어요, 당신이 돌아왔을 때 집에 있고 싶지 않다면서. 그래서 나 혼자, 우리 전에 살던 방에서, 한밤중에 그러고 있었어요. 그래도 그때는 촛불이 있어서 그 애벌레가 보였어요."

"참 이상한 꿈을 다 꿨네요, 공주. 지금 열이 나고 여기가 추워서 그런 꿈을 꿨을 거예요. 해가 그만 꾸물대고 빨리 떴으면 좋겠구려."

"맞아요, 여보. 이 모피를 덮고 있어도 춥네요."

"강물만 아니면 내가 안아서 몸을 녹여 줬을 텐데, 그럴 수가 없구려."

"여보. 혹시 우리 아들이 화나서 집을 나갔는데, 우리가 다시는 돌아오지 말라고 문을 걸어 잠갔던 건 아닐까요?"

"공주, 저 앞에 뭐가 물에 떠 있어요. 배 한 척이 갈대숲에 걸린 것 같은데."

"여보, 당신이 점점 멀어져요. 뭐라고 하는지 잘 안 들려요."

"나 여기 옆에 있어요, 공주."

다리를 쫙 펴고 낮은 자세로 앉아 있던 액슬이 바구니의 양쪽 가장자리를 잡고 조심스럽게 쪼그려 앉았다.

"이제 잘 보여요. 조그만 거룻배네요. 강이 굽이도는 곳의 갈대숲에 걸려 있어요. 우리도 저리로 가고 있으니 조심하지 않으면 저 배와 똑같은 신세가 되겠어요."

"여보, 나 놓고 가지 말아요."

"나 여기 옆에 있어요, 공주. 그런데 이 지팡이로, 저 부들에 가까이 가지 않게 밀어야겠어요."

두 바구니는 속도가 점점 느려지면서, 강이 굽어지는 모퉁이의 질퍽한 물 쪽으로 계속 다가갔다. 액슬이 지팡이를 물 밑으로 꽂으니 바닥에 쉽게 닿긴 했는데, 밀고 나아가려고 눌렀더니 그대로 쑥 빨려 들어가 힘을 줄 수가 없었다.

게다가 키 큰 풀 위로 비쳐 드는 아침 햇살에 자세히 보니, 수초가 이미 두 바구니 주변에 빽빽하게 엉켜 있었다. 마치 두 사람을 고인 물에 붙잡아 두기라도 하려는 듯했다. 바구니는 무기력하게 거룻배를 향해 나아갔고, 거룻배가 눈앞에 다가오자 액슬은 지팡이를 내밀어 배꼬리에 갖다 대고 바구니를 멈추었다.

"아래쪽 뱃집에 다 왔어요, 여보?"

"아직 못 왔어요." 액슬이 하류로 내려가는 강줄기 쪽을 흘끗 보며 말했다. "미안해요, 공주. 갈대숲에 걸렸어요. 그래도 여기 거룻배가 있으니, 상태가 쓸 만하면 이걸 타고 마저 갑시다." 액슬은 지팡이를 다시 물속에 꽂고, 두 바구니를 천천히 움직여 배 옆에 나란히 위치시켰다.

낮은 위치에서 보니 배는 위압적으로 보였고, 그 세세한 외양이 액슬의 눈에 들어왔다. 나뭇결이 상해서 거칠어져 있었고, 뱃전 밑에는 자잘한 고드름이 촛농처럼 죽 매달려 있었다. 액슬은 지팡이를 물속에 짚은 채 바구니 위에서 조심스럽게 일어서서 거룻배 안을 들여다보았다.

뱃머리 끝이 주황빛 햇살에 물들어 있었고, 그쪽 바닥에 누더기 뭉치가 놓여 있는데 무엇인지 금방 알아볼 수 없었다. 가만 보니 나이 지긋한 노파였다. 어두운색 헝겊을 수없이 조각보처럼 이어 붙인 옷이 워낙 특이한 데다, 검댕 같은 것이 얼굴에 칠해져 있어서 잠깐 착각을 일으킨 것이었다.

게다가 노파는 기묘한 자세로 앉아 있었다. 고개를 한쪽으로 심하게 기우뚱하고 있어서 거의 바닥에 닿을 지경이었다. 노파가 입은 옷을 보니 왠지 무슨 기억이 날 듯했는데, 그때 노파가 눈을 뜨고 그를 쳐다보았다.

"도와주시오, 나그네." 노파가 자세를 바꾸지 않고 나직한 소리로 말했다.

"어디 편찮으세요, 부인?"

"팔이 말을 듣지 않는구려. 그래서 일어나 노를 잡지 못하고 있소. 도와주시오, 나그네."

"여보, 누구와 이야기하는 거예요?" 비어트리스가 뒤에서 말했다. "악령일지 모르니 조심해요."

"우리 나이쯤이나 그 이상 된 딱한 부인이에요. 몸을 다쳐서 배에 앉아 있어요."

"날 잊으면 안 돼요, 여보."

"잊는다고요? 내가 왜 당신을 잊겠어요, 공주?"

"이 안개에 잊히는 게 워낙 많으니 우리가 서로를 잊지 말란 법이 있겠어요?"

"그런 일은 절대 없을 거예요, 공주. 이 딱한 부인을 좀 도와야겠어요. 운이 좋으면 우리 셋이 부인의 배를 같이 타고 갈 수도 있을 거고요."

"나그네 양반, 말씀하시는 것 들려요. 배를 같이 타는 건 물론 환영이오. 그런데 내가 쓰러져 있고 몸을 다쳤으니, 일단 좀 도와주시오."

"여보, 날 두고 가지 말아요. 날 잊으면 안 돼요."

"바로 옆의 배에 가는 거예요, 공주. 이 딱한 부인을 도와
드려야겠어요."

추위에 팔다리가 얼어 있다 보니 그는 거룻배로 넘어가면
서 중심을 잃을 뻔했지만, 올라서서 몸을 추스르고 주변을
훑어보았다.

배는 소박하고 튼튼해 보였고, 물이 샌 흔적은 딱히 없었
다. 배꼬리 쪽에 짐이 쌓여 있었는데, 그때 노파가 무어라고
또 말을 했기에 액슬은 자세히 볼 생각을 하지 못했다. 아침
햇살이 여전히 노파에게 오롯이 내리쬐었고, 노파는 액슬의
발을 응시하고 있었다. 워낙 뚫어지게 보고 있어서 액슬도
자기 발을 내려다보았다. 이렇다 할 특별한 게 없었기에, 액
슬은 배의 가로대를 조심스럽게 넘어 노파 쪽으로 다가갔다.

"나그네 양반. 젊은 분은 아니어도 기운은 있으신 것 같
구려. 사나운 표정을 저것들에게 보여 주시오. 사나운 표정
을 지어서 쫓아 주시오."

"자, 부인. 똑바로 앉으실 수 있겠습니까?" 액슬은 노파의
기이한 자세에 신경이 쓰여 그렇게 말했다. 묶지 않은 반백
의 머리카락이 늘어뜨려져 축축한 판자에 닿아 있었다. "자,
제가 도와드리겠습니다. 몸을 좀 일으켜 보시죠."

액슬이 몸을 수그려 노파의 어깨를 손으로 잡자, 노파가

들고 있던 녹슨 칼이 바닥에 떨어졌다. 그 순간 작은 동물 하나가 노파의 누더기 옷 속에서 후다닥 달아나 그늘 속으로 사라졌다.

"쥐 때문에 무서우십니까, 부인?"

"바로 저기 있소, 나그네 양반. 저것들에게 사나운 표정을 보여 주시오."

그제야 액슬은 노파가 바라보는 것이 자기 발이 아니라 자기 뒤쪽, 배 뒤편에 있는 무언가임을 알아차렸다. 뒤를 돌아보았지만, 낮게 뜬 해에 눈이 부셔서 무언가가 움직이는데 뚜렷이 알아볼 수 없었다.

"저것들이 쥐인가요, 부인?"

"지금 나그네 양반을 겁내고 있소. 나도 잠깐 겁내다가, 저것들이 늘 그러듯 내 힘을 서서히 조금씩 빼 놓더구려. 나그네 양반이 오시지 않았더라면 내 몸을 뒤덮고 있었을 거요."

"잠깐만 기다리세요, 부인."

액슬은 손차양을 만들어 해를 가리면서 배꼬리 쪽으로 건너가, 그늘 속에 쌓여 있는 물건들을 내려다보았다. 뒤엉킨 그물이 있었고, 푹 젖은 담요 한 장이 널브러져 있었고, 괭이처럼 자루가 긴 연장이 담요 위에 놓여 있었다. 그리고 뚜껑 없는 나무 상자가 있었다. 낚시꾼들이 잡은 물고기를 담아 놓는 종류의 상자였다. 그런데 안을 들여다보니 물고기가 아니라 가죽을 벗긴 토끼가 들어 있었는데, 굉장히 여러 마리가 꾹꾹 눌러 담겨 있어서 조그만 다리들이 서로 맞물려 있는 것처럼 보였다. 그때 눈앞에서 그 힘줄과 무릎과 발목 더미가 한꺼번에 살짝 움직였다. 액슬이 한 걸음 뒤로 물러서는데 상자 속에서 눈이 하나 뜨였고, 또 하나가 뜨였다. 그때 뒤에서 나는 소리에 돌아보니, 여전히 주황빛 햇살에 물든 배 건너편에 노파가 뱃머리에 기대어 힘없이 쓰러져 있었고, 셀 수 없이 많은 요정들이 노파의 몸 위로 떼 지어 모여들고 있었다. 노파는 언뜻 보기에 마치 사랑의 손길을 듬뿍 받고 있는 듯 흡족한 표정이었고, 빼빼 마른 조그만 요정들이 누더기 옷 사이로, 얼굴과 어깨 위로 돌아다니고 있었다. 이제 강물 속에서도 요정들이 점점 더 많이 기어나와 뱃전을 타고 넘어왔다.

액슬은 앞에 놓인 기다란 연장을 집어 들려고 했으나, 그역시 무언가 평온한 느낌에 휩싸여 엉킨 그물에서 장대를 빼내는 손놀림이 왠지 기이할 정도로 한가로웠다. 머리로는 요정들이 점점 많이 물속에서 올라오고 있다는 것을 알고 있었다. 이제 몇 마리나 배에 올라탔을까? 삼십 마리? 육십 마리? 요정들이 웅성거리는 소리는 마치 저 멀리에서 아이들이 노는 소리 같았다. 액슬은 정신을 부여잡고 기다란 연장을 들어 올렸다. 연장은 괭이였을 것이다. 공중으로 쳐든 장대 끝에 달린 것은 분명 녹슨 날이었으니까. 아니, 요정한 마리가 붙어 있는 것이었을까? 그는 뱃전을 짚고 올라오는 조그만 손과 무릎들을 향해 연장을 내려쳤다. 가죽 벗긴 토끼가 든 상자에서도 요정들이 쏟아져 나오고 있었기에, 그다음으로는 그곳을 향해 내리쳤다. 그러나 액슬은 일평생 대단한 검객은 아니었으니, 그는 무엇보다 외교에 능한 사람이었다. 필요할 때는 책략에도 능했으나, 그가 외교술로 얻어 낸 신뢰를 한 번이라도 배반했다고 누가 말할 수 있으랴. 오히려 배반당한 것은 그 자신이었으나, 그래도 무기를 어느 정도는 휘두를 줄 알았기에 여기저기 내리치고 있었다. 아내를 이 득시글거리는 녀석들에게서 지켜야 하지 않겠는가? 그러나 녀석들은 수가 점점 늘어났다. 상자에서 계속 나오는 걸까, 물에서 나오는 걸까? 바구니 속에 잠들어 있는 아내 주위에도 모여들고 있을까? 마지막 내려친 것은 효과가 좀 있어서 몇 마리가 물에 도로 빠졌고, 또 한 번 내려치니 두세 마리가 공중으로 날아갔지만, 노파는 어디까지나 모르는 남이었으니 아내보다 먼저 도와주어야 할 의무가 무엇이 있겠는가? 그러나 노파가 바동거리는 녀석들에게 완전히 뒤덮이다시피 한 모습이 눈에 들어왔고, 액슬은 괭이를 들고 뱃머리 쪽으로 건너가, 노파를 다치게 하지 않고 최대한 여러 마리를 쓸어 내고자 다시 한번 연장을 휘둘렀다. 하지만 녀석들이 어떻게나 끈질기게 달라붙는지! 게다가 이제는 감히 말까지 걸어왔다. 아니, 녀석들에게 뒤덮인 노파가 하는 말이었을까?

"두고 가시오, 나그네. 부인을 우리에게 두고 가시오. 두고 가시오, 나그네."

액슬이 괭이를 다시 휘두르자 괭이는 마치 물속을 가르듯 힘겹게 나아갔으나 겨눈 곳을 찍었고, 몇 마리가 흩어졌지만 속속 다시 나타났다.

"부인을 우리에게 두고 가시오, 나그네." 노파가 다시 말하자, 그제야 액슬은 바닥 모를 두려움이 덜컥 밀려오면서 무언가를 깨달았다. 그 목소리가 가리키는 대상은 눈앞의 죽어 가는 낯선 노파가 아니라 비어트리스라는 것을. 갈대 사이에 있는 아내의 바구니를 바라보니, 주변 물에 팔다리와 어깨가 우글거렸다. 액슬의 바구니는 잡고 올라가려는 녀석들 때문에 거의 뒤집히기 직전인데 이미 안에 들어앉은 녀석들의 무게로 간신히 버티고 있었다. 그러나 액슬의 바구니는 녀석들에게 옆의 바구니로 옮겨 가기 위한 중간 지점에 지나지 않았으니, 몇 녀석이 아내가 덮은 가죽 위에 모여들고 있었다. 액슬은 외마디 소리를 내 지르며 뱃전을 타고 넘어 물속에 첨벙 빠졌다. 물은 생각보다 깊어서 허리 위까지 찼지만 놀라 흠칫한 것도 잠시, 그는 마치 아득한 옛 기억을 끄집어내듯 전사의 포효를 뿜어냈다. 그러면서 괭이를 머리 위로 쳐들고 두 바구니를 향해 휘청거리며 나아갔다. 옷자락이 뭔가에 잡아끌렸고 물이 꿀처럼 걸죽하게 느껴졌지만 괭이를 자기 바구니에 내려치자, 비록 연장이 허공을 가르는 속도는 참담하게 느렸음에도, 상상 이상으로 많은 녀석들이 튀어나와 물에 빠졌다. 한 번 더 내려치니 그 파괴력은 한층 더 컸다. 이번에는 날을 밖으로 해서 휘둘렀던 모양이다. 햇빛을 향해 날아가던 것이 피투성이 살점 아니면 무엇이었겠는가? 그러나 비어트리스는 너무나 멀리 떨어져 있었다. 녀석들이 사방에 올라타고 있는데도 아무것도 모른 채 떠내려가고 있었다. 녀석들은 이제 뭍에서도 나타나 풀숲 사이로 강기슭 위에 쏟아졌다. 이제 괭이에도 여러 마리가 매달려 있었다. 액슬은 괭이를 물에 떨어뜨렸다. 불현듯 아내의 곁에 있고 싶은 마음뿐이었다.

수초와 부러진 부들을 헤치면서 질척거리는 발걸음을 떼어 가며 물속을 나아갔지만, 비어트리스는 점점 멀어져만 갔다. 그때 노파의 목소리가 다시 들려왔다. 물속에 내려와 있으니 이제 보이지 않는데도 그 모습이 액슬의 눈앞에 놀랄 만큼 선하게 그려졌다. 노파는 아침 햇살을 받으며 배 바닥에 쓰러져, 요정들이 부산히 몸 위에 돌아다니는 채로 이렇게 똑똑히 말하고 있었다.

"두고 가시오, 나그네. 부인을 우리에게 두고 가시오."

"닥쳐." 액슬이 힘겹게 나아가면서 중얼거렸다. "내 아내를 절대로, 절대로 포기하지 않을 거야."

"현명하신 분이 왜 그러시오. 부인을 살릴 치료법이 없다는 걸 아신 지 오래되지 않았소. 부인에게 찾아올 앞날을 어떻게 감당하려고 그러시오? 누구보다 사랑하는 이가 고통에 몸부림칠 때 듣기 좋은 몇 마디 말고는 아무것도 해 주지 못하면서 지켜만 보게 될 그날을 염원하시오? 부인을 우리에게 넘기시오, 고통을 덜어 가볍게 해 드리리다. 우리가 지금까지 그 많은 이들을 그리한 것처럼."

"닥쳐! 너희에게 넘기지 않을 거야!"

"부인을 우리에게 넘기시오. 고통받지 않게 해 드리리다. 강물에 씻기고 겹겹이 쌓인 세월을 떼어 내면, 좋은 꿈을 꾸는 기분이 될 것이오. 왜 붙잡아 두려고 하시오? 도살당하는 짐승의 고통 외에 무엇을 부인에게 주실 수 있겠소?"

"너희를 몰아낼 거야. 꺼져. 내 아내에게서 꺼져."

액슬은 양손을 깍지 끼어 곤봉처럼 만들고는, 이리저리 휘둘러 장애물을 헤치우면서 물속을 나아갔고, 마침내 아내 앞에 당도했다. 아내는 여전히 바구니 안에서 곤히 자고 있었다. 아내가 덮은 짐승 가죽 위에 바글거리며 모여드는 요정들을 액슬은 하나씩 하나씩 떼어 던져 버렸다.

"왜 부인을 우리에게 넘기지 않으시는 거요? 이건 부인을 위한 배려가 아니오."

그는 바구니를 밀며 나아갔다. 땅이 솟은 곳까지 죽 밀고 가 바구니를 풀과 부들이 무성한 진흙에 얹어 놓았다. 몸을 굽혀 아내를 양팔에 안고 밖으로 꺼냈다. 다행히 아내는 잠

359

에서 어느 정도 깨어 그의 목에 매달려 주었고, 그는 아내를 안은 채 휘청거리며 강기슭을 올라간 다음 계속 들판으로 걸어 들어갔다. 땅이 마르고 단단해진 후에야 액슬은 아내를 내려놓았고, 두 사람은 풀밭에 앉아 액슬은 가쁜 숨을 돌리고 아내는 차츰 잠에서 깨어났다.

"여보, 지금 여기가 어디예요?"

"공주, 몸이 좀 어때요? 우린 여기서 멀리 달아나야 해요. 내가 당신을 업고 갈게요."

"여보, 흠뻑 젖었네요! 강물에 빠졌어요?"

"여긴 사악한 기운이 흘러요, 공주. 빨리 떠나야 해요. 내가 얼마든지 업고 갈게요. 젊고 순진하던 시절 봄나들이 가서 그러고 놀았잖아요."

"강을 두고 꼭 다른 길로 가야 해요? 강물을 타야 가웨인 경이 말한 대로 훨씬 빨리 갈 텐데요. 여기는 우리가 지금까지 다녔던 곳들만큼이나 높은 산 속 같아요."

"다른 도리가 없어요, 공주. 여기서 멀리 달아나야 해요. 자, 내가 업을게요. 자, 공주, 내 어깨 잡아요."

12

밑에서 위스턴이 조금 천천히 올라가자고 간청하는 소리
가 들렸지만 에드윈은 무시했다. 위스턴은 너무 느린 데다가,
상황의 급박함을 대체로 공감하지 못하는 듯했다. 절벽을
아직 반도 채 오르지 않았을 때 이렇게 묻기도 했다. "지금
위에 날아간 게 혹시 매 아니야, 젊은 동지?" 뭐가 날아갔건
무슨 상관이란 말인가? 열병을 앓은 후 몸도 마음도 약해진
전사였다.

조금만 더 가면 벼랑 끝을 짚고 올라 단단한 땅에 설 수
있다. 그러면 뛸 수 있다. 얼마나 뛰고 싶었던가! 하지만 어
디로? 목적지가 어디였는지 이제 가물가물하다. 게다가 위
스턴에게 할 중요한 말이 있었다. 소년은 그에게 계속 무언
가를 속이고 있었다. 이제는 고백해야 할 것 같다. 지쳐 허덕

이는 말을 산길 가의 덤불에 묶어 놓고 절벽을 오르기 시작할 때만 해도, 꼭대기에 다다르면 다 털어놓겠다고 결심했었다. 그런데 정상이 눈앞에 보이는 지금, 머릿속은 온통 흐릿한 기억의 편린들뿐이다.

소년은 마지막 바위를 기어올라 벼랑 위로 몸을 끌어올렸다. 눈앞에 펼쳐진 땅은 바람이 할퀴고 간 듯 황량했고, 완만히 솟아올라 지평선의 희미한 봉우리들로 이어졌다. 근처에는 헤더꽃과 산풀이 군데군데 나 있었지만 다 고만고만하여 발목 높이에 찰 뿐이었다. 그런데 기이하게도, 저 앞 어중간한 거리에 숲이 하나 보였다. 우거진 나무들이 모진 바람에도 미동 없이 서 있었다. 마치 어떤 신이 재미 삼아 울창한 숲의 일부분을 손으로 쑥 뽑아 척박한 땅 위에 심어 놓은 것 같았다.

에드윈은 올라오느라 숨이 가빴지만 힘을 짜내 앞으로 달려 나갔다. 저 숲이야말로 바로 가야 할 목적지이고, 그곳에만 가면 다 기억날 것 같았다. 위스턴이 마침내 절벽을 올라왔는지 뒤에서 무어라고 또 외쳤지만, 에드윈은 뒤도 돌아보지 않고 더 빨리 내달렸다. 고백은 저 숲에 가서 하면 된다. 저 안에 들어가면 기억도 또렷해질 것이고, 세찬 바람 소리가 안 들리는 곳에서 조용히 이야기할 수 있을 것이다.

땅이 별안간 솟아올라 소년에게 달려들었다. 숨이 덜컥 막혔다. 워낙 불시에 닥친 일이라 소년은 잠시 얼이 나간 채 바닥에 엎드려 있었고, 다시 일어서려 하자 무언가 부드러우면서 묵직한 것이 내리눌렀다. 알고 보니 위스턴이 한 무릎으로 등을 누르면서 소년의 손을 등 뒤로 묶고 있었다.

"밧줄은 왜 챙겨 가야 하냐고 네가 물었지." 위스턴이 말했다. "이제 용도를 알 수 있을 거다."

그러고 보니 밑의 산길에서 나누었던 대화가 생각났다. 소년은 어서 올라가고 싶어 안달이 나는데, 전사는 답답하리만치 꼼꼼하게 말안장에 실린 물건을 자루 두 개에 나눠 담고 있었다.

"어서 가야 해요, 전사님! 이런 것들이 왜 다 필요해요?"

"자, 이걸 지고 가, 동지. 그러지 않아도 막강한 암용인데 우리가 춥고 굶주려서 힘을 못 쓰면 대적할 수가 있겠나."

"냄새가 사라지면 어떡해요! 그리고 밧줄이 왜 필요해요?"

"쓸 데가 있을지도 몰라. 밧줄이 저 위의 나무에 주렁주렁 열려 있는 것도 아니고."

밧줄은 두 손목뿐 아니라 허리에도 감겼고, 마침내 일어서니 밧줄이 뒤에서 당기고 있어 짐을 끌듯 나아가야 했다.

"전사님, 이제 제 벗이자 스승이 아니세요?"

"아직도 그렇고, 네 보호자이기도 하지. 여기서부턴 조금 더 천천히 가야 해."

밧줄에 붙들려 걷는 게 왠지 그리 불편진 않았다. 마치 노새 같은 걸음걸이로 걸어야 했는데, 얼마 전 노새 흉내를 내며 수레 주위를 빙빙 돌았던 때가 생각났다. 팽팽한 밧줄을 끌며 고집스럽게 비탈을 올라가는 지금, 그때와 똑같은 노새가 된 걸까?

소년은 끌고 또 끌고 나아갔다. 가끔은 가까스로 몇 발짝 달리다가 덜컥 밧줄에 붙잡혀 멈추기도 했다. 귓속에서 목소리가 들리고 있었다. 낯익은 목소리였다. 어릴 때 잘 알던 동요를 읊조리듯 부르고 있었다. 마음이 편해지면서도 신경을 긁는 목소리였는데, 밧줄을 끌면서 같이 따라 부르면 뒤숭숭한 느낌이 좀 덜했다. 소년은 처음에 나직하게 읊조리다가, 나중엔 좀 더 거리낌 없이 바람을 향해 외쳤다. "맥주잔 엎은 사람 누구? 용 꼬리 자른 사람 누구? 들통에 뱀 넣은 사람 누구? 그건 바로 네 사촌 애드니." 그다음 가사는 기억나지 않았지만, 들려오는 목소리를 따라 부르면 신기하게도 맞는 가사가 저절로 입에서 나왔다.

숲이 가까워지자 전사가 다시 소년을 끌어당겼다.

"천천히, 젊은 동지. 저 기이한 나무숲에 들어가려면 용기만 가지곤 부족해. 저길 봐. 이 높은 곳에 소나무가 있는 건 이상할 게 없지만, 그 옆에 있는 건 참나무와 느릅나무 아닌가?"

"전사님, 무슨 나무가 있건, 무슨 새가 날건, 무슨 상관이에요! 시간이 없어요, 서둘러야 한다고요!"

숲속으로 들어가니 땅이 완전히 바뀌어, 부드러운 이끼와 쐐기풀에 양치식물까지 깔려 있었다. 머리 위로는 나뭇잎이 우거져 거의 천장을 이루었기에, 한동안은 어슴푸레한 어둠 속을 헤매야 했다. 하지만 큰 숲은 아니라 얼마 안 가 둥글게 하늘이 뚫린 빈터가 눈앞에 나타났다. 소년은 생각했다. 이 숲이 정말 어떤 신이 만들어 놓은 것이라면, 그 의도는 이 앞에 있는 무언가를 나무들 속에 감추려는 것이라고. 소년이 밧줄을 사납게 끌면서 말했다.

"왜 어물거리세요, 전사님? 무서우신 건 아니겠죠?"

"여기 좀 봐, 젊은 동지. 네 사냥꾼 본능이 우리를 제대로 이끌었어. 이곳이 용의 은신처가 틀림없어."

"제가 사냥꾼으로서 말씀 드리는데, 저 빈터엔 용이 없어요. 빨리 저곳을 지나 다음 장소로 가야 해요. 갈 길이 멀다고요!"

"젊은 동지, 상처 좀 볼까. 아직 깨끗한지."

"제 상처가 어떻든 무슨 상관이에요! 냄새가 사라진다니까요! 밧줄을 놔줘요, 전사님. 놔주지 않아도 달릴 거예요!"

이번에는 전사가 밧줄을 놓았고, 에드윈은 엉겅퀴와 얽힌 나무뿌리를 지나 달려갔다. 몸이 꽁꽁 묶여 손을 쓸 수 없었기에 몇 번 중심을 잃었지만 다치지 않고 빈터에 도달했고, 언저리에 멈춰 서서 눈앞에 펼쳐진 광경을 살폈다.

빈터 가운데에는 연못이 있었다. 꽁꽁 얼어 있었으므로

용감하거나 무모한 사람이라면 스무 걸음 정도에 건널 수 있을 법했다. 얼음판은 온통 매끄러웠는데, 다만 건너편 연못가에 죽은 나무의 속 빈 몸통이 얼음을 뚫고 솟아 있었다. 죽은 나무에서 조금 떨어진 기슭에는 커다란 오거 한 마리가 무릎과 팔꿈치를 물가에 꿇고 머리는 완전히 얼음 밑에 담근 채 엎드려 있었다. 짐작건대 물을 마시다가 — 아니면 물 밑에 있는 무언가를 찾다가 — 갑자기 연못이 얼면서 변을 당한 듯했다. 언뜻 보면 엎드려 목을 축이다가 목이 잘린 시체 같기도 했다.

연못 위의 뚫린 하늘에서 묘한 빛이 오거에게 내리비치고 있었기에, 에드윈은 잠시 뚫어지게 바라보았다. 오거가 금방이라도 흉측하고 벌게진 얼굴을 꺼내 들고 되살아날 것만 같았다. 그런데 그 녀석이 다가 아님을 알아차리고 에드윈은 움칫했다. 연못 오른쪽 끝 언저리에 똑같은 자세의 오거가 한 마리 더 있었다. 그게 다가 아니었다! 소년 바로 근처의 기슭에도 한 마리가 양치식물에 반쯤 가려져 있었다.

오거라면 평소 혐오감밖에 느끼지 못했던 에드윈이지만, 으스스한 비애감을 자아내는 자세로 굳어 있는 녀석들을 보니 왠지 연민이 느껴졌다. 어쩌다 저런 비운을 맞았을까? 오거들을 향해 다가가려는데, 밧줄이 다시 팽팽해지면서 바로 뒤에서 위스턴의 목소리가 들렸다.

"아직도 이곳이 용의 은신처라는 걸 부정하나, 동지?"

"여기가 아니에요, 전사님. 더 가야 해요."

"그래도 난 이곳에서 어떤 속삭임이 들려. 용의 은신처는 아니라 해도, 용이 물을 마시고 멱 감으러 오는 곳이 아닐까?"

"제가 보기엔 저주받은 곳이에요. 용과 전투를 벌일 만한 곳이 아니에요. 여기서는 액운만 당할 거예요. 저 딱한 오거들 좀 보세요. 요전날 밤 전사님이 해치우신 악귀들만큼이나 덩치도 커요."

"무슨 말을 하는 거야?"

"안 보이세요? 저기 보세요! 저기도요!"

"에드윈, 기력이 소진됐구나. 내가 염려한 대로야. 우리 좀 쉬자. 음산한 곳이라 해도 바람은 피할 수 있으니."

"어떻게 쉬자는 말을 할 수 있어요, 전사님? 그리고 저 딱한 녀석들도 이 마법에 걸린 곳에서 너무 오래 얼쩡대다가 저 꼴이 된 것 아니겠어요? 저들이 보내는 경고에 귀를 기울이세요, 전사님!"

"내가 귀 기울이는 유일한 경고는, 네가 무리하다가 심장이 터지기 전에 쉬게 하라고 말하고 있어."

소년의 등이 잡아끌리더니 어느 나무 몸통에 쿵 부딪쳤다. 전사가 소년의 주위를 터덕터덕 돌면서 밧줄을 가슴과 어깨에 칭칭 감았다. 소년은 거의 꼼짝할 수 없게 되었다.

"이 나무는 널 이롭게 할 고마운 나무야, 젊은 동지." 전사가 소년의 한쪽 어깨에 다정하게 손을 얹었다. "왜 그런 나무를 뽑으려고 힘을 허비해? 진정하고 쉬렴. 나는 이곳을 더 면밀히 살펴볼 테니."

소년이 지켜보는 앞에서 위스턴은 쐐기풀을 피해 발을 디디며 연못으로 내려갔다. 물가에 이르자 그는 이곳저곳을 거닐며 땅을 유심히 내려다보았고, 가끔 무언가가 눈에 띈 듯 쪼그려 앉아 자세히 살펴보기도 했다. 그러다가 몸을 펴더니, 연못 건너편의 나무들을 물끄러미 바라보며 한참 동안 몽상에 잠긴 듯했다. 에드윈의 눈에 전사는 얼어붙은 연못을 배경으로 거무스름한 실루엣처럼 보였다. 왜 오거들 쪽에는 눈길도 주지 않는 걸까?

위스턴이 슥 움직이는가 싶더니 갑자기 그의 손에 검이 들려 있었다. 검을 든 팔이 부동자세로 공중에 머물렀다. 잠시 후 그는 검을 검집에 다시 넣고 뒤돌아서서 소년 쪽으로 걸어왔다.

"우리가 여기 온 첫 손님이 아니야." 그가 말했다. "한 시간 전에도 어떤 일행이 이쪽으로 왔어. 암용은 아니야. 에드윈, 좀 차분해졌군. 다행이야."

"전사님, 저 고백할 게 있어요. 들으시면 저를 나무에 묶은 채로 죽이실지도 몰라요."

"말해 봐, 난 겁내지 말고."

"전사님이 제게 사냥꾼의 재능이 있다고 하셨을 때, 그 순간 뭔가가 저를 강하게 끄는 게 느껴졌고, 그래서 쿼리그의 냄새가 또렷하게 나는 척했어요. 그런데 그게 다 거짓말이었어요."

위스턴이 다가와 소년의 바로 앞에 섰다.

"계속해, 동지."

"더 말 못 하겠어요, 전사님."

"네가 말하지 않으면 내가 화내는 것보다 네게 더 위험해. 말하렴."

"할 수가 없어요. 절벽을 오르기 시작했을 때는 무슨 말을 해야 할지 정확히 알았어요. 그런데 지금은…… 제가 숨겼던 게 무엇이었는지 잘 모르겠어요."

"암용의 숨 때문이야. 전에는 네게 영향이 거의 없었는데, 이제 널 압도하고 있는 거야. 우리가 놈에게 가까이 왔다는 확실한 신호지."

"전사님, 이 저주받은 연못이 절 홀리고 전사님도 홀리고 있는 것 같아요. 그래서 이렇게 마냥 미적거리시고 저 익사한 오거들에게는 눈길도 주지 않으시는 것 아닌가요. 아무튼 제가 자백해야 할 게 있는 건 확실해요. 그게 뭔지만 알면 좋겠어요."

"암용의 은신처만 찾아 주면 사소한 거짓말은 다 용서해 줄게."

"바로 그걸 말씀 드린 거예요, 전사님. 우리가 말을 그리고생시키면서 타고 왔고, 이 가파른 산비탈도 올라왔는데, 저는 전혀 암용이 있는 곳으로 가는 게 아니었어요."

위스턴이 워낙 가까이 다가왔기에 에드윈은 그의 숨결이 느껴질 정도였다.

"그럼 어디로 가고 있다는 거지, 에드윈?"

"저희 엄마에게요. 이제 기억나요. 제 숙모는 친엄마가 아니에요. 제 친엄마는 납치됐어요. 저는 그때 어린아이였지만 다 보고 있었어요. 그리고 언젠가 엄마를 구해 주겠다고 엄마에게 약속했어요. 이제 거의 다 컸고, 전사님이 옆에 있으니, 그자들이 우리를 보면 벌벌 떨 거예요. 전사님, 제가 전사님을 속였어요. 하지만 제 마음을 이해해 주시고, 지금 엄마가 정말 가까이 있으니 저를 도와주세요."

"엄마가 여기서 가까이에 계신다고?"

"네, 전사님. 그런데 여긴 아니에요. 이 저주받은 곳은 아니에요."

"엄마를 데려간 사람들에 대해 기억나는 것 있어?"

"사나워 보였고 사람 죽이는 걸 아무렇지도 않아 하는 것 같았어요. 그날 마을 사람은 한 명도 감히 나와서 그들과 맞서지 못했어요."

"색슨인이었나, 브리턴인이었나?"

"브리턴 사람들이었어요. 세 명이었고, 스테파 말로는 얼마 전까지 병사였을 거랬어요. 하는 행동이 병사 같댔어요.

저는 다섯 살도 안 됐을 때였어요. 조금만 더 컸다면 엄마를 지키려고 싸웠을 거예요."

"내 어머니도 납치당하셨어. 그래서 네 생각을 잘 이해할 수 있지. 나도 그때 어렸고 힘이 없었어. 그때는 전시였고, 난 병사들이 많은 사람을 살육하고 목매달아 죽이는 것을 봤어. 하지만 어머니에게는 웃는 얼굴을 하길래 어리석게도 기뻐했지. 어머니를 점잖게 잘 대해 줄 걸로 생각했던 거야. 아마 너도 그러지 않았을까. 어려서 사내들이 어떤 식으로 구는지 아직 모를 때였으니까."

"저희 엄마는 평시에 납치당해서 큰 화를 입진 않았어요. 이 나라 저 나라를 떠돌고 있으니 그렇게 나쁜 삶은 아닌지도 몰라요. 그렇지만 제게 너무나 돌아오고 싶어 하세요. 같이 떠도는 자들에게 가끔 학대받는 것도 맞고요. 전사님, 제 자백을 받아 주시고 나중에 벌해 주세요. 그런데 지금은 엄마를 붙잡고 있는 자들과 싸울 수 있게 도와주세요. 엄마가 저를 긴 세월 동안 기다리고 있어요."

위스턴은 소년을 묘한 표정으로 바라보았다. 그는 뭐라고 말하려는 듯하다가 고개를 젓더니 나무에서 몇 걸음 떨어졌다. 마치 부끄럽기라도 한 것 같았다. 소년은 전사에게서 그런 모습을 처음 보았기에 놀라서 지켜보았다.

"날 속인 걸 기꺼이 용서해 주마, 에드윈." 위스턴이 한참 후 소년을 돌아보며 말했다. "그 밖의 사소한 거짓말도 다

봐주마. 그리고 곧 널 나무에서 풀어 줄 테니 네가 찾아가는 적이 누구든, 맞서 싸우자. 대신 내게 약속 하나 해 다오."

"말씀하세요, 전사님."

"만약 내가 죽고 네가 산다면, 꼭 약속해다오, 네 가슴속에 브리턴인에 대한 증오를 품고 살겠다고."

"무슨 말씀이세요, 전사님? 브리턴인 누구 말인가요?"

"브리턴인 전부 말이다. 네게 온정을 보이는 사람이라 할지라도."

"잘 이해가 안 돼요, 전사님. 자기 빵을 제게 나눠 주는 브리턴인도 증오해야 해요? 가웨인 경처럼 저를 적에게서 구해 주는 사람도요?"

"귀히 대해 주고 싶은 브리턴인도 있고, 사랑해 주고 싶기까지 한 브리턴인도 있어. 그건 내가 너무나 잘 안다. 하지만 지금은 개인 간의 감정보다 훨씬 중요한 일들이 우리 어깨를 누르고 있어. 우리 동포들을 학살한 것은 아서왕 치하의 브리턴인들이었다. 네 어머니와 내 어머니를 잡아간 것도 브리턴인들이었어. 우리는 브리턴족이라면 남녀노소를 막론하고 모두 증오할 의무가 있어. 그러니 약속해 다오. 내가 네게 기량을 전수해 주지 못하고 죽는다면, 이 증오를 네 가슴속에 간직하겠다고 약속해 다오. 그리고 그 증오의 불꽃이 만약에라도 깜빡거리거나 꺼지려고 한다면, 정성스럽게 감싸서 되살려 다오. 약속해 주겠니, 에드윈?"

"알겠어요, 전사님, 약속할게요. 그런데 이제 엄마가 부르는 소리가 들려요. 우리가 이 음산한 곳에 너무 오래 있었나 봐요."

"그럼 엄마에게 가자. 하지만 너무 늦어 엄마를 구하지 못할 수도 있으니 마음의 대비를 해야 한다."

"그게 무슨 말이에요, 전사님? 그럴 리 없어요. 지금도 엄마가 부르는 소리가 들린다고요."

"그럼 어서 그곳으로 가자. 한 가지만 알아 두렴, 젊은 동지. 구해 내기엔 너무 늦었다 해도, 복수하기엔 결코 늦지 않은 법이야. 그러니 다시 한번 네 입으로 약속해 다오. 네가 전장에서 쓰러지거나 노환으로 쓰러지는 그날까지, 브리턴인을 증오하겠다고."

"기꺼이 다시 한번 약속할게요, 전사님. 그런데 저 좀 나무에서 풀어 주세요. 이제 어느 쪽으로 가야 할지 확실히 감이 와요."

13

염소는 액슬이 보기에 이곳 산을 거의 집처럼 여기는 듯
했다. 바람도 상관하지 않고, 왼 다리를 오른 다리보다 훨씬
낮게 딛고 있는 것도 개의치 않으며 짧은 풀과 헤더꽃을 열
심히 뜯고 있었다. 액슬이 끌고 올라오면서 여실히 느꼈지만
워낙 힘이 센 녀석이라, 부부가 잠깐 쉬는 동안 묶어 놓을
곳을 찾기가 쉽지 않았다. 다행히 비탈 위에 죽은 나무뿌리
하나가 튀어나와 있어 밧줄을 거기에 단단히 고정시켰다.

부부는 염소가 잘 보이는 자리에 앉아 있었다. 그곳엔 큰
바위 두 개가 있었는데, 하나가 다른 하나 쪽으로 기울어
져 마치 어느 노부부의 모습 같기도 했다. 바위는 한참 밑에
서부터 보였지만, 액슬은 거기까지 가기 훨씬 전에 바람 피
할 곳이 나오길 바랐다. 그러나 황량한 산비탈에는 그럴 만

한 곳이 전혀 없었고, 두 사람은 매서운 강풍만큼이나 억세게 줄을 잡아당기는 염소를 끌면서 좁은 길을 힘겹게 올라와야 했다. 마침내 쌍둥이 바위에 도달하니 그곳은 마치 하느님이 두 사람을 위해 만들어 주신 쉼터 같았다. 바람 소리는 여전히 귓전을 쌩쌩 스쳤지만 실제로 느껴지는 바람결은 미미했다. 그래도 두 사람은 머리 위의 바위 모습을 흉내라도 내듯 바짝 붙어 앉아 있었다.

"익숙한 경치가 저 아래에 그대로 다 있네요, 여보. 우리 강물 타고 많이 못 내려갔어요?"

"그리 멀리 가지 못하고 빠져나왔어요, 공주."

"그런데 또 산을 오르네요."

"그렇지요, 공주. 그 여자아이가 이 일이 얼마나 힘든지 우리한테 제대로 말해 주지 않은 것 같네요."

"맞아요, 여유롭게 산책하듯 걸으면 되는 것처럼 얘기했지요. 하지만 누가 그애를 탓하겠어요? 아직 어린애고, 또 그 나이에 그리 많은 근심을 안고 있으니. 여보, 저기 봐요. 저 밑의 골짜기에, 보여요?"

액슬은 손을 이마에 대고 아내가 가리키는 쪽을 열심히 바라보다가 결국 고개를 저었다. "내 눈은 당신 눈만큼 좋지가 않아요, 공주. 산자락마다 골짜기는 보이는데 특별한 건 안 보여요."

"저기요, 여보, 내 손가락이 가리키는 데를 봐요. 병사들이 한 줄로 걷고 있지 않아요?"

"아, 이제 보이는구려. 그런데 전혀 안 움직이는데."

"움직이고 있어요, 여보. 길게 줄을 지어 가는 걸 보니 병사들인 것 같아요."

"내 나쁜 눈으로 보기엔 전혀 안 움직이는 것 같아요. 그리고 병사들이라고 해도, 너무 멀어서 우리한테 해 될 일은 없어요. 나는 저 서쪽의 먹구름이 더 염려되는구려. 멀찍이 떨어진 병사들보다 더 삽시간에 화를 부를 테니."

"당신 말이 맞아요. 여기서 얼마나 더 가야 하는지 모르겠네요. 그 여자아이는 산책하듯 휙 갔다 오면 된다고 했는데 거짓말이었어요. 그래도 어떻게 탓하겠어요? 부모님은 안 계시고 남동생들은 보살펴야 하고. 우리한테 이 일을 참 간절히도 시키고 싶었나 봐요."

"이제 더 또렷이 보이는구려. 구름 사이로 해가 나니 보이네. 병사도 아니고 사람도 아니라, 새가 나란히 앉아 있는 거예요."

"말도 안 되는 소리 하지 말아요, 여보. 새라면 이 거리에서 어떻게 보이겠어요?"

"생각보다 멀지 않아요, 공주. 까만 새들이 한 줄로 앉아 있어요. 산에서 흔히 보는 것처럼."

"그럼 왜 한 마리도 안 날아가고 가만히 있대요?"

"조금 있으면 날아갈지도 모르지요, 공주. 그런데 나도 그 아이 탓할 생각은 없어요. 아이 처지가 참 암담하잖아요? 그리고 그 아이가 도와주지 않았더라면 우리가 어딜 갔겠어요, 그렇게 젖은 채로 덜덜 떨면서. 게다가 내가 기억하기론, 이 염소를 거인의 돌무덤에 올려다 놓길 절절히 원했던 사람이 그 여자아이만은 아니었던 것 같구려. 한 시간 전만 해도 당신도 간절하지 않았어요?"

"지금도 간절해요, 여보. 퀘리그가 죽고 이 안개가 걷히면 얼마나 좋겠어요? 그런데 저렇게 흙을 씹고 있는 염소를 보고 있으니, 저런 얼뜬 짐승이 막강한 암용을 물리칠 수 있다는 게 믿기지 않네요."

염소는 그날 아침 부부가 조그만 돌집을 처음 발견했을 때도 지금처럼 왕성한 식욕으로 풀을 뜯고 있었다. 돌집은 언뜻 눈에 잘 띄지 않았다. 우뚝 솟은 절벽 기슭의 한쪽 그늘에 숨어 있어서, 처음에 비어트리스가 보라고 가리켰을 때 액슬은 그것이 자기들 촌락처럼 산비탈을 파고 들어간 촌락의 입구인 줄 알았다. 가까이 가서 보니 홀로 서 있는 건물이었고, 벽과 지붕이 모두 암회색 돌조각으로 지어져 있었다. 낭떠러지 위에서는 실처럼 가느다란 물줄기가 떨어져 돌집에서 멀지 않은 곳에 웅덩이를 이루고, 땅이 꺼져 시야에서 벗어난 곳으로 찔끔찔끔 흘러내렸다. 돌집 조금 앞으로 마침 아침 햇살이 밝게 내리쬐는 자리에는 울타리를 두른 작은 방목장이 있었는데, 안에 있는 것은 염소 한 마리뿐이었다. 평소처럼 바삐 풀을 뜯던 염소가 깜짝 놀란 듯 동작을 멈추고 부부를 쳐다보았다.

하지만 아이들은 부부가 다가가는 것을 알지 못했다. 여자아이 하나와 남동생 둘이 이쪽에 등을 돌리고 도랑 가에 서서, 발 밑에 있는 무언가에 정신이 팔려 있었다. 남자아이 하나가 쪼그려 앉아 도랑 안으로 뭔가를 던지자, 누나가 냉큼 팔을 잡고 뒤로 끌어당겼다.

"쟤들이 뭘 하고 있는 걸까요, 여보?" 비어트리스가 말했다. "보아 하니 장난질 같네요. 막내 아이는 너무 어려서 잘못하다간 빠질 것 같은데요."

염소가 있는 곳을 지나서 더 가까이 가도 아이들은 인기척을 듣지 못했기에, 액슬이 최대한 나직하게 "얘들아, 안녕." 하고 불렀다. 세 아이가 모두 놀라서 돌아보았다.

무언가 잘못한 표정들인 것으로 보아 무슨 꿍꿍이를 꾸미고 있다는 비어트리스의 짐작이 맞는 듯했지만, 동생들보다 머리 하나쯤 더 큰 여자아이는 금방 표정을 추스르고 웃음을 지었다.

"어르신들! 어서 오세요! 저희가 바로 어젯밤에 하느님께 기도했는데 이렇게 보내 주셨군요! 어서 오세요!"

여자아이가 두 남동생을 바로 뒤에 달고 축축한 풀밭을 철버덕거리며 다가왔다.

"사람을 잘못 본 것 같구나, 얘야." 액슬이 말했다. "우리는 그저 길 잃은 나그네들이란다. 춥고 지친 데다가, 방금 강에서 못된 요정들에게 습격당해 옷도 젖었단다. 불을 쬐면서 몸 좀 녹이고 옷을 말렸으면 하는데, 어머니나 아버지를 불러 줄 수 있겠니?"

"잘못 보지 않았어요! 어젯밤에 저희가 예수님께 기도해서 지금 이렇게 어르신들이 오신 거예요! 어서 저희 집으로 들어가세요. 안에 불이 아직 피워져 있어요."

"그런데 부모님은 어디 계시니, 얘야?" 비어트리스가 물었다. "우리가 지치긴 했지만 마음대로 들어가서야 되겠니. 기다렸다가 집주인이 안에서 불러 주시면 들어가마."

"지금은 저희 셋뿐이니, 저를 집주인이라고 생각하시면 돼요! 어서 들어가셔서 몸을 녹이세요. 대들보에 걸린 자루에 먹을 것이 있고요, 불 옆에 장작도 있으니 더 넣으시면 돼요. 들어가 계시면, 저희는 쉬시는 거 방해하지 않고 밖에 있을게요. 염소를 돌봐야 하거든요."

"배려해 줘서 정말 고맙구나, 얘야." 액슬이 말했다. "그런데 여기서 가장 가까운 마을은 얼마나 가야 있니?"

소녀의 얼굴에 어두운 그늘이 스쳤다. 소녀는 옆에 나란히 서 있는 동생들과 눈빛을 주고받더니 다시 웃음을 지으면서 말했다. "여긴 아주 높은 산속이에요. 마을은 여기서 머니 일단 저희 집에서 묵으세요. 따뜻한 불도 있고 드실 음식도 있으니까요. 많이 지치셨죠? 찬바람에 두 분 다 떨고 계시네요. 그러니 가신다는 말 하지 마시고요, 어서 들어가서 쉬세요. 저희가 얼마나 기다렸는데요!"

"저 도랑에 뭐 그리 재미있는 게 있니?" 비어트리스가 대뜸 물었다.

"아, 아무것도 아니에요! 아무것도 없어요! 그런데 이렇게 바람 맞으면서 젖은 옷 차림으로 서 계시면 어떡해요! 어서 저희 대접을 받아 주시고 불 쬐면서 좀 쉬세요. 지금 굴뚝에서 연기 나는 것 보이시죠?"

◆

"저기 봐요!" 액슬이 바위에서 몸을 일으키고 손가락으로 가리켰다. "새가 날아가네요. 내가 뭐랬어요, 공주, 새들이 앉아 있는 거라고 했잖아요? 저기 하늘로 날아오르는 새 보여요?"

조금 전부터 일어서 있던 비어트리스가 한 발을 바위 쉼터 밖으로 내디디니, 옷이 대번에 바람에 펄펄 나부꼈다.

"새는 맞네요. 그런데 저기 저 사람들 있는 데서 날아오른 게 아니에요. 내가 말하는 데를 당신이 아직 못 보고 있는 것 같아요, 여보. 그 뒤의 산등성이를 봐요. 거의 하늘을 배경으로 거무스름한 형체들이 있잖아요."

"이제 잘 보여요, 공주. 그런데 바람이 부니 안으로 들어와요."

"병사들인지 아닌지는 몰라도 조금씩 움직이고 있어요. 새는 딴 곳에서 날아올랐고요."

"바람 맞지 말고 어서 와서 앉아요, 공주. 기운을 최대한 아껴야 해요. 이 염소를 끌고 얼마나 더 가야 할지 모르잖아요?"

비어트리스가 아이들에게서 빌린 망토를 꼭 껴안으며 자리로 돌아와, 남편 옆에 다시 앉으며 말했다. "여보, 그 말이 정말일까요? 그 용맹한 기사와 전사들도 하지 못한 일인데, 마을에서 촛불도 못 켜게 하는 우리 같은 힘없는 노부부가 과연 암용을 죽일 수 있을까요? 이 성질 나쁜 염소를 가지고요?"

"누가 알겠어요, 공주. 그저 어린아이의 소망일 뿐인지도 모르지요. 그래도 대접을 고맙게 받았으니, 부탁하는 대로 해 주는 게 좋겠지요. 또 누가 알겠어요, 아이 말대로 이렇게 해서 퀘리그를 죽일 수 있을지도 모르죠."

"여보, 만약에 말이에요. 만약에 암용이 정말 죽게 된다면, 그래서 안개가 서서히 걷힌다면요. 다시 돌아올 기억이 혹시 두렵진 않아요?"

"당신이 그러지 않았어요, 공주? 우리가 함께해 온 삶은 행복한 결말로 끝나는 옛날이야기와 다를 게 없다고. 중간에 무슨 우여곡절이 있었건 말이에요.”

“그랬지요. 그런데 이제 퀘리그를 우리 손으로 죽이게 될지도 모르는 상황이 되니, 마음 한편으로는 안개가 걷힐 게 겁이 나네요. 당신은 혹시 안 그래요?”

“그런지도 모르지요. 어쩌면 항상 그랬는지도 몰라요. 하지만 난 당신이 아까 했던 말이 제일 걱정돼요. 우리가 불을 쬐면서 쉴 때 한 말이요.”

“내가 뭐라고 했는데요, 여보?”

“기억 안 나요, 공주?”

“우리가 무슨 유치한 말다툼을 했던가요? 지금은 기억이 안 나요. 춥고 피곤해서 정신이 흐릿했던 것밖에 모르겠네요.”

“기억이 안 나면 안 나는 대로 그냥 둡시다, 공주.”

“그래도 뭔가 이상하다고는 생각했어요, 여보. 아이들 집을 떠난 뒤로 죽 그랬는데, 걸을 때 당신이 나한테서 좀 떨어지려고 하는 느낌이었어요. 꼭 저 염소가 끌어서 그런 것만은 아니었고요. 혹시 아까 우리가 다퉜어요? 난 기억이 없지만요.”

“당신과 떨어질 생각은 없었어요, 공주. 미안해요. 염소가 이리저리 끌어서 그런 게 아니라면, 우리가 나눈 유치한 이야기가 아직 내 머릿속에 있는 것 같구려. 내 말 믿어요, 잊는 게 나아요.”

◆

액슬이 방바닥 한가운데의 불을 활활 타게 키우자 작은 오두막집 안 곳곳에 그림자가 드리워졌다. 액슬은 옷을 하나하나 불 앞에 들어 말렸고, 비어트리스는 가까이에서 담요를 여러 겹 덮고 평온하게 자고 있었다. 그런데 갑자기 비어트리스가 일어나 앉더니 주위를 두리번거렸다.

"불이 너무 뜨거워요, 공주?"

비어트리스는 어리둥절한 표정으로 가만히 있더니, 힘없이 담요에 다시 누웠다. 다만 눈은 계속 뜨고 있었다. 액슬이 다시 한번 물으려는 순간 비어트리스가 조용히 말했다.

"오래전 어느 날 밤 일이 생각났어요. 당신이 날 떠나가서 나 혼자 침대에 누운 채로, 당신이 영영 돌아오지 않는 게 아닐까 생각하고 있었어요."

"공주, 그 강가의 요정들에게서 빠져나왔는데도 아직 마법이 완전히 풀리지 않았나 봐요, 그런 꿈을 꾸는 걸 보니."

"꿈이 아니에요. 한두 가지 기억이 되살아난 것뿐이에요. 칠흑같이 깜깜한 밤에, 나 혼자 덩그러니 침대에 누워 있었어요. 당신은 나보다 젊고 예쁜 여자한테 가 있었고요."

"내 말 못 믿겠어요, 공주? 그 요정들이 아직도 우리 사이를 해코지하고 있는 거라니까요."

"당신 말이 맞는지도 몰라요. 그리고 실제 기억이라 해도 다 옛날 일이고요. 그래도……." 액슬은 아내가 아무 말이 없어서 다시 잠든 줄 알았다. 그런데 잠시 후 아내가 말을 이었다. "그래도 여보, 그 기억을 떠올리면 당신을 피하고 싶어져요. 우리 여기서 다 쉬고 다시 길을 가게 되면, 내가 조금 앞에서 걷고 당신은 뒤에 오는 걸로 해요. 그렇게 가요. 당신이 옆에서 걷는 게 달갑지 않을 것 같아요."

처음에 그는 아무 대답이 없었다. 그러다가 불에 말리던 옷을 내려놓고 아내를 바라보았다. 아내는 눈을 다시 감고 있었지만, 잠들진 않았으리라고 액슬은 생각했다. 마침내 액슬의 입에서 겨우 나온 말은 속삭임에 지나지 않았다.

"그보다 내게 슬픈 일은 없을 거예요, 공주. 평소처럼 당신과 나란히 걸을 땅이 있는데, 따로 걸어야 한다면."

비어트리스는 들은 기색이 없었고, 잠시 후 숨소리가 고르고 길어졌다. 액슬은 방금 불에 말린 옷을 입고, 아내가 누운 자리 근처에 담요를 하나 깔고 아내와 몸이 닿지 않게 누웠다. 엄청난 피로가 몰려왔지만, 눈앞에 물속에 바글거리던 요정들의 모습이 다시 떠올랐다. 허공을 가르며 괭이를 휘둘러 녀석들을 내리치던 것도, 멀리서 아이들이 노는 것 같던 그 소리도 기억났다. 분노에 찬 포효를 지르며 흡사 전사처럼 싸웠던 것도 기억났다. 그런데 지금 아내는 그런 말을 했다. 액슬의 머릿속에 어떤 광경이 또렷하고 생생하게 그려졌다. 드넓은 잿빛 하늘 아래, 아내와 함께 산길을 간다.

아내는 몇 걸음 앞에 가고, 그의 가슴속에는 애수가 가득 차오른다. 그렇게 노부부가 길을 간다. 고개를 숙이고, 서로 대여섯 걸음 떨어져서.

잠에서 깨니 불은 연기만 내며 타고 있고, 아내는 일어나 서 있었다. 보통 이런 집에서 창문 구실을 하는, 돌 사이의 작은 틈으로 밖을 내다보고 있었다. 액슬은 잠들기 전 나눴던 대화가 생각났지만, 아내는 돌아서서 삼각형의 햇살에 얼굴을 반짝이며 명랑한 목소리로 말했다.

"해가 점점 높이 떠서 당신 깨울까도 했는데, 강물에 홀딱 젖었던 걸 생각하니 좀 더 푹 자게 둬야겠다 싶더라고요."

그가 대답이 없자 아내가 물었다. "왜 그래요, 여보? 왜 날 그렇게 봐요?"

"그냥 안심되고 기뻐서 보는 거예요, 공주."

"몸이 훨씬 가뿐해요. 그동안 못 쉬어서 그랬나 봐요."

"그런가 봐요. 그럼 어서 또 길을 갑시다. 당신 말처럼, 우리가 자는 동안에 해가 높이 떴으니."

"저 아이들을 보고 있었어요. 처음 그 도랑 앞에 지금도 서 있어요. 그 밑에 뭔가 관심을 끄는 게 있나 본데 무슨 못된 장난인 게 틀림없어요. 자꾸 뒤를 흘끗 보는데 어른이 와서 보고 꾸짖을까 봐 그러는 것 같아요. 아이들 부모는 어디 갔을까요, 여보?"

"우리가 걱정할 일이 아니에요. 아이들이 굶고 있거나 옷이 해진 것도 아닌 것 같고요. 작별 인사 하고 떠납시다."

"여보, 혹시 우리가 아까 다퉜어요? 왠지 우리 사이가 좀 서먹해진 느낌이에요."

"대수로운 일은 없었어요, 공주. 오늘 안에 또 이야기하게 될지도 모르지요, 누가 알겠어요? 아무튼 또 춥고 배고파지기 전에 길을 나서자고요."

쌀쌀한 햇살 속에 밖으로 나오니 풀밭에 군데군데 얼음이 얼어 있고, 드넓은 하늘 아래 먼 산들이 흐릿하게 보였다. 저쪽 울타리 안에는 염소가 풀을 뜯고 있었고, 염소의 발치에는 진흙 묻은 들통이 엎어져 있었다.

세 아이는 아직 도랑 가에 서 있었다. 집 쪽을 등지고 서서 아래를 내려다보고 있었는데, 다투는 것 같았다. 부부가 다가오는 것을 여자아이가 먼저 알아차리고는 냉큼 돌아서며 환한 함박웃음을 지었다.

"어르신들!" 여자아이가 남동생들을 뒤에 달고 금방 달려왔다. "집이 누추한데 편안히 쉬셨나요?"

"편안했단다. 정말 신세 많이 졌다. 이제 푹 쉬었으니 길을 떠나려고 해. 그런데 부모님은 이렇게 너희만 두고 어디를 가셨니?"

여자아이가 양옆에 나란히 선 남동생들과 눈빛을 주고받더니 조금 머뭇거리며 말했다. "저희는 저희끼리 살아요." 그러고는 두 동생을 양팔로 감쌌다.

"저 도랑 밑에 있는 건 뭐길래 그렇게 들여다보니?" 비어트리스가 물었다.

"그냥 저희 염소예요. 저희가 키우는 중에 제일 좋은 놈이었는데, 죽었어요."

"염소가 어쩌다 죽었니?" 액슬이 다정하게 물었다. "저기 다른 한 놈은 건강해 보이는데."

아이들은 또 눈빛을 주고받더니 뭔가 무언의 결단을 내린 듯했다.

"보시고 싶으면 가서 보세요." 여자아이가 동생들을 손에서 놓고 한쪽으로 비켜섰다.

액슬은 도랑 쪽으로 걸어갔고, 비어트리스도 나란히 따라왔다. 중간쯤 못 가서 액슬이 걸음을 멈추고 나직하게 말했다. "내가 먼저 가서 볼게요, 공주."

"내가 죽은 염소 한 번도 못 봤을까 봐요?"

"그래도요, 공주. 여기서 잠깐만 기다려요."

도랑은 어른 키 정도 되는 깊이였다. 해가 이제 도랑 속을 거의 직접 비추고 있어서 눈앞의 형체를 분간하는 데 어려움이 없을 만했는데, 오히려 그늘이 어지럽게 진 데다 여기저기 웅덩이와 얼음에서 반사되는 빛에 눈이 부셨다. 몸집이 거대했을 듯한 염소가 여러 조각으로 해체되어 있었다. 저쪽에 뒷다리 하나가 있었고, 또 저쪽에 머리가 있는데 평온한 표정이었다. 말랑한 배 부위는 알아보는 데 시간이 좀 걸렸는데, 검은 진흙 속에서 솟아난 커다란 손이 배를 잡아 누르고 있어서였다. 그제야 액슬은 염소의 사체라고 생각했던 것의 대부분이 사실은 뒤엉켜 있는 다른 생물체의 몸임을 알아차렸다. 저쪽에 솟은 것은 어깨요, 저쪽에 보이는 것은 뻣뻣하게 굳은 무릎이었다. 그때 움직임이 눈에 띄었고, 액슬은 도랑 속의 생물체가 아직 살아 있음을 깨달았다.

"뭐가 있어요, 여보?"

"오지 말아요, 공주. 보기 유쾌한 광경은 아니에요. 불쌍한 오거 한 마리가 서서히 죽어 가는 것 같아요. 아이들이 먹고 기운 차리라고 어리석게도 염소를 던져 준 듯싶네요."

그 순간 털 없이 매끈하고 거대한 머리가 끈적끈적한 진흙 속에 묻힌 채 서서히 돌아갔다. 크게 뜬 눈 하나도 같이 움직였다. 그러더니 머리는 진흙 속에 늪처럼 빨려들면서 온 데간데없이 사라졌다.

"저희가 오거에게 먹이를 준 거 아니에요." 액슬의 뒤에서 여자아이가 말했다. "오거가 나타나면 절대 먹이를 주어서는 안 되고, 문에 빗장 지르고 집 안에 숨어야 한다는 건 저희도 알아요. 이 녀석이 나타났을 때도 그렇게 했는데, 창문으로 보고 있으니 녀석이 울타리를 부수고 제일 좋은 염소를 잡아갔어요. 그러고는 지금 계신 바로 그 자리에 앉아서 다리를 도랑 위로 내밀고 아기처럼 달랑거리면서 염소를 맛있게 먹더라고요. 오거 아니랄까 봐 날로 말이에요. 저희는 당연히 빗장을 풀지 않았고요. 해는 점점 기울고 오거는 염소를 계속 먹는데, 녀석이 점점 기운이 빠지는 것 같더라고요. 결국 먹던 염소를 들고 일어서더니 그대로 쓰러지는 거예요. 먼저 무릎을 꿇고, 그다음에 옆으로 쓰러졌어요. 그러고는 바로 도랑에 굴러떨어졌어요, 염소까지 다 한꺼번에요. 그게 이틀 전인데 지금까지 저렇게 죽지 않고 있어요."

"저리 가자, 얘야." 액슬이 말했다. "너나 네 동생들이 볼 게 아니야. 그런데 이 오거가 왜 그렇게 탈이 난 거지? 혹시 병든 염소였니?"

"병든 게 아니라 독이 들었어요! 저희가 일주일도 넘게 독을 먹였거든요, 브론웬이 가르쳐 준 대로요. 하루에 여섯 번씩 그 잎을 먹였어요."

"아니 왜 그런 일을?"

"그야, 암용에게 먹이로 줘서 독살하려고요. 이 딱한 오거가 그걸 알 리가 없으니 먹고 독이 올라서 죽은 거예요. 그런데 저희 잘못이 아니에요. 함부로 약탈한 저 녀석 잘못이죠!"

"얘야, 잠깐." 액슬이 말했다. "염소 몸에 독을 채우려고 일부러 독을 먹였단 말이야?"

"암용에게는 독이지만 사람에게는 해가 없다고 브론웬이 그랬어요. 그러니 오거에게 독이 되는지 저희가 어떻게 알았겠어요? 저희는 잘못한 거 없어요. 못된 짓 할 생각 없었다고요!"

"아무도 너희를 나무라지 않아. 그런데, 그 암용이란 게 퀘리그를 말하는 것 같다만, 왜 퀘리그를 독살하겠다고 생각한 거니?"

"아! 저희가 날마다 아침저녁으로 기도를 드리고 낮에도 여러 번 드렸거든요. 그래서 오늘 아침에 어르신들을 보고, 하느님이 보내 주신 분들인 걸 바로 알았어요. 제발 도와주겠다고 말씀해 주세요. 저희는 엄마 아빠에게 잊힌 불쌍한 아이들이에요! 이제 한 마리밖에 안 남은 저 염소를 데리고, 저 위에 있는 거인의 돌무덤까지 좀 가 주실래요? 길은 험하지 않아요. 갔다 오는 데 한나절도 안 걸려요. 제가 갈 수 있으면 가겠는데, 어린 동생들을 두고 갈 수가 없어요. 이 염소도 오거에게 잡아먹힌 녀석과 똑같은 식으로 먹였고, 배 속에 사흘 치 잎이 더 들어 있어요. 거인의 돌무덤까지 데리고 올라가서 암용 먹잇감으로 묶어 놓고 오기만 해 주세요. 여유롭게 산책하듯 갔다 오시면 돼요. 제발 그러겠다고 말씀해 주세요, 어르신들. 이것 말고는 저희 엄마 아빠를 돌아오게 할 방법이 없어요."

"이제야 부모님 이야기를 하는구나." 비어트리스가 말했다. "어떻게 하면 부모님을 돌아오게 할 수 있는데?"

"방금 말씀 드렸잖아요? 염소를 거인의 돌무덤에만 데려다 놓으시면 돼요. 그곳이 암용의 먹이를 꼬박꼬박 주는 곳으로 잘 알려져 있어요. 누가 알겠어요, 그러면 암용도 저 딱한 오거처럼 죽을지. 저 오거도 꽤 세 보이는 놈이었거든요! 저희는 전에 브론웬을 항상 무서워했어요. 브론웬이 쓰는 교묘한 술법 때문에요. 그런데 브론웬은 저희가 엄마 아빠에게 잊히고 저희끼리만 사는 걸 보더니 불쌍해했어요. 그러니 어르신들, 저희를 도와주세요. 언제 다른 사람이 이리로 올지 누가 알겠어요? 지나가는 병사들이나 낯선 남자들은 마주치기도 무섭지만, 어르신들은 바로 저희가 예수님께 보내 달라고 기도한 분들이에요."

"너희 같은 어린아이들이 이 세상에 대해 무엇을 알기에 독 먹인 염소로 부모님을 돌아오게 할 수 있다고 생각하는 거니?" 액슬이 물었다.

"브론웬이 얘기해 준 거예요. 브론웬은 고약한 할멈이지만 거짓말은 절대 안 해요. 브론웬이, 엄마 아빠가 우리를 잊은 건 저 위에 사는 암용 때문이라고 했어요. 우리 장난 때문에 엄마가 골머리를 썩이긴 하지만, 브론웬이 그러는데 엄마는 언젠가 우리 기억을 되찾기만 하면 후딱 돌아와서 우리를 하나하나 이렇게 안아 줄 거랬어요." 소녀가 갑자기 아이를 품에 꼭 끌어안는 시늉을 하더니, 눈을 감은 채 살살 흔들었다. 그러더니 눈을 뜨고 말을 이었다. "하지만 지금은 암용이 무슨 마법을 걸어서 엄마 아빠가 저희를 잊었기 때문에 집에 오시지 않는 거랬어요. 브론웬이 암용은 저희뿐 아니라 모든 사람에게 폐해가 크기 때문에 빨리 죽을 수록 좋다고 했어요. 그래서 브론웬이 말해 준 대로 염소 두 마리를 하루에 여섯 번씩 열심히 먹였어요. 제발 저희 부탁 대로 해 주세요. 아니면 저희는 엄마 아빠를 다시 못 볼 거예요. 염소를 거인의 돌무덤에 묶어 놓기만 하고 갈 길을 가시면 돼요."

비어트리스가 뭐라고 말하려고 하는데 액슬이 얼른 말을 끊었다. "미안하다, 얘야. 우리도 도와주고 싶지만, 이 산을 더 오른다는 건 우리한테 이제 무리란다. 우리는 노인인 데다가, 너도 보다시피 여러 날 힘들게 걷느라 많이 지쳤어. 또 무슨 궂은일이 닥치기 전에 어서 길을 떠나지 않으면 안 된단다."

"그렇지만 어르신들은 하느님이 저희에게 보내신 분들이세요! 산책하듯 휙 갔다 오시면 되고, 가파른 길도 아니에요."

"얘야." 액슬이 말했다. "너희 사정은 딱하게 생각하고, 다음 마을에 가면 도움을 청해 보겠다만, 우리는 네 부탁을 들어줄 기력이 없단다. 틀림없이 다른 사람들이 이 길로 곧 지나갈 거고, 기꺼이 염소를 데려가 줄 거야. 우리 노인들이 도와주진 못하지만, 부모님이 돌아오시고 하느님이 너희를 무사히 지켜 주시길 기도할게."

"가지 마세요, 어르신들! 오거가 독 먹고 죽은 건 저희 잘못이 아니에요."

액슬은 아내의 팔을 잡아끌며 아이들을 두고 걸어갔다. 염소 우리를 지나간 후에야 돌아보니, 아이들은 여전히 그 자리에 셋이 나란히 서서, 뒤에 우뚝 솟은 절벽을 말없이 바라보고 있었다. 액슬은 격려하듯 손을 흔들었지만 어쩐지 부끄러움 비슷한 기분이 들면서, 그리고 아마 오래전 일인 듯한, 지금과 비슷한 작별의 기억이 희미하게 떠올라 자기도 모르게 발걸음을 재촉했다.

하지만 그리 멀리 가지 않아서 — 축축한 땅이 내리막길로 이어지면서 눈앞에 골짜기들이 보이기 시작할 때 — 비어트리스가 남편의 팔을 끌어 걸음을 늦췄다.

"아이들 앞에서 당신 말을 끊고 싶지 않아 가만히 있었는데요. 그런데 아이들 부탁 들어주는 게 정말 우리한테 무리일까요?"

"아이들이 당장 위험할 일은 없고, 우리는 우리 걱정이 있잖아요. 당신 통증은 좀 어때요?"

"더 심해지진 않았어요. 여보, 아이들이 계속 서 있는 것 좀 봐요. 우리가 점점 작아지는 걸 보고 있네요. 우리 이 돌 옆에 서서 좀 더 의논이라도 해 보면 어때요? 무조건 그냥 가지 말고요."

"뒤돌아보지 말아요, 공주. 아이들한테 괜히 기대만 줄 뿐이에요. 우린 아이들한테 돌아가지 않고, 이 골짜기로 내려갈 거예요. 따뜻한 불이 있고 친절한 사람들이 음식을 나눠 줄 곳으로 어서 갑시다."

"그런데 여보, 아이들이 부탁하는 게 뭔지 생각해 봐요." 비어트리스가 남편을 멈춰 세웠다. "이런 기회가 우리에게 다시 올까요? 생각해 봐요! 퀘리그의 은신처에서 이렇게 가까운 곳에 우연히 왔어요. 그런데 이 아이들이, 늙고 힘없는 우리 둘도 암용을 쓰러뜨릴 수 있다면서, 독 먹인 염소를 가져가라고 주잖아요? 생각해 봐요, 여보! 퀘리그가 죽으면 안개는 금방 걷힐 거예요. 누가 알아요, 저 아이들 말대로 하느님이 우리를 이리로 데려오셨는지."

액슬은 돌집 쪽을 돌아보고 싶은 충동을 억누르며 잠시 말없이 있었다. "저 염소가 퀘리그에게 조금이라도 해를 끼칠지는 알 수가 없어요." 마침내 그가 말했다. "운 나쁜 오거 한 마리는 그렇다 쳐도, 이 암용은 군대를 혼비백산하여 달아나게 만드는 짐승이에요. 그리고 우리 같은 두 얼뜬 늙은이가 용의 은신처 근처에서 그렇게 얼쩡거린다는 게 과연 현명한 생각일까요?"

"우린 용을 맞닥뜨릴 일 없고, 염소를 묶어 놓고 도망가기만 하면 돼요. 용은 아마 며칠이나 지나야 그 자리에 올 거고, 그때쯤 우리는 아들 마을에 안전히 가 있을 거예요. 여보, 오랫동안 함께해 온 우리 삶의 기억을 되찾고 싶지 않아요? 아니면 어느 날 밤 산막에서 우연히 만난 생면부지의 두 사람처럼 될 건가요? 여보, 우리 돌아가서 저 아이들이 부탁하는 대로 해요."

◆

그리하여 두 사람은 점점 거세지는 바람을 맞으며 산을 오르고 있었다. 지금은 쌍둥이 바위가 바람을 잘 막아 주었지만, 언제까지나 여기에 있을 수는 없었다. 액슬은 자기가 뜻을 굽힌 것이 어리석었나 하는 생각이 다시 들었다.

"공주." 마침내 그가 말했다. "만약에 우리가 정말 이 일을 해낸다고 합시다. 하느님이 우리에게 성공을 허락하셔서, 우리가 암용을 쓰러뜨린다고 해요. 그렇게 된다면 내게 약속 하나 해 주겠어요?"

아내는 그의 옆에 붙어 앉아 있었는데, 시선은 아직 저 멀리에 일렬로 서 있는 조그만 형체들에 가 있었다.

"무슨 약속이요, 여보?"

"다른 게 아니라, 이거예요. 만약 퀘리그가 정말로 죽고 안개가 걷힌다면 말이에요. 기억이 돌아오고, 개중에 내가 당신을 실망시켰던 기억들이 떠오른다면. 아니, 혹시 내가 예전에 저지른 악행이, 당신 눈에 내가 지금의 나처럼 보이지 않게 될 그런 짓들이 다시 기억난다면. 이것만 꼭 약속해 쥐요, 공주. 지금 당신 가슴속에서 내게 느끼는 감정을 잊지 않겠다고요. 기억이 안개 속에서 되살아난다 해도, 그렇게 해서 서로 사이가 멀어질 뿐이라면 그게 무슨 소용이겠어요? 약속해 주겠어요, 공주? 지금 내게 느끼는 감정을 가슴 속에 항상 간직하겠다고 약속해 쥐요, 안개가 사라지고 나서 무엇이 드러나건 말이에요."

"약속할게요, 여보. 어려울 것 없어요."

"당신에게서 그 말을 들으니 얼마나 위안이 되는지 이루 말로 다 할 수 없구려."

"지금 당신 기분이 참 묘한 것 같아요. 아무튼 거인의 돌무덤까지 얼마나 더 가야 하는지 모르잖아요? 여기 앉아서 시간을 더 지체하지 말아요. 우리가 떠날 때 아이들이 조바심을 많이 쳤잖아요. 우리가 돌아오길 기다리고 있을 거예요."

가웨인의 두 번째 몽상

이 젠장맞을 바람. 폭풍이 닥치려나? 호러스는 비바람 따위 개의치 않지. 다만 지금은 주인이 아닌 낯선 사람이 올라타고 있는 게 신경이 쓰이겠지. 내가 녀석에게 당부했어. "지친 부인이 나보다 훨씬 안장이 절실하시지 않겠어? 잘 모셔드려." 그런데 이 부인이 왜 여기 있는 거지? 액슬 선생은 부인이 얼마나 약해져 가고 있는지 모르는 건가? 부인을 이런 험준한 고지까지 데리고 오다니 제정신인가? 아무튼 부인 역시 남편 못지않게 단호해서 내가 무슨 말을 해도 두 사람은 돌아갈 생각을 하지 않더군. 그러니 난 이 녹슨 갑옷을 힘겹게 끌며, 한 손으로 호러스의 고삐를 잡고 이렇게 비칠비칠 걷고 있지. 호러스에게 이렇게 속삭였어. "우리가 숙녀라면 항상 정중히 모셨잖아? 이 부부가 염소를 힘들게 끌고 가는데 그냥 두고 갈 수 있겠어?"

처음에 두 사람이 저 멀리 밑에서 오는 걸 보고, 난 다른 사람들로 착각했지. 그래서 호러스에게 말했어. "저 아래를 봐, 호러스. 벌써 둘이 만났구먼. 벌써 오고 있어. 저 친구는 브레너스에게 다친 데도 하나 없이 말짱해 보이고."

그러니 호러스가 무언가 생각하는 표정으로 내 쪽을 보더군. 이렇게 묻는 것 같았어. '그럼, 가웨인, 우리가 이 황량한 비탈을 같이 오르는 것도 이제 마지막이오?' 난 대답 없이 녀석의 목을 부드럽게 어루만지면서, 이렇게 마음속으로 생각만 했어. '저 전사는 젊고 무시무시한 친구야. 그렇다고 해도 내가 압승하지 못하리란 법이 있나? 브레너스의 병사를 쓰러뜨릴 때 뭔가가 보였어. 다른 사람이라면 못 봤겠지만, 내 눈은 피할 수 없지. 약은 상대라면 노려 볼 만한 조그만 빈틈이 왼쪽에 있었어.'

아서왕이 살아 계신다면 내게 어떻게 하라고 하시려나? 아서왕의 그림자는 여전히 이 땅 위에 드리워 나를 감싸고 있지. 나더러 먹잇감을 기다리는 야수처럼 웅크리고 있으라고 하시려나? 하지만 이 헐벗은 산비탈 위에 어디 숨을 데가 있겠나? 바람에 몸을 숨길 수가 있을까? 벼랑 끝에 서서 아래로 돌을 던져야 할까? 그건 아서왕의 기사가 할 짓이 아니지. 나는 당당히 모습을 드러내어 그를 맞은 후, 외교적 해결을 한 번 더 모색해 보리라. "돌아가시오. 지금 그대는 그대 자신과 무고한 동반자는 물론, 이 나라의 선량한 백성 전체를 위험에 빠뜨리려 하고 있소. 퀘리그는 퀘리그를 잘 아는 사람에게 맡기시오. 내가 지금 죽이러 가고 있잖소." 하지만 그런 호소는 이미 전에 무시당했지. 이제 이렇게 가까이 왔는데, 그리고 그 물린 아이가 용이 사는 곳 코앞까지 안내해 줄 텐데, 내 말을 들을 리 있나? 그 아이를 구해 준 내가 어리석었던 걸까? 하지만 수도원장은 너무나 끔찍스러운 자야. 틀림없이 하느님도 나더러 잘했다고 칭찬하실 거야.

"지도라도 든 것처럼 정확히 찾아오고 있구먼." 내가 호러스에게 말했지. "자, 우린 어디서 기다릴까? 어디서 저들을 맞아 줄까?"

그래, 그 나무숲. 그곳이 문득 생각났어. 그곳은 나무가 그리 우거진 게 참 묘하지. 주변은 바람이 불어닥치고 사방이 황량한데 말이야. 그 나무숲이라면 기사와 말이 몸을 숨길 만하겠어. 산적처럼 갑자기 달려들 생각은 없지만, 만나기 한 시간 전부터 미리 모습을 보일 이유도 없지.

그래서 호러스에게 박차를 조금 가했어. 그래 봐야 이제 녀석은 거의 꿈쩍도 하지 않지만. 우리는 땅의 높은 가장자리를 건너갔지. 가는 길은 오르막도 내리막도 아니었고, 거센 바람이 내내 몰아쳤어. 나무숲에 다다르니 우리 둘 다 감사한 마음이 들더군. 멀린이 마법이라도 걸었나 싶을 만

큰 나무가 기이하게 자라는 숲이지만 말이야. 멀린 공, 참 대단한 양반이었지! 한때는 그가 저승사자에게도 마법을 건 줄 알았는데, 결국 그조차 죽음의 길을 갔어. 천국에 갔을지, 지옥에 갔을지? 액슬 선생은 멀린이 악마의 종이었다고 믿을지 모르지만, 그의 힘은 하느님을 미소 짓게 할 만한 일에도 꽤 많이 쓰였어. 게다가 절대 용기가 없는 사람이라고도 할 수 없지. 빗발치는 화살과 난무하는 도끼 속에서 우리와 함께 여러 번 싸웠으니까. 이 숲은 멀린의 숲인지도 몰라. 그가 특정한 목적으로 만들었을지도. 언젠가 나더러 이곳에 몸을 피하라고 말이지. 우리가 그날 이룬 위업을 원점으로 되돌리려 하는 자를 이곳에서 기다릴 수 있도록. 그날 우리 다섯 중 둘은 퀘리그에게 당해 쓰러졌지만, 멀린 공은 우리 옆에 서서 암용의 꼬리에 맞을 위험을 무릅쓰고 침착하게 움직였지. 그러지 않고는 작업을 할 수 없었을 테니.

호러스와 내가 당도해서 보니 숲은 조용하고 평화로웠어. 새 한두 마리도 나무 위에서 지저귀고 있었고. 가지들은 마구 흔들려도 그 밑은 조용한 봄날 같아서, 늙은이가 마침내 풍파에 시달릴 염려 없이 이런저런 생각에 멍하니 잠길 만하더군! 호러스와 내가 이 숲에 마지막으로 온 게 아마 꽤 여러 해 전이었지. 잡초들이 어마어마하게 자라서, 보통은 어린아이 손바닥만 해야 할 쐐기풀이 어른 몸을 두 바퀴는 감겠더군. 호러스를 풀 뜯기 좋은 곳에 두고, 머리 위에 나뭇잎이 우거진 숲속에서 얼마간 배회했지. 이 참나무에 기대서 좀 쉬면 안 될 것 있나? 때가 되면 그들이 이곳에 어김없이 당도할 테고, 그때 그와 전사 대 전사로 맞붙으리라.

거대한 쐐기풀을 헤치고 나아갔지. 내가 이것 때문에 이 삐걱거리는 쇠붙이를 걸치고 다녔나? 정강이를 이 솜털 같은 가시로부터 보호하려고? 연못 위로 잿빛 하늘이 덩그러니 뚫린 빈터에 다다랐어. 연못가에 큰 나무 세 그루가 서 있는데, 모두 허리가 뚝 꺾여 물속으로 쓰러져 있더군. 우리가 마지막으로 왔을 때는 틀림없이 우뚝 서 있었는데. 벼락이라도 맞은 걸까? 아니면 늙고 지친 나무들이, 늘 바로 앞에 있지만 닿을 수 없는 연못 물을 갈망하기라도 한 걸까? 이제 나무들은 마음껏 물을 마시고 있고, 부러진 몸통에는 산새들이 둥지를 틀었어. 이곳에서 그 색슨인을 만나게 될까? 그가 나를 이긴다면, 나는 숨이 붙은 채 물가로 기어갈 수도 있으리. 하지만 굴러떨어져 빠지지는 않으리, 설령 얼음이 내 몸을 들여보내 준다 해도. 갑옷을 입은 채 퉁퉁 부어오르는 건 유쾌하지 않을 테고, 주인 잃은 호러스가 울퉁불퉁한 나무뿌리 사이를 까치발로 걸어와 내 유해를 끌어내 줄 가능성이 얼마나 되겠나? 그러나 나는 전투 중에 부상 입고 쓰러진 동지들이 간절히 물을 찾는 모습을 보았고, 고통을 배로 겪으면서까지 강가나 호숫가로 기어가는 것도 보았어. 죽어 가는 사람만 아는 무슨 큰 비밀이라도 있는 걸까? 내 옛 동지 뷰얼 공도 그날 그 산의 붉은 흙에 누워 간절히 물을 찾았지. 내 호리병에 물이 있다고 하니, 싫다, 호수나 강에 데려다달라는 거야. 그런 곳은 여기서 멀다고 했더니 이렇게 외치더군. "빌어먹을, 가웨인. 내 마지막 소원인데 안 들어줄 건가? 우리는 용맹한 전투를 숱하게 함께한 동지 아닌가?" 내가 말했지. "암용이 자네 몸을 거의 둘로 갈라놓지 않았나. 자네를 물가로 데려가려면 이 여름 햇볕 아래 자네 몸을 한 팔에 한 부분씩 끼고 가야 하네." 그랬더니 이러는 거야. "가웨인, 물가에 뉘어 주지 않으면 나는 죽음을 가슴으로 기꺼이 맞을 수 없네. 나는 그 잔잔한 찰싹거림을 들으면서 눈을 감겠네." 그런 요구를 하는데, 우리 임무가 잘 끝났는지, 자기가 목숨을 바친 보람이 있는지는 관심이 없는 거야. 내가 그의 몸을 잡아서 들자 그제야 "또 누가 살았는가?" 하고 묻더라고. 밀러스 공은 죽었지만 세 명은 살았고, 멀린 공도 살았다고 했지. 그래도 임무가 잘 끝났는지는 묻지 않고 호수와 강 이야기만 하다가 이제 바다 이야기까지 하는데, 밑의 골짜기에서는 격전이 벌어지고 있지만 내가 할 수 있는 일이라곤 내 오랜 동지이자 용감한 전사, 나처럼 이 위대한 임무를 위해 아서왕에게 발탁된 그를 기억해 주는 것밖에. 이 사람은 자기 임무를 잊은 걸까? 내가 몸을 들어 올리니 하늘을 향해 비명을 지르면서, 그제야 몇 발짝 가는 데도 얼마나 큰 값을 치러야 하는지 깨닫더군. 게다가 그곳은 여름의 불볕이 쏟아지는 붉은 산꼭대기, 강까지는 말을 타고도 한 시간은 가야 하는 곳이었지. 그를 다시 내려놓으니 이제는 바다 이야기만 하더라고. 이제 눈이 보이지 않는 그에게 호리병의 물을 얼굴에 뿌려 주니, 물가에 서 있다고 생각하는지 고맙다고 하더군. "내가 검에 맞았나, 도끼에 맞았나?" 하고 묻기에 말해 주었지. "무슨 소리인가, 동지? 암용의 꼬리에 맞지 않았나. 하지만 우리 임무는 완수되었고, 자네는 긍지와 명예를 안고 떠나는 것이네." 그러니 "암용, 암용은 어떻게 되었나?" 하기에 이랬지. "하나만 빼고 모든 창이 다 옆구리에 박혔고, 이제 잠에 빠졌네." 그는 다시 임무는 잊고 바다 이야기를 하더군. 어릴 적 어느 따스한 저녁, 아버지가 배에 태워 해안에서 멀리까지 데리고 갔던 이야기를 했어.

내게 때가 오면 나도 바다를 간절히 찾게 될까? 나는 아마 흙으로 충분히 만족하리라. 특정한 장소를 요구하지도 않으리라. 호러스와 함께 긴 세월을 유유자적 유랑한 이 나라 안이면 어디든 좋을 뿐. 아까 만난 몹쓸 과부들이 이 말을 들으면 깔깔 웃으면서, 그럼 누구와 같이 묻히게 될지 아느냐고 대뜸 꼬집겠지. "어리석은 기사 양반! 댁은 무엇보다 묏자리를 잘 고르셔야 하오. 그러지 않으면 댁이 살육한 자들 바로 옆에 누울지도 모르니!" 호러스의 궁둥이에 진흙을 던지면서 그런 농담을 하지 않았던가? 어떻게 감히! 그들이 겪어 보기는 했나? 혹시 지금 안장에 앉은 이 부인도 내 혼 잣말을 듣는다면 같은 말을 하려나? 부인은 그 퀴퀴한 땅굴 속을 걸으면서 죽임당한 아기들 이야기를 했었지. 내가 수도 승들의 사악한 계략으로부터 구출해 주었는데도. 어떻게 감 히 그런 말을? 지금 부인은 내 소중한 전마를 타고 내 안장 에 앉아서 가고 있는데, 호러스와 내가 앞으로 몇 번이나 더 여정을 함께할지 누가 알겠나?

우리는 이번이 마지막 여정일 수 있겠다 생각했지만, 알 고 보니 내가 이 부부를 다른 두 사람으로 착각한 거였고, 그래서 일단 평안하게 이동하고 있지. 그러나 내가 호러스의 고삐를 잡고 가면서도 뒤를 흘끔흘끔 돌아보아야 하는 건, 그들이 틀림없이 오고 있음이라. 비록 우리가 한참 앞서갈지 라도 말이지. 내 옆에서 걷는 액슬 선생은 염소 때문에 걸음 이 순탄치 않군. 액슬 선생은 내가 왜 이리 자주 뒤를 돌아 보는지 짐작할까? "가웨인 경, 언젠가 우리는 동지 아니었습 니까?" 오늘 새벽, 땅굴에서 빠져나와 그가 내게 물었지. 나 는 배를 구해서 강을 타고 내려가라고 했고. 그런데 아직도 이렇게 산속에, 부인까지 데리고 있다니. 그와 눈을 마주치 지 않으리라. 우리는 둘 다 세월의 장막에 가려져 있지. 우 리가 한때 싸우고 살육했던 들판이 잡풀에 가려져 있듯. 선 생, 찾으시는 게 무엇이오? 끌고 오는 그 염소는 무엇이오?

"돌아가시오, 친구들." 부부가 숲속에서 나를 발견했을 때

내가 말했지. "선생들 같은 연로한 행객이 갈 길이 아니오. 부인께서 옆구리를 잡고 있는 것 좀 보시오. 여기서 거인의 돌무덤까지는 일 마일 이상 더 가야 하고, 중간에 쉴 곳이라곤 작은 바위뿐인데 머리를 수그리고 몸을 동그랗게 말고 들어가야 하오. 아직 기운이 남아 있을 때 돌아가시고, 염소는 내가 돌무덤에 끌고 가 잘 묶어 놓겠소." 그런데 두 사람이 의심하는 눈으로 나를 빤히 보는 거야. 그리고 액슬 선생은 염소를 놓으려 하지 않더군. 머리 위의 가지들이 바람에 바스락거리고, 부인은 참나무 뿌리에 앉아 연못 쪽을 응시하며 부러져 허리를 구부린 나무들을 물끄러미 바라보고 있는데, 내가 조용히 말했어. "선생, 이 길은 부인께서 가기엔 무리요. 왜 내가 충고해 드린 대로 강을 타고 산을 빠져나가지 않으셨소?" 그랬더니 액슬 선생이 이러는 거야. "저희는 이 염소를 약속한 곳에 가져다 놓아야 합니다. 한 아이에게 한 약속이에요." 그러면서 나를 묘한 표정으로 바라봤던가, 아니면 내 상상이었나? 내가 말했지. "호러스와 내가 염소를 가져가리다. 우리에게 심부름을 맡기지 않으시겠소? 이 염소를 퀘리그가 통째로 삼킨다 해도 큰 탈이 날 것 같진 않소만, 동작이 좀 굼떠져서 내게 유리해질 수는 있을 것이오. 그러니 녀석은 내게 넘기시고 다시 산을 내려가시오. 누구 한 분 걷다가 쓰러지시기 전에."

그랬더니 두 사람이 내게서 떨어져 저쪽 나무들 속으로

자리를 옮기더니 낮은 소리로 쑥덕거리는데 뭐라고 하는지는 들리지 않더군. 그러더니 액슬 선생이 내게 와서 이러는 거야. "아내가 조금만 더 쉬고 나서, 거인의 돌무덤까지 길을 계속 가기로 했습니다." 더 언쟁해 봐야 소용이 없겠더군. 나도 우리 길을 어서 가야 하고. 위스턴 선생과 그 물린 아이가 어디까지 왔는지 누가 알겠나?

4부

15

여러분 중 몇몇은 살아 있는 자들이 번듯한 추모비를 세워 주고 여러분에게 행해진 악행을 기억해 주기도 할 것이다. 또 무덤가에 그저 허름한 나무 십자가나 색칠한 돌만 놓이는 사람들도 있을 것이다. 그런가 하면 역사의 뒤안길로 흔적 없이 사라져 버리는 사람들도 있다. 어찌 되었든 여러분은 고래로부터 이어져 온 행렬의 일부이니, 거인의 돌탑도 그렇게 전쟁 중 무고한 어린 생명들이 학살당한 비극의 터를 표시하려고 옛사람들이 세워 놓았을 가능성이 충분히 있다. 그 밖에는 세워 놓은 이유를 상상하기가 어려우니까. 지대가 낮은 곳에는 조상들이 승리를 기념하거나 왕을 기리려고 무언가를 얼마든지 세웠을 만하다. 하지만 이렇게 높고 외딴 곳에 무거운 돌을 어른 키보다 높게 쌓아 올릴 이유가 무엇이겠는가?

내 생각엔 액슬도 힘겹게 산비탈을 오르면서 그런 의문에 고개를 갸웃거렸을 것이다. 액슬은 소녀에게서 처음 거인의 돌탑 이야기를 들었을 때, 큰 봉분 위에 무언가가 얹혀 있으리라고 상상했다. 그런데 돌탑은 그냥 경사면 위에 떡 등장했고, 세워진 이유를 짐작할 만한 특징도 주위에 전혀 없었다. 그럼에도 염소는 그 심상치 않은 의미를 단박에 눈치챈 듯, 하늘을 배경으로 손가락 모양의 돌탑이 거무스름하게 나타나자마자 필사적으로 몸부림을 쳤다. "제 운명을 아는 거요." 가웨인 경이 비어트리스를 태운 말을 끌고 올라가면서 말했다.

그러나 지금, 염소는 방금 전의 두려움은 이미 잊었는지 유유히 풀을 뜯고 있었다.

"퀘리그가 뿜어내는 안개가 사람뿐 아니라 염소에게도 조화를 부리는 걸까요?"

비어트리스가 염소의 목줄을 두 손으로 잡고 선 채 물었다. 액슬은 염소를 잠시 비어트리스에게 맡기고, 밧줄이 묶인 나무 말뚝을 흙바닥에 돌로 때려 박고 있었다.

"누가 알겠어요, 공주. 아무튼 하느님이 염소도 긍휼히 여기신다면, 이 딱한 녀석이 외롭게 오래 기다리지 않도록 암용을 곧 데려오시지 않겠어요."

"여보, 만약 염소가 기다리다가 죽으면요, 암용이 죽은 고기도 저녁거리로 삼을까요?"

"암용이 죽은 고기를 좋아하는지 산 고기를 좋아하는지, 누가 알겠어요? 어쨌든 여기 풀이 좀 있으니 당분간은 염소가 살아 있을 거예요. 염소에게는 모진 운명이지만."

"저기 봐요, 여보. 기사님이 지친 우리를 도와줄 줄 알았는데, 평소엔 예의 있던 분이 모른 체하네요."

아닌 게 아니라, 가웨인 경은 돌탑에 온 후로 이상할 만큼 과묵했다. "여기가 찾으시던 그 장소요." 퉁명스럽다 싶은 목소리로 이렇게 말하고는 어디론가 발길을 옮기더니, 지금은 두 사람에게 등을 돌리고 서서 구름을 쳐다보고 있다.

"가웨인 경." 액슬이 작업을 멈추고 불렀다. "염소를 좀 같이 잡아 주시겠습니까? 아내가 힘이 점점 부치네요."

노기사가 아무 반응이 없기에, 액슬은 못 들은 줄 알고 다시 한번 부르려던 참이었다. 그때 기사가 갑자기 돌아섰는데 얼굴에 워낙 엄숙한 표정을 띠고 있기에 두 사람은 기사를 말없이 쳐다보았다.

"밑에 그들이 보이오." 노기사가 말했다. "거침없이 이리로 오고 있소."

"누가 보인다는 말입니까?" 액슬이 물었다가, 기사가 아무 말이 없자 다시 물었다. "병사들인가요? 아까 저희가 보니까 지평선에 무언가 긴 행렬이 있었는데, 다른 곳으로 멀어져 가는 것 같았는데요."

"선생의 최근 길동무들 말이오. 어제 우리가 처음 만났을 때 동행하시던 두 사람이오. 밑의 숲에서 모습을 드러내고 있구려. 이제 누가 저들의 앞길을 막겠소? 잠시 나는 그 지독한 과부들의 행렬에서 떨어져 나온 두 과부이길 바라고 있었소만 잔뜩 흐린 하늘 때문에 잘못 본 것이었고, 그들이 틀림없소."

"위스턴 선생이 결국 수도원에서 탈출했나 보군요." 액슬이 말했다.

"그렇소. 이제 이리로 오고 있고. 그리고 밧줄에는 염소가 아니라 색슨인 소년이 묶여 안내자 역할을 하고 있소."

그제야 가웨인 경은 염소와 씨름하는 비어트리스를 보고는, 벼랑 끝에서 이쪽으로 급히 와 밧줄을 잡았다. 하지만 비어트리스는 잡은 줄을 놓지 않았고, 잠시 동안 비어트리스와 기사는 서로 염소를 차지하려고 승강이라도 벌이는 듯한 모습이었다. 곧 두 사람은 각자 밧줄을 잡은 채 안정을 찾았다. 노기사가 비어트리스의 한두 걸음 앞에 서 있었다.

"두 사람은 우리가 여기 있는 것을 보았을까요, 가웨인 경?" 액슬이 다시 말뚝을 박으며 물었다.

"저 전사는 틀림없이 눈이 좋을 테니, 하늘을 배경으로 우리가 줄다리기 대결을 벌이는 모습을 보았을 것이오. 염소를 상대로!" 기사가 혼자 끌끌 웃는데, 웃음소리에 애수가 배어 있었다. "그렇소. 아마 우리가 잘 보일 것이오."

"그럼 우리와 힘을 합쳐 암용을 쓰러뜨리면 되겠네요." 비어트리스가 말했다.

가웨인 경이 불안한 표정으로 두 사람을 번갈아 보더니 말했다. "액슬 선생, 아직도 그렇게 믿으시오?"

"무엇을 말입니까, 가웨인 경?"

"우리가 이 황폐한 곳에 동지로서 모여들고 있다고 믿으시단 말이오."

"말씀을 좀 더 분명히 해 주시지요, 기사님."

가웨인이 염소를 끌고 액슬이 무릎 꿇고 있는 곳으로 다가왔다. 비어트리스가 여전히 밧줄 끝을 잡고 뒤따라오는 것은 모르는 듯했다.

"액슬 선생, 우리는 이미 여러 해 전에 각자의 길로 가지 않았소? 나는 아서왕과 계속 함께했고, 선생은……." 기사가 비어트리스가 뒤에 있는 것을 알아차리고는 돌아서서 정중하게 고개를 숙였다. "부인, 줄을 놓고 쉬시길 부탁드리오. 내가 이 녀석을 절대 놓지 않으리다. 저 돌탑 옆에 가서 앉으시면 바람을 조금이나마 피하실 수 있을 것이오."

"고마워요, 가웨인 경." 비어트리스가 말했다. "그럼 염소를 기사님께 맡길게요. 우리한테 소중한 염소예요."

비어트리스가 돌탑 쪽으로 발길을 옮기는데, 맞바람에 어깨를 잔뜩 움츠리고 가는 그 모습을 보니 왠지 액슬의 마음 한구석에서 기억의 한 조각이 슬슬 되살아났다. 동시에 일어난 어떤 감정이, 미처 억누를 새도 없이, 그에게 놀라움과 충격을 안겼다. 한편으로는 아내에게 가서 바람을 막아 주고 싶은 마음이 강하게 들면서도, 분노와 응어리의 어두운 감정이 뚜렷하게 느껴졌다. 아내는 그가 떠나간 후 긴 밤을 괴로움에 홀로 보냈다고 이야기했다. 하지만 그 역시 비슷한 고통 속에서 그런 밤을, 심지어 여러 날 밤을 보내지 않았던 가? 아내가 돌탑 앞에 걸음을 멈추고 탑을 향해 마치 사과하듯 고개를 숙이자, 그 모습에서 액슬은 기억과 분노가 모두 확연해지는 것을 느끼면서 두려움에 결국 고개를 돌렸다. 그러고 보니 가웨인 경 역시 비어트리스를 바라보고 있었다. 기사는 다정함이 어린 눈빛으로 생각에 잠긴 듯했다. 그러나 곧 정신을 추스르고 액슬에게 더 가까이 오더니, 마치 비어트리스가 절대 듣지 못하게 하려는 듯 몸을 바짝 수그렸다.

"선생이 간 길이 하느님의 뜻에 더 부합한 길이 아니었다고 할 사람이 누가 있겠소? 전쟁이니 평화니 하는 거창한 이야기를 모두 뒤로하고, 인간을 하느님께 더 가까이 가게 할 그 훌륭한 법을 뒤로하고, 아서왕을 영원히 뒤로하고 그 대신……." 기사는 비어트리스를 다시 흘끗 보았다. 비어트리스는 여전히 선 채로, 바람을 조금이라도 피하려고 돌탑에 이마가 거의 닿을 만큼 가까이 붙어 있었다. "훌륭한 아내에게 헌신하기로 한 길 말이오. 부인께서 자상한 그림자처럼 늘 선생의 곁에 붙어 있는 것을 보았소. 나도 그렇게 하는 것이 좋았을까요? 하지만 하느님께서는 우리를 각기 다른 길로 인도하셨지. 내겐 소임이 있었소. 하! 내가 지금 그 자를 두려워할 것 같소? 전혀. 전혀 그렇지 않소. 선생은 잘못한 것이 없소. 선생이 중재한 그 위대한 법은 피투성이가 되어 무너져 버렸소! 한동안은 잘 지켜졌소만, 피투성이로 무너져 버렸소! 그 일로 지금 누가 우리를 탓하겠소? 내가 젊음을 두려워할 것 같소? 젊음만으로 상대를 물리칠 수 있겠소? 오라고 하시오, 얼마든지. 선생, 기억을 떠올려 보시오! 바로 그날 선생을 보았을 때, 선생은 어린이와 아기들의 울음소리가 귀에 선하다고 하셨소. 나도 그 소리를 들었소. 하지만 그 소리는, 의무관의 천막에서 수술받는 병사가 지르는 비명 같은 것이 아니었겠소? 목숨을 살리는 치료의 손길은 고통스러운 것 아니겠소? 그러나 인정하리다. 나도 자상한 그림자가 따라 주기를 갈망할 때가 있소이다. 지금도 그런 이를 볼 수 있을까 눈을 돌리곤 하오. 짐승도 하늘의 새도 다정한 동반자를 갈구하지 않소? 나도 오래 살았으니 기꺼이 함께하고 싶었던 이가 그간 한둘은 있었소이다. 내가 지금 왜 그자를 두려워하겠소? 나는 날카로운 송곳니에 순록의 주둥이를 하고서 얼굴도 가리지 않은 해적들과 맞서 싸웠소! 여기 염소가 있으니 묶으시오. 말뚝을 얼마나 깊게 박으실 셈이오? 염소를 묶는 거요, 사자를 묶는 거

415

요?"

　가웨인은 액슬에게 밧줄을 넘겨주고 성큼성큼 걸어가더니, 땅끝이 하늘과 만나는 듯한 지점에 가서 섰다. 액슬은 한 무릎을 풀밭에 꿇은 채로 밧줄을 말뚝의 홈에 단단히 묶고 나서 다시 아내 쪽을 보았다. 아내는 거의 같은 모습으로 돌탑 옆에 서 있었는데, 그 자세가 왠지 다시금 가슴에 와서 박혔지만 다행스럽게도 방금 전 느꼈던 응어리는 마음속에서 깨끗이 사라지고, 대신 아내를 지켜 주고 싶은 충동이 솟구쳤다. 모진 바람만이 아니라, 그 순간 주위로 모여드는 어떤 거대하고 악독한 것으로부터 지켜 주어야 할 것 같았다. 그는 일어서서 아내에게 급히 다가갔다.

　"염소는 단단히 묶어 놨어요, 공주. 당신이 갈 준비만 되면 산비탈을 내려갑시다. 아이들과 우리 자신에게 약속했던 일을 이제 마쳤잖아요?"

　"오, 여보, 나 그 숲으로 돌아가기 싫어요."

　"그게 무슨 말이에요, 공주?"

　"여보, 당신은 연못가에 가 보지 않아서 몰라요. 기사님과 이야기하느라 바빠서, 그 차가운 물속을 들여다보지 않았잖아요."

　"당신 바람에 많이 지쳤어요, 공주."

　"얼굴들이 위를 쳐다보고 있었어요, 침대에 누워 있는 것처럼."

"누구 말이에요, 공주?"

"아기들이요, 물 바로 밑에 있었어요. 처음엔 웃고 있는 줄 알았어요. 손을 흔드는 것 같기도 했고요. 그런데 더 가까이에서 보니 움직이지 않고 가만히 누워 있는 거예요."

"당신이 그 나무에 기대어 쉬면서 또 꿈을 꿨나 보네요. 내가 기사 양반과 이야기하면서 보니 당신이 거기서 자고 있기에 다행이라고 생각했었어요."

"정말로 봤어요, 여보. 녹색 수초 사이로요. 우리 그 숲에 돌아가지 말아요. 무언가 악한 기운이 도사리는 곳이에요."

아래를 내려다보던 가웨인 경이 팔을 들더니, 고개를 돌리지 않고 바람 속에서 외쳤다. "곧 당도할 거요! 비탈을 부지런히 올라오고 있소."

"가 봅시다, 공주. 망토 단단히 여미고요. 당신을 이렇게 멀리까지 데려온 건 내 불찰이에요. 그래도 쉴 곳을 곧 다시 찾으리다. 어쨌든 기사 양반이 무엇 때문에 전전긍긍하는지 가서 봅시다."

두 사람이 지나가면서 보니 염소가 줄을 팽팽히 당기고 있었지만 말뚝은 꼼짝하지 않았다. 액슬은 사람들이 어디까지 올라왔는지 궁금했지만, 노기사가 두 사람 쪽으로 걸어왔기에 세 사람은 염소가 묶인 자리에서 멀지 않은 곳에 함께 멈춰 섰다.

"가웨인 경." 액슬이 말했다. "아내가 기운이 점점 떨어져

서 어서 먹을 것이 있는 곳으로 돌아가 쉬어야 할 것 같습니다. 올라올 때처럼 기사님의 말에 태워서 내려가도 될까요?"

"무슨 말씀이오? 그건 무리한 부탁이오! 멀린의 숲에서 만났을 때 내가 이 산을 더 오르지 마시라고 하지 않았소? 그런데 오겠다고 두 분이 고집하셨잖소."

"저희가 어리석었던 것 같습니다만, 나름의 목적이 있었습니다. 그리고 기사님을 두고 저희만 가더라도 염소를 풀어 주지 않겠다고 약속해 주십시오. 녀석을 여기까지 데리고 오느라 큰 대가를 치렀습니다."

"염소를 풀어 준다고 하셨소? 내가 선생 염소를 왜 신경 쓰겠소? 그 색슨인 전사가 곧 들이닥칠 마당에. 참 대단한 친구요! 못 믿겠으면 가서 보시오! 내가 염소를 왜 신경 쓰겠소? 액슬 선생, 내 앞에 그리 서 계시니 그날 밤 일이 생각나는구려. 그날도 지금처럼 바람이 거셌지. 그리고 선생은, 아서왕의 면전에 대고 욕을 하셨소! 나를 포함해 나머지 사람들은 고개를 숙이고 서 있었고! 선생을 쓰러뜨리는 일을 누가 맡고 싶겠소? 무장도 하지 않은 선생을 찌르라고 왕께서 눈빛 한 번으로 명령할까 두려워, 다들 왕의 눈을 피했소. 그런데 아서왕은 역시 위대한 왕이셨소. 그 증거를 더 말해 드리리다! 선생은 왕이 아끼는 최고의 기사들 앞에서 왕을 욕했지만, 왕은 선생에게 인자하게 대답해 주셨소. 기억나시오?"

"전혀 기억이 나지 않습니다, 가웨인 경. 암용의 숨 때문에 아무것도 생각나지 않아요."

"나는 다른 이들처럼 눈을 깔고, 선생의 머리가 곧 내 발 앞으로 데굴데굴 굴러오리라 생각했소! 그런데 아서왕께서 인자하게 선생에게 말씀하시지 않겠소! 조금도 기억이 안 나시오? 그날 밤은 바람이 거의 지금처럼 세게 불어서, 천막이 어두운 하늘로 금방이라도 날아갈 듯했소. 그런데 아서왕께서는 욕설에 인자하게 대답하더이다. 선생의 노고에, 그간의 우정에 고맙다고 했소. 우리 모두에게 선생을 영예롭게 생각하라고 명하셨소. 나도 선생에게 작별 인사를 속삭였고, 선생은 격분하여 폭풍 속으로 뛰쳐나갔소. 작은 소리로 말해서 못 들었겠지만 내 작별 인사는 진심이었고, 나만 그런 게 아니었소. 우리 모두는 선생의 분노에 어느 정도 공감했소. 선생이 아서왕께서 위대한 승리를 거둔 바로 그날 아서왕을 욕하는 그릇된 행동을 저질렀다 해도 말이오! 퀘리그의 숨 때문에 이 일이 생각나지 않는다고 하셨소만, 그저 나이 때문에 그런 건 아니오? 아니면 단지 이 매서운 바람 때문에 현명한 수도승도 바보가 되는 건지?"

"저는 그런 기억들 다 관심이 없습니다, 가웨인 경. 지금 제가 찾고 있는 건 제 아내가 말하는, 폭풍우 몰아치던 또 다른 밤의 기억입니다."

"나는 선생에게 진심을 담아 작별을 고했소. 그리고 솔직

히 말하리다. 선생이 아서왕께 퍼부은 욕은, 내 마음도 조금
은 대변해 주었소. 선생이 중재한 협약은 참으로 위대했고,
여러 해 동안 잘 지켜졌으니까. 그 덕분에 기독교도와 이교
도를 막론하고 모든 병사들이 전투 전날 밤까지도 더 안심
하고 자지 않았소? 무고한 주민들이 마을에서 무사하리라
는 걸 알고 싸움에 나서지 않았소? 그럼에도 전쟁은 종식되
지 않았소. 이전에는 땅과 하느님을 위해 싸웠다면, 이제는
스러진 동지들의 복수를 위해 싸웠소. 그 동지들 역시 복수
에 학살된 것이었고. 그 고리가 어떻게 끊어지겠소? 아이들
은 전쟁 없는 시절을 알지 못한 채 어른으로 자랐고, 선생의
위대한 법은 이미 어겨지고 있었는데…….”

“그날까지는 양쪽 모두 그 법을 잘 지키고 있었습니다, 가
웨인 경.” 액슬이 말했다. “그걸 어긴 건 무도한 행위였습니
다.”

“아, 이제 기억나시나 보구려!”

“제가 기억하는 사실은, 하느님조차 배반당하셨다는 겁니
다. 안개가 그 기억을 더 앗아 간다 해도 전 아쉽지 않습니
다.”

“나도 한동안은 안개가 그렇게 해 주길 바랐소. 하지만 얼
마 안 있어 진정으로 위대한 왕의 솜씨란 어떤 것인지 알게
되었소이다. 마침내 전쟁이 멈췄으니 말이오. 그러지 않았
소? 그날 이후로 평화가 우리의 동반자가 되지 않았소?”

"가웨인 경, 제 기억을 더 되살리지 마십시오. 전혀 고맙지 않습니다. 제가 떠올리고 싶은 건, 여기 제 옆에 떨고 있는 소중한 아내와 함께 살아온 삶입니다. 말을 빌려주시지 않을 겁니까? 아까 우리가 만난 숲까지만이라도 타고 가게 해 주십시오. 그곳에 안전하게 두고 가겠습니다."

"오, 여보, 난 그 숲으로 돌아가지 않을래요! 왜 그렇게 당장 이곳을 떠나 숲으로 가려고 해요? 혹시 지금도 안개가 걷힐까 봐 두려운 거예요? 내가 약속을 했는데도요?"

"내 말을? 내가 이제 호러스를 더 쓸 데가 없다는 뜻이오? 그건 심한 말씀이오! 난 그가 두렵지 않소, 젊음이 그의 편이라 해도 말이오!"

"다른 뜻은 없습니다, 가웨인 경. 기사님의 훌륭한 말을 빌려 아내를 쉴 곳까지 데려가고자 부탁드리는 것뿐……."

"내 말을? 말의 눈을 가리자 이거요? 주인이 전사하는 걸 볼까 봐? 호러스는 전마요! 미나리아재비 꽃밭에서 뛰노는 조랑말이 아니란 말이오! 내가 하느님의 뜻대로 전사하든 승리하든, 다 지켜볼 준비가 되어 있는 전마요!"

"아내를 제 등에 업고 가야 한다면 그렇게 하지요. 하지만 숲까지 내려가는 길만이라도 말을 빌려주시면……."

"여보, 난 여기 있을게요. 모진 바람은 걱정 말아요. 그리고 위스턴 선생이 거의 다 왔다면, 오늘의 승자가 그가 될지 암용이 될지, 우리도 남아서 지켜봐요. 아니면 역시 당신은 안개가 걷히는 걸 보고 싶지 않은 거 아니에요, 여보?"

"전에도 여러 번을 봤소! 마음만 앞서는 젊은 자가 지혜롭고 늙은 자에게 당하는 것을 말이오. 여러 번을 봤소!"

"다시 한번 간곡히 부탁드립니다. 기사로서의 아량을 잊지 말아 주십시오. 거센 바람에 아내가 기운을 잃어 갑니다."

"내가 맹세를 한 게 오늘 아침인데 그걸로 충분치 않단 말이에요? 안개가 걷히면서 무엇이 드러나건, 지금 내 가슴속으로 당신에게 느끼는 감정을 잊지 않겠다고 했잖아요?"

"위대한 왕이 하는 일을, 정녕 이해하지 못하시겠소? 우리는 그저 바라보며 경탄할 수밖에 없소. 위대한 왕은, 마치 하느님과도 같이, 한낱 인간들이 감히 엄두도 못 내는 행위를 하지 않으면 안 되오! 나라고 눈에 들어온 이가 한 명도 없었는 줄 아오? 길에서 지나친 여린 꽃 한두 송이 품에 안고 싶었던 적이 없었을 것 같소? 나는 평생 이 쇠붙이 외투만 벗 삼아 잠자리에 들어야 하오? 누가 나를 겁쟁이라고 하오? 누가 나를 아기들의 학살자라고 하오? 그날 선생은 어디 계셨소? 우리와 함께 계셨소? 내 투구! 그 숲에 놓고 왔구려! 하지만 그게 지금 무슨 소용이겠소? 갑옷도 얼마든지 벗겠소만 뼈다귀처럼 앙상한 내 몰골을 보고 다들 웃을까 두렵소!"

그렇게 세 사람이 동시에 언성을 높이고 여기에 휘몰아치는 바람 소리까지 가세하여 시끄럽던 중, 액슬이 문득 보니 나머지 두 사람이 조용해진 채 자기 어깨 너머를 응시하고 있었다. 뒤돌아보니 방금 전 가웨인 경이 심각하게 밑을 내려다보며 서 있던 벼랑 끝에 전사와 소년이 서 있었다. 하늘빛이 짙어져 있었기에, 액슬이 보기에 두 사람은 구름을 타고 오기라도 한 것 같았다. 거무스름한 실루엣처럼 보이는 두 사람의 모습은, 기이하게도 그 자리에 돌처럼 굳어 있었다. 전사는 마치 전차를 모는 마부처럼 양손으로 밧줄을 단단히 쥐고 있고, 소년은 몸을 비스듬히 앞으로 기울인 채 균형을 잡으려는 듯 양팔을 앞으로 뻗고 있었다. 바람을 타고 무언가 못 듣던 소리가 들려왔고, 가웨인 경이 말했다. "아! 아이가 또 노래를 하는구려! 좀 멈추게 할 수 없소?"

위스턴이 소리 내어 웃었다. 두 사람은 굳어 있던 자세를 풀고, 소년이 앞장서서 끌며 일행 쪽으로 다가왔다.

"송구스럽습니다." 전사가 말했다. "아이가 이 바위 저 바위를 껑충껑충 뛰다가 몸이 망가지지 않게 하려면 이 방법밖에 없었습니다."

"아이가 어디가 잘못된 걸까요, 여보?" 비어트리스가 액슬의 귀에 대고 말했다. 다행히 아내의 목소리는 다시 차분하고 친근해져 있었다. "그 늑대가 나타나기 전에도 딱 저랬어요."

"그렇게 귀에 거슬리는 소리로 꼭 노래를 해야 하는 거요?" 가웨인 경이 위스턴에게 거듭 물었다. "따귀라도 때려 주고 싶은데 그래 봐야 아무것도 못 느낄 듯싶소!"

전사가 다시 한번 웃으면서 계속 다가와, 액슬과 비어트리스를 쾌활한 표정으로 바라보았다. "두 분, 이거 의외군요. 지금쯤 아드님 마을에 가 계실 줄 알았습니다. 이 외진 곳까지 무슨 일로 오셨습니까?"

"선생과 똑같은 용무입니다. 저희의 소중한 기억을 앗아 가는 이 암용의 최후를 저희도 갈망하고 있습니다. 보시다시피, 목적을 이루기 위해 독 먹인 염소를 끌고 왔습니다."

위스턴이 염소를 바라보더니 고개를 저었다. "우리의 상대는 대단히 힘세고 간교한 놈일 겁니다. 염소를 먹인다 해도 트림 한두 번 하게 하는 정도밖에는 영향이 없을 듯싶습니다."

"녀석을 끌고 오느라 고생이 이만저만이 아니었어요." 비어트리스가 말했다. "올라오는 길에 기사님을 다시 만나 도움을 받았지만요. 그런데 전사님을 보니 힘이 나네요. 이제 이 염소만이 우리의 유일한 희망은 아니니까요."

그러나 소년의 노랫소리 때문에 이제 대화가 쉽지 않고, 소년은 점점 더 억세게 줄을 당기고 있었다. 소년의 관심이 꽂힌 곳은 누가 봐도 다음 산비탈 꼭대기의 한 지점이었다. 위스턴이 밧줄을 세차게 한 번 당기고는 말했다.

"에드윈이 저 위의 돌더미에 가고 싶어 안달하는 것 같습니다. 가웨인 경, 저기 뭐가 있습니까? 돌이 차곡차곡 쌓여 있는 것이, 무슨 구덩이나 굴을 가리고 있는 것 같군요."

"왜 내게 물으시오? 아이에게 물어보지 그러시오. 그럼 노래도 멈출지 모르잖소!"

"제가 줄을 잡고 있긴 하지만, 미쳐 날뛰는 잡귀처럼 통제가 안 됩니다."

"위스턴 선생." 액슬이 말했다. "아이가 다치지 않게 우리가 다들 신경 써야겠습니다. 여긴 높은 산이고 하니 아이를 잘 지켜봐야 할 것 같군요."

"맞는 말씀입니다. 괜찮으시면 염소를 묶은 말뚝에 같이 묶어 놓겠습니다."

위스턴은 액슬이 말뚝을 박아 놓은 곳으로 소년을 이끌고 가 쪼그려 앉더니, 소년이 매인 줄을 말뚝에 묶기 시작했다. 액슬이 보기에 위스턴은 작업에 대단히 신중을 기하는 모습이었다. 매듭을 하나 지을 때마다 여러 번 확인했고, 액슬이 해 놓은 작업도 튼튼한지 점검했다. 한편 소년은 그런 상황을 전혀 모르는 듯했다. 조금 진정하긴 했지만 시선은 산비탈 꼭대기의 돌더미에 여전히 꽂혀 있었고, 조용히 고집스럽게 줄을 계속 당겼다. 노랫소리는 아까보다 날카로운 쇳소리는 훨씬 덜했지만, 이제 무언가 악착스러운 느낌이 있어서 액슬은 녹초가 된 병사들이 행군을 이어 가려고 부르는 노래가 연상되었다. 그런가 하면 염소는 밧줄이 닿는 최대한 먼 곳에 가서, 신기한 듯 넋을 놓고 있었다.

가웨인 경은 위스턴의 동작 하나하나를 유심히 지켜보았는데, 액슬이 보기엔 무언가 교활한 계략이 눈빛에 감도는 듯했다. 일에 열중한 전사에게 슬금슬금 다가가더니 검을 뽑아서 흙에 꽂고는, 검 자루의 넓은 부분에 두 팔뚝을 올려놓고 몸을 지탱하고 섰다. 그 자세로 위스턴을 지켜보았는데, 액슬은 문득 노기사가 위스턴의 신체적 특징을 모두 머릿속에 담고 있으리라는 생각이 들었다. 키, 손 닿는 거리, 장딴지 힘, 붕대 감긴 왼쪽 팔.

흡족하게 일을 마친 위스턴은 일어서서 가웨인 경을 마주 보았다. 두 사람이 주고받는 표정에 묘한 불편함이 잠시 감돌았고, 위스턴이 따뜻한 미소를 지었다.

"브리턴인과 색슨인의 관습 차이가 하나 있군요." 위스턴이 손가락으로 가리키며 말했다. "보십시오. 검을 뽑아서 몸을 기대고 계십니다. 마치 의자나 발판처럼요. 색슨인 전사에게는 이상해 보이는 관습입니다. 저처럼 브리턴인들에게서 배운 사람이 보기에도 말이죠."

"나처럼 온몸이 삐걱거리는 나이가 되어 보시오, 그때도 그렇게 이상해 보일지! 지금 같은 평시에는, 검이 자기가 쓰일 일만 있으면 뭐든 반기지 않겠소. 주인의 몸뚱어리를 쉬게 해 주는 일일지라도 말이오. 그게 왜 이상하오?"

"그렇긴 합니다만, 검이 흙 속을 파고든 모습을 보십시오.

저희 색슨인들에게 검의 날이란 한시도 끊이지 않는 걱정거리입니다. 저희는 날이 조금이라도 무뎌질까 봐 공기와 닿는 것도 꺼리지요."

"그렇소? 날이 잘 드는 건 중요하오, 그건 맞는 말이오. 하지만 그 중요성을 너무 과대평가하는 건 아니오? 우수한 발놀림, 현명한 전략, 침착한 용기, 그리고 상대방의 예측을 어렵게 하는 약간의 과격성, 그런 것이 승패를 좌우하는 요소들이외다. 한 가지 더 얹자면 하느님이 내가 승리하기를 원하신다는 확신이오. 그러니 늙은이는 이렇게 어깨를 좀 쉬고 있으리다. 또, 검을 검집에 넣어 두었다가 너무 늦게 뽑을 때도 있지 않소? 나는 지금까지 숱한 전장에서 이 자세로 서서 숨을 골랐소. 검이 이미 뽑혀서 준비되어 있으면 마음이 편한 것이, 검으로 무얼 좀 해 보려고 할 때 검이 지금이 아침이요 낮이요 하면서 눈을 비비고 있을 염려가 없소."

"그렇다면 검을 더 모질게 다루는 쪽은 저희 색슨인들 같군요. 저희는 검이 자는 것을 아예 용납하지 않습니다. 깜깜한 검집 안에서 쉬고 있을 때도 말이지요. 제 검도 그렇습니다. 녀석은 제 습관을 잘 압니다. 그래서 바깥 공기만 쐬었다 하면 곧바로 살과 뼈를 만나리라는 것을 알고 있지요."

"그럼 관습의 차이인 것 같소. 예전에 알고 지내던 색슨 사람이 생각나오. 괜찮은 친구였는데, 추운 날 밤에 나와 같이 불쏘시개를 모으고 있었소. 나는 죽은 나무를 검으로 부지런히 내려찍고 있는데, 그 친구는 옆에서 맨손으로 긁어 모으고 무딘 돌로 찍고 하는 거요. 내가 '검은 잊으셨소? 왜 곰이 앞발 쓰듯 그러고 계시오?' 하고 물었더니, 못 들은 체하더이다. 그때는 그 친구가 제정신이 아니라고 생각했는데, 이제 말씀을 들으니 알겠구려. 이렇게 나이를 먹어도 새로 배울 게 있나 보오!"

두 사람은 잠깐 소리 내어 웃었다. 위스턴이 말을 이었다.

"제 방식에는 관습 이상의 무언가가 있는지도 모릅니다. 저는 검날이 상대의 몸을 가르는 순간에도 마음속으로 다음 벨 곳을 준비해야 한다고 늘 배웠습니다. 그런데 검날이 잘 들지 않아 검이 뼈에 박히거나 뒤엉킨 내장에 걸려 주춤거리느라 자칫 조금이라도 느려진다면 다음 베는 동작이 늦어질 수밖에 없고, 그런 차이가 승패를 가를 수도 있습니다."

"맞는 말씀이오. 내가 늙은 데다 평화로운 시절을 오래 누리다 보니 정신이 해이해진 것 같구려. 이제부터는 그대의 본보기를 따르겠소만, 지금은 산을 오르고 나니 다리에 힘이 없소. 이렇게나마 조금 쉬는 것을 허락해 주시오."

"물론입니다. 편하게 계십시오. 그냥 쉬시는 모습을 보고 생각나서 한 말일 뿐입니다."

에드윈이 갑자기 노래를 멈추고 소리를 지르기 시작했다. 같은 말을 계속 반복하고 있었다. 액슬이 옆의 아내를 보며 조용히 물었다. "뭐라고 하는 거예요, 공주?"

"저 위에 무슨 산적의 소굴이 있다는데요. 그리로 갈 테니 우리 모두 따라오라네요."

위스턴과 가웨인은 둘 다 부끄러운 듯한 표정으로 소년을 쳐다보았다. 소년은 계속 소리 지르고 줄을 당기다가, 결국 바닥에 주저앉더니 잠잠해졌다. 표정은 울음을 터뜨리기 직전이었다. 꽤 길게 느껴지는 시간 동안 아무도 말이 없었고, 휘몰아치는 바람 소리만 들렸다.

"가웨인 경." 액슬이 마침내 말했다. "이제 말해 주셔야 할 것 같습니다. 우리 아무것도 더는 숨기지 않았으면 합니다. 기사님은 암용의 수호자 아니십니까?"

"맞소." 가웨인이 그 자리에 있는 모든 사람을, 에드윈까지 포함해 차례로 물끄러미 바라보았다. 마치 불의에 항거하는 듯한 표정이었다. "암용의 수호자이자, 최근에는 유일한 벗이오. 여러 해 동안은 수도승들이 퀘리그에게 먹이를 주었소. 지금처럼 이곳에 짐승을 묶어 두면서 말이오. 이제는 수도승들 간에 내분이 일어났고, 퀘리그도 배반을 눈치채고 있소만, 내가 여전히 의리를 지키고 있다는 건 알고 있소."

"그렇다면 가웨인 경." 위스턴이 말했다. "암용이 여기서 가까이 있는지 말해 주실 수 있습니까?"

"가까이 있소. 여기까지 잘 찾아오셨소. 그 아이를 우연히 안내자로 구하신 것은 운이 퍽 좋으셨소만."

에드윈이 다시 일어서서 또 노래를 시작했는데, 다만 이번에는 낮은 소리로 연호하듯 했다.

"에드윈은 그 이상의 복덩어리인지도 모릅니다." 전사가 말했다. "보잘것없는 스승을 금방 능가할 제자라는 예감이 듭니다. 언젠가 동족을 위해 큰일을 할 것 같습니다. 어쩌면 아서왕이 브리턴족을 위해 위업을 이룬 것처럼 말이지요."

"뭐라고 하셨소? 지금 노래하고 줄을 끄는 이 얼간이 같은 아이가 말이오?"

"가웨인 경." 비어트리스가 끼어들었다. "기운 없는 늙은 아낙네에게도 설명 좀 해 주시겠어요. 훌륭한 기사이시고 위대한 아서왕의 조카이신 분이 어떻게 암용의 수호자이실 수가 있지요?"

"아마 여기 위스턴 선생이 잘 설명해 주실 것이오, 부인."

"사실 저도 비어트리스 부인만큼 귀공의 설명을 듣고 싶은 마음입니다. 그렇지만 다 나중에 때가 있겠지요. 우선 해결해야 할 문제가 하나 있습니다. 에드윈의 줄을 끊고 어디로 달려가는지 보는 게 좋겠습니까? 아니면 귀공께서 직접 퀘리그의 은신처로 안내해 주시겠습니까?"

가웨인 경이 몸부림치는 소년을 공허한 눈빛으로 바라보더니 한숨을 쉬었다. "아이는 여기 두시오." 그가 무거운 목소리로 말했다. "내가 안내하리다." 그러고는 몸을 펴고, 땅에 꽂힌 검을 뽑아 검집에 조심스럽게 넣었다.

"감사합니다." 위스턴이 말했다. "아이가 위험을 피할 수 있게 되어 다행입니다. 그런데 저도 이제 안내 없이 길을 찾아갈 수 있을 듯합니다. 이다음 산비탈 위의 저 돌더미로 가면 되는 것이지요?"

가웨인 경이 다시 한숨을 짓더니, 마치 도와달라는 듯 액슬 쪽을 흘깃 한번 보고는 슬픈 표정으로 고개를 저었다. "맞소. 저 돌더미가 구덩이를 둘러싸고 있소. 작은 구덩이도 아니오. 채석장만큼 깊은 구덩이 속에 퀘리그가 잠들어 있소. 위스턴 선생, 그대가 정말 퀘리그와 싸우겠다면 그 밑으로 들어가야 하오. 내가 묻겠소. 정말로 그런 과격한 일을 벌이시려 하오?"

"그러려고 이 먼 길을 왔습니다."

"위스턴 선생." 비어트리스가 말했다. "늙은 아낙네가 잠깐 끼어들어도 될까요. 우리 염소를 보고 방금 코웃음을 치셨지만, 지금 큰 전투를 앞두고 계시잖아요. 이 기사님이 전투를 도울 생각이 없으시다면, 우리라도 염소를 저 산비탈까지만 끌고 올라가서 그 구덩이에 밀어 넣게 해 주세요. 혈혈단신으로 암용과 싸우셔야 한다면, 독이라도 먹여서 느려지게 하자고요."

"고맙습니다, 부인. 염려하시는 바는 잘 알겠습니다. 하지만 용이 잠에 빠진 것은 제가 유리하게 이용해 볼 수 있겠지만, 독을 무기로 쓰고 싶지는 않습니다. 그리고 용이 먹이를 먹고 탈이 나는지 보려면 한나절 이상을 더 기다려야 할 텐데 저는 지금 그럴 인내심이 없습니다."

"그럼 끝을 봅시다. 오시오, 내가 길을 안내하겠소." 가웨인 경이 위스턴에게 그렇게 말하고는 액슬과 비어트리스를 보았다. "두 분은 여기서 기다리시오. 돌탑 옆에서 바람을 피하시오. 오래 기다리지 않으셔도 될 것이오."

"가웨인 경, 남편과 제가 무리해서 여기까지 왔어요. 이 마지막 비탈도, 위험하지 않게 갈 방법만 있다면 같이 갔으면 해요."

가웨인 경이 무력하게 다시 고개를 저었다. "그럼 다 함께 가십시다. 두 분에게 위험한 일은 없을 거라고 감히 말씀 드리오. 그리고 두 분이 계시면 나도 마음이 더 편하겠소. 자, 모두 따라오시오, 퀘리그의 은신처로 갑시다. 놈이 잠에서 깰지도 모르니 목소리를 낮추셔야 하오."

◆

일행은 눈앞에 놓인 길을 올라갔는데, 매서운 바람은 전보다 약해졌지만 하늘을 향해 나아가는 듯한 느낌은 어느 때보다 선명했다. 기사와 전사가 앞장서서 성큼성큼 가고 있었는데, 어딜 보나 오랜 친구가 산책 나온 듯한 모습이었다.

곧 두 사람과 노부부 사이에 거리가 벌어졌다.

"이건 바보짓이에요, 공주." 액슬이 말했다. "우리가 저 두 사람을 따라갈 이유가 뭐가 있어요? 우리 앞에 무슨 위험이 도사리고 있을지 어떻게 알겠어요? 돌아가서 아이 옆에서 기다립시다."

그러나 비어트리스의 발걸음은 단호했다. "우리 계속 가 봐요. 여기 내 손 잡고 용기를 잃지 않게 도와줘요. 안개가 걷힐 일을 가장 걱정해야 할 사람은 당신이 아니라 나인 것 같다는 생각이 들어요. 방금 돌탑 옆에 서 있을 때 생각났는데, 내가 언젠가 당신한테 몹쓸 짓을 했던 것 같아요. 그 기억이 우리에게 되살아날 일을 생각하니 손이 덜덜 떨려요! 느껴져요? 그렇게 되면 당신이 나한테 뭐라고 할까요? 내게 등을 돌리고, 이 황량한 산에 나를 버려두고 가지는 않을까요? 저 앞에 걷는 용감한 전사를 보면서 마음 한편으로는 저이가 패했으면 하는 생각도 들지만, 우리 숨지는 말아요. 난 숨지 않을 거예요. 당신도 같은 마음 아니에요? 우리 지금까지 함께 걸어온 길을 음지든 양지든 거리낌 없이 바라봐요. 그리고 저 전사가 정말 구덩이 속에 들어가 암용과 싸우고자 한다면, 우리도 나름대로 힘을 보태자고요. 위급할 때 조심하라고 외쳐 준다거나, 호되게 맞고 쓰러졌을 때 깨어나라고 고함쳐 준다거나, 그런 게 조금이나마 도움이 될지 모르잖아요."

액슬은 아내의 말을 들으며 묵묵히 걸었으나 정신은 반쯤 딴 데 가 있었다. 기억 끝자락에서 무언가가 또다시 떠올랐다. 폭풍이 몰아치는 밤, 쓰라린 아픔, 광대한 바다처럼 밀려드는 외로움. 작은 촛불을 앞에 두고 방 안에 홀로 서서 잠을 못 이루던 그 사람은, 사실 아내가 아니라 자신이 아니었을까?

"우리 아들은 어떻게 된 거지요, 공주?" 갑자기 그가 물었다. 아내가 맞잡은 손에 힘을 꽉 주는 게 느껴졌다. "자기 마을에서 우리를 기다리고 있는 게 맞아요? 이 나라를 일 년 동안 찾아 헤매도 못 찾는 건 아네요?"

"나도 그런 생각이 들었는데, 차마 말은 하지 못했어요. 그런데 쉬! 앞에서 듣겠어요."

가웨인 경과 위스턴이 중간에 서서 두 사람을 기다리며, 오손도손 대화를 나누고 있었다. 액슬이 가까이 다가가자 가웨인 경이 클클 웃으면서 하는 말이 들렸다.

"솔직히 말하리다, 위스턴 선생. 나는 선생이 퀘리그의 숨 때문에 지금 무엇 하러 가는지 까맣게 잊길 내심 바라고 있소. 지금 우리 어디 가는 길이냐고 묻기만 기다리고 있다오! 그런데 눈매와 걸음새로 보니 기억이 말짱하신 것 같소."

위스턴이 빙긋 웃었다. "저희 왕께서 제게 임무를 내리신 이유가 바로 이렇게 마법에 잘 걸리지 않는 재주 때문인 걸로 압니다. 늪 지방에는 이 퀘리그 같은 괴수는 없습니다만 경이로운 힘을 지닌 다른 괴수들이 있는데, 제 동지들이 까무러치고 꿈결을 헤맬 때도 저는 거의 영향을 받지 않았습니다. 저희 왕께서 저를 택하신 이유는 그뿐인 듯합니다. 고국의 제 동지들은 거의 모두가 저보다 뛰어난 전사니까요."

"못 믿겠구려! 선생은 전해 들은 바로도, 내가 본 바로도 능력이 비범하신 분이오."

"과찬이십니다. 어제 부득이 보시는 앞에서 그 병사를 쓰러뜨리면서, 귀공처럼 기량이 뛰어나신 분이 제 보잘것없는 승리를 어떻게 보실지 너무나 잘 알고 있었습니다. 겁먹은 경비병 한 명 물리치기엔 충분했지만, 귀공의 인정을 받기엔 턱없이 부족할 것입니다."

"말도 안 되는 소리! 선생은 대단한 친구요, 그만 부정하시오! 자, 여러분." 가웨인이 액슬과 비어트리스를 보면서 말했다. "이제 목적지가 멀지 않았소. 놈이 자는 동안 어서 이동합시다."

일행은 말없이 계속 올라갔고, 이제는 부부도 뒤처지지 않았다. 가웨인과 위스턴이 무언가 엄숙한 분위기에 휩싸이면서, 거의 장중하다 싶을 만큼 느릿느릿 올라가고 있었기 때문이다. 땅도 고원처럼 평평해지면서 오르기가 더 수월했다. 밑에서 보았던 돌더미가 눈앞에 위용을 드러내면서 그 모습이 차츰 액슬의 눈에 들어왔다. 길 옆에 둔덕이 솟아 있고, 그 위에 돌이 대략 반원을 그리며 빙 둘러 쌓여 있었다.

둔덕의 경사면에는 작은 돌이 계단 비슷하게 일렬로 놓여 구덩이 테두리까지 이어져 있었다. 구덩이는 아마도 깊이가 상당할 듯했다. 일행이 도착해서 보니 사방의 풀이 불에 탄 것처럼 새까매서, 그러지 않아도 관목 하나 없는 주변에 더욱 황폐한 분위기가 감돌았다. 가웨인이 돌계단 조금 앞에서 일행을 멈춰 세우더니, 진지한 표정으로 위스턴을 바라보았다.

"마지막으로 다시 한번만 생각해 보시오. 이 위험한 계획을 포기하시는 것이 어떻소? 말뚝에 묶인 아이에게 지금이라도 돌아가시지 않겠소? 지금도 바람결에 아이 목소리가 들리오."

전사가 지나온 길을 흘끗 보고는 가웨인 경을 다시 보았다. "아시지 않습니까. 전 돌아갈 수 없습니다. 용을 보여 주십시오."

노기사가 생각에 잠긴 듯 고개를 끄덕였다. 마치 위스턴이 방금 우연히 흥미로운 발언을 하기라도 한 것 같은 표정이었다.

"좋소. 그럼 다들 목소리를 낮춰 주시오. 자는 놈을 깨워서 좋을 게 뭐 있겠소?"

가웨인 경이 둔덕의 경사면을 앞장서서 올라가 돌더미에 이르러 일행에게 기다리라고 신호했다. 그리고 조심스럽게 안을 들여다본 후 손짓하며 낮은 소리로 말했다. "다들 올라오시오. 놈이 아주 잘 보일 것이오."

액슬은 자기 옆의 좁은 땅에 아내를 올려 주고, 돌더미 위로 고개를 내밀었다. 구덩이는 상상했던 것보다 넓고 얕았다. 땅을 실제로 파서 만든 것이라기보다는 말라붙은 연못에 가까워 보였다. 구덩이는 절반 이상의 면적에 희미한 햇살이 비쳐 들고 있었는데, 전체가 온통 회색 돌과 자갈로 이루어진 듯했다. 새까만 풀로 덮인 땅은 딱 구덩이 테두리까지만 이어졌다. 구덩이 안에서 용을 제외하고 눈에 띄는 생명체는 바닥 한가운데쯤에 돌을 뚫고 생뚱맞게 솟아 있는 작은 산사나무 한 그루가 전부였다.

용은 첫눈에 보았을 때 살아 있는지조차 분명치 않았다. 바닥에 엎드려 고개를 한쪽으로 두고 네 다리를 쭉 편 자세는, 사체를 높은 곳에서 구덩이에 던져 넣은 모습이라 해도 이상하지 않았다. 사실 처음에는 이 짐승이 용인지조차도 알기 어려웠다. 워낙 피골이 상접해서 지렁이처럼 생긴 파충류가 물에서 살다가 잘못하여 땅에 올라와 말라 죽어 가고 있는 게 아닌가 싶을 정도였다. 원래 윤기가 흐르고 구릿빛에 가까워야 할 피부는, 누르스름한 흰색을 띠어 일부 물고기의 배 부분을 연상시켰다. 날개라고 붙어 있는 것은 주름 잡힌 피부가 축 처진 것에 불과해, 자세히 보지 않으면 낙엽이 몸 양옆에 쌓여 있는 것처럼 보이기도 했다. 고개를 옆으로 돌려 자갈 바닥에 대고 있었으므로 눈은 한쪽만 보였는데, 거북이 눈처럼 눈꺼풀이 처져 있었고, 몸 내부의 어떤 박자에 맞춰 무기력하게 떴다 감았다 하고 있었다. 그 눈의 움직임과 극히 미약하게 들썩이는 척추의 움직임이 퀘리그가 아직 살아 있음을 보여 주는 유일한 단서였다.

"이게 정말 그 용이 맞나요, 여보? 이 말라비틀어진 딱한 짐승이?" 비어트리스가 조용히 물었다.

"그렇지만 보시오, 부인. 숨이 남아 있는 한 제 임무를 수행하고 있는 것이오." 가웨인이 뒤에서 말했다.

"어디 병이 들었습니까? 아니면 이미 독을 먹기라도?" 액슬이 물었다.

"그저 늙어 가는 것이오, 우리 모두 그러듯이. 하지만 숨은 쉬고 있으니, 멀린이 해 놓은 작업은 아직 효력이 있소."

"이제 그 일이 조금 생각납니다. 멀린이 했던 작업이 기억납니다. 악독한 짓이었지요."

"악독한 짓이라고 하셨소?" 가웨인이 말했다. "어째서 말이오? 그 방법밖에는 없었소. 그날 전투가 완전히 승리로 끝나기도 전에, 나는 네 동지와 함께 말에 올라, 당시 힘세고 포악하던 이 용을 제압하러 달려갔소. 그리하여 멀린이 그 위대한 마법을 용의 숨에 걸 수 있게 해 주었소. 멀린이 악독한 사람이었는지는 몰라도, 이 일은 아서왕뿐 아니라 하느님의 뜻을 행한 것이었소. 이 암용의 숨이 아니었더라면 평화가 과연 올 수 있었겠소? 지금 세상이 어떤지 보시오!

옛 적들이 형제가 되어, 마을과 마을이 어울려 지내고 있지 않소. 위스턴 선생, 이 광경을 보고 말이 없어지셨구려. 내가 다시 한번 묻겠소. 불쌍한 녀석이 남은 생을 살 수 있도록 내버려 두시지 않겠소? 녀석의 숨이 예전만큼은 아니지만 아직 마법을 행하고 있소. 생각해 보시오, 저 숨이 멈추면, 기나긴 세월 끝에 이 땅 방방곡곡에서 무엇이 다시 깨어날지를! 그렇소, 우리는 숱한 학살을 저질렀소, 강한 자와 약한 자를 가리지 않고 말이오. 나도 인정하오. 하느님이 우리에게 미소 짓지는 않으셨을지 몰라도, 우리는 이 땅에서 전쟁을 깨끗이 씻어 냈소. 이곳을 떠나 주시오. 내가 부탁드리오. 우리가 비록 섬기는 신은 서로 달라도, 틀림없이 선생의 신 역시 내 신처럼 이 용을 축복할 것이오."

구덩이를 바라보던 위스턴이 고개를 돌려 노기사를 바라보았다.

"악행이 처벌받지 않고 잊히길 바라는 신이 대체 무슨 신입니까?"

"잘 물으셨소, 위스턴 선생. 나도 내 신이 그날 우리가 한 일을 불편하게 바라보고 계신 것을 알고 있소. 하지만 이미 오래전 일이고, 죽은 자들의 뼈는 예쁜 녹색 풀밭 아래 고이 묻혀 있소. 아이와 젊은이들은 전혀 모르는 일이오. 부탁하건대 이곳을 떠나 주시고, 퀘리그가 조금만 더 소임을 하게 놓아두시오. 이제 남은 목숨은 길어 봐야 앞으로 한두 계절이오. 그러나 그 정도만 더 있어도 옛 상처가 완전히 아물지 모르오. 평화가 영구히 정착될 수 있소. 녀석이 살려고 버티는 모습을 좀 보시오! 자비를 베풀어 이곳을 떠나 주시오. 이 나라가 망각 속에 편히 쉬도록 내버려 두시오."

"어리석은 생각입니다. 구더기가 이렇게 들끓는데 옛 상처가 어떻게 아물 수 있습니까? 학살과 마법사의 술수 위에 쌓아 올린 평화가 어떻게 영구히 정착될 수 있습니까? 귀공께서 묵은 두려움이 먼지처럼 사라지길 얼마나 갈망하시는지는 알겠습니다. 하지만 사라지기는커녕, 흙 속에 흰 뼈로 남아 밖으로 드러나기를 기다리고 있을 뿐입니다. 가웨인 경, 제 대답은 변함이 없습니다. 저는 이 구덩이 속으로 들어가야겠습니다."

가웨인 경이 엄숙하게 고개를 끄덕였다. "말씀을 이해하오."

"그럼 저도 귀공께 묻겠습니다. 이곳은 제게 맡기시고 밑에서 기다리는 말에게 돌아가 주시겠습니까?"

"그럴 수 없다는 것을 아시잖소, 위스턴 선생."

"그러시리라 생각했습니다. 알겠습니다."

위스턴은 액슬과 비어트리스를 지나 울퉁불퉁한 계단을 내려갔다. 그리고 둔덕 밑에 이르러 주위를 둘러보더니, 이전과 사뭇 다른 목소리로 말했다. "가웨인 경, 이곳 흙은 특이해 보입니다. 암용이 기운이 팔팔하던 시절 이렇게 다 휩

쓸어 버린 걸까요? 아니면 이곳에 벼락이 자주 쳐서 땅을 태워 버리는 바람에 풀이 새로 날 새가 없는 걸까요?"

가웨인도 위스턴을 따라 둔덕에서 내려왔고, 잠시 두 사람은 마치 천막을 어디에 칠까 고민하는 길동무처럼 여기저기를 한가로이 거닐었다.

"나도 그게 항상 수수께끼였소, 위스턴 선생. 퀘리그는 더 젊었을 때도 이 위에만 있었으니 녀석이 이곳을 이렇게 황폐하게 만든 것 같지는 않소. 어쩌면 우리가 처음 녀석을 여기 옮겨 와서 구덩이에 내려놓았을 때부터 항상 이랬는지도 모르오." 가웨인이 뒤꿈치로 흙을 시험하듯 툭툭 쳐 보았다. "그래도 바닥은 좋소."

"그렇군요." 위스턴이 가웨인을 등지고 서서 역시 발로 바닥을 점검했다.

"너비는 조금 좁을지도 모르겠소." 기사가 말했다. "저쪽 가장자리가 바로 벼랑이오. 여기서 쓰러지는 자의 몸은 흙에 편히 눕겠지만, 피는 이 까맣게 탄 풀밭을 금방 흘러 저쪽 가로 떨어질지 모르오. 선생을 걱정해서 하는 말은 아니고, 내 내장이 갈매기 흰 똥처럼 벼랑 너머로 뚝뚝 떨어지는 걸 원하지 않소!"

두 사람은 소리 내어 웃었다. 위스턴이 말했다.

"그건 걱정하실 필요 없습니다. 벼랑 바로 전에 땅이 살짝 솟아 있지 않습니까. 그리고 반대쪽 가장자리는 아주 멀고

중간에 마른 흙이 충분히 있습니다."

"잘 보셨소. 그럼 장소는 나쁘지 않구려!" 가웨인이 액슬과 비어트리스를 올려다보았다. 부부는 여전히 둔덕 위의 좁은 땅에, 이제 구덩이를 등지고 서 있었다. "액슬 선생." 가웨인이 명랑한 목소리로 불렀다. "선생은 늘 외교술이 뛰어나셨소. 지금 달변을 발휘하여 우리 두 사람이 친구로 이곳을 떠날 수 있게 해 주시지 않겠소?"

"죄송합니다, 가웨인 경. 지금까지 저희에게 큰 호의를 베풀어 주셔서 감사한 마음입니다. 하지만 저희는 지금 퀘리그의 최후를 보려고 여기 와 있습니다. 기사님께서 퀘리그를 지키시려 한다면, 저나 아내는 기사님 편에서 해 드릴 수 있는 말이 없습니다. 이 일에서 저희는 위스턴 선생과 뜻이 같습니다."

"알겠소. 그럼 이것 하나만 부탁드리겠소. 나는 이 친구가 두렵지 않소. 그러나 만일 내가 쓰러진다면 내 호러스를 데리고 산을 내려가 주시겠소? 호러스가 선량한 브리턴인 둘 정도는 반가이 등에 태워 줄 것이오. 녀석이 투덜거리는 것처럼 보일 수도 있소만, 두 분은 큰 부담이 되지 않을 것이오. 내 친구 호러스를 여기서 멀리 데려가시고, 더 쓸 일이 없게 되면 풀이 좋은 초원에 데려다주시오. 실컷 풀을 뜯으면서 옛일을 생각할 수 있게 해 주시구려. 그렇게 해 주시겠소, 두 분?"

"기꺼이 그렇게 해 드리겠습니다. 기사님의 말은 저희에게도 큰 도움이 되겠습니다. 산에서 내려가는 길이 험난하니까요."

가웨인이 둔덕 바로 밑에 와서 말했다. "그 얘기가 나왔으니, 전에 한번 강을 이용하시라고 말씀 드렸소만 다시 당부 드리리다. 호러스를 타고 이 비탈을 내려가시되, 일단 강이 나오면 동쪽으로 타고 갈 배를 찾으시오. 안장 속에 주석과 동전이 있으니 그것으로 뱃삯을 치르시면 되오."

"감사합니다. 기사님의 후의에 마음이 뭉클합니다."

"그렇지만 기사님." 비어트리스가 말했다. "저희 둘이 말을 타고 가면, 기사님의 시신은 산에서 어떻게 옮겨 가나요? 호의를 베푸시느라 본인의 주검을 간과하신 것 같네요. 이렇게 쓸쓸한 곳에 묻어 드리면 저희 마음이 안타까울 것 같아요."

노기사의 표정이 순간 엄숙해지면서 슬픔마저 감도는 듯하다가, 곧 얼굴 주름이 잡히면서 미소로 바뀌었다. "부인, 나는 승리할 생각을 하고 있는데 장사 지낼 계획부터 논하지 맙시다! 어쨌거나 지금 내게는 이 산이나 다른 곳이나 쓸쓸하긴 마찬가지고, 낮은 지대에 묻힌다면 이 대결이 내 뜻과 다른 결말로 끝날 경우 내 혼령이 보게 될 광경이 두렵소. 그러니 주검 이야기는 그만하십시다, 부인! 위스턴 선생, 행운이 선생을 외면할 경우 이분들에게 부탁드릴 것은 없소?"

"귀공처럼 저도 패배를 미리 생각하고 싶지는 않습니다. 그러나 귀공께서 노령이라 하여 가공할 만한 적수가 아니라고 생각하는 사람이 있다면 그야말로 아둔한 자일 것입니다. 그러니 저도 두 분께 부탁을 하나 드리겠습니다. 제가 죽는다면, 에드윈을 인심 좋은 마을에 데려가 주시고, 제가 누구보다 훌륭한 제자감으로 생각했다고 아이에게 말해 주십시오."

"그리하겠습니다." 액슬이 말했다. "아이 몸의 상처 때문에 미래가 어둡긴 하지만, 아이에게 가장 좋은 길을 찾아보겠습니다."

"옳은 말씀이십니다. 이 대결에서 살아남기 위해 더욱더 힘써야겠다는 생각이 듭니다. 자, 가웨인 경, 그럼 시작하실까요?"

"부탁이 하나 더 있소." 노기사가 말했다. "이건 위스턴 선생에게 드리는 부탁이오. 말을 꺼내려니 부끄럽소. 조금 전에 우리가 즐겁게 나눴던 이야기와 관련되기 때문이오. 다름 아닌, 검을 뽑는 문제요. 내가 고령이다 보니, 이 낡은 검을 검집에서 뽑는 데 어이없을 만큼 시간이 오래 걸리곤 하오. 만약 나와 선생이 검을 뽑지 않은 채로 맞선다면, 선생의 검 뽑는 속도를 아는 나로서는 내가 너무나 시시한 상대가 될까 봐 염려되오. 내가 욕을 중얼대면서 이 쇳덩어리를 이 손 저 손으로 끙끙 잡아당기느라 발이 묶여 있는 동안, 선생은 한가로이 다가와 내 머리를 바로 벨지, 기다리면서 송가라도 불러 줄지 고민해야 하지 않겠소! 그러나 각자 충분히 시간을 할애해 검을 뽑기로 한다면…… 이거 너무 부끄럽구려!"

"더 말씀하실 필요 없습니다, 가웨인 경. 저도 검 뽑는 재주에 의지해 상대보다 우위를 점하려고 하는 전사는 좋게 보지 않습니다. 말씀하신 대로 검을 뽑은 상태에서 맞서시지요."

"고맙소. 보답으로, 한 팔에 붕대를 감으셨소만 그 약점을 특별히 노리지 않겠다고 맹세하리다."

"감사합니다, 이건 사소한 부상입니다만."

"좋소. 그럼, 허락하신다면."

노기사가 검을 뽑는데, 아닌 게 아니라 시간이 좀 걸렸다. 그러고는 아까 거인의 돌탑에서 그랬던 것처럼 검 끝을 땅에 꽂았다. 하지만 검에 기대지는 않고, 피로감과 애정이 섞인 표정으로 검을 위아래로 훑어보았다. 그러더니 검을 양손에 잡고 들어 올렸다. 그 자세에는 명백한 위엄이 서려 있었다.

"이제 난 고개 돌릴게요, 여보." 비어트리스가 말했다. "끝나면 말해 줘요. 짧고 깔끔하게 끝나길 바랄게요."

처음에 두 사람은 팔 힘을 빼지 않으려고 검 끝을 아래로 향하고 있었다. 액슬이 높은 시점에서 내려다보니, 두 사람의 위치가 선명하게 파악되었다. 둘 사이의 거리는 기껏해야 다섯 걸음이었고, 위스턴은 몸을 왼쪽으로 약간 틀고 있었다. 둘은 그렇게 잠시 대치하다가, 위스턴이 자신의 오른쪽으로 세 걸음을 천천히 이동했다. 이제는 아무리 봐도 바깥쪽 어깨가 검의 보호를 받지 못하는 모습이었다. 하지만 가웨인이 그곳을 노리자면 매우 재빠르게 돌진하는 수밖에 없었으니, 가웨인은 위스턴을 책망하듯 응시하며 자신도 오른쪽으로 신중하게 몇 걸음을 내디뎠고, 이는 액슬도 예상 못한 바가 아니었다. 그러는 동안 위스턴은 검을 잡은 두 손의 위치를 조정했는데, 가웨인이 그것을 알아차렸는지 액슬은 알 수 없었다. 위스턴의 몸에 가려서 보이지 않았을 법도 했다. 하지만 이제 가웨인도 검을 바꿔 잡아 오른팔에 실려 있던 검의 무게가 왼팔로 옮겨 가게 했다. 그리고 두 사람은 그렇게 새로 자리 잡은 위치에 꼼짝하지 않고 서 있었다. 모르는 사람이 보기에는 둘의 상대적인 위치가 사실상 이전과 차이가 없어 보일 만했다. 그러나 액슬은 두 사람의 새 위치에 전과 다른 심상치 않은 의미가 있음을 감지했다. 전투를 이렇게 면밀하게 관찰한 것이 워낙 오랜만이었기에, 눈앞에 벌어지고 있는 상황의 절반은 자기가 놓치고 있으리라는 생각에 답답한 마음도 들었다. 그래도 대결이 결정적 국면에 이르렀다는 것은 확실했다. 지금과 같은 상태는 오래 지속

될 수 없었고, 둘 중 누구든 조만간 결단을 내릴 수밖에 없었다.

그럼에도 두 사람이 워낙 갑작스럽게 맞붙었기에 액슬은 깜짝 놀랐다. 마치 누가 신호라도 한 듯 둘 사이의 간격이 돌연히 사라지더니, 둘은 서로 달라붙어 팽팽히 대치했다. 너무나 순식간에 벌어진 일이라, 액슬은 두 사람이 검을 내던지고 서로 뒤엉켜 상대를 팔로 조이고 있지 않나 하는 착각마저 들었다. 두 사람이 마치 무용수처럼 그 상태로 빙글 돌자, 액슬은 두 검날이 맞물려 하나가 되어 버렸음을 알수 있었다. 아마 워낙 강하게 부딪쳐서인 듯했다. 두 사람 모두 이 상황에 굴욕감을 느끼면서 검을 떼어 내려고 갖은 애를 쓰고 있었다. 하지만 쉬운 일이 아니었고, 노기사의 얼굴은 용을 쓰느라 잔뜩 일그러져 있었다. 위스턴의 얼굴은 지금 각도에서 보이지 않았으나, 그도 재앙을 바로잡기 위해 온 힘을 쏟는 듯 목과 어깨가 떨리고 있었다. 하지만 둘의 분투에도 불구하고 시간이 갈수록 두 검은 더 철저하게 고착되는 듯했고, 이제 검을 버리고 처음부터 대결을 다시 하는 것밖에는 방법이 없어 보였다. 그러나 두 사람 다 포기할 생각이 없는 듯, 힘을 소진할 위험을 무릅쓰고 계속 매달렸다. 그러다가 뭔가가 순간적으로 풀리면서 두 검날이 떨어졌고, 동시에 어두운색의 덩어리가 두 사람 사이에 튀어올랐다. 애초에 두 검날을 고착시켰던 어떤 물질인 듯했다. 가웨인은 충격과 안도가 섞인 표정으로 반 바퀴를 빙글 돌아 한 무릎을 꿇었다. 위스턴 역시 갑작스런 분리의 여세를 못 이기고 거의 한 바퀴를 돌고는 멈춰 섰다. 검 끝을 벼랑 너머 구름에 겨누고, 기사를 완전히 등진 자세였다.

"하느님, 전사를 지켜 주세요." 아내가 옆에서 말하자, 그제야 액슬은 아내가 계속 지켜보고 있었음을 알았다. 다시 내려다보니 가웨인이 다른 한 무릎마저 바닥에 꿇고 있었다. 큰 키의 기사가 천천히 몸을 꼬며 검은 풀밭 위로 쓰러졌다. 기사는 마치 잠결에 더 편한 자세를 찾아 뒤척이는 사람처럼 잠시 버둥거렸고, 얼굴이 하늘을 똑바로 향하자 다리는 여전히 헝클어진 채였지만 그걸로 만족한 듯했다. 위스턴이 염려스러운 표정으로 성큼성큼 다가오자 노기사가 뭐라고 하는 듯했는데, 액슬에게는 너무 멀어서 들리지 않았다. 위스턴은 검을 잊은 듯 옆에 늘어뜨린 채 한동안 기사를 내려다보며 서 있었고, 검 끝에서는 어두운색의 방울이 흙으로 뚝뚝 떨어지고 있었다.

비어트리스가 액슬에게 몸을 바짝 기댔다. "저분은 암용의 수호자였지만, 우리에게 호의를 베풀어 주셨어요. 저분이 아니었더라면 지금 우리는 어떻게 되었을까요. 쓰러지신 것을 보니 안타까워요."

액슬은 아내를 꼭 안았다가 놓고는, 땅에 놓인 가웨인의 시신이 더 잘 보이는 위치로 조금 내려갔다. 위스턴의 말은 틀리지 않았다. 피는 벼랑 끝에 땅이 테두리처럼 살짝 솟아오른 곳까지만 흘러가, 넘쳐흐를 염려 없이 그곳에 고이고 있었다. 그 광경을 보며 액슬은 애수에 휩싸였다. 그러면서 동시에, 아득하고 막연하게나마, 마음속 깊은 곳에 있던 크나큰 분노가 마침내 응답을 받았다는 느낌이 들었다.

"잘하셨습니다." 액슬이 위에서 외쳤다. "이제 전사님과 암용 사이를 가로막는 장애물은 없습니다."

기사의 시신을 계속 뚫어지게 내려다보던 위스턴이 천천히 발을 옮겨, 약간 어지러워하면서 둔덕 밑으로 왔다. 고개를 든 그의 얼굴은 마치 꿈을 꾸는 듯했다.

"저는 죽음을 두려워하지 말고 싸워야 한다고 오래전에 배웠습니다. 그런데 방금 결전을 벌이면서, 저승사자의 조용한 발걸음 소리가 등 뒤에서 들리는 것 같았습니다. 기사님은 고령이었음에도 저를 거의 이길 뻔했습니다."

전사는 그렇게 말하고는 자기 손에 검이 아직 들린 것을 알아차린 듯, 둔덕 밑 부드러운 흙에 검을 쑤셔 넣으려는 동작을 하다가 검날이 흙에 닿기 직전에 멈췄다. 전사가 몸을 펴고 말했다. "이 검을 벌써 닦아야 할까요? 기사님의 피가 암용의 피와 섞이면 안 될 게 있나요?"

전사는 여전히 술 취한 사람 비슷한 걸음걸이로 둔덕의 경사면을 올라왔다. 그는 부부를 스쳐 지나가더니, 돌더미 위로 고개를 내밀고 구덩이를 내려다보았다. 그의 어깨가 숨을 따라 오르내렸다.

"위스턴 선생." 비어트리스가 조용히 말했다. "선생이 퀘리 그를 처치하는 것을 어서 보고 싶지만, 일을 끝내시고 나면 저 불쌍한 기사님을 묻어 주시겠어요? 제 남편은 지친 데다가 나머지 여정을 위해 힘을 아껴야 해요."

"저분은 제가 증오하는 아서왕의 친족이었습니다." 위스턴이 비어트리스를 돌아보며 말했다. "하지만 까마귀 밥이 되게 두진 않을 겁니다. 걱정 마십시오, 부인, 제가 시신을 잘 거두겠습니다. 어쩌면 이 구덩이 안에, 저분이 그토록 오랫동안 지켜 온 이 용 옆에 뉘어 드리는 게 좋을지도 모르겠습니다."

"그럼 어서 일을 끝내세요. 비록 쇠약한 용이지만, 확실히 죽기 전에는 마음을 놓지 못하겠어요."

그러나 위스턴은 비어트리스의 말이 들리지 않는 듯, 멍하니 꿈꾸는 표정으로 액슬을 바라보고 있었다.

"괜찮으십니까?" 액슬이 결국 물었다.

"액슬 선생님." 전사가 말했다. "앞으로 못 뵐 수도 있으니 마지막으로 한 번만 더 여쭙겠습니다. 선생님이 혹시 제 어릴 적 기억 속의 그 인자한 브리턴인이 아니십니까? 저희 마을 곳곳을 지혜로운 귀공자처럼 다니시면서, 무고한 양민들을 전쟁의 참화로부터 지킬 방법을 모두에게 꿈꾸게 하셨던 그분 아니십니까? 그런 기억이 나신다면, 헤어지기 전에 제게 털어놓아 주십시오."

"제가 만약 그 사람이었다면, 지금 저는 그의 모습이 용의 숨에 가려 희미하게 보일 뿐입니다. 그 사람은 바보이자 몽상가였지만 선의를 품었고, 엄숙한 서약이 잔인한 학살 속에 무너지는 것을 보고 괴로워했습니다. 색슨 마을들에 협약을 전파한 사람은 저 말고도 몇 명이 있었지만, 제 얼굴이 선생의 기억에 뭔가를 불러일으킨다면 다른 사람이었다고 볼 이유가 있겠습니까?"

"처음 뵈었을 때부터 그리 생각했지만, 확실히 알 수 없었습니다. 솔직히 말씀해 주셔서 고맙습니다."

"그럼 제게도 솔직히 말해 주십시오. 어제 선생을 만났을 때부터 마음속에서 맴돌던 의문이 있습니다. 어쩌면 사실 훨씬 오래전부터 품고 있었던 것 같군요. 선생 기억 속의 그 사람은, 선생이 복수하려는 사람 중 한 명입니까?"

"여보, 그게 무슨 말이에요?" 비어트리스가 앞으로 나서서 남편과 전사 사이에 끼어들었다. "당신과 이 전사 사이에 무슨 다툴 일이 있어요? 만약 있다면, 저분은 나를 먼저 쳐야 할 거예요."

"공주, 위스턴 선생은 내가 당신을 만나기 전에 이미 벗어던졌던 허물을 이야기하고 있어요. 잊힌 길 위에서 오래전에 삭아 없어졌기를 바랐던 허물이지요." 액슬이 아내에게 그렇게 말하고는 위스턴을 보았다. "어떻게 하시겠습니까? 검에

451

서 아직 피가 떨어집니다. 복수를 갈망하신다면, 손쉽게 하실 수 있습니다. 다만, 내 옆에서 떨고 있는 소중한 아내를 보호해 주시길 부탁드립니다."

"그분은 제가 한때 멀리서 흠모했던 분입니다. 물론 나중에는 그가 혹독한 벌을 받아 배반에 가담한 대가를 치르기를 바란 적도 있었습니다. 하지만 지금 저는 그가 아무런 계략 없이, 자기 민족이나 우리 민족이나 다 같이 잘되기를 바라는 마음으로 그리했을 수 있다는 걸 이해합니다. 제가 그를 다시 만난다면, 평화롭게 보내 드리겠습니다. 비록 이제 평화는 오래갈 수 없음을 알지만 말입니다. 그렇지만 두 분, 이제 실례하겠습니다. 내려가서 제 임무를 마치겠습니다."

구덩이 속의 용은 위치도 자세도 아까와 변함이 없었다. 낯선 이들의 접근을 지각이라도 하고 있는지 아닌지 알 수는 없었지만, 겉으로는 아무 기색을 보이지 않았다. 지금 한 사람이 구덩이의 가파른 경사면을 내려가고 있는데도 변화가 없었다. 아니, 어쩌면 척추의 들썩거림이 조금 더 뚜렷해진 걸까? 떴다 감았다 하는 눈에, 전에 없던 긴박감이 깃들어 있는 걸까? 액슬은 확실히 알 수 없었다. 하지만 계속 보고 있으니, 용은 구덩이 안에서 저 말고 유일한 생명체인 산사나무를 큰 위안거리로 삼았으리라는 생각이 들었다. 지금도 용은 꿈결에서 산사나무를 향해 다가가고 있는지도 몰랐다. 생각해 보면 허무맹랑한 발상이었지만, 보면 볼수록 그럴듯하게 느껴졌다. 아니, 어떻게 이런 곳에 관목 한 그루가 홀로 자랐겠는가? 혹시 용이 벗으로 삼으라고, 멀린이 이곳에 특별히 자라나게 한 건 아닐까?

위스턴은 검을 빼든 채 비탈을 계속 내려가고 있었다. 시선은 용이 누워 있는 자리에서 좀처럼 떼지 않았다. 혹시 용이 갑자기 일어나 무시무시한 악마로 돌변할 가능성이라도 염두에 두고 있는 것 같았다. 중간에 한 번은 발이 미끄러져 엉덩이로 비탈을 타고 조금 내려갈 뻔했는데 검을 땅에 꽂아 몸을 지탱했다. 이때 돌과 자갈이 와르르르 굴러 내려갔지만, 퀘리그는 여전히 반응이 없었다.

위스턴이 이내 무사히 바닥에 이르렀다. 이마의 땀을 닦고 부부를 흘끗 올려다본 후, 용을 향해 다가가 몇 걸음 앞에서 멈췄다. 검을 들고 날을 살피더니, 피로 줄무늬가 진 검날에 자기가 놀라는 듯했다. 그러고는 한동안 그 자세로 굳어 있었기에, 액슬은 전사가 결투에서 이긴 후부터 젖어든 묘한 분위기에 휩쓸려 급기야 구덩이에 들어온 이유를 잠깐 잊은 게 아닌가 싶었다.

그 순간 위스턴이 갑자기 앞으로 나아갔다. 노기사와의 대결에서도 보여 주었던, 의표를 찌르는 움직임이었다. 뛰지 않고 재빠르게 걸으며, 용의 몸 위에 올라서서도 보폭을 줄이지 않고, 마치 구덩이 건너편에 다급한 볼일이라도 있는 것처럼 곧장 총총히 나아갔다. 그렇게 지나가면서 그의 검이 낮은 반원을 날쌔게 그렸고, 용의 머리가 허공으로 빙글 돌며 튀어오르더니 조금 굴러서 돌바닥 위에 멈췄다. 하지만 그 자리에 오래 머물지는 않았다. 풍성한 물결이 그 주변으로 쏟아져 나오더니 곧 머리를 둥실 띄워 올린 것이다. 머리는 미끄러지듯 바닥을 가로질러 흘러가, 산사나무에 가서딱 멈췄다. 목구멍이 하늘을 향한 채였다. 그 광경에 액슬은 가웨인이 땅굴 속에서 베었던 늑대 괴물의 머리가 떠올랐고, 또다시 애수가 밀려들었다. 애써 용에게서 눈을 돌려위스턴을 바라보았다. 전사는 걸음을 멈추지 않고 퍼져 나가는 웅덩이의 물을 피해 구덩이 둘레를 따라 돌아오고 있었다. 이윽고 그가 여전히 검을 검집에 넣지 않은 채 비탈을타고 올라오기 시작했다.

"이제 끝났어요, 여보." 비어트리스가 말했다.

"그래요, 공주. 그런데 전사에게 묻고 싶은 말이 아직 하나 남았어요."

◆

위스턴이 구덩이에서 나오기까지는 의외로 긴 시간이 걸렸다. 마침내 두 사람 앞에 나타난 그는 뭔가에 질린 듯한 얼굴이었고, 승리감에 찬 모습은 전혀 찾아볼 수 없었다. 한 마디도 없이 구덩이 테두리의 까만 땅에 걸터앉더니, 그제야 검을 흙 속 깊이 꽂아 넣었다. 그러고는 멍하니 한곳을 응시했다. 그의 시선은 구덩이 밑이 아니라 희미하게 보이는 먼 산과 구름을 향하고 있었다.

잠시 후 비어트리스가 다가가 그의 팔에 살며시 손을 올렸다. "큰일을 해 주신 것 감사드려요, 위스턴 선생. 저희 말고 이 땅의 많은 사람들도 이 자리에 있었다면 고마워했을 거예요. 왜 그리 침울하세요?"

"침울하다고요? 괜찮습니다. 곧 회복할 겁니다, 부인. 그렇지만 지금 이 순간은······." 위스턴이 고개를 돌려 다시 구름을 응시했다. "아마 제가 브리턴인들과 함께 지낸 시간이 너무 길었나 봅니다. 이미 어린 나이에 브리턴의 비겁한 자들을 멸시했고, 브리턴의 훌륭한 이들을 존경하고 사랑했습니다. 제가 지금 여기 앉아 몸을 후들거리는 건 지쳐서가 아닙니다. 제 손으로 무슨 일을 했는지 생각하니 그럴 수밖에 없습니다. 저는 어서 심지를 굳게 다져야 합니다. 그러지 않으면 앞으로 도래할 국면에서 왕의 뜻을 굳건히 받드는 전사가 될 수 없습니다."

"그게 무슨 말씀이에요? 앞으로 무슨 일이 더 남아 있어요?" 비어트리스가 물었다.

"정의 실현과 복수입니다, 부인. 곧 이리로 닥칠 겁니다. 둘 다 많이 늦었으니까요. 그러나 이제 그 순간이 바짝 다가

오니, 가슴이 소녀처럼 덜덜 떨립니다. 브리턴인들과 함께 지낸 시간이 너무 길어서라고 할 수밖에요."

"조금 전에 하신 말을 기억하고 있습니다." 액슬이 말했다. "저를 평화롭게 보내 주고 싶지만 그 평화는 그리 오래가지 않을 거라고 하셨지요. 전사님이 구덩이 속으로 내려가는 동안에도 그 말뜻을 고민했습니다. 이제 저희에게 설명해 주시겠습니까?"

"액슬 선생님, 이제 조금씩 이해하시는 것 같습니다. 저희 왕께서 저를 보내 이 암용을 처치하게 하신 것은, 그저 오래전에 희생된 동포들의 추모비를 세우기 위함이 아닙니다. 이제 이해하시겠지만, 이 용의 죽음은 앞으로 벌어질 정복의 길을 닦기 위함입니다."

"정복이라고 하셨소?" 액슬이 위스턴에게 바짝 다가갔다. "어떻게 그게 가능합니까, 위스턴 선생? 색슨군의 전력이 바다를 건너온 형제들로 그렇게 크게 불어났나요? 아니면 색슨 전사들이 워낙 맹렬해서, 평화가 정착된 땅에서도 정복을 벌일 수 있다는 말인가요?"

"색슨군이 병력 수에서 아직 보잘것없는 것은 사실입니다. 제가 온 늪 지방에서도 그렇습니다. 하지만 이 땅덩어리 전체를 생각해 보십시오. 이제 골짜기마다, 강 유역마다, 방방곡곡에 색슨족 마을이 있고, 마을마다 건장한 사내들과 자라나는 소년들이 있습니다. 우리 군은 바로 그들로 병력을 불려 가면서 서쪽으로 휩쓸며 나아갈 겁니다."

"승리에 도취해 정신이 혼미해지신 것 같아요, 위스턴 선생." 비어트리스가 말했다. "어떻게 그럴 수가 있겠어요? 이 일대에서 색슨족과 브리턴족이 마을마다 어울려 사는 모습을 직접 보셨잖아요. 누가 어릴 때부터 정을 나누며 살던 이웃에게 등을 돌리겠어요?"

"남편분의 얼굴을 보십시오, 부인. 제가 강렬한 빛 앞에서 눈을 못 뜨듯 앉아 있는 이유를, 선생님은 이제 이해하실 겁니다."

"맞는 말이에요, 공주. 전사님의 말을 들으니 나도 두려움에 떨리는구려. 당신과 나는 우리의 소중한 기억만 생각하고 퀘리그의 최후를 염원했지요. 그렇지만 이제 옛 증오가 이 땅 곳곳에서 무엇을 불러일으킬지 누가 알겠어요? 하느님이 민족 간의 유대를 부디 지켜 주시길 바라야겠지만, 관습과 의심은 늘 우리 사이를 갈라놓았지요. 혀를 잘 놀리는 자들이 해묵은 원한을 새로운 영토욕과 정복욕에 결부시키면 무슨 일이 일어날지 아무도 알 수 없어요."

"두려워하실 만합니다." 위스턴이 말했다. "고이 묻혀 있던 거인이 이제 꿈틀거립니다. 곧 어김없이 일어설 테고, 그때가 되면 우리 사이 우호의 끈은, 어린 소녀들이 꽃줄기로 만든 매듭에 지나지 않음이 드러날 겁니다. 사내들은 밤을 틈타 이웃의 집을 불태울 겁니다. 새벽이면 아이들을 나무에 목매달 겁니다. 강물에 여러 날을 떠다니며 퉁퉁 불은 시체들의 악취가 코를 찌를 겁니다. 우리 군은 앞으로 나아갈수록 분노와 복수의 갈망으로 차오르며 점점 수가 불어날 겁니다. 불덩이가 점점 커지면서 굴러오는 형국이니, 브리턴인들은 도망치거나 생죽음을 당하는 수밖에 없습니다. 나라들이 하나씩 넘어가면서 이 땅은 새로운 땅, 색슨족의 땅이 될 것입니다. 브리턴족이 한때 이 땅에 살았던 흔적이라곤 주인 없이 야산을 배회하는 양 떼밖에 남지 않을 겁니다."

"그럴 수가 있어요, 여보? 전사님이 광란 상태에서 하는 말이겠지요?"

"틀린 예측일 수는 있겠지만 광란은 아니에요. 암용이 이제 사라졌으니, 아서왕의 그림자도 같이 사라져 가겠지요." 액슬이 아내에게 그렇게 말하고 위스턴을 보았다. "말씀하신 그 참상을 선생이 반기지 않는다는 걸 알게 되어 그나마 다행입니다."

"저도 마음 같아선 반기고 싶습니다, 액슬 선생님. 마땅히 해야 할 복수니까요. 하지만 저는 브리턴인과 함께한 세월 때문에 나약해진 사람입니다. 아무리 애써도 마음 한편으로는 증오의 불꽃에 거리낌이 느껴집니다. 제 부끄러운 약점이지만, 곧 제 손으로 후임자를 키워 낼 것이고, 후임자는 저보다 의지가 훨씬 순수할 겁니다."

"에드윈을 말하는 건가요?"

"그렇습니다. 이제 용이 죽어서 그 잡아끄는 힘도 사라졌으니 금방 차분함을 되찾으리라 봅니다. 아이는 몇 안 되는 사람만 타고나는 진정한 전사의 기개를 갖췄습니다. 나머지 기량은 빠르게 터득할 것이고, 제가 심지를 굳게 단련시켜 저처럼 연약한 감상에 빠지지 않는 사람으로 만들 겁니다. 그러면 자비 없이 우리의 과업에 임할 겁니다."

"위스턴 선생." 비어트리스가 말했다. "착란 상태에서 하는 말씀인지 아닌지 여전히 난 모르겠네요. 아무튼 남편과 저는 기운이 떨어져 가니 내려가 쉴 곳을 찾아야 해요. 인자한 기사님을 잘 묻어 주겠다는 약속 지켜 주시겠어요?"

"약속 드립니다, 부인, 벌써 새들이 기웃거리는 것 같습니다만. 선량한 두 분께 말씀 드립니다. 두 분은 이미 경고를 받으셨으니 몸을 피하실 시간이 충분히 있습니다. 기사님의 말을 타고 이 일대를 빨리 뜨십시오. 아드님 마을에 꼭 찾아가셔야겠다면 그리하시되, 하루 이틀만 머무십시오. 몰려오는 색슨군에 맞서 언제 횃불이 밝혀질지 아무도 모릅니다. 아드님이 경고의 목소리에 귀 기울이지 않는다면 포기하시고 최대한 서쪽으로 달아나십시오. 뒤쫓아 오는 학살의 화를 면하실 수 있을지도 모릅니다. 지금 가서서 기사님의 말을 찾으십시오. 만약 에드윈이 많이 진정되어 있고 기이한 광란이 잦아들었다면, 줄을 끊어 주시고 이리로 올라오라고 해 주십시오. 아이 앞에 이제 치열한 앞날이 기다리고 있으니, 이곳에 와서 쓰러진 기사와 요절난 용을 모두 보고 나서 다음 길로 나아갔으면 하는 바람입니다. 게다가 길바닥에 구르는 돌만 가지고도 무덤을 썩 잘 파는 아이 아닙니까! 이제 어서 떠나십시오, 인자한 두 분, 안녕히 가시길."

16

얼마 전부터 염소가 에드윈의 머리 바로 근처에서 풀을 짓밟고 있었다. 왜 이렇게 가까이 와서 이럴까? 같은 말뚝에 묶이긴 했지만, 각자 있을 땅이 얼마든지 있는데.

일어나서 염소를 쫓아 버리고 싶었지만 너무 피곤했다. 극심한 피로가 몰려온 것은 조금 전이었다. 어찌나 강하게 몰려오는지 땅에 그대로 엎어져, 풀에 뺨을 짓누른 채 쓰러져 있었다. 잠이 막 들려고 하는데, 갑자기 엄마가 사라졌다는 확신이 들면서 졸음이 확 달아났다. 움직이지 않고 눈을 계속 감은 채, 땅에 대고 소리 내어 웅얼거렸다. "엄마. 우리가 가요. 조금만 더 기다리세요."

아무 대답이 오지 않았고, 소년은 가슴에 커다란 구멍이 뚫리는 것 같았다. 그 후로 잠결을 오가면서 몇 번 더 엄마를 불렀지만, 돌아오는 것은 정적뿐이었다. 그리고 지금, 염소가 바로 귀 옆에서 풀을 뜯고 있었다.

"미안해요, 엄마." 소년이 땅에 대고 나직하게 말했다. "사람들이 날 묶었어요. 빠져나갈 수가 없었어요."

머리 위에서 사람들 목소리가 들려왔다. 그제야 소년은 옆에서 나던 발소리가 염소 소리가 아니었음을 깨달았다. 누군가가 묶인 손을 풀어 주면서 밧줄을 몸 밑에서 빼내고 있었다. 부드러운 손길이 소년의 고개를 들어 올렸고, 눈을 떠 보니 늙은 여자 비어트리스 부인이 내려다보고 있었다. 소년은 몸이 자유로운 것을 깨닫고 자리에서 일어섰다.

한쪽 무릎이 심하게 아팠지만, 돌풍이 한 차례 불어와 몸을 흔들어도 중심을 잡고 설 수 있었다. 주위를 둘러보았다. 잿빛 하늘이 보이고 오르막길이 보이고 다음 언덕 꼭대기에 돌더미가 보였다. 조금 전만 해도 그 돌더미가 소년에겐 세상의 전부였지만, 이제 엄마는 없었다. 그건 의심할 여지가 없었다. 전사가 한 말이 떠올랐다. 구해 내기엔 너무 늦었다 해도, 복수하기엔 결코 늦지 않은 법이라고 했다. 그 말이 맞다면, 엄마를 앗아 간 자들은 혹독한 대가를 치러야 할 것이다.

위스턴은 보이지 않았다. 노부부뿐이었지만 에드윈은 두 사람이 와 있는 것에 위안을 느꼈다. 두 사람이 앞에 서서 염려스러운 표정으로 소년을 바라보고 있었는데, 자상한 비어트리스 부인의 모습에 소년은 갑자기 눈물이 날 것 같았다. 그러나 부인이 뭐라고 말하고 있었다. 위스턴이 어떻다고 했다. 소년은 귀를 바짝 기울였다.

부인의 색슨어는 알아듣기 어려웠고, 바람에 말이 흩날려 버리는 것 같았다. 결국 소년이 말을 끊고 물었다. "위스턴 선생님이 죽었나요?"

부인은 하던 말을 멈췄지만 대답이 없었다. 소년이 바람 소리를 뚫고 큰 목소리로 다시 묻자, 그제야 비어트리스 부인이 단호하게 고개를 젓더니 말했다.

"내 말 안 들리니, 에드윈? 위스턴 선생은 무사하고 저 산길 꼭대기에서 널 기다리고 있다고."

소년은 크나큰 안도감을 느끼며 곧바로 달려갔지만, 금방 머리가 핑 돌면서 길에 들어서기도 전에 멈춰 서야 했다. 중심을 잡고 나서 뒤를 흘끗 보니 노부부가 소년 쪽으로 몇 걸음 발을 떼고 있었다. 지금 보니 두 사람은 너무나 연약해 보였다. 바람 속에 서로 기대어 서 있는 두 사람은 처음 만났을 때보다 훨씬 나이가 들어 보였다. 산비탈을 내려갈 힘은 남아 있을까? 그런데 두 사람은 지금 묘한 표정으로 소년을 바라보고 있었고, 두 사람의 뒤에서 염소조차 부산하던 동작을 멈추고 소년을 쳐다보고 있었다. 기이한 생각이 소년의 머리에 스쳤다. 자기가 지금 머리끝에서 발끝까지 온통 피범벅인 것 같았다. 그래서 저렇게들 뚫어지게 바라보고 있는 것이다. 하지만 아래를 보니, 옷에 진흙과 풀이 묻어 있긴 했지만 별달리 이상한 것은 없었다.

늙은 남자가 갑자기 뭐라고 외쳤다. 브리턴 말이어서 에드윈은 알아들을 수 없었다. 경고하는 걸까? 부탁하는 걸까? 그때 비어트리스 부인의 목소리가 바람을 뚫고 들려왔다.

"에드윈! 우리 두 사람이 네게 부탁할 게 있단다. 앞으로 세월이 흘러도, 우리를 기억해 다오. 우리를 잊지 말고, 어릴 적 우리와 나눈 우정을 잊지 말아 다오."

그 말을 듣자 에드윈은 무언가 다른 것이 생각났다. 전사에게 했던 약속, 즉 모든 브리턴인을 증오할 의무였다. 하지만 위스턴이 이 인자한 부부까지 포함해서 한 말은 아니었을 것이다. 그리고 지금, 액슬 선생이 한 손을 주저하듯 들고 있다. 작별 인사일까, 소년을 못 가게 잡아 두려는 몸짓일까?

소년은 돌아서서 달려갔다. 바람이 옆에서 강하게 불어왔지만 이번에는 비틀거리지 않았다. 엄마는 사라졌고, 아마도 결코 구할 수 없으리라. 하지만 전사는 무사히 소년을 기다리고 있었다. 소년은 달렸다. 길이 점점 가팔라졌고 무릎이 점점 더 아파 왔지만, 계속 달렸다.

17

　두 사람이 폭풍우 속에 말을 타고 올 때, 나는 소나무 숲에서 비를 피하고 있었다. 저렇게 연로한 노부부가 말을 타고 돌아다닐 날씨가 아니었다. 말도 사람 못지않게 지쳐서 축 처져 있었다. 늙은 남자는 말의 심장이 한 걸음도 더 못 버틸까 봐 걱정이 되었을까? 아니라면 근처의 나무까지 스무 걸음을 남겨 놓고 왜 굳이 진창에서 멈춰 서는 걸까? 그래도 말은 폭우 속에 얌전히 서 있고, 남자는 아내를 내려 주고 있다. 설령 그림 속의 인물들이라 해도 저보다 느리게 움직일 수 있을까? "이리 오세요." 내가 두 사람을 부른다. "어서 비를 피하세요."

　두 사람 다 내 말을 듣지 못한다. 빗소리 때문에 들리지 않나 보다. 아니면 노인이라 귀가 어두운 걸까? 내가 다시 부르니, 늙은 남자가 두리번거리더니 마침내 나를 발견한다. 아내가 드디어 남자의 품에 스르륵 내려와 안기는데, 앙상한 참새 같은 몸이지만 남자는 기운이 간당간당해 안고 있을 힘이 없다. 그걸 보고 내가 자리를 떠나 풀밭을 철버덕거리며 다가가자 남자가 깜짝 놀라 돌아보더니, 내 도움을 받아들인다. 그러지 않았다면 목을 감고 매달린 아내와 함께 흙바닥에 쓰러졌을 것이다. 나는 부인을 받아 들고 가뿐히 안아서 서둘러 나무 밑으로 돌아간다. 늙은 남자의 가쁜 숨소리가 바로 등 뒤에 쫓아온다. 아내를 낯선 이의 품에 맡긴 게 걱정되나 보다. 순수한 선의임을 보여 주기 위해 부인을 조심스럽게 내려놓는다. 부드러운 나무껍질에 머리를 기대게 하고 비가 들이치지 않게 해 준다. 그래도 한두 방울씩 주변에 떨어지는 건 어쩔 수 없다.

늙은 남자가 아내 곁에 쪼그려 앉아 기운을 북돋울 말을 해 준다. 나는 사적인 대화를 엿듣고 싶은 마음이 없으니 자리를 비켜 준다. 시야가 탁 트인 숲 가의 자리로 다시 돌아가 서서, 황야를 쓸고 지나가는 비를 바라본다. 내가 이렇게 비를 피하고 있다고 누가 탓하랴? 지체한 시간은 여정 중에 쉽게 만회할 수 있고, 이제 몇 주 동안 쉬지 않고 일해야 하니 그 전에 몸도 좀 아껴야지. 등 뒤에서 부부의 이야기 소리가 들리는데, 내가 어쩌겠는가? 속삭이는 소리가 들리지 않게 빗속으로 나갈 수도 없고.

"당신이 열이 나서 그러는 거예요, 공주."

"아니에요, 여보, 아니에요. 뭔가 생각이 더 나요. 그걸 우리가 어떻게 잊었죠? 우리 아들은 섬에 살아요. 아늑한 작은 만에서 보이는 섬이요. 지금 여기서 틀림없이 가까워요."

"그럴 리가 있겠어요, 공주?"

"소리 안 들려요, 여보? 난 지금 들려요. 바다가 가까이 있는 거 아니에요?"

"빗소리예요, 공주. 강물 소리거나."

"안개 때문에 우리가 잊었던 거예요. 그런데 이제 보이기 시작해요. 이 근방에 섬이 있고, 우리 아들이 거기서 기다려요. 여보, 바다 소리 안 들려요?"

"당신 열 때문이에요, 공주. 우리 쉴 곳을 금방 찾을 거예요. 쉬면 괜찮아지리다."

"이분에게 물어봐요, 여보. 우리보다 이 지역을 잘 알 테니까요. 근처에 작은 만이 없느냐고 물어봐요."

"저분은 그냥 우리를 도와준 친절한 사람일 뿐이에요, 공주. 그런 걸 딱히 잘 알 리가 없어요."

"물어봐요, 여보. 해 될 거 없잖아요?"

가만히 있을까? 어떻게 해야 하나? 내가 돌아서서 말한다. "부인 말씀이 맞습니다." 늙은 남자가 흠칫 놀라며, 눈빛에 두려움이 서린다. 나는 마음 같아선 입을 도로 닫고 싶다. 돌아서서 빗속에 꿋꿋이 서 있는 말을 바라보고 싶다.

그러나 이제 말을 꺼냈으니 계속하지 않으면 안 된다. 내가 두 사람이 웅크리고 있는 곳 너머를 손가락으로 가리킨다.

"저 나무 사이로 난 길을 따라가면 부인이 말씀하신 것과 같은 만이 나옵니다. 거의 온통 조약돌이 깔려 있는데, 지금처럼 썰물 때는 모래사장이 드러나지요. 그리고 부인이 말씀하시는 것처럼, 거기서 바다로 조금 나가면 섬이 하나 있습니다."

두 사람이 말없이 나를 바라본다. 아내는 무력한 행복감으로, 남편은 고조되는 두려움으로. 아무 말도 하지 않으려는 건가? 내가 더 말을 해야 하나?

"아까부터 제가 하늘을 보고 있는데, 비는 곧 그칠 테고 저녁 날씨는 좋을 겁니다. 제가 젓는 배를 타고 섬으로 건너가고 싶으시면 기꺼이 모셔다 드리겠습니다."

"내가 뭐랬어요, 여보!"

"그럼 선생이 뱃사공이십니까?" 늙은 남자가 엄숙하게 묻는다. "우리가 혹시 전에 어디서 뵙지 않았나요?"

"네, 제가 뱃사공입니다. 전에 뵌 적이 있는지는 기억이 나지 않습니다. 제가 워낙 많은 손님을 실어 나르고 매일같이 장시간 일해야 해서요."

늙은 남자는 더없이 두려운 표정으로 아내 옆에 웅크리며 아내를 바짝 끌어안는다. 화제를 바꾸는 게 좋겠다는 생각에 내가 말한다.

"타고 오신 말이 아직도 빗속에 서 있네요. 묶이지도 않았고, 근처 나무 밑에 들어가도 될 텐데 말이지요."

"늙은 전마입니다." 늙은 남자가 만 이야기에서 벗어나 반가운 듯 재빨리 말을 잇는다. "이제는 주인이 없는데도 제 소임을 철저히 다하지요. 용감했던 주인에게 저희가 약속한 것이 있으니, 곧 때를 봐서 돌봐 주려 합니다만, 지금은 제 소중한 아내가 걱정입니다. 아내가 불을 쬐며 몸을 녹일 만한 곳을 어디 가면 찾을 수 있을까요?"

거짓말을 할 수는 없다. 그리고 난 내 임무가 있다. "마침 말씀 드린 그 만에 조그만 쉼터가 있습니다. 제가 직접 잔가지와 천 조각을 엮어서 지붕을 간단하게 만들어 놨어요. 바로 한 시간 전에 불씨를 남겨 둔 불이 있으니 되살리면 됩니다."

남편이 주저하며 내 얼굴을 유심히 뜯어본다. 아내는 이제 눈을 감고 머리를 남편의 어깨에 기대고 있다. "뱃사공 양반, 방금은 아내가 열이 나서 혼미한 정신에 한 말입니다. 저희는 섬에 갈 필요가 없습니다. 여기 나무가 좋으니 비가 그칠 때까지 있다가 갈 길을 가야겠어요."

"여보, 그게 무슨 말이에요?" 아내가 눈을 뜨고 말한다. "우리 아들이 이제 기다릴 만큼 기다리지 않았어요? 뱃사공 양반에게 만에 데려다달라고 해요."

남편이 여전히 주저하더니, 품에 안긴 아내가 떠는 것을 느끼고 절박한 간청의 눈길로 나를 바라본다.

"원하시면 만까지 더 편히 가실 수 있게 제가 부인을 들어 드리겠습니다."

"아내는 제가 데리고 갈 겁니다." 패배했으나 순순히 굴하지 않겠다는 듯한 말투였다. "아내가 걸어서 못 가면 제가 안고 가겠습니다."

아내만큼이나 쇠약한 남편이 그렇게 말하니 뭐라고 대답해야 할까?

"만이 여기서 멀지는 않습니다." 내가 부드럽게 말한다. "그런데 내려가는 길이 가파르고, 구덩이가 곳곳에 파인 데다 나무뿌리가 뒤엉켜 있어요. 제가 부인을 들고 모셔다 드리겠습니다. 그게 안전합니다. 선생님은 길 사정을 봐서 바로 옆에서 같이 오시면 됩니다. 비가 좀 잦아들면 어서 내려가시지요. 부인이 추워서 덜덜 떨고 계시네요."

얼마 후 비가 그쳤기에, 나는 부인을 안아 들고 비탈길을 내려갔고, 남편은 비척거리며 따라왔다. 바닷가에 들어서자 먹구름은 누가 급히 장막을 걷은 것처럼 하늘 한쪽으로 밀려가 있었다. 불그레한 저녁놀이 해변에 깔리고, 흐릿한 해가 수평선을 향해 저물고 있었다. 내 배는 파도에 건들거리며 떠 있었다. 나는 다시금 자상한 모습을 보이면서, 말린 가죽과 나뭇가지로 엉성하게 친 천막 밑에 부인을 눕히고, 이끼 덮인 바위에 머리를 받쳐 주었다. 내가 자리를 비키기도 전에 남편이 와서 부산을 떨며 아내를 보살핀다.

"자 보세요." 내가 잦아든 불 옆에 쪼그려 앉으며 말한다. "섬입니다."

아내가 고개를 조금만 돌리니 바다가 눈에 들어온다. 아내의 입에서 나직한 탄성이 새어 나온다. 남편은 딱딱한 자갈 바닥 위에서 몸을 돌려, 황망한 눈빛으로 파도 이곳저곳을 두리번댄다.

"보세요. 저깁니다. 해안과 수평선 사이 중간쯤에요."

"제가 눈이 좋지 않아요." 남편이 말한다. "네, 이제 보이는 것 같군요. 저기 보이는 게 나무들인가요? 아니면 삐죽삐죽 솟은 바위인가요?"

"나무예요. 지세가 온화한 섬입니다." 내가 잔가지를 부러뜨려 불을 피우면서 말한다. 두 사람은 섬을 물끄러미 바라보고, 나는 뼈마디를 따갑게 찌르는 자갈에 꿇어앉아 불씨를 살리려고 후후 분다. 이 두 사람, 자기들 의지로 여기 오지 않았나? 갈 길을 스스로 선택하게 해야겠지.

"좀 온기가 느껴져요, 공주?" 남편이 외친다. "이제 금방 정신이 들 거예요."

"섬이 보여요, 여보." 아내가 말한다. 사적인 대화지만 들리는데 어쩌겠나? "저기가 우리 아들이 기다리는 곳이에요. 우리가 그걸 잊었다니 참 이상하네요."

남편이 뭐라고 대답을 우물거리는데, 다시 근심에 휩싸이는 표정이다. "공주, 우린 아직 결정을 안 내렸어요. 우리가 정말 저곳으로 건너가고 싶은 게 맞을까요? 게다가 우린 뱃삯을 치를 방법도 없어요. 주석과 동전을 말에 놓고 왔으니."

잠자코 있어야 할까? 말을 꺼낸다. "괜찮습니다. 제가 말 안장에서 나중에 챙겨 가면 됩니다. 말이 어디 멀리 가지는 않을 테니까요." 혹자는 내가 이렇게 말한 것을 교활하다고 할지 모르겠지만, 나는 그저 자선을 베푼 것뿐이다. 말을 다시 마주칠 일이 없음을 잘 알고 있으니까. 두 사람은 나직한 소리로 계속 대화를 나눴고, 나는 등을 돌린 채 불을 피웠다. 내가 왜 두 사람 대화를 엿듣고 싶겠는가? 그러나 여자가 목소리를 높여, 전보다 차분하게 말한다.

"뱃사공 양반. 제가 예전에 들은 이야기가 있어요. 어릴 적에 들었는지 모르겠네요. 곳곳이 온화한 숲과 시냇물로 가득한 섬이 있는데, 그 섬에는 기이한 속성이 있다고 했어요. 건너가는 사람은 많지만, 그곳에 사는 사람은 섬을 홀로 걷는 기분이고, 이웃들은 보이지도 들리지도 않는다고요. 지금 저 섬이 혹시 그런 섬일까요?"

나는 계속 잔가지를 부러뜨려 불꽃 주변에 꼼꼼히 놓는다. "부인이 말씀하신 그런 섬이 여럿 있는 걸로 압니다. 이 섬도 그런 섬인지 누가 알겠어요?"

어물쩍 비켜 간 대답에 여자는 대담하게 묻는다. "제가 또 들은 게 있어요. 어떨 때는 그 이상한 제약이 풀리기도 한다고요. 어떤 나그네들은 특별한 허가를 받기도 한다고 했어요. 제가 들은 이야기가 맞나요?"

"부인, 전 그저 보잘것없는 뱃사공입니다. 그런 것은 제가 할 이야기가 아닙니다. 하지만 여기 저희 말고는 아무도 없으니 이 말은 해 드리지요. 제가 듣기로 어떨 때는, 아마 방금처럼 폭풍이 몰아칠 때나 아니면 보름달이 뜬 여름밤이면, 섬에 사는 사람이 다른 사람들이 옆에 돌아다니는 걸 바람결에 느끼기도 한다고 합니다. 그런 이야기를 들으신 게 아닐까 싶네요."

"아니에요. 뭔가가 더 있었어요. 평생을 함께한 남녀 한 쌍이 둘 사이의 사랑의 끈이 이례적으로 튼튼하면, 섬에 건너가서도 따로 배회하지 않아도 된다고 들었어요. 지난 긴 세월 살아온 것처럼 즐겁게 함께 지낼 수 있다고 했어요. 제가 들은 말이 사실일까요, 뱃사공 양반?"

"거듭 말씀 드립니다만, 저는 그저 물을 건너려는 손님들을 실어 나르는 뱃사공일 뿐입니다. 하루하루 일하면서 제 눈으로 보는 것 말고는 말씀 드릴 수 있는 게 없어요."

"그래도 지금 저희가 조언을 청할 사람은 뱃사공 양반밖에 없어요. 그러니 물어볼게요. 지금 남편과 저를 배에 태워 가신다면, 우리가 헤어지지 않고 지금처럼 팔짱 끼고 섬을 자유로이 걸을 수 있을까요?"

"좋습니다, 부인. 솔직하게 말씀 드리지요. 부인과 남편께서는 저희 뱃사공들이 드물게 보는 한 쌍입니다. 빗속을 뚫고 말을 타고 오실 때부터 서로에게 예사롭지 않게 헌신하시는 모습을 봤습니다. 그러니 섬에 함께 사시도록 허락받으실 게 틀림없습니다. 그 점은 믿고 안심하십시오."

"그 말씀을 들으니 행복감에 가슴이 벅차네요." 부인이 안도감에 몸을 축 늘어뜨리는 모습이다. "또 누가 알겠어요? 폭풍이 몰아치거나 달 밝은 고요한 밤이면, 남편과 제가 아들을 가까이에서 언뜻 볼 수 있을지도요. 어쩌면 한두 마디 말을 나눌 수 있을지도 모르지요."

이제 불이 잘 붙어서 타고 있으니 나는 자리에서 일어난다. "저기 보십시오." 내가 바다 쪽을 가리키며 말한다. "여울 위에 배가 꿈틀대며 떠 있지요. 그런데 제가 노를 이 근처 동굴에 숨겨 놓았습니다. 조그만 물고기들이 노니는 바위틈 웅덩이에 담가 놓았지요. 그럼 이제 가지러 갈 테니, 그동안 저 신경 쓰지 마시고 두 분이 편하게 이야기 나누시지요. 배를 타고 여행길에 오르실 것인지, 마지막으로 확실히 결정을 해 주십시오. 그럼 잠깐 다녀오겠습니다."

그러나 부인이 날 쉽게 놓아주지 않는다. "가시기 전에 하나만 더 물을게요, 뱃사공 양반. 갔다 오시면, 우리를 건네주신다고 승낙하기 전에 한 사람씩 차례로 질문하실 건가요? 뱃사공들이 늘 그런다고 들었거든요. 헤어지지 않고 섬을 함께 거닐 자격이 되는, 얼마 안 되는 사람들을 찾아내려고 말이지요."

나를 응시하는 두 사람의 얼굴에 석양이 비치고, 남편의 얼굴은 의심이 가득하다. 나는 남편이 아닌, 부인의 눈을 보며 말한다.

"부인, 잊지 않게 상기시켜 주셔서 고맙습니다. 제가 서두르다 보니 관행상 하게 되어 있는 일을 잊을 뻔했네요. 말씀하신 게 맞습니다. 다만 이번 경우에는 그저 관례를 지키기 위해 그리해야겠지요. 말씀 드렸다시피, 보기 드문 헌신의 끈으로 묶인 부부라는 걸 제가 처음부터 알아봤으니까요. 자, 그럼 실례하겠습니다. 이제 시간이 얼마 없어서요. 제가 다녀올 때까지 결정을 내려 주십시오."

나는 부부를 그 자리에 두고 저녁 해변을 걸어갔다. 파도 소리가 점점 커지고 발밑의 조약돌이 젖은 모래로 바뀌어 갔다. 뒤를 돌아볼 때마다 두 사람의 모습은 점점 작아질 뿐 변함이 없었다. 반백의 노인이 아내 앞에 웅크리고 앉아 엄숙히 논의하고 있었다. 부인의 모습은 몸을 기댄 바위에 가려, 말하면서 들었다 놓았다 하는 손밖에는 거의 보이지 않았다. 헌신적인 부부다. 하지만 나는 내 소임이 있으니, 노를 찾아 동굴로 계속 걸어갔다.

노를 어깨에 지고 돌아오니, 두 사람의 눈빛에는 결의가 어려 있었다. "저희를 섬으로 데려다주십시오, 뱃사공 양반."

"그럼 어서 배로 가시지요. 벌써 많이 늦었네요." 내가 그렇게 말하고는, 바다 쪽으로 서둘러 가는 듯이 발걸음을 옮긴다. 그러다가 돌아서서 말한다. "아, 잠깐만요. 먼저 그 유치한 의례를 치러야지요. 자, 그럼 이렇게 하시죠. 남편분께서는 일어서서 조금만 떨어진 곳으로 가 주실까요? 말소리가 들리지 않는 곳까지만 가 계시면, 제가 아내분과 잠깐 이야기를 나누겠습니다. 아내분은 앉아 계신 곳에 그대로 계시면 되고요. 그러고 나서 해변 어디든 서 계신 곳으로 제가 가겠습니다. 금방 끝내고, 이리로 같이 돌아오신 다음 아내분을 배로 데려다 드리지요."

남자가 마음 한편에 나를 믿고 싶은 갈망을 안고 나를 뚫어지게 쳐다본다. 그러더니 마침내 말한다. "좋습니다, 이 해변을 잠깐 거닐고 있겠습니다." 그러고는 아내에게 말한다. "우리 잠깐만 헤어지는 거예요, 공주."

"걱정할 것 없어요, 여보. 이제 기운도 많이 나고, 이 친절한 분이 잘 봐주실 테니 탈날 일 없어요."

남자가 만 동쪽으로, 절벽 그늘이 넓게 진 곳으로 느리게 걸어간다. 새들이 그의 발 앞에서 흩어졌다가 금방 돌아와 해초와 바위틈을 다시 쫀다. 남자는 살짝 다리를 절고 있고, 패배를 앞둔 사람처럼 등이 굽어 있지만, 작은 불꽃을 아직 품고 있는 게 보인다.

여자가 내 앞에 앉아 부드럽게 미소 띤 얼굴로 나를 올려다본다. 무엇을 물어야 하나?

"제 질문에 겁내실 것 없어요, 부인." 부인과 이야기하면서 시선을 둘 긴 벽이라도 근처에 있으면 좋겠는데, 저녁 바람만 살랑거리고 기울어 가는 해만 내 얼굴에 비친다. 나는 몸에 두른 겉옷을 무릎까지 걷어 올리고, 남편이 그랬듯이 부인 옆에 쪼그려 앉는다.

"전 질문이 겁나지 않아요." 부인이 조용히 말한다. "제 가슴속으로 남편에게 느끼는 감정을 제가 아니까요. 뭐든 물어보세요. 정직하게 대답할 거고, 드러나는 사실은 오직 하나뿐일 거예요."

한두 가지 평소에 하던 질문을 한다. 지금까지 많이 해 보지 않았는가? 그러면서 이따금씩 부인이 잘 대답하고 있고 내가 잘 듣고 있음을 보이기 위해 다른 질문도 해 본다. 하지만 술술 이야기를 하기에 그럴 필요까지도 없다. 부인은 계속 이야기를 해 나간다. 가끔 눈을 감기도 하고, 목소리는 시종일관 맑고 차분하다. 나는 귀 기울여 듣는다. 내가 해야 하는 일이니까. 그러면서도 만 너머로 시선이 간다. 지친 노인이 작은 바위 사이를 초조하게 서성거리고 있다.

그러다가 다른 일이 기다리고 있는 게 생각나, 부인의 회상을 끊고 말한다. "고맙습니다, 부인. 이제 어서 남편분께 가 볼게요."

남자는 이제 나를 조금씩 믿는 것 같다. 아니라면 어떻게 아내에게서 떨어져 저리 멀리까지 가 있겠는가? 남자가 내 발소리를 듣고는 꿈에서 깨어난 듯 돌아본다. 저녁놀에 물든 남자의 얼굴은, 이제 의심이 사라진 대신 깊은 슬픔이 가득하고, 눈가에 작은 눈물이 맺혀 있다.

"어떻게 됐습니까?" 그가 조용히 묻는다.

"부인 말씀 즐겁게 잘 들었습니다." 바람이 거칠어지고 있지만, 나도 그의 나직한 어조에 맞춰 대답한다. "어쨌든, 이제 간단히 끝내시고 출발하도록 하죠."

"뭐든 물어보십시오."

"예리한 질문은 드릴 게 없습니다만, 아내분께서 방금 어느 날의 기억을 말해 주셨는데요. 두 분이 시장에서 달걀을 사 들고 오는 길에 아내분은 달걀 바구니를 앞에 들고, 선생님은 옆에서 걸으시면서 아내분이 걷다가 달걀을 깨뜨릴까 봐 계속 바구니를 들여다보고 계셨다고요. 그 일을 행복하게 회상하시더라고요."

"저도 생각나는 것 같습니다." 그가 빙긋 웃으며 나를 바라본다. "아내가 그 전에 한번 다녀오면서 발을 헛딛는 바람에 한두 개를 깬 적이 있던 차라 불안했지요. 가벼운 나들이였는데, 저희 둘 다 그날 퍽 즐거웠습니다."

"아내분이 말씀하신 대로네요. 자 그럼, 시간을 더 허비하지 말고 가시죠. 그저 관습을 지키느라고 나눈 대화니까요. 이제 아내분에게 가서 배로 데려다드리지요."

부인이 기다리는 곳으로 내가 앞장서서 가는데, 남자의

발걸음이 축 처져서 나도 같이 느려진다.

"파도는 겁내실 것 없어요." 풍랑을 염려하는 것 같아 내가 말한다. "이 강어귀는 풍랑으로부터 안전해서 여기서 섬까지 가는 길은 위험할 게 없습니다."

"그 말씀을 기꺼이 믿겠습니다."

"선생님, 그런데 말이지요." 내가 말을 잇는다. 이렇게 느리게 갈 바엔 이야기나 좀 더 하는 게 낫지 않겠나? "방금 우리가 시간만 더 있었다면 제가 이 질문도 드릴까 했는데요. 어차피 같이 걷고 있으니 무슨 질문이었는지 말씀 드려도 될까요?"

"네, 말씀해 보시지요."

"다른 건 아니고요, 두 분이 함께 살아오시면서 있었던 일 중에 생각하면 지금도 유달리 아픈 기억이 있으신가요? 그걸 여쭤보려고 했지요."

"이것도 질문 과정에 들어가는 겁니까?"

"아, 아니요. 그건 다 끝났습니다. 아내분께도 같은 질문을 드렸었거든요. 그래서 제가 그냥 개인적으로 궁금해서 여쭤본 겁니다. 아무 대답도 하지 마십시오. 괜찮습니다. 저기 좀 보세요." 지나가는 길에 있는 바위를 내가 가리킨다. "저게 그냥 따개비가 아닙니다. 시간만 있으면 제가 저걸 바위에서 떼어 내 저녁거리를 뚝딱 만드는 걸 보여 드릴 텐데. 종종 불에 올려 구워 먹거든요."

"뱃사공 양반." 그가 엄숙하게 말한다. 발걸음은 더욱더 느려진다. "원하시면 물으신 질문에 대답을 해 드리지요. 아내가 어떻게 대답했을지는 잘 알 수가 없군요. 우리 같은 부부라 해도, 말하지 않고 속에 품고 있는 일은 많으니까요. 게다가 이날까지 한 암용의 숨이 공기를 더럽혀 즐거운 기억과 어두운 기억을 다 앗아 갔지요. 하지만 용은 죽었고, 벌써 많은 일들의 기억이 선명해집니다. 유달리 아픈 기억을 물어보셨지요. 다른 말을 할 게 뭐가 있겠습니까. 아들에 관한 기억입니다. 거의 다 큰 아이였는데, 아직 얼굴에 수염이 나기 전에 저희를 떠났습니다. 말다툼을 좀 한 후였고, 멀리도 아니고 근처 마을로 갔을 뿐이니 며칠이면 돌아올 걸로 생각했지요."

"아내분도 같은 이야기를 하셨어요. 아드님이 떠난 건 자기 탓이라고 하시던데요."

"아내가 일의 발단이 자기 잘못이라고 한다면, 그다음 상황은 제 잘못이라 해야 할 것이 차고 넘칩니다. 아내가 한순간 외도를 했던 건 사실입니다. 제가 한 어떤 행동 때문에 다른 사내 품으로 떠나갔는지도 모르겠습니다. 아니면 제가 어떤 말이나 행동을 하지 않아서였을까요? 지금은 다 아득한 옛일이라 하늘로 날아가 점이 되어 버린 새처럼 느껴집니다. 어쨌든 아들이 그 쓰라린 반목을 직접 봤는데, 좋은 말로 어르기엔 다 큰 나이였고 사람 마음의 오묘한 구석을 알기엔 너무 어린 나이였지요. 다시는 돌아오지 않겠다고 다짐하면서 집을 나갔고, 아내와 제가 행복하게 재결합했을 때도 아직 돌아오지 않았습니다."

"그 대목은 아내분도 말씀해 주셨어요. 또 그러고 얼마 후에 아드님이 나라를 휩쓴 역병에 희생됐다는 소식을 들으셨다는 것도요. 제 부모님도 그 역병 때 돌아가셨어요. 그래서 생생히 기억합니다. 하지만 선생님이 왜 자책하십니까? 역병을 하느님이 내리셨건 악마가 내렸건, 그게 왜 선생님 잘못인가요?"

"제가 아내를 아들 무덤에 가지 못하게 했습니다. 잔인한 짓이었지요. 아내가 아들 묻힌 곳에 저와 함께 가고 싶어 했는데, 제가 거부했습니다. 이제 세월이 많이 흘렀는데 며칠 전에야 그곳을 찾아 나섰고, 그때는 암용의 안개에 기억을 잃어 저희가 찾는 게 무엇인지도 잘 알 수 없었지요."

"아, 그래요. 아내분이 밝히길 꺼리셨던 대목이 그거였네요. 아내분이 아드님 무덤에 가지 못하게 막으신 게 선생님이었군요."

"제가 잔인한 짓을 했지요. 한두 달 남편을 버리고 떠난 작은 부정보다 더 악독한 배신이었어요."

"무슨 득을 바라고 그러셨나요? 아내분은 물론 선생님 본인에게도 아드님 묘 앞에서 애도하는 걸 허락지 않으신 이유가?"

"득이요? 득 같은 건 없었습니다. 그저 어리석음과 자존심 때문이었지요. 그 밖에 또 남자의 가슴속 깊이 앙금처럼 남은 뭔가가 있었겠지요. 어쩌면 단죄하려는 갈망이었는지도 모릅니다. 저는 비록 말로는 용서했다고 하고 또 용서한 척했지만, 오랜 세월 가슴 한켠에 복수를 갈구하는 마음을 꼭꼭 누르고 있었습니다. 옹졸하고 몹쓸 짓을 아내에게, 그리고 아들에게 했지요."

"솔직하게 터놓아 주셔서 고맙습니다. 오히려 잘된 것 같기도 하고요. 물론 지금 대화는 제 일과 전혀 관련이 없고 사적으로 나누는 한담에 불과하지만, 솔직히 말해 방금 전까지는 제 마음에 조금 불편한 구석이 있었습니다. 아직 이야기 전체를 다 듣지 못했다는 느낌이랄까요. 이제 편하게 흡족한 마음으로 건네드릴 수 있겠네요. 그런데 말이지요, 그리 오랫동안 지켜 오셨던 결심을 깨고 마침내 이 여행을 떠나시게 된 동기는 뭔가요? 무언가 들으신 말이 있었나요? 아니면 이 물결과 하늘처럼 속을 헤아릴 수 없는 심경의 변화가 있었나요?"

"저도 궁금했습니다. 지금 생각해 보면, 딱히 한 가지 원인으로 심경이 바뀐 것 같지는 않고, 그동안 둘이 함께해 온 세월이 쌓여 서서히 그렇게 된 것 같습니다. 아마도 그게 다겠지요. 더디게 아물어 가던 상처가 결국 아문 거겠지요. 그게 얼마 전 어느 날 아침이었습니다. 새벽 기운이 첫 봄소식을 전하던 그날, 방 안에 햇살이 비쳐 들어도 아직 자고 있는 아내를 지켜보고 있었지요. 그때 문득, 제 마음속에 남아 있던 마지막 그늘이 사라진 걸 깨달았습니다. 그래서 이 여행을 떠났지요. 이제 아내의 기억에 따르면 아들이 우리보다 앞서 이 섬에 갔다고 하니, 아들의 묘지가 섬의 숲속이나 아니면 온화한 해변에 있을 겁니다. 뱃사공 양반, 제가 정직하게 말씀을 드렸는데, 그 때문에 좀 전에 저희에 대해 내리신 판단을 의심하지 않으셨으면 좋겠습니다. 혹자는 제 말을 듣고 저희 사랑에 흠이 나고 금이 갔다고 생각할 수도 있을 것 같아 드리는 말씀입니다. 하지만 노부부의 사랑이 걷는 느린 걸음을 하느님은 아실 것이고, 검은 그림자도 다 그 사랑을 이루는 일부임을 이해하실 겁니다."

"걱정 마십시오. 지금 해 주신 이야기는 두 분이 처음 그 지친 말을 타고 빗속에서 나타나셨을 때 제가 알아보았던 사실을 확인해 줄 뿐입니다. 자, 이제 이야기는 그만 접어야겠습니다. 폭풍이 또 몰려올지 어떻게 알겠습니까. 어서 아내분께 가서 배로 데려다드리지요."

부인은 흡족한 표정으로 바위에 기대앉은 채 잠들어 있고, 옆에서는 불이 연기를 피우며 타고 있다.

"이번엔 제가 안아 들고 가겠습니다, 뱃사공 양반." 남편이 말한다. "이제 제가 기운을 좀 차렸습니다."

허락해도 될까? 그러면 내 일이 더 수월해지지 않을 텐데. "자갈밭 걷기가 쉽지 않습니다." 내가 말한다. "그러다가 넘어지시기라도 하면 어떻게 되겠습니까? 제가 평소 많이 하던 일입니다. 배까지 모셔다 드려야 하는 손님이 처음은 아니니까요. 선생님은 옆에서 나란히 걸으시면 됩니다. 아내 분과 말씀 나누면서 가셔도 되고요. 옛날에 아내분이 달걀 바구니 들고 가시고, 선생님이 불안하게 옆에 가셨던 것처럼요."

남자는 다시 얼굴에 두려움이 어리면서도 조용히 대답한다. "알겠습니다. 말씀하신 대로 합시다."

남자가 내 옆에서 걸으면서 아내에게 기운을 북돋우는 말을 중얼거린다. 내가 너무 빨리 걷고 있나? 남자가 뒤에 처지더니, 내가 부인을 안아 든 채 바닷물로 들어갈 때 남자의 손이 내 등을 절박하게 움켜쥔다. 그러나 여긴 꾸물댈 곳이 아니다. 차가운 물 밑에 숨어 있는 배다리를 발로 찾아야 한다. 돌 위에 올라서니 찰싹거리는 파도가 다시 얕아지고, 나는 부인을 들고도 몸 한번 기우뚱거리지 않고 나룻배에 올라선다. 배꼬리 쪽에 쌓아 둔 깔개가 비에 젖어 있다. 위의 푹 젖은 몇 겹을 발로 차 내고 부인을 살며시 내려놓는다. 머리가 뱃전 바로 밑에 오게 똑바로 앉혀 놓고, 바닷바람을 막아 줄 마른 담요를 궤짝에서 찾는다.

부인을 담요로 감싸주는데 남편이 배 안으로 넘어 들어오면서 그의 걸음에 판자 바닥이 출렁인다. "선생님, 바다가 점점 거칠어지는 것 보이시죠. 그리고 배가 아주 작습니다. 한 번에 손님 한 분밖에는 태우기 어렵습니다."

남자가 품은 불꽃이 이제 눈에 이글거리면서 선명히 드러난다. "이야기가 다 된 걸로 알았는데요, 아내와 제가 함께 섬에 건너가는 것으로요. 거듭 그렇게 말하지 않으셨습니까? 그리고 질문하는 목적도 그거라고 하지 않았습니까?"

"오해하지 말아 주십시오. 실제로 물을 건너는 일에 한해서 말씀 드리는 겁니다. 두 분은 당연히 섬에서 함께 지내시게 될 겁니다. 늘 그러셨듯이 팔짱을 끼고 말이지요. 어디 그늘진 곳에서 아드님 묘지를 찾으시면 섬에 널려 있는 들꽃 몇 송이 꺾어 올려놓으시지요. 숲속에 들어가면 에리카 꽃도 있을 거고, 미나리아재비도 있을 겁니다. 그렇지만 오늘 이 배로 건너는 건, 해변으로 돌아가서서 조금만 더 기다려 주십시오. 부인께서 건너편 해변에서 편히 계시도록 제가 봐 드리겠습니다. 배 대는 곳 근처에 오래된 바위 세 개가 사이좋게 마주 보고 있는 곳을 제가 알거든요. 비바람이 들이치지 않으면서 바다가 보이는 자리에 부인을 잘 모셔다 놓고, 얼른 선생님을 모시러 오겠습니다. 일단은 저희끼리 건너갈 테니 해변에서 조금만 더 기다려 주세요."

붉은 저녁놀이 남자의 얼굴에 물들어 있다. 아니, 눈에서 불꽃이 아직 이글거리는 걸까? "아내가 이 배에 앉아 있는 한, 저도 못 나갑니다. 약속하신 대로 저희를 함께 건네주십시오. 아니면 제가 노를 저어 가야 되겠습니까?"

"노를 잡은 건 접니다. 배에 손님이 몇 명 탈지 정하는 것도 제 일이고요. 조금 전 좋은 관계를 맺은 우리인데, 혹시 무슨 흉악한 술책을 의심하시는 건가요? 제가 안 돌아올까 봐 그러시는 겁니까?"

"무엇을 잘못하셨다는 게 아닙니다. 하지만 뱃사공들이 어떻게 하더라 하는 여러 가지 소문이 돕니다. 섭섭해하지 마시고, 부탁건대 저희를 같이 건네주십시오. 더 미적거리지 말고요."

"뱃사공 양반." 부인의 목소리다. 돌아보니 부인이 손을 허공에 뻗어 내가 마치 거기 있는 것처럼 잡는 시늉을 하는데, 눈은 여전히 감고 있다. "뱃사공 양반, 잠깐만 시간을 주세요. 남편과 제가 둘이서만 이야기 좀 할게요."

배를 두 사람에게 맡겨도 되는 걸까? 하지만 지금 부인은 내 편인 게 틀림없다. 나는 노를 양손에 단단히 쥔 채, 판자 바닥을 밟고 남자를 지나 바닷물로 내려간다. 물이 무릎까지 차올라 겉옷 끝자락을 적신다. 배는 단단히 묶여 있고 노도 내게 있다. 잘못될 일이 뭐가 있겠는가? 그래도 멀리 갈 엄두는 못 내고 해변 쪽을 보며 바위처럼 가만히 서 있지만, 사적인 대화를 본의 아니게 또 엿듣는다. 조용히 찰싹거리는 파도 소리에 실려 두 사람의 말소리가 들려온다.

"뱃사공 갔어요, 여보?"

"물속에 서 있어요, 공주. 배를 두고 멀리는 못 갔어요. 시간을 많이 주진 않을 것 같네요."

"여보, 지금 뱃사공과 말다툼할 때가 아니에요. 오늘 이 사람을 만난 건 우리한테 큰 행운이에요. 우리를 정말 좋게 봐준 뱃사공이잖아요."

"그렇지만 뱃사공들의 교활한 속임수 이야기를 우리 많이 들어 보지 않았어요, 공주?"

"난 이 사람을 믿어요, 여보. 약속을 지킬 사람이에요."

"어떻게 그토록 확신할 수 있어요, 공주?"

"내가 알아요, 여보. 좋은 사람이고 우리를 실망시키지 않을 거예요. 이 사람 말하는 대로 뭍에 가서 기다려요. 금방 당신을 데리러 올 거예요. 우리 그렇게 해요, 여보. 안 그러면 우리를 배려해서 만들어 준 좋은 기회를 잃을까 봐 겁나요. 우리는 섬에서 같이 살 수 있다고 약속을 받았잖아요. 평생을 해로한 부부라 해도 소수만 허락받는 일인데 말이에요. 잠깐 기다리는 게 어려워 그런 귀한 기회를 날리면 되겠어요? 저 사람과 다투지 말아요. 다음번에는 무지막지한 뱃사공을 만날지 어떻게 알아요? 여보, 제발 저 사람과 화해해요. 지금이라도 저 사람이 화나서 마음을 바꿀까 봐 걱정돼요. 여보, 아직 거기 있어요?"

"여기 당신 앞에 있어요, 공주. 우리가 정말 지금 각자 따로 길을 가는 얘기를 하는 건가요?"

"잠깐 동안만이에요, 여보. 그 사람 지금 뭐 하고 있어요?"

"그대로 꼼짝 않고 서 있어요. 기다란 등짝과 반들반들한 머리만 보여요. 공주, 정말 이 사람을 믿어도 된다고 생각해요?"

"난 그렇게 생각해요, 여보."

"조금 전에 이 사람과 나눴던 대화, 잘됐어요?"

"잘됐어요, 여보. 당신도 그러지 않았어요?"

"그랬던 것 같아요, 공주."

만이 석양에 물든다. 내 등 뒤엔 침묵이 흐른다. 이제 뒤돌아봐도 되려나?

"어때요, 공주." 남자가 말한다. "당신은 안개가 걷혀서 기뻐요?"

"이 땅에는 참화가 닥칠지도 모르지만, 우리에게는 딱 좋은 때에 걷히네요."

"만약에 말이에요, 공주. 만약 안개가 우리 기억을 앗아가지 않았더라면, 우리 사랑이 세월 속에서 이렇게 강해질 수 없지 않았을까요? 어쩌면 안개 덕분에 해묵은 상처가 아물 수 있었던 것 아닐까요."

"그게 지금 무슨 상관이에요, 여보? 어서 뱃사공과 화해하고, 우릴 건네달라고 해요. 한 사람씩 차례로 건네준다는데 다툴 게 뭐 있어요? 여보, 그렇지 않아요?"

"좋아요, 공주. 당신 말대로 할게요."

"그럼 어서 날 두고 해변으로 돌아가요."

"그럴게요, 공주."

"그런데 왜 안 가고 그러고 있어요, 여보? 뱃사공이라고 마냥 참기만 할 것 같아요?"

"알겠어요, 공주. 그럼 나 당신 한 번만 더 안을게요."

지금 둘이 껴안는 건가, 내가 부인을 아기처럼 단단히 감싸 놓았는데? 딱딱한 배 바닥에서 무릎 꿇고 어정쩡한 자세를 취해야 할 텐데? 아마도 그러는 듯하니, 침묵이 계속되는 동안 나는 돌아볼 생각을 하지 않는다. 내 손에 든 노의 그림자가 지금 물결 위에 지고 있나? 얼마나 더 있어야 할까? 마침내 두 사람의 목소리가 들린다.

"섬에서 또 이야기해요, 공주." 남자가 말한다.

"그래야지요, 여보. 이제 안개가 사라졌으니 이야기할 거리가 얼마든지 있을 거예요. 뱃사공은 아직 물속에 서 있어요?"

"그래요, 공주. 이제 가서 화해할게요."

"그럼 잘 가요, 여보."

"잘 가요, 하나뿐인 내 진정한 사랑."

남자가 물을 헤치며 걸어오는 소리가 난다. 나한테 할 말이 있으려나? 나와 화해하겠다고 했으니. 그런데 내가 돌아보니 내 쪽은 보지 않고 뭍 쪽, 석양이 물든 만을 응시할 뿐이다. 나도 굳이 눈을 마주치려 하지 않는다. 그는 나를 지나쳐 가고, 뒤를 흘끗 보지도 않는다. 해변에서 기다리세요, 내가 나직하게 말했지만, 듣지 않고 계속 나아간다.

옮긴이 홍한결

서울대학교 화학공학과와 한국외국어대학교 통번역대학원을 나와 책 번역가로
일하고 있다. 쉽게 읽히고 오래 두고 보고 싶은 책을 만들고 싶어 한다. 옮긴 책
으로 『신의 화살』, 『진실의 흑역사』, 『걸어 다니는 어원 사전』, 『책 좀 빌려줄래?』
등이 있다.

파묻힌 거인

1판 1쇄 인쇄   2022년 6월 17일
1판 1쇄 펴냄   2022년 6월 24일

지은이   가즈오 이시구로
옮긴이   홍한결
발행인   박근섭·박상준
펴낸곳   (주)민음사

출판등록   1966. 5. 19. 제16-490호
주소   서울특별시 강남구 도산대로1길 62(신사동)
           강남출판문화센터 5층 (우편번호 06027)
대표전화   02-515-2000 | 팩시밀리   02-515-2007
홈페이지   www.minumsa.com

한국어판 ⓒ 민음사, 2022. Printed in Seoul, Korea

ISBN   978-89-374-4289-6 (03840)

* 잘못 만들어진 책은 구입처에서 교환해 드립니다.